ro
ro
ro

Thomas Nommensen, in Schleswig-Holstein geboren, zog vor dem Fall der Mauer nach Berlin und arbeitete dort als Musiker, Toningenieur, Dozent und Software-Entwickler.

Seine Kurzkrimis und -thriller erschienen in zahlreichen Anthologien und wurden mit dem Freiburger Krimipreis, dem Agatha-Christie-Krimipreis und dem 1. Deutschen E-Book-Preis ausgezeichnet. Mit seiner Frau, der Thrillerautorin Jutta Maria Herrmann, lebt er vor den Toren Berlins im brandenburgischen Panketal. «Wintertod» ist der zweite Band um den Kommissar Arne Larsen.

Thomas Nommensen

Winter Tod

Kriminalroman

Rowohlt Taschenbuch Verlag

Originalausgabe
Veröffentlicht im Rowohlt Taschenbuch Verlag,
Reinbek bei Hamburg, Oktober 2016

Umschlaggestaltung any.way, Barbara Hanke / Cordula Schmidt
Umschlagabbildungen Juanmi, CactuSoup / Getty Images;
Olha Rohulya / shutterstock.com
Satz aus der Kepler, PageOne, bei Dörlemann Satz, Lemförde
Druck und Bindung CPI books GmbH, Leck, Germany
ISBN 978 3 499 27198 4

Die Welt wird kalt, die Welt wird stumm,
der Winter-Tod zieht schweigend um;
er zieht das Leilach weiß und dicht
der Erde übers Angesicht –
Schlafe – schlafe …

Aus «Weihnacht», Ernst von Wildenbruch

prolog

Der blonde Junge ist nicht groß, wirkt weder durchtrainiert noch kräftig. Aber er steht mit einer Präsenz in der Mitte des Raums, als wäre dieser Auftritt schon immer seine Bestimmung gewesen.

Die Kinder haben die Tische und Stühle zur Seite geräumt, eine freie Fläche geschaffen, eine Arena inmitten des Klassenzimmers. Ein einzelner Tisch steht im Zentrum. Und zwei Stühle. Einer links. Einer rechts. Dort sitzt Björn und grinst.

Der blonde Junge bewegt sich langsam auf den Tisch zu. Er macht kleine Schritte, beugt die Knie kaum. Das Stahlrohr, das in den gefütterten Schaft des Turnschuhs geklemmt ist, reibt bei jeder Bewegung an seinem Unterschenkel.

Björn erhebt sich halb, deutet auf den leeren Stuhl. Er ahmt die Geste nach, mit der sonst der Direx Schüler auffordert, vor seinem Schreibtisch Platz zu nehmen, um ihnen anschließend die Leviten zu lesen. Normalerweise würden jetzt alle lachen. Die ganze Klasse. Nicht weil es wirklich witzig wäre, sondern weil man eben lacht, wenn Björn einen Scherz macht.

Heute ist es anders. Scharfes Einatmen, fast synchron. Zehn Jungs, kurz vor dem Stimmbruch, zarter Flaum auf den Oberlippen. Dreizehn Mädchen mit bunten Nägeln und BHs, in die sie noch hineinwachsen müssen. Alle halten kollektiv die Luft an.

Björn blickt sich irritiert um, zieht dann die Nase hoch. Ein kratziges Geräusch, bei dem man meint, seine Schleimhäute metallisch nachfedern zu hören. Er rammt den rechten Ellenbogen auf die Tischplatte, direkt neben das blasse Herz, das jemand in einer anderen Schülergeneration dorthin gemalt hat. «Markus liebt Hanna» – eine kindliche Schrift. Björn ist das egal. Es ist nicht sein Tisch, er sitzt ganz hinten. Weil er der Größte in der Klasse ist, und weil es ihm ganz recht ist. Dort hat er alle im Blick und selbst seine Ruhe.

Mit einer schnellen Bewegung schiebt er den Ärmel seines Pullis hoch. Macht eine Faust. Öffnet die Hand. Wiederholt diese Pose mehrfach. Sehnen und Adern treten auf der Unterseite seines Arms hervor, und das Wort, das dort in die Haut tätowiert ist, scheint sich in der Bewegung aufzubäumen. *HASS*, das Doppel-S als Runen dargestellt. So hat er es bei den Glatzen aus Pankow gesehen, und so wollte er es in seine eigene Haut geritzt bekommen. Obwohl er nicht wirklich wusste, wofür dieses Zeichen stand, damals, als er in das Studio ging. Aber er fand die Umsetzung cool, und der Wert wurde noch gewaltig erhöht durch die unglaubliche Tracht Prügel, die er danach von seinem Alten bekam.

Der blonde Junge steht jetzt direkt vor dem Tisch, hält den Blick leicht gesenkt und bemüht sich, Björn nicht in die Augen zu sehen. Nicht weil er Angst hat – die Zeiten, in denen ihn die Furcht wie ein wildes Tier überfiel, sobald er den Boden des Schulgeländes betrat, sind vorbei. Aber hinter Björns Augen wohnen Stumpfsinn, animalischer Trieb und nur wenig Intelligenz. Der blonde Junge fürchtet, im letzten Moment so etwas wie Mitleid zu verspüren, also konzentriert er sich auf den sehnigen Arm, die zerkratzte Tischplatte und das krumme Edding-Herz darauf.

Er zieht den freien Stuhl ein Stück vor, bringt das Bein mit dem versteckten Rohr in eine günstige Position und lässt sich langsam auf der Sitzfläche nieder. Mit einer präzise einstudierten Bewegung zieht er das rechte Hosenbein ein Stück hoch.

«Kolja ...» Es ist Annikas dünne Stimme, die das Schweigen der Gruppe bricht.

Gerne würde der blonde Junge ihr einen Blick schenken, durch ein Lächeln signalisieren, dass alles gut wird. Aber das geht nicht, seine Aufgabe ist hier an diesem Tisch, und bis er sie erledigt hat, darf es nichts anderes geben.

«So, du Pisser, du willst es also nicht anders ...» Björn lacht, blickt sich in der Runde um. Das eine oder andere angedeutete Grinsen. Dennis hebt sogar den Daumen in die Höhe.

«Ja, aber mit links.» Der blonde Junge spricht so leise, dass nur Björn ihn hören kann.

«Mit links?» Björns Blick verrät seine Überraschung. «Wieso mit links? Bist du jetzt so ein verfickter Linkswichser geworden?»

«Linkshänder meinst du?» Der blonde Junge schüttelt den Kopf. «Nein, Sehnenscheidenentzündung. Aber das ist doch kein Problem für dich, oder?»

Natürlich ist das nicht der wahre Grund. Der rechte Arm des blonden Jungen ist völlig in Ordnung. In den letzten Tagen hat er sich auf die heutige Konfrontation vorbereitet und immer wieder den Ablauf geprobt. Rechter Arm auf dem Tisch, linker Arm darunter.

Der neue Vater beobachtete seine Versuche eine Weile schweigend. Doch schließlich sagte er: «Du willst dir Respekt verschaffen, ein Exempel statuieren. Dein Gegner ist Körper, du bist Geist, die Waffe in deiner Hand nur die Verlängerung deines Verstands. Also nutze ihn. Was kann in dieser Auseinandersetzung dein Verbündeter sein?»

Der Junge überlegte eine Weile. Es war wichtig, eine gute Antwort zu geben. Nur damit würde er den neuen Vater zufriedenstellen. «Überraschung», sagte er schließlich. «Eine Veränderung herbeiführen, auf die sich mein Gegner nicht einstellen kann.»

Der neue Vater sagte nichts. Er ging ohne ein weiteres Wort. Aber das war ein gutes Zeichen, ein impliziertes Lob, und es machte den Jungen unendlich stolz.

Bis zum Abend probte er die veränderte Bewegung, und als wäre dies ein Zeichen, funktionierte der Ablauf so auf Anhieb besser. Später fragte er den neuen Vater, ob die Strafe für Björn nicht zu gering sei.

Der neue Vater lächelte, was selten geschah. Seine Antwort war ebenso kurz wie die Veränderung seines Gesichtsausdruckes. «Das ist erst der Anfang», sagte er, und dann erklärte er, dass sie gleich am Morgen aufbrechen und eine weitere Vorkehrung treffen würden. Der Junge war zufrieden und schlief ruhig und tief in dieser Nacht.

«Ah, doch zu viel ...» Björn beugt sich weit über die Tischplatte, seine rechte Hand macht eine schnelle Auf-und-ab-Bewegung. «Und nichts ist gekommen, oder? Ja, schütteln alleine nützt nix, weißt du. Man muss schon ein Mann dafür sein. Aber vielleicht wachsen dir ja bald ein paar kleine Titten.»

Jetzt lachen doch ein paar. Der blonde Junge hält es nicht mehr aus, er dreht sich zur Seite, sucht Annikas Gesicht in der Gruppe. Sie steht links, so, als wolle sie gleich aus dem Klassenzimmer laufen, hat beide Hände vor den Mund geschlagen. Nein, sie lacht nicht. Schüttelt ein wenig den Kopf, ahnt offenbar, dass gleich etwas passieren wird.

Der blonde Junge löst seinen Blick und positioniert den linken Ellenbogen im Zentrum der Tischplatte.

Björn stößt einen kehligen Laut aus, platziert seinen Arm daneben. Sein Unterarm ist deutlich länger, er muss den Winkel verändern, um Koljas Hand umfassen zu können.

Dann wird es ruhig.

Björns Hand ist die eines Erwachsenen. Unter seinen Fingern verschwindet die Hand des blonden Jungen fast vollständig. Der blonde Junge weiß, wenn sein Gegenüber erst seine gesamte Kraft in den Armdruck legt, hat er keine Chance mehr. Trotzdem wartet er noch. Eine Sekunde zu früh, und Björn wird die Bewegung erahnen und reagieren können.

Mit einer gezielten Kontraktion seiner Wangen lässt der blonde Junge das kleine Blechstück aus der Backentasche auf seine Zungenspitze gleiten. Den bitteren Metallgeschmack nimmt er kaum noch wahr, so oft hat er diesen Vorgang trainiert.

Björn erhöht nun den Druck. Die Knöchel seiner Finger treten hell hervor, die vier Buchstaben auf seinem Unterarm scheinen die Haut sprengen zu wollen.

Das ist der Moment! Der blonde Junge öffnet den Mund, streckt die Zunge langsam hervor, sorgsam darauf bedacht, dass das Blechstück nicht gleich von der Spitze hüpft.

Die Zeit scheint eingefroren.

Der Druck, den Björns Hand ausübt, hat nachgelassen. Der blonde Junge hebt seinen Blick: Tatsächlich ist Björns Stirn gerunzelt, seine Augen fest auf das geprägte Metall auf seiner Zungenspitze gerichtet.

Doch es dauert noch zwei volle Sekunden, bis das Grinsen auf Björns Gesicht endgültig erlischt.

Der blonde Junge lässt seine Zunge nach vorne schnellen, ein kurzer Kontakt mit den Schneidezähnen. Die Blechmarke löst sich, dreht sich taumelnd in der Luft, bevor sie auf der Tischplatte auftrifft und schwer von der Spucke sofort liegen bleibt. Bordeauxrot die Oberfläche, silbergrau die Buchstaben, die Jahreszahl, der stilisierte Hundekopf.

Björns Mund ist zu einem stummen Schrei aufgerissen. Endlich hat er verstanden. Die ganze Wahrheit.

Jetzt ist der perfekte Moment! Die Finger des blonden Jungen schließen sich um das Metallrohr an seinem Unterschenkel.

Die Bewegung ist fließend, der Bogen perfekt. Seine Hand saust durch die Luft, über seinen Kopf hinweg, und das Rohr singt einen schrillen Pfeifton.

Der Friedhof

Ein Blatt. Vertrocknet. Ganz dicht vor ihrem Gesicht. Wenn sie ausatmet, zittert es ein wenig. Selbst in dem schwachen Licht kann sie den geschwungenen, fransigen Rand deutlich erkennen. Und da sind auch diese typischen Äderchen. Wie Bewässerungskanäle durchziehen sie das Blatt, verästeln sich nach außen immer feiner.

Heißen die wirklich so? Äderchen? Nein, das sind ... Meine Güte, warum fällt ihr das Wort denn jetzt nicht ein.

Weil du schläfst, Katrin. Du bist in deinem Bett. Hier gibt es keine Blätter. Das ist nur ein Traum.

Ein Traum, genau. Sie atmet tief ein. Der Stiel des Blattes kitzelt sie in ihrem linken Nasenloch.

Katrin, sei nicht so dumm – wie kann ein geträumtes Blatt einen Stiel haben?

Sie blinzelt – oder bildet sie sich das auch nur ein? –, dreht den Kopf ein wenig und entdeckt links von sich noch mehr Blätter, viel mehr Blätter. Ungleichmäßige Häufchen, die aus ihrer Perspektive fast wie ein Gebirgszug am Horizont aussehen.

Aber wie kann das sein? Sie liegt doch auf ihrem Bett. Über ihr die Federdecke, unter ihr die weiche Matratze. Sie lässt die linke Hand über das Laken gleiten. Zur Feier von Ingos Geburtstag hat sie gestern extra das gute Satinlaken übergezogen. Doch was ihre Finger spüren, ist keine seidige Bettwäsche. Das ist ... Mit einem kleinen Aufschrei reißt sie die Hand zurück.

Du bist in der Nacht noch einmal rausgegangen!

Diese Erkenntnis ist der losgetretene kleine Stein, der eine ganze Lawine auslöst. Der Schrei, der Sturz, der Grabstein, der auf sie zurast, die plötzliche Dunkelheit danach. Immer schneller stürmen die Bilder durch ihren Kopf.

Und dann ist sie wieder am Anfang. Wie sie mit dem Metalldetektor über den nächtlichen Friedhof schleicht und die Anzeige plötzlich unerwartet stark ausschlägt.

Sie erinnert sich, dass ihre Freude riesengroß war – aber leider nur von kurzer Dauer. Dann entdeckte sie nämlich, dass das Gerät nur auf einen herumliegenden Spaten reagiert hatte. Nach der Enttäuschung kam die Neugierde. Was machte ein fast neuer Spaten auf dem stillgelegten Friedhof? Ob ihn ein anderer Sondengänger zurückgelassen hatte?

Mit der Taschenlampe untersuchte sie die Umgebung der Fundstelle, und tatsächlich war die Erde offenbar erst vor kurzem aufgewühlt worden. Mit dem Blatt des Spatens schob sie Laub und Humus vorsichtig zur Seite, setzte einen Probestich und dann einen halben Meter daneben einen weiteren. Plötzlich Widerstand. Sie lockerte den Boden ringsherum, entfernte die Erde Schicht für Schicht, wie sie es gelernt hatte. Als sie schließlich in die flache Kuhle leuchtete, raubte ihr das Entsetzen den Atem. Sie schlug sich die Hände vor den Mund, brüllte in ihre Handflächen. Instinktiv machte sie einen Schritt nach hinten, geriet in eines der Löcher, die sie selbst gegraben hatte, und konnte im Fallen dem Grabstein nicht mehr ausweichen.

Wie lange mag sie hier zwischen feuchtem Laub und frischem Erdaushub gelegen haben? Sie blickt sich um. Durch das Unterholz schimmern die Straßenlaternen der nahen Anliegerstraße hindurch, aber die Häuser selbst liegen im Dunkeln. Das Viertel schläft noch fest. Lange kann sie nicht weg gewesen sein.

Mit der Hand tastet sie sich über die Stirn, doch erst, als ihre Fingerspitzen das frische Blut an der Augenbraue berühren, flammt auch der Schmerz in ihrem Schädel wieder auf. Sie atmet scharf ein. Dort vorne – nur eine knappe Armeslänge entfernt – ist der Rand der Grube. Sie hat gar nicht besonders tief graben müssen. Zwei, drei Handbreit vielleicht. Die perfekte Tiefe für Lilienzwiebeln ...

Ob sie noch einmal hineinleuchten soll? Nur um sicherzugehen, dass sie sich nicht geirrt hat? Vielleicht hat sie dort unten ja nur das Titelblatt einer alten Zeitschrift entdeckt.

Nein, Blödsinn! Sie hat doch die lehmverkrusteten Haare gesehen und auch die fleckige Gesichtshaut, über die unzählige Maden und Käfer gekrochen sind. Irrtum absolut ausgeschlossen.

Katrin richtet sich stöhnend auf. Streicht sich in einer fahrigen Bewegung Rindenstücke und Laub vom Mantel. Wie kommt ein toter Mensch hierher? Der kleine Friedhof ist doch schon zu DDR-Zeiten geschlossen worden, irgendwann in den achtziger Jahren muss das letzte Begräbnis gewesen sein. Und natürlich hat man auch damals die Toten so tief verscharrt, dass man als Spaziergänger nicht gleich darüber stolpert.

Ein idiotischer Scherz. Ein Teil ihres Körper will trotzdem lachen. Zwanghaft lachen, um das schreckliche Bild des entstellten Gesichts aus ihrem Kopf zu vertreiben. Lachen auch, um zu vergessen, dass sie eine Weile quer über der Leiche gelegen hat – bewusstlos und mit nichts als nur ein paar Zentimetern Erde zwischen sich und dem toten Fleisch. Ihr Magen zieht sich abrupt zusammen. Sie spürt deutlich, dass der mittlere Teil ihres Körpers den Ekel auf seine ganz eigene Art loswerden will.

Das Lachen kommt zuerst. Ein hysterisches Stakkato, freudlos und trocken, wie sie es noch nie bei sich gehört hat. Übergangslos schließt sich der Würgereiz an.

Sie dreht sich um. Macht ein paar unsichere Schritte, stützt sich auf einem schrägstehenden Grabstein ab. *Familie Zapotka* kann sie noch die Inschrift entziffern, dann erbricht sie sich über die verwitterte Granitoberfläche.

Lea Zeisberg

Sie zwang sich, weiterhin ganz ruhig zu stehen. Unzählige Male war ihr Blick nun schon über die ausgestellten Zeichnungen gewandert. Tuschebilder, Skizzen mit Buntstiften und Wachsmalkreiden. Vor Lea Zeisbergs Augen verschwamm alles zu einer bunten Wandtapete. Aber das war auch nicht wichtig. Ihre Aufmerksamkeit galt ausschließlich dem Geschehen in ihrem Rücken. Schon vor ein paar Minuten hatte der Gong zum Unterrichtsbeginn gerufen, aber noch immer hasteten Mitglieder des Lehrerkollegiums durch die Aula. Lea spürte die musternden Blicke ihrer Kollegen auf sich, doch zum Glück sprach niemand sie an.

Mit einem Knall flog die Eingangstür auf. Wind drängte herein, gefolgt von einer Gruppe Kinder, die im Laufschritt über die Fliesen schlitterten und lärmend im Treppenhaus verschwanden. Wahrscheinlich hatte die Tram mal wieder Verspätung gehabt. Irgendwo in den oberen Etagen schepperte noch eine Tür, dann wurde es plötzlich still in der Pausenhalle. Unheimlich still. Lea konnte sogar den mechanischen Antrieb der großen Uhr an der gegenüberliegenden Wand hören und ein weiteres rhythmisches, leicht pfeifendes Geräusch – ihren eigenen Atem.

Sie schloss für eine Sekunde die Augen, dann drehte sie sich um. Die Aula und der angrenzende Flur schienen verlassen. Ihr Blick glitt über das verglaste Treppenhaus und weiter zum Eingangsportal. Draußen hatte der Sturm noch zugenommen, riss das herbstbunte Laub vom regennassen Kopfsteinpflaster und ließ es schwerfällige Pirouetten in der feuchten Luft tanzen.

Lea machte zwei Schritte in Richtung Treppenhaus. Sofort beschlich sie das Gefühl, beobachtet zu werden. Doch da war eindeutig niemand. Nur der Hausmeister hockte ganz am Ende des hallenartigen Raums in einem winzigen Kabuff, aus dem heraus er in den Pausen Milch und Joghurt verkaufte. Aber der alte Mann war in seine Zeitung vertieft und sah nicht einmal in ihre Richtung.

Also weiter jetzt, Lea!

Im Treppenhaus drückte sie die Schultern durch, konzentrierte sich auf die Mitte ihres Körpers und setzte einen Fuß auf die unterste Stufe.

Eins.

Ihre rechte Hand umfasste das glatte Holzgeländer. Sie verlagerte das Gewicht und zog den Körper nach.

Zwei. Du könntest so als deine eigene Großmutter durchgehen …

Sie seufzte und erklomm die nächsten Stufen etwas zügiger.

Wie laut meine Schritte hier hallen, das kann man doch sicher bis nach oben hören, dachte sie und spürte sofort ein unsinniges Schuldgefühl in sich. Dabei hatte sie heute extra Schuhe mit flachen Absätzen angezogen. Bequem sollten sie sein, genau wie die Hose und der Pulli, die sie bereits vor Tagen für diesen Moment ausgewählt hatte.

Sechs. Sieben. Acht. Neun. Zehn.

Zählen war gut, hatte sich zu einem vertrauten Begleiter in ihrem Leben entwickelt. Selbst die komplexesten Abläufe konnte man so in überschaubare Einzelhandlungen zerlegen. Auch mit dem Aufsagen des Alphabets hatte sie es zwischenzeitlich probiert – als Deutschlehrerin erschien ihr das irgendwie passender –, doch der Effekt war nicht vergleichbar, und so war sie schnell wieder zu den Zahlen zurückgekehrt.

Elf. Zwölf. Dreizehn.

Die erste Etage lag nun vor ihr. Rechts ein großes Fenster, von dem aus man den Schulhof überblicken konnte. Auf der Scheibe klebte die Silhouette eines Greifvogels. Doch die schwarze Folie war schon seit Jahren eingerissen und wellte sich. Vielleicht war das der Grund, warum im Frühjahr zwei Schwalben nacheinander im Sturzflug gegen das Glas geprallt waren. Lehmann hatte einen dümmlichen Vergleich mit *Nine-Eleven* gebracht, ein paar Kollegen hatten sogar gelacht. Sie war zusammen mit dem Hausmeister runtergegangen und hatte die Vögel in den Büschen am Rand der gepflasterten Fläche gesucht. Eine der Schwalben lebte noch und schlug mit ihrem intakten Flügel. Der Hausmeister hatte das Leid mit einem gezielten Schaufelschlag beendet, und Lea musste sich übergeben. Zwei Tage später hatte dann dieses Schulfest stattgefunden. Als ob die Vögel bereits ein böses Omen gewesen wären. Ausgetauscht hatte das Klebebild in der Zwischenzeit aber trotzdem niemand.

Vor Lea tat sich nun der lange Flur auf, der parallel zu den Klassenzimmern verlief und auch heute wie ein schlechtbeleuchteter Tunnel wirkte. Die Erich-Weinert-Schule lag mitten im Kiez, war umringt von vier- und fünfgeschossigen Altbauten. Selbst an sonnigen Tagen drang kaum Licht in die unteren Etagen.

Inzwischen hatte sie die Hälfte des Weges zu ihrer 4a geschafft. *Bergfest* schoss ihr durch den Kopf. Über diesen sonderbaren Gedanken musste sie tatsächlich ein wenig lächeln und bemerkte dankbar, dass sich ihr verkrampfter Kiefer dabei etwas entspannte.

Vorhin im Lehrerzimmer hatte Paul Richter sie noch angesprochen. Du siehst nicht gut aus, hatte er gesagt und dann gefragt, ob er sie vielleicht begleiten solle, bis in die zweite Etage, zum Klassenzimmer und – falls sie es möchte – auch hinein. Ja, der nette Kollege wäre sicher mitgekommen, hätte den Schülern der 4a zur Tarnung vermutlich mitgeteilt, was sie zum nächsten Kunstunterricht bitte mitbringen sollen, und dann die Klasse wieder an Lea übergeben.

Aber Lea hatte den Kopf geschüttelt. Nein, nein, kein Problem. Danke, lieb von dir, Paul, aber ich schaffe das …

Schaffen. Manchmal benutzte sie dieses verhasste Verb selbst, obwohl es ihr aus den Mündern ihrer Mitmenschen oft unerträglich erschien: Lea, du schaffst das. Sie schaffen das, Frau Zeisberg. Wir sind ja bei Ihnen, gemeinsam schaffen wir das. Ständig hatte man ihr das vorgeplappert. Während der Therapie, der ambulanten Gesprächsgruppe danach – selbst ihr Freundeskreis schien keine anderen Worte zu finden.

Lea hatte die ersten Klassenräume jetzt passiert. Ihr Herz raste, aber sie schritt unbeirrt voran.

Dann sah sie allerdings etwas, das sie stoppen ließ: Die Tür der 6b stand weit offen.

Seltsam, eigentlich müsste doch Nicole Vossner längst hier unterrichten, überlegte sie. Die Kollegin hatte das Lehrerzimmer ja noch vor ihr verlassen.

Lea ging langsam ein paar Schritte zurück. Auf dem Garderobenständer neben der Tür tropften Jacken und Mäntel. Wieder hatte es die ganze Nacht hindurch geregnet, und auch dieser Morgen versprach keine Besserung. Ein typischer Berliner Novembertag eben. Grau in grau.

Leas Blick folgte der Spur schmutziger Fußabdrücke, die von der großen Pfütze unterhalb der Garderobe in den Klassenraum führte. Sie würde jetzt einfach dieser Spur folgen, den Raum betreten, zum Lehrerpult gehen, sich bei der Klasse erkundigen, wo die Kollegin Vossner sei. Sie würde …

Nichts! In Wirklichkeit würde sie nichts davon tun. Gar nichts! Sie würde keine sechste Klasse betreten, nicht diese und auch keine andere. Nie wieder. Mit der Vierten ist Schluss. Man hatte ihr das zugesichert, sogar schriftlich. Sonst hätte sie den Schuldienst nicht wiederaufgenommen.

Lea stand im Schutz der Regenmäntel und Winterjacken. Aus der Klasse war sie so nicht zu entdecken, konnte selbst aber auch nur einen kleinen Teil des Raums einsehen. Eine Ecke des Lehrerschreibtischs, ein Stück Tafel. Zwei Schülertische standen quer im Gang. Es sah aus, als habe man sie verschoben, um im hinteren Teil des Raumes Platz zu schaffen. Nur wofür?

In Leas Brust verdrängten Pflichtbewusstsein und Neugierde für einen Moment die allgegenwärtige Angst, und sie wagte sich bis zur Türschwelle vor.

Die Schüler standen dichtgedrängt hinter den umgeräumten Tischen und verdeckten, was sich in ihrer Mitte abspielte.

Während Lea noch überlegte, wie sie sich verhalten sollte, setzte plötzlich das Gemurmel Dutzender Stimmen ein. Erst jetzt wurde ihr bewusst, wie ruhig sich die Kinder vorher verhalten hatten. Nun aber schaukelte sich das Wispern und Tuscheln wie eine Flutwelle auf, erreichte seinen Höhepunkt und brach dann so schnell in sich zusammen, wie es entstanden war. Wieder war für einen Moment nichts außer dem monotonen Rauschen der alten Dampfheizung zu hören.

Mit einem Mal ging ein Ruck durch die Körper der Schüler. Schultern wurden gespannt, Hälse gereckt. Lea spürte, wie ihre Handflächen feucht wurden. Obwohl sie nichts davon sehen konnte, wusste sie, dass hier etwas gerade auf seinen Höhepunkt zusteuerte.

Eine Art Pfeifen zerriss plötzlich die Stille. Lea musste an dieses Kinderspielzeug denken: bunte Plastikschläuche, die über den Kopf geschwungen ein hochfrequentes Heulen abgeben, mit dem man Erwachsene in den Wahnsinn treiben kann.

Aber das hier war anders. Klang viel gefährlicher. Nur einen Sekundenbruchteil später hörte Lea ein trockenes Knacken, gefolgt von einem unterdrückten Schmerzensschrei. Damit verschwanden auch die letzten Gedanken an harmlos spielende Kinder aus ihrem Kopf.

Offenbar war das Spektakel jetzt aber beendet, die Schülergruppe rückte bereits wieder auseinander. Tische und Stühle wurden an ihre ursprünglichen Plätze geschoben. Nur in der Mitte blieb ein Tisch stehen. Dort saß ein Junge. Sein linker Arm lag schlaff auf der Tischplatte. Seine Augen schienen aus ihren Höhlen quellen zu wollen, und der Mund war weit aufgerissen. Doch er schrie nicht.

Lea kam das Gesicht bekannt vor, aber ihr wollte kein Name dazu einfallen. Auf keinen Fall war das einer ihrer ehemaligen Schüler.

Jetzt tauchte ein anderer Junge auf, nahm etwas von der Tischplatte und drückte es dem Sitzenden in die Hand.

Dieser zweite Junge ... War das nicht ...? Lea kniff die Augen zusammen. Doch, eindeutig, diesen Blondschopf kannte sie. Kolja Grossmann, ein freundliches, geradezu liebenswertes Kind. Genau wie Merle, seine kleine Schwester, die in die vierte Klasse ging. In exakt die Klasse, in der sie eigentlich schon seit fünf Minuten stehen und Deutsch unterrichten sollte.

Ein Geräusch in ihrem Rücken ließ Lea herumfahren. Fast hätte sie laut aufgeschrien. Hinter ihr, keine zwei Meter entfernt, in einer Nische des Korridors, stand Nicole Vossner.

Hatte sich die Kollegin etwa schon die ganze Zeit dort aufgehalten? Lea gab sich die Antwort selbst: Ja, eindeutig, schließlich war nach ihr niemand mehr über den Flur gekommen.

Nicole hatte also das Spektakel in der Klasse mitbekommen. Ohne einzugreifen oder auch nur ein Wort zu sagen? Unvorstellbar!

«Nicole ...» Lea warf noch einen Blick in den Klassenraum, dann ging sie auf die Kollegin zu.

«Hallo, Lea. Ich ...», sagte Nicole. Ihre Stimme klang rau und ungelenk, als hätte sie seit Jahren nicht mehr gesprochen. «Ich bin wohl ein bisschen spät dran. War noch im Lehrmittelraum. Die Kinder warten bestimmt schon.» Sie lachte unsicher und schob sich an Lea vorbei. «Bis später.»

Lea sagte nichts, starrte der Kollegin nur entgeistert hinterher. Als sie schließlich nickte, immer wieder nickte, und, während sie das tat, genau wusste, dass das jetzt nur eine idiotische Übersprungshandlung war, hatte Nicole bereits die Tür des Klassenraums hinter sich geschlossen.

16. November, morgens
Arne Larsen

Er reißt die Augen auf, springt mit einem Satz aus dem Bett. Dieser Mechanismus ist ihm inzwischen in Fleisch und Blut übergegangen. Denn er weiß genau, wenn er liegen bleibt, wird er zurückkehren. Zurück in den Traum, in die geflutete Kanalisation auf dem verlassenen Militärgelände. Dort aber wird der Wasserspiegel inzwischen weiter gestiegen sein und jetzt bis unter die Decke reichen.

Wieder wird er dann den Moment durchleben, als ihm endlich gewahr wird, dass er auftauchen muss, weil der Kollege dort unten bereits tot ist. Weil er ihm nicht mehr helfen kann, egal wie fest er an dem fixierten Körper auch zerrt. Vor allem aber, weil er Luft braucht, endlich Luft, weil seine Lunge schon jetzt wie Feuer brennt und die Alarmglocken in seinem Kopf einen unbarmherzigen Beat schlagen.

Dann wird auch das Grauen wieder auf ihn warten. Oben an der Decke des Tunnels, in dem gemauerten Halbrund, wo er noch vor wenigen Sekunden seinen Kopf über den Wasserspiegel heben konnte.

Zu spät, wird das Grauen ihm zurufen und lachen, während er seine Schädeldecke immer fester gegen die Tunnelwandung pressen wird und Nase und Lippen doch nichts anderes spüren werden als Wasser.

Keine Luft. Wasser. Nichts als Wasser.

Nein, nicht wieder diese Bilder. Bitte ...

Autogenes Training, Autosuggestion, ein bisschen Yoga. Er hat einiges ausprobiert. Nur ein paar einfache Übungen natürlich. Keine Therapie.

Um Gottes willen, bloß keine Therapie.

Auch keinen Therapeuten.

Keinen verdammten Seelenklempner.

Himmel! Ich habe kein Trauma. Ich habe einen Schmerz in meinem Herzen.

Arne Larsen steht leicht schwankend vor seinem Bett und fragt sich für einen Moment, wo er eigentlich ist. Der Boden unter seinen nackten Füßen fühlt sich warm an. Keine Kälte, keine Feuchtigkeit. Stattdessen: Holz, glattgeschliffen. Parkett.

Er macht einen Schritt vorwärts, stößt mit dem Zeh gegen einen Gegenstand. Einer der zahlreichen Umzugskartons, die immer noch unausgepackt in seinem Zimmer stehen. Eine ganze Wand aus Pappe, in der jetzt sein altes Leben lagert. Als er vor ein paar Wochen erfahren hat, dass sein Versetzungsantrag nach Berlin nach der ersten Ablehnung doch noch genehmigt wurde, hat er wie selbstverständlich eingepackt, was er besitzt. Jetzt wohnt er mit anderen Dreißig- bis Vierzigjährigen in einer Wohngemeinschaft, an der Grenze zwischen Berlin-Mitte und Prenzlauer Berg, und kann kaum etwas von dem mitgeschleppten Hausrat gebrauchen. Die Schränke in der Gemeinschaftsküche sind schon zum Bersten gefüllt mit dem bunten Sammelsurium, das ehemalige Mitbewohner bei ihrem Auszug zurückgelassen haben.

Er tritt an das große Fenster seines Zimmers. Regen läuft in langen Schlieren über die Scheibe, sammelt sich am unteren Holm, tropft auf das Fensterblech.

Unten an der Kreuzung ist offenbar die Ampel ausgefallen. Das warnende Blinklicht explodiert in der regenschweren Luft zu Tausenden winziger Sternschnuppen.

Links, einen Kilometer die Prenzlauer Allee hinunter, kann er im trüben Licht gerade noch die Konturen des Alexanderplatzes erahnen. Auch an diesem Morgen ersäuft der Fernsehturm im Dunst, der die Hauptstadt in diesem Herbst mit schöner Regelmäßigkeit überzieht.

Regen. Wieder ist es dieses Geräusch gewesen, das die unheilvollen Erinnerungen heraufbeschworen hat. Regen, gepaart mit Dunkelheit. Eigentlich ist es gar nicht dieser wiederkehrende Traum, der ihn beschäftigt. Es ist die Angst, dass die Schatten der Ereignisse von damals irgendwann auch seinen Tag überlagern könnten, seine Handlungen beeinflussen. Einer der Gründe, warum er jetzt hier ist. In der Hauptstadt. Weit weg von den Ereignissen des vergangenen Jahres.

Arne Larsen blickt auf das Zifferblatt seines Weckers: 2.30 Uhr. Das ist völlig unmöglich. Ausgeschlossen. Er angelt sich die Jeans vom Sessel, zieht das Smartphone aus der Hosentasche. Kurz nach sechs, sagt das Display. Verdammt, er hätte schon vor einer Viertelstunde aufstehen müssen.

Er schiebt das Telefon in die Brusttasche seines Schlafanzuges und streckt den Kopf aus der Zimmertür. Auf dem Flur ist es ruhig. Noch viel zu früh für seine Mitbewohner. Hinter dem geriffelten Glas der Badezimmertür gegenüber brennt allerdings Licht. Larsen rüttelt am Türgriff. Tatsächlich besetzt. Ausgerechnet heute.

Er schleicht barfuß in die Küche, befüllt die Kaffeemaschine, schaltet sie ein. Als er zum Badezimmer zurückkehrt, ist die Tür immer noch verschlossen.

Er klopft, bekommt aber keine Antwort. Schließlich legt er seine Hand auf die Scheibe und versucht dahinter etwas zu erkennen.

Unvermittelt dreht sich der Schlüssel im Schloss, und die Tür geht einen Spalt weit auf.

«Na endlich», will er sagen, doch dann verschluckt er sich fast vor Lachen. Vor ihm steht Emma, die kleine Tochter seines Mitbewohners Werner. Das Kind hat sich Lippenstift bis zu den Ohren aufgetragen, die Augenbrauen mit einem Kajalstift fingerdick übermalt, und bei den hellblauen Flecken, die bis auf die Nase reichen, dürfte es sich um Lidschatten handeln. In der Hand, vorgereckt, als wäre es ein Zepter, hält die Kleine den großen, verschnörkelten Schlüssel der Badezimmertür. «Oha», sagt Larsen und versucht verzweifelt sein Lachen unter Kontrolle zu bringen. «Wo willst du denn so hin? Zum Kindergarten?»

«Ich bin jetzt erwachsen», sagt die Kleine und schaut ihn mit einem Blick an, in dem sich Trotz und Unsicherheit die Waage halten.

«Soso.» Larsen geht vor dem Mädchen in die Hocke. «Ich glaube aber kaum, dass das deinem Papa gefällt. Wo hast du die Schminke überhaupt her?»

Emma kneift die Augen zu schmalen Schlitzen zusammen. Über ihren Kopf hinweg erhascht Larsen einen Blick in das hellerleuchtete Badezimmer. Und was er dort sieht, gefällt ihm gar nicht. Die Türen des Badezimmerschränkchens stehen offen, Schubladen sind herausgezogen. Vor dem Waschbecken ist der kleine Tritt aufgestellt, den sie benutzen, um Wäsche über der Badewanne aufzuhängen.

«Oje», sagt er und schlängelt sich an der Kleinen vorbei.

Schminkutensilien stapeln sich auf dem Rand des Waschbeckens, eine hautfarbene Puderquaste liegt auf der Ablage, und das Glas des Spiegels darüber schimmert in denselben Farben wie Emmas Gesicht.

Larsen setzt ein strenges Gesicht auf, dreht sich zu dem Mädchen um, das in der offenen Tür stehengeblieben ist. «Das wirst du wohl aufräumen müssen», sagt er.

Emma legt den Kopf schräg. Der Trotz in ihrem Blick hat nun

eindeutig die Überhand gewonnen. «Nö», sagt sie und macht einen schnellen Schritt zurück in den Flur. Bevor Larsen reagieren kann, hat sie die Tür von außen ins Schloss gedrückt.

Nein, denkt er, das ist jetzt nicht wahr. Doch als er die Tür erreicht und den Griff nach unten drückt, bestätigt sich sein Verdacht. «Emma», ruft er. «Komm, schließ auf. Wir räumen das dann einfach zusammen weg, okay?»

Keine Antwort. Er hört nur das Rauschen des Boilers über der Badewanne.

«Emma?»

Stille.

Seine Brust kribbelt.

Ein merkwürdiges Gefühl. Auch noch auf der Herzseite.

Er blickt in den Spiegel. Nein, alles gut. Er sieht verschlafen, aber gesund aus. Dann endlich begreift er und holt das Smartphone aus der Brusttasche.

«Ja?»

«Hauptkommissar Arne Larsen?» Eine Frauenstimme.

«Ja.»

«Sind Sie schon unterwegs?»

«Unterwegs wohin?»

«Zum Präsidium. Falls ja, drehen Sie wieder um. Falls nein, gehen Sie einfach nach unten. In beiden Fällen: Ich hole Sie vor dem Haus ab. Salzmann hat mir Ihre Adresse gegeben. Wir haben nämlich eine Leiche. In zehn Minuten bin ich da, reicht Ihnen das?»

«Ja», sagt er so dahin. Duschen, Zähne putzen – das ist zu schaffen. Die Klamotten für den Tag hat er sich schon gestern bereitgelegt. Dann fällt sein Blick auf die Badezimmertür. Verdammt, an seine *besondere* Situation hat er überhaupt nicht gedacht. «Moment», ruft er in das Telefon, doch die Gegenseite hat bereits aufgelegt.

Nicht mal ihren Namen hat sie genannt, fährt es ihm durch den Kopf. Was für ein seltsamer erster Kontakt mit der neuen Kollegin. Mayla Aslan, Oberkommissarin. Etwas jünger als er, wenn er Salzmann, seinen Vorgesetzten beim LKA, richtig verstanden hat.

Er schiebt das Telefon zurück in die Tasche des Pyjamas, geht zur Tür und legt das Ohr ans Holz. «Emma, bist du noch da? Komm bitte, wir räumen das Chaos schnell zusammen auf, und dann muss dein Papa gar nichts davon erfahren.»

*

Arne Larsen hastet über den Gewerbehof. Die Luft ist von Feuchtigkeit durchdrungen. Feiner Dunst, der sich bei jedem Atemzug auf seine Schleimhäute legt und in den Bronchien ein unangenehmes Kitzeln erzeugt. Die Kühle schmeckt bereits nach Winter, obwohl es noch keinen Frost gegeben hat. Spätherbst in Berlin.

Er erreicht die Einfahrt an der Prenzlauer Allee und sieht auf die Uhr. Eigentlich müsste er noch in der Zeit sein. Trotz aller Schwierigkeiten, denn natürlich hat Emma die Tür nicht freiwillig geöffnet, und er musste tatsächlich ihren Vater per Handy aus dem Bett klingeln. Duschen fiel damit komplett aus.

Eine Hupe, direkt neben ihm. Er fährt herum. Auf dem Parkstreifen steht ein Wagen mit laufendem Motor. Matter Lack, der eigentliche Farbton kaum noch zu identifizieren. Aus dem offenen Fenster auf der Fahrerseite winkt ein Arm. Ein paar dunkle Locken entdeckt Larsen ebenfalls. Der helle Fleck eines Gesichts bewegt sich hinter der beschlagenen Frontscheibe.

«Larsen!» Der Arm winkt noch einmal, verschwindet dann im Wageninneren. Dafür schwingt auf der Beifahrerseite die hintere Tür ein Stück auf. Ein schabendes Geräusch, Metall auf Metall. Es klingt, als brülle der Wagen vor Schmerzen auf.

Er beugt sich zum Seitenfenster hinunter. «Hallo, guten Morgen, Frau Aslan. Sorry, ich hatte gerade ein nicht geplantes Rendezvous mit einer stark geschminkten Vierjährigen ...»

Die Frau im Wagen bedenkt ihn mit einem Blick, den er nicht einschätzen kann. Ohne weiter auf seinen Scherz einzugehen, deutet sie mit dem Daumen nach hinten. «Ich habe auf der Rückbank etwas Platz geschaffen, die Beifahrertür lässt sich nicht mehr öffnen.»

Er quetscht sich auf die Bank im Fond. In der Hektik hat er auf den Wagentyp gar nicht geachtet. Als er jetzt aber die dünne, zerschlissene Auflage sieht, spürt, wie sich die Rohre der Sitzbank in seine Oberschenkel drücken, wird ihm klar, dass es sich bei dem Gefährt tatsächlich um einen alten Renault 4 handelt.

«Das muss zwanzig Jahre her sein, dass ich in so einer Karre gesessen habe. Wo haben Sie die denn her? Aus dem Museum?»

Sie zuckt mit den Schultern. «Gekauft.»

«Und die Schaltung? Ich meine, diese *Revolverschaltung* ist ja doch sehr speziell.»

«Keine Ahnung, ist sie das? Ich kann damit die Gänge einlegen, also was soll damit sein?»

Larsen erhascht ihren Blick im Rückspiegel. Dunkle Augen, die ihn unverwandt, vielleicht auch einfach nur neutral ansehen. Kein Lächeln jedenfalls. Sie meint, was sie sagt. Ein technisches Gerät zur Steuerung des Wagens, eines so gut wie das andere. Erstaunlich.

Während der Fahrt tauschen sie ein paar allgemeine Floskeln aus: *Auf ein gutes kollegiales Verhältnis. Berlin ist toll. Ja, es ist wirklich kalt geworden.*

Dann gerät das Gespräch ins Stocken. Larsen starrt aus dem Seitenfenster, Altbaufassaden rauschen vorbei. Sie kreuzen die

Danziger Straße. Irgendwie passt es ja, dass er hinter der jungen Kollegin auf der Rückbank sitzen muss. Auch in dem Team, das sie beide bilden werden, wird er in der ersten Zeit nur die zweite Geige spielen.

Höherer Dienstrang hin oder her. So ist das nun mal, wenn man bei uns eine Dienststelle antritt und keine Großstadterfahrung hat. Kriminalrat Salzmann hat das gleich deutlich gemacht, als Larsen sich in der letzten Woche auf der Dienststelle vorgestellt hat. «Haben Sie ein Problem damit? Vielleicht, weil eine Frau in dem Team das Sagen hat?», hat er ihn abschließend gefragt und kritisch gemustert. «Nein, natürlich nicht», hat Larsen bewusst ruhig geantwortet. Er hielt das ganze Gespräch für eine Art Prüfung. Einen Test, wie schnell er sich provozieren lassen würde. So etwas in der Art.

«Wir fahren nach Buch. Vermutlich wird es da nicht so lecker. Haben Sie schon was Festes gefrühstückt?» Mayla Aslan beugt sich vor und fummelt an den Reglern der Lüftungsanlage herum.

«Nein, nichts», sagt Larsen, dem einfällt, dass er wegen Emma nicht mal Zeit für einen Kaffee gefunden hat. «Buch – was ist das? Ein Stadtteil?»

Die braunen Locken vor ihm bewegen sich leicht. «Jepp», sagt sie kurz und trocken. Für einen Moment ist nur das asthmatische Pfeifen der Lüftung zu hören.

«Ich heiße übrigens Arne», sagt er nach einer Weile. Mehr, um die erneute Stille zu überbrücken, als dass er den Moment für besonders passend hält.

«Ich weiß», sagt sie und schweigt.

Er sucht ihren Blick im Rückspiegel, findet ihn aber nicht. War das zu voreilig? Er räuspert sich. «Was erwartet uns in Buch, Frau Aslan? Sie haben am Telefon nur einen Leichenfund erwähnt …»

Sie lacht. Wendet kurz den Kopf in seine Richtung. Ein rauer Unterton schwingt in ihrer Stimme mit, als sie antwortet: «Ja, eine der Leichen ist für uns. Die anderen lassen wir schön in Ruhe. Ist nämlich ein Friedhof.»

Ein Friedhof? Soll das vielleicht einer dieser Scherze werden, die man mit neuen Kollegen macht, um sie auf die Probe zu stellen. Als Einstand quasi? Er beschließt, nicht weiter nachzuhaken. Wenn Mayla Aslan ihn nur mit bruchstückhaften Informationen füttern will, wird er schweigen, alles auf sich zukommen lassen und lässig bleiben, genau, wie er es sich vorgenommen hat. Ganz lässig.

Lea Zeisberg

Für einen kurzen Moment stellte sie sich vor, die Kinder hätten die Tür von innen verbarrikadiert. Tische und Stühle aufgestapelt, vielleicht sogar das schwere Lehrerpult in gemeinschaftlicher Anstrengung vor den Türrahmen gerückt. Dann schüttelte sie den Kopf. Nein, das war doch total albern. Sie war diejenige, die Angst hatte – nicht die Kinder.

Lea Zeisberg straffte die Schultern und legte die Hand noch einmal auf die Klinke. Aber auch diesmal gab die Tür keinen Millimeter nach. Dafür hörte sie von innen ein leises Geräusch. Der Türgriff in ihrer Hand ruckte, glitt nach unten, und die Tür schwang ein Stück auf – direkt auf sie zu.

Die falsche Richtung! Natürlich! So wie in jeder deutschen Bildungseinrichtung gingen auch an der Erich-Weinert-Schule die Türen der Klassenräume nach außen auf. Falls es brennt, müssen die Kinder den Raum schließlich ungehindert verlassen können.

Lea schloss für einen Moment die Augen. Erst gestern war sie noch einmal den ganzen Ablauf durchgegangen. Vom Eintreffen am Schulgebäude bis zum Betreten des Klassenraums. An so etwas Banales wie die Öffnungsrichtung einer Tür hatte sie dabei natürlich nicht gedacht.

Mit einem Ruck zog sie die Tür vollends auf. Direkt vor ihr stand Chim, eines der vielen vietnamesischen Kinder, die in diesem Kiez lebten, und sah sie mit in den Nacken gelegtem Kopf an.

«Ich danke dir!» Lea schob sich an dem Jungen vorbei in das Klassenzimmer. «Klemmt etwas. Ich muss wohl dem Hausmeister ...»

Ihr Blick traf auf gut zwanzig Augenpaare, die sie anstarrten. Einige der Kinder hatten sich bereits erhoben, andere schoben gerade ihre Stühle zurück. Dann wurde es ruhig im Klassenraum. Chim stampfte lautstark zu seinem Platz zurück, sonst hätte Lea in der Stille womöglich ihr eigenes Herz schlagen hören. Sie riss sich von den Blicken der Kinder los, ging langsam zum Lehrerschreibtisch und legte die lederne Umhängetasche ab. Dann angelte sie sich ein Stück Kreide von der Ablage und begann ihren Namen auf die Wandtafel zu schreiben. Ihre Hand zitterte nicht, aber es quietschte entsetzlich, und nach dem i-Punkt brach die Kreide ab. Sie setzte mit dem Reststück neu an und vollendete den Schriftzug. Die Idee, wie eine neue Lehrerin vor die Klasse zu treten, war ihr erst gestern Abend gekommen. Ein wunderbares Symbol für diesen Neuanfang. Sie klopfte sich den Kreidestaub von den Handflächen und drehte sich wieder zu den Schülern um.

«Guten Morgen, Kinder!» Die Kinder antworteten, und Lea deutete mit dem Daumen hinter sich. «Nur für den Fall, dass ihr nicht mehr wisst, wie ich heiße.»

Gekichere. Stühlerücken. Stimmengemurmel. Alles ganz normal. Schulalltag.

Lea atmete durch und entspannte sich ein wenig. Von den Proben zu Hause abgesehen, hatte sie dieses Begrüßungsritual das letzte Mal vor genau 163 Tagen durchgeführt.

In der zweiten Reihe schnellte ein Arm in die Höhe.

«Ja?» Lea bewegte den Oberkörper etwas nach links. Wie hieß die Kleine noch ... Isabell?

Das Mädchen erhob sich halb von ihrem Stuhl. «Ich ...», sagte sie, dann schluckte sie. «Ich bin doch heute dran. Oder gilt das jetzt nicht mehr?» Bei den letzten Worten zogen sich die Augen des Mädchens zu schmalen Schlitzen zusammen.

Gilt jetzt nicht mehr?, dachte Lea. Was meint das Kind? Laut sagte sie: «Klär mich auf, Isabell. Womit bist du dran?»

Das Mädchen schluckte wieder. Auf ihren Wangen erblühten zartrote Flecke.

Aus der rechten Raumhälfte ertönte Chims Stimme: «Sie wissen das ja nicht. Montags ist jetzt immer Lesetag.»

Bevor Lea einwenden konnte, Chim möge sich doch bitte melden, wenn er etwas zu sagen habe, fuhr der Junge fort und erklärte, Frau Jensen habe das Vorlesen eingeführt. Einmal pro Woche dürfe jemand aus der Klasse sein Lieblingsbuch vorstellen, und heute sei eben Isabell dran.

Lea nickte nur. Sie fühlte sich überrumpelt. Aber vielleicht war es sogar vernünftig, die Kinder den heutigen Unterricht weitestgehend selbst gestalten zu lassen.

Also las Isabell mit monotoner Stimme vor. Irgendetwas von Harry Potter. Den Titel hatte Lea bereits nicht mehr mitbekommen. Ihre Gedanken kehrten wieder zu den Ereignissen, die sich vor wenigen Minuten in der ersten Etage abgespielt hatten.

War das vielleicht doch nur ein harmloses Kräftemessen zwischen zwei Halbwüchsigen gewesen? Letztlich hatte sie kaum etwas gesehen, nur den Jungen mit seinem schmerzverzerrten Gesicht. Der Schlag mit einer Art Stab, das Brechen des Knochens – all das hatte sie sich anhand der Geräusche zusammengereimt. Auch wenn diese eindeutig geklungen hatten, bestand doch die Gefahr, dass ihr Kopf ihr einen Streich gespielt und Erinnerungsfragmente der Geschehnisse von vor einem halben Jahr mit den aktuellen Ereignissen vermengt hatte. Wie weit konnte sie ihrer Wahrnehmung wirklich wieder trauen?

Aber da war ja noch Nicole, die hatte sie sich nicht eingebildet. Nicole hatte eindeutig in der Nische vor dem Klassenraum gestanden und sich nicht …

Ja, was hatte sie nicht? Sprich es doch aus, Lea. Sag es. Sie hat gewartet, bis alles vorbei war. Sie hat sich ganz einfach nicht hineingetraut. Sie …

Lea sah irritiert auf. Mit einem Schlag war es still in der Klasse geworden. Offensichtlich hatte Isabell das Kapitel zu Ende gelesen. Lea ließ den Blick über die Tischreihen wandern. Die Schüler erwarteten eine Reaktion von ihr, aber sie konnte noch etwas anderes auf den Gesichtern der Kinder ablesen: Erstaunen.

Hatte sie den letzten Gedanken etwa laut ausgesprochen?

Lea spürte, wie ihr die Röte ins Gesicht schoss. «Danke, Isabell», sagte sie. «Sehr schön hast du das …»

Isabell schüttelte den Kopf. Nur ein wenig, aber Lea registrierte es genauso wie den enttäuschten Ausdruck, den das Gesicht des Mädchens jetzt annahm.

Wieder war es Chim, der unaufgefordert losplapperte: «Es sind erst fünf Minuten und siebzehn Sekunden um.» Der Junge schob den Ärmel seines Kapuzenpullis hoch und deutete auf eine goldfarbene Digitaluhr, die viel zu groß für sein kindliches Handgelenk war.

Vielleicht war ihm die Aufgabe von der Kollegin zugeteilt worden, die das Vorlesen eingeführt hatte. *Chim, du machst den Zeitnehmer. Zehn Minuten und keine Sekunde länger, ja? Ich verlasse mich auf dich!*

Lea atmete durch. Okay, dann eben weiter im Text. «Verzeihung, Isabell, da habe ich mich wohl vertan. Wir wollen natürlich gerne noch ein wenig mehr von Harry und Hermine erfahren.»

Chim nickte zufrieden, verschränkte die Arme vor der Brust. Über Isabells Gesicht huschte ein Lächeln, dann wurde sie wieder ernst und beugte sich tief über das Buch. Erst jetzt fiel Lea auf, wie herausgeputzt das Mädchen aussah: Ihr langes Haar war sorgfältig zu einem Zopf geflochten, und die weiße Bluse mit Rüschen und kurzen Puffärmeln, die sie trug, wollte weder zur Jahreszeit noch zum Dresscode ihrer Klassenkameradinnen passen. Vermutlich hatte sie sich extra für ihren kleinen Auftritt so zurechtgemacht.

Isabell las inzwischen weiter, und für einen kurzen Moment gelang es Lea sogar, sich auf ihre Worte zu konzentrieren.

16. November, morgens
Arne Larsen

Kopfsteinpflaster. Das Auf-und-ab-Tanzen des Wagens ist ein schmerzhafter Rhythmus, der ihm bis in die Lendenwirbelsäule fährt. Vorne flucht Mayla Aslan leise in einem merkwürdigen Singsang – *türkisch?* – während sie den altersschwachen Renault zwischen versetzt parkenden Fahrzeugen hindurchmanövriert.

Und hier soll ein Friedhof sein? Arne Larsen beugt sich über den Beifahrersitz und späht durch die Windschutzscheibe. Das Parfüm der türkischen Kollegin steigt ihm in die Nase. Eigentlich hätte er einen schweren, orientalischen Duft erwartet. Doch Frau Aslan umgibt etwas richtig Frisches, Minziges. Vielleicht ist das aber auch nur ihr Mundwasser.

Mayla Aslan setzt den Blinker, biegt links ab. Viereckweg. Seltsamer Name. Immer noch Kopfsteinpflaster. Ein paar Meter voraus tauchen die Einsatzwagen der Schutzpolizei auf, auch ein Krankenwagen mit rotierendem Blaulicht steht mitten auf der Straße. Offenbar ist das Ganze also doch ein realer Einsatz und kein dummer Kollegenscherz zu seinem Einstand.

«Näher komme ich nicht ran.» Mayla Aslan rangiert den R4 umständlich hinter ein Wohnmobil an den Straßenrand und steigt aus.

Während sie an dem Pulk von Fahrzeugen vorbeilaufen, lässt Larsen sich ein paar Meter zurückfallen und studiert die Umgebung: Der Ausläufer einer biederen Wohngegend. Auf der einen

Straßenseite helle Einfamilienhäuschen mit gepflegten Vorgärten. Gegenüber ein eingezäuntes Waldstück. Der Maschendraht rostig und an mehreren Stellen niedergerissen. Direkt dahinter scheint ein wahrer Urwald aus Brennnesseln und Disteln zu beginnen.

Mayla Aslan erwartet ihn bereits am Tor, das sich an das Ende des maroden Zaunes anschließt. Zwischen den Säulen aus roten Ziegelsteinen hat sich ein uniformierter Polizist postiert und kontrolliert ihren Dienstausweis. Larsen nickt er nur zu, murmelt etwas Unverständliches und deutet mit der Hand auf das baumbestandene Areal hinter sich.

Mayla Aslan marschiert voraus. Das Laub unter ihren Füßen ist schwer von der Nässe und raschelt kaum. Mit jedem Schritt heften sich mehr Blätter an ihre knöchelhohen Turnschuhe – aus der Ferne könnte man glauben, sie stakse in rot-gelb gefleckten Stiefeln durch den Park.

«Und wo ist jetzt dieser Friedhof?», fragt Larsen, als sie stehenbleibt, um über eine verwilderte Hecke zu spähen.

«Sie machen Scherze, oder? Wir stehen mittendrauf!» Sie deutet auf den Boden vor sich, macht eine Handbewegung zum hinteren Zaun und wieder zurück zum Eingang. «Das alles hier gehört zum Friedhofsgelände.» Sie grinst in seine Richtung. «Die letzte reguläre Beerdigung fand allerdings bereits 1985 statt.»

Larsen wirft ihr einen überraschten Blick zu, starrt dann auf die Spitzen seiner Schuhe. Er ist nicht besonders religiös, doch die Vorstellung, gerade über mehrere Grabstätten gelaufen zu sein, behagt ihm nicht sonderlich. Frau Aslan hätte ihm diese Info auch schon vorher geben können – nein, müssen. Und wenn er den spöttischen Ausdruck in ihrem Gesicht richtig deutet, ist ihr das auch durchaus bewusst.

Bevor er etwas sagen kann, reißt Mayla Aslan ihren Arm

hoch, brüllt «Harald, Harald Fricke!» und winkt in Richtung des dichten Buschwerks vor ihnen. «Hier geht es irgendwie nicht weiter. Wie kommen wir am besten zu euch rüber?»

Larsen braucht einen Moment, bis er den Mann, der in einem Schutzanzug der Spurensicherung zwischen den Büschen kniet, ebenfalls entdeckt. Der Kriminaltechniker richtet sich auf, deutet mit seiner behandschuhten Hand zur Straße und malt eine Art Halbkreis in die Luft. Offenbar sind sie bereits direkt hinter dem Eingang falsch abgebogen.

Eine halbe Minute später stehen sie vor rot-weißem Flatterband, das weitläufig zwischen den Bäumen gespannt ist. In der Mitte der abgesperrten Fläche leuchten Scheinwerfer ein etwa drei mal drei Meter großes Waldstück aus. Der Mann von der Kriminaltechnik kommt ihnen bereits entgegen. In der Hand zwei noch verpackte Schutzanzüge. Er zieht seinen Mundschutz etwas herunter, umarmt Frau Aslan andeutungsweise. Larsen nickt er zu.

«Die verdammte Feuchtigkeit ruiniert uns alles, Mayla. Die Jungs bauen erst mal ein Schutzzelt über der Fundstelle auf. So wie es momentan aussieht, werden wir hier noch eine ganze Weile beschäftigt sein.»

Mayla Aslan hat ihren Anzug in Sekundenschnelle übergezogen. Larsen kämpft mit dem linken Hosenbein, sein Schuh hat sich verfangen, und er muss sich mit einer Hand am Stamm einer Kiefer abstützen, um nicht zu stürzen. Frau Aslan lacht. Sie hat sich mit dem Rücken gegen einen Baum gelehnt und beobachtet seine Versuche ungeniert.

Fricke instruiert währenddessen zwei Kollegen, die eine Art Zeltgestänge angeschleppt haben. Nachdem die beiden abgezogen sind, erläutert er den bisherigen Ermittlungsstand und endet mit der Feststellung, dass sie davon ausgehen, unter dem Waldboden einen vollständigen Leichnam vorzufinden.

«Wie kannst du dir da so sicher sein, wenn ihr erst Kopf- und Brustbereich freigelegt habt?», fragt Mayla Aslan.

Der Kriminaltechniker lacht. Sein Mundschutz bauscht sich rhythmisch auf. «Mit Sonden, verstehst du? Dieselbe Technik, mit der man im Schnee nach Lawinenopfern sucht.»

Frau Aslan nickt. Die Information scheint ihr zu genügen.

Larsen dagegen spürt Unruhe in sich aufsteigen. Dieser Techniker liefert die Informationen mit der Geschwindigkeit eines Bummelzuges, und ihm liegen bereits jetzt tausend Fragen auf der Zunge. Doch er beschließt, sich weiter zurückzuhalten.

Fricke scheint Larsens Nervosität zu spüren, denn er setzt seinen Bericht tatsächlich etwas zügiger fort. «Die Tote ist in eine Art Tuch gehüllt. Am Kopf hat sich das Material allerdings gelöst, ist aufgeschlagen worden oder eingerissen. Die Frau, die die Tote gefunden hat, schwört Stein und Bein, sie wäre dafür nicht verantwortlich. Entweder wurde der Leichnam also schon so begraben, oder ein Tier hat das angerichtet – hier gibt es ja 'ne Menge Wildschweine. Sogar Wölfe sollen sich in Brandenburg wieder angesiedelt haben, und direkt dort ...», er deutet in den hinteren Teil des Friedhofs, «endet passenderweise das Berliner Stadtgebiet.»

Jetzt fragt Larsen doch nach: «Sie meinen also, ein Tier würde gezielt den Kopf freilegen und den Rest des Körpers mit Erde bedeckt lassen?»

Es ist das erste Mal, dass Fricke Larsen direkt ansieht. «Ja, sonst hätte ich es nicht gesagt, oder?» Seine Augen verengen sich zu sichelförmigen Schlitzen, in denen die Pupillen wie braune Mäuse in einem Tunnel hin und her huschen. Der Kriminaltechniker scheint es gewohnt zu sein, dass man ihm kritiklos zuhört.

Larsen will etwas erwidern, doch Mayla Aslan ist schneller.

«Harald, ich habe euch ja noch gar nicht richtig vorgestellt. Das ist Arne Larsen. Hauptkommissar. Er kommt aus der Gegend bei Kiel, und es ist heute sein erster Tag bei uns.»

«Vom Land also? Daher die Affinität zu *wilden* Tieren?» Harald Fricke gibt ein seltsames Geräusch von sich. Offenbar ein Lachen, das seine Augen aber nicht erreicht. «Ist er auch ... ich meine ... ist *er* der Nachfolger ...?»

«Arne ist mir fürs Erste zugeteilt ... und später ...» Mayla Aslan zuckt mit den Schultern, sieht Larsen von der Seite an, macht dann einen Schritt auf Fricke zu. «Keine Ahnung, was sich Salzmann dabei gedacht hat.»

Schließlich sagt sie noch etwas, beugt sich aber so weit zum Ohr des Kriminaltechniker vor, dass Larsen nur einen Satz heraushört: *Er kann ja nichts dafür.*

Er hat keine Ahnung, was damit gemeint sein könnte, trotzdem zieht sich sein Magen nervös zusammen. Auch in Schleswig-Holstein haben sie neue Kollegen nicht unbedingt ans Händchen genommen, aber etwas mehr Sensibilität hätte er sich von seiner jungen Partnerin beim Berliner LKA doch erwartet. Er dreht sich zur Seite, macht zwei Atemzüge und zwingt sich, den Ärger runterzuschlucken. Gerade dieser Fricke scheint zu der Sorte Kollegen zu gehören, mit denen man erst ein paar Bier am Feierabend getrunken haben muss, bevor halbwegs etwas geht.

Als er aufschaut, hält ihm der Kriminaltechniker die Hand hin. Larsen schlägt ein. Silikon reibt auf Silikon. Ein unangenehmes Gefühl, aber vielleicht trotzdem ein erster Schritt.

Fricke murmelt etwas und hebt das Absperrband auf Brusthöhe, damit Mayla und Larsen darunter durchschlüpfen können. Dann stapft er voraus, weist mehrfach darauf hin, dass sie die ausgelegten Holzplanken auf keinen Fall verlassen dürfen, weil sonst wertvolle Spuren zerstört würden.

Mayla folgt dem Techniker leichtfüßig über die schmalen Bretter. Sie hat die Arme ausgebreitet und sieht aus, als wäre sie ein zehnjähriges Mädchen, das über einen Schwebebalken balanciert.

Larsen bildet das Schlusslicht. Während sich die kleine Gruppe langsam auf das ausgeleuchtete Areal zubewegt, bleibt er immer wieder stehen und blickt sich um. Irgendwie will sich bei ihm kein Gefühl für diesen seltsamen Ort einstellen. Was ist das Besondere? Warum verscharrt hier jemand eine Leiche? An einem Platz, der weder richtig öffentlich noch gut geschützt ist.

Wenigstens haben sich seine Augen inzwischen an das trübe Grün der Umgebung gewöhnt. Zwischen Farnwedeln und Buschwerk entdeckt er jetzt sogar den einen oder anderen bemoosten Grabstein. Ein besonders langes, aber extrem schräg stehendes Exemplar ragt geradezu aus dem weichen Waldboden. Unwillkürlich fühlt er sich an den fast zahnlosen Kiefer eines Crackjunkies erinnert.

Fricke bleibt neben einem Scheinwerfer stehen. Im gleißenden Licht sind zwei Männer damit beschäftigt, ein zusammengefaltetes Zeltdach über dem aufgewühlten Boden zu errichten. Er macht eine Handbewegung, ruft: «Wartet noch!», und geht neben der Grube in die Hocke. «Hier ist der Kopf. Man erkennt auch deutlich den Stoff, in den vermutlich auch der Rest des Körpers eingeschlagen ist. Fraßspuren ...» Larsen spürt Frickes Blick einen Moment lang auf sich ruhen. «... haben wir keine gefunden, aber das wäre schon im Bereich des Möglichen gewesen. Die Leiche liegt ja nur zwanzig Zentimeter tief. Für eine Wildsau ist das kein großes Problem. Die pflügt hier einmal durch, und der Körper ist komplett freigelegt.»

Mayla Aslan murmelt etwas vor sich hin, dann kniet sie sich neben Fricke auf die ausgebreitete Plastikfolie.

Larsen meint das Wort «Kefen» herausgehört zu haben, ist sich aber nicht sicher. Er geht ebenfalls in die Hocke, um die Tote in Augenschein zu nehmen.

Wirklich kein schöner Anblick. Unzählige Insekten haben den Schädel der Frau besiedelt, ihr unablässiges Gewusel erzeugt fast den Eindruck, die Gesichtszüge der Toten würden im Sekundentakt neu modelliert. Gerade krabbelt ein auffällig glänzender Käfer träge aus einem Nasenloch, verharrt auf der dunkel angelaufenen Oberlippe und verschwindet dann im Mund der toten Frau. Larsen reicht das, er wendet sich ab. Tote, insbesondere wenn sie sich wie hier in einem fortgeschrittenen Stadium der Verwesung befinden, sagen ihm nichts. So ist das schon immer bei ihm gewesen. Ein Kollege aus Schleswig-Holstein meinte einmal, mit dieser Auffassung hätte er wohl besser Psychologie studiert, anstatt zur Mordkommission zu gehen. Larsen widersprach allerdings aufs Schärfste: Seine Berufung sei es, sich mit den Lebenden zu beschäftigen, um das Schicksal der Toten aufzuklären. Informationen aus einem Körper zu lesen, den alles Menschliche bereits verlassen hat, überlasse er gerne Rechtsmedizinern und Pathologen.

Er sieht zu Mayla Aslan hinüber, die dicht über den Boden gebeugt das Gesicht der Toten inspiziert. Etwas irritiert ihn, seit sie sich hier am Fundort der Leiche aufhalten. Aber erst jetzt, als sich die Kollegin neben ihm aufrichtet und er wieder in den unsichtbaren Schleier ihres Parfums eintaucht, weiß er, was der Grund dafür ist. «Ist der Verwesungsgeruch für diese Situation – Feuchtigkeit, starker Insektenbefall – nicht ungewöhnlich gering?», fragt er in Richtung des Spurensicherers.

Mayla Aslan und Harald Fricke drehen nahezu synchron die Köpfe. Der Techniker mustert ihn schweigend eine Weile, dann nickt er langsam. «Das stimmt. In den letzten Tagen war es allerdings ziemlich kühl. Außerdem ist der Boden locker und sehr saugfähig. Das macht schon mal einiges aus. Und dann sind ja große Teile des Körpers, insbesondere der Unterbauch, von dem die Zersetzung durch die Darmbakterien ausgeht, immer noch mit Erde bedeckt.» Er erhebt sich nun ebenfalls vom Boden, grinst und stemmt die Hände in die Hüften. «Sind euch eigentlich die Verletzungen an den offenliegenden Hautstellen aufgefallen, die wie großflächige Schürfwunden wirken?»

Larsen schüttelt den Kopf, registriert aber überrascht, dass seine neue Kollegin im selben Moment nickt.

«Das ist das Werk von Waldameisen», erläutert Fricke. «Sie fressen in Windeseile die oberen Hautschichten ab. Früher hat man Gefangene so gefoltert, nackt auf den Waldboden gebunden, bis ...»

Mayla Aslan verzieht das Gesicht. «Harald, heb dir das für den Stammtisch auf. Was mich viel mehr interessiert ...» Sie bückt sich noch einmal und deutet auf den hellen Stoff, der in Falten rund um den Kopf der Toten drapiert ist. «Das hier. Das ist doch ein Kefen, oder?»

Da ist dieses Wort wieder. Er hat es vorhin doch richtig verstanden. «Ist das die türkische Version eines Kafan?»

Mayla Aslan sieht ihn an. Fast erwartet er, dass sie ihm wieder ein spöttisches Lächeln schenkt. Doch diesmal ist ihr Ausdruck ernst und konzentriert.

«Ja, in der Türkei wird es Kefen genannt. Aber wenn das hier ein traditionelles Begräbnis sein soll, dann ...» Sie richtet sich wieder auf, klopft unsichtbaren Dreck von ihren Oberschenkeln. «Der Körper müsste eigentlich auf der rechten Seite liegen. Aber zumindest der Kopf ... ja, das könnte schon hinkommen.» Sie verändert ihre Position, bis sie genau in die Richtung blicken kann, in die auch das tote Gesicht der Frau schaut. «Ja, eindeutig. In dieser Richtung ist die Kibla», sagt sie und deutet mit der Hand in den hinteren Teil des Friedhofs.

Larsen folgt ihrem Blick. Obwohl man an diesem trüben Tag den Sonnenstand bestenfalls erraten kann, sagt ihm sein Gefühl, dass Frau Aslan recht hat. Dass dort tatsächlich Südosten ist.

Lea Zeisberg

«Frau Zeisberg?»

Lea riss den Kopf hoch. Wie lange hatte sie hier gesessen und die Kratzer in der beschichteten Schreibtischplatte angestarrt? Wo war dieses Kind hergekommen? Waren nicht alle längst in der Pause?

«Oh, hallo, Marie», sagte Lea, bemüht, ganz ruhig zu klingen.

«Maria!», erwiderte das Mädchen.

«Ja, natürlich, Maria. Wir hätten vielleicht doch Namensschilder machen sollen. Aber ich verspreche dir, ich ...»

«Das Klassenbuch», sagte das Mädchen und biss sich erschrocken auf die Unterlippe, weil sie der Lehrerin einfach ins Wort gefallen war. «Wir müssen noch eintragen, wer heute da war.»

«Natürlich», sagte Lea. Hitze stieg in ihr auf. Am liebsten wäre sie jetzt aufgesprungen und nach Hause gelaufen. Dann hätte sie Direktor Grüner angerufen und gesagt, sie hätte sich geirrt, sie wäre noch nicht so weit.

Aber das ging nicht. Sie war jetzt hier, hatte die erste Stunde hinter sich gebracht, und sie würde – verdammt noch mal – auch den Rest durchstehen.

«Die Klassenliste», sagte sie und probierte ein Lächeln in Richtung des Mädchens. «Wie gut, dass du daran gedacht hast. Du bist sicher die Klassensprecherin?»

«Nein, wir dürfen in der Vierten doch noch keine Klassensprecher wählen.» Maria schüttelte energisch den Kopf, verzog aber gleichzeitig den Mund zu einem schiefen Grinsen. Lea spürte, wie sehr sich die Kleine über das implizierte Lob freute.

«Magst du mir vielleicht mit den Namen helfen?»

Maria nickte und klappte das Klassenbuch auf. Mit ihrem Zeigefinger, auf dessen Nagel ein Rest neongelber Lack zu sehen war, fuhr sie die alphabetische Liste entlang. «Hier, der Leon war heute nicht da. Der hat schon in der letzten Woche gefehlt. Antonia wohnt im selben Haus, sie bringt ihm immer die Hausaufgaben und sagt, der hustet schlimmer wie der Direx.»

Lea hielt sich rasch eine Hand vor den Mund, um ihr Lachen zu unterdrücken. Direktor Grüner war einer dieser unbelehrbaren Raucher, die sich immer wieder selbst bestätigten, wie leidenschaftlich gern sie rauchten. Manchmal verließ er mit einer fadenscheinigen Ausrede sogar die Unterrichtsstunde und kehrte ein paar Minuten später in einer Wolke Mundspray, die das frische Nikotin aber kaum überdecken konnte, in den Klassenraum zurück.

«Und Merle fehlt auch mal wieder.» Marias Fingerspitze war in der Liste weitergewandert, schwebte über einem Eintrag mit dem Familiennamen Grossmann.

Merle Grossmann? Das war doch die Schwester von Kolja. Einem der beiden Jungen, die vorhin dieses seltsame Kräftemessen ausgetragen hatten.

«Fehlt sie denn häufiger?» Lea versuchte, die Frage möglichst beiläufig klingen zu lassen.

Maria strich sich eine Haarsträhne aus der Stirn, dann nickte sie. An dieser Hand waren die Fingernägel knallgrün lackiert. «Merle ist nicht oft da. Ich glaube, das ist wegen ihrem Vater.»

«Wegen ihres Va...» Lea war drauf und dran, Maria darauf hinzuweisen, dass hinter «wegen» immer der Genitiv folgen muss, unterbrach sich aber. «Warum, was ist denn mit Merles Vater?», fragte sie stattdessen.

Maria zuckte mit den dünnen Schultern. «Merle ist gar nicht mehr meine Freundin. Sie … sie spinnt und …» Plötzlich wirkte das Mädchen, als sei ihr ihre eigene Aussage selbst nicht mehr ganz geheuer. Sie wippte nervös von einem Fuß auf den anderen, ohne den Satz zu Ende zu bringen.

Lea schenkte ihr ein aufforderndes Lächeln, doch Maria blieb stumm. Sie presste die Lippen fest zusammen und machte mit ihrer ganzen Körperhaltung deutlich, dass sie über dieses Thema nicht mehr sprechen wollte.

«Na gut. Merle ist also krank», sagte Lea schließlich und machte einen Eintrag in der Liste.

«Sonst waren heute alle da. Bitte, kann ich gehen?» Maria hatte schon einen Schritt in Richtung Tür gemacht. «Wir haben doch jetzt Sport.»

Lea nickte.

Maria schulterte ihren Turnbeutel und rannte hastig aus dem Klassenzimmer.

16. November, morgens
Arne Larsen

Sie haben beschlossen, das kurze Stück zum Haus der Zeugin zu Fuß zu gehen. Keine fünfhundert Meter sind es, hat der uniformierte Kollege vorhin gemeint und dann eine abenteuerliche Wegbeschreibung geliefert, die in Larsens Ohren geklungen hat, als würden sie am Ende unweigerlich wieder am Ausgangspunkt ankommen. Um sicherzugehen, hat er die Adresse schließlich in die Routen-App seines Smartphones eingegeben.

Während sie jetzt, den Anweisungen auf dem Display folgend, das Viertel durchqueren, erfährt Larsen in komprimierter Form, was Mayla Aslan über muslimische Begräbnisrituale weiß. Sie wirkt sehr aufgekratzt. Die Möglichkeit, dass der Fall in einem Kulturkreis verortet ist, über den sie deutlich mehr weiß als er, scheint sie zu motivieren. Schweigend hört er sich die Ausführungen an. Ein Baumwolltuch, eine hastig verscharrte Leiche, deren Fußsohlen nach Südosten zeigen – irgendwie ist ihm das noch zu wenig, um seine Überlegungen ernsthaft in diese Richtung zu lenken.

«Allerdings bin ich schon lange auf keiner türkischen Beerdigung mehr gewesen», schließt Mayla Aslan ihre Erläuterungen und hüpft über einen Laubhaufen, den jemand mitten auf dem Bürgersteig errichtet hat. «Ich glaube, das letzte Mal war, als die Nachbarin meiner Eltern starb. Da war ich sechzehn oder siebzehn. Diese Frau ist immer wie eine Tante für mich gewesen, deswegen haben meine Eltern verlangt, dass ich mitgehe.»

Larsen nickt. Niemand geht gerne auf Beerdigungen. Oder? Er jedenfalls hat schon als Kind versucht, sich davor zu drücken. Bei der Oma musste er nicht mit, da war er definitiv noch zu klein. Als der Opa eingeäschert wurde, klagte er über heftige Bauchschmerzen, und die Eltern ließen ihn schweren Herzens zu Hause. Sogar als seine Mutter starb – damals hatte er gerade sein Studium begonnen –, hat er eine Zeitlang mit sich gerungen, ob es nicht einen überzeugenden Grund gäbe, dem Begräbnis fernzubleiben. Aber natürlich konnte er das seinem Vater nicht antun – undenkbar.

«Wem oder was gilt Ihr Nicken?», fragt Mayla Aslan. «Auch wenn ich nicht vielen Ritualen beigewohnt habe, kenne ich die Details. Schließlich stamme ich aus ...»

«Wir sind da. Nummer 14. Hier, das Grundstück mit der Hecke», fällt er der Kollegin ins Wort.

«... einer türkischen Familie», setzt Mayla Aslan ungerührt ihren Satz fort, greift in die Innentasche ihrer Jacke und holt das klingelnde Handy heraus.

Larsen tritt an die hüfthohe Ligusterhecke, sieht sich in dem verwilderten Garten um und muss lachen.

«Was ist so witzig?», fragt Mayla Aslan, während sie ans Telefon geht.

«Auch eine Art Friedhof», sagt er und deutet auf die Handvoll Autowracks, die überwuchert von Unkraut und Brombeerranken in dem weitläufigen Vorgarten ihren letzten Parkplatz gefunden haben. Er spürt den Blick seiner Kollegin, doch sie scheint gar nicht ihn, sondern etwas in großer Entfernung hinter ihm zu fixieren. Er ist sich nicht mal sicher, ob sie seine Antwort überhaupt mitbekommen hat.

«Das war Harald Fricke», sagt sie und deutet auf ihr Handy. «Er hat etwas entdeckt. Wir sollen uns das unbedingt gleich ansehen.»

«Okay, aber wollen wir nicht erst ...»

«Jetzt gleich, hat er gesagt. Noch bevor sie die Leiche abtransportieren.» Sie wirft erneut einen Blick in den Garten, zögert. «Wir können ... wir sollten uns aufteilen. Ist effektiver.»

Ohne auf seine Reaktion zu warten, dreht sie sich um und läuft in Richtung Friedhofsgelände. «Geht so auch schneller. Es soll ja bald Regen geben», hört Larsen sie noch rufen, bevor sie in eine Seitenstraße abbiegt und aus seinem Blickfeld verschwindet.

Was war das jetzt?! Er fühlt sich wie vor den Kopf geschlagen. Jetzt hätte er gerne etwas, das er mit ein paar gezielten Fußtritten zerstören könnte. Ein Telefonschränkchen zum Beispiel. So wie das aus Julias Wohnzimmer, das vor einigen Monaten seinem Wutausbruch zum Opfer fiel. Julia hatte von ihrer Südamerika-Dienstreise aus die Beziehung einfach via SMS aufgekündigt. Kaum hundert Zeichen hatten ihr dafür gereicht. Sicher Grund genug, einmal richtig auszuflippen. Nachdem das Möbelstück nur noch ein Fall für den Sperrmüll war, hatte er sich besser gefühlt, Julia den Schlüssel auf den Schreibtisch gelegt und die Wohnungstür von außen zugezogen.

Im Nachhinein muss er über sein kindliches Verhalten von damals schmunzeln, und er spürt, wie auch der aktuelle Ärger von ihm abfällt. Er streicht sich die Haare aus der Stirn und öffnet das Gartentor zu dem verwilderten Grundstück.

Als ob er auf ihn gewartet hätte, verlässt in diesem Moment ein Mann einen kleinen Schuppen, der seitlich ans Hauptgebäude anschließt. Seine blaue Latzhose ist mit dunklen Flecken übersät, und trotz der niedrigen Temperatur trägt er lediglich ein Unterhemd. «Das ist privat hier», sagt er mit einem schiefen Grinsen und präsentiert ein lückenhaftes Gebiss mit braunen Zahnstummeln.

«Hauptkommissar Larsen», stellt sich Larsen vor, tastet in

der Gesäßtasche nach seinem Dienstausweis, bevor ihm einfällt, dass der, genau wie seine Waffe, noch auf dem Präsidium darauf wartet, von ihm in Empfang genommen zu werden. Er kann nur hoffen, dass der Mann keine Legitimation sehen will.

Der Latzhosenträger nickt kurz. «Katrin hat doch schon alles erzählt, ein paarmal sogar. Jetzt hat sie sich hingelegt, war ja auch 'ne echt kurze Nacht für sie.» Er grinst breit, wischt sich mit der Hand über den Mund, bevor er weiterspricht: «Harte Nummer, oder? Da geht die Alte einfach ohne mich auf Schatzsuche, und was findet sie – 'ne andere Schlampe, die von jemand um die Ecke gebracht wurde.» Der Mann lacht. Diesmal wendet Larsen seinen Blick rechtzeitig ab.

«Ja, trotzdem. Ich müsste ...», sagt Larsen.

«Ich kann Ihnen aber auch alles sagen. Katrin hat mir den Scheiß brühwarm erzählt. Wollen Sie ein Bier?»

Larsen schüttelt den Kopf. «Sie sind nicht der Zeuge, das wäre nur Hörensagen.»

«Mann, Mann, Mann. Ihr macht aber auch alles so kompliziert. Kein Wunder, dass so viele Ärsche frei rumlaufen. Wir haben hier einen Kinderficker in der Siedlung, den solltet ihr euch lieber mal vorknöpfen.»

«Wenn Sie eine Anzeige erstatten wollen, wird sich jede Polizeidienststelle gerne der Sache annehmen.» Larsen ist bemüht, seiner Stimme einen ruhigen Klang zu geben.

Das reizt den Latzhosenträger offenbar noch mehr, er bewegt sich langsam auf Larsen zu. «Was ist das denn für ein blöder Spruch? Glaubst wohl, ich bin ein bisschen blöd, oder was ...»

Der Mann ist inzwischen nur noch eine halbe Armlänge von Larsen entfernt. Dieser erste Tag bei der Berliner Polizei ist bisher so beschissen verlaufen, er ist fast geneigt, einfach mit «Ja» zu antworten und den Typen beim ersten Anzeichen von Gewalt hopszunehmen. Doch er belässt es dabei, die Arme vor der

Brust zu verschränken und den Blick so weit zu senken, bis er dem gut einen Kopf kleineren Mann direkt in die Augen sehen kann. «Ich möchte mit Katrin Kienbaum sprechen, wenn es Ihnen nichts ausmacht, Herr Kienbaum. Jetzt!»

Der Mann hält dem Blick zwei, drei Sekunden stand, dann beginnen seine Pupillen zu wandern. Schließlich schiebt er sich seitlich an Larsen vorbei und stapft schwerfällig auf das Haus zu. An der Tür bleibt er stehen und dreht sich noch einmal um. «Ich heiße Schmelzkopf, verstanden?»

Bevor Larsen etwas sagen kann, ist der Mann im Hausflur verschwunden. Einen Moment später hört man ihn leicht gedämpft brüllen: «Katrin, steh auf! Polizei!»

Die Augen der Frau sind gerötet, als sie zu Larsen in den Garten kommt. Immer wieder reibt sie sich mit dem Handrücken über die geschwollenen Lider.

Zu wenig Schlaf alleine hat das sicher nicht angerichtet, legt Larsen für sich fest. Katrin Kienbaum ist im Gegensatz zu ihrem Lebensgefährten freundlich, entschuldigt sich mehrfach, dass sie ihn nicht hereinbitten kann. Wegen der gestrigen Geburtstagsfeier sehe es im Haus einfach noch zu wild aus.

Die Frau ist weiß Gott nicht dumm. Die Art, wie sie chronologisch und nachvollziehbar ihren nächtlichen Ausflug auf den Friedhof schildert, wie sie ihr Gegenüber ansieht und die Reaktionen auswertet, kein Vergleich zu diesem Schmelzkopf. Warum nur suchen sich intelligente Frauen solche Männer aus?

«Als ihr Lebensgefährte bereits schlief, haben Sie sich also den Metalldetektor – sein Geburtstagsgeschenk – geschnappt und sind mitten in der Nacht auf den Friedhof gegangen. Warum?»

«Ingo ...» Sie wirft einen Blick Richtung Haus, bevor sie weiterspricht. «Er hat so Sprüche gemacht. Ein Detektor wäre ja nichts für Frauen. Ist natürlich Blödsinn, schließlich habe ich das Geschenk für ihn ausgesucht und mich in Internetforen vorher ausführlich informiert. Aber mit so was kann man Ingo ja nicht kommen. Also dachte ich, ich beweise es ihm. Naja, wenn man ein bisschen viel getrunken hat, kommt man auf solche Ideen.» Sie lacht, wirkt für einen kurzen Moment deutlich gelöster, dann ziehen sich ihre Augenbrauen zusammen. «Bekomme ich jetzt eigentlich Ärger?»

«Ärger, wieso?»

«Wegen der Schatzsuche auf dem Friedhof. Das ist doch nicht erlaubt.»

Larsen schüttelt den Kopf. «Nein, das halte ich für unwahrscheinlich. Ich würde es sogar als glückliche Fügung betrachten, dass Sie und nicht spielende Kinder oder streunende Hunde die Tote gefunden haben.»

Katrin Kienbaum nickt sichtlich erleichtert, während durch Larsens Kopf grausame Bilder huschen. Kinder, die schreiend durch die Siedlung rennen, von einem Rudel Hunde gehetzt, dessen Leittier einen menschlichen Unterarm im Maul trägt.

Dieser Fall tut ihm irgendwie nicht gut, stellt er fest und wendet sich wieder der Zeugin zu. «Frau Kienbaum, wir wissen zwar noch nicht, wie lange die Frau schon auf dem Friedhof liegt, aber trotzdem die Frage: Ist Ihnen – sagen wir mal innerhalb der letzten zwei Wochen – etwas Ungewöhnliches im Viertel aufgefallen? Fremde Personen, ungewöhnliche Fahrzeuge, nächtlicher Lärm? Manchmal ist es nur eine Kleinigkeit, etwas, das aus der Routine fällt, im ersten Moment aber unwichtig erscheint.»

Die Frau schürzt die Lippen, bewegt ihren Unterkiefer rhythmisch auf und nieder, als müsse sie die Kaumuskulatur einsetzen, um ihre Erinnerung zu aktivieren.

«Dieser Pädo, das hab ich doch schon gesagt.» Der Lebensgefährte von Frau Kienbaum steht plötzlich wieder neben Larsen, stemmt die Arme in die Hüften.

«Ingo ...», entfährt es der Frau. Die beiden tauschen einen kurzen Blick, dann senkt sie den Kopf.

Larsen überlegt, ob und wie ein Täter mit pädophiler Neigung ins Bild passen könnte. Bei der Toten vom Friedhof handelt es sich schließlich um eine erwachsene Frau. «Wer ist dieser Mann, und warum nennen Sie ihn so?», wendet er sich an Ingo Schmelzkopf.

«Ich hab tatsächlich vergessen, wie der heißt», sagt Schmelzkopf, stellt sich hinter seine Lebensgefährtin und legt ihr eine Hand auf die Schulter.

Katrin Kienbaum reagiert darauf extrem nervös. Sie schluckt unablässig, und Larsen kann sehen, wie sie jede Bewegung der Hand aus den Augenwinkeln beobachtet. Der Mann lässt seine Finger über ihren Nacken gleiten. Es wirkt sanft, fast als wolle er sie liebevoll massieren. Wäre da nicht die Position seines Daumens seitlich an ihrem Hals, direkt über einem extrem empfindlichen Nervenknoten. Ingo Schmelzkopf weiß genau, wie er unauffällig und gleichzeitig wirkungsvoll bestrafen kann.

«Aber da drüben ist seine Datsche. Obwohl, eigentlich ist es ja die von Edgar. So 'n Rückübertragungs-Scheiß, verstehste? Edgar hat da gewohnt, solange ich ihn kenne, und plötzlich kommt da ein Wichser aus dem Westen und vertreibt ihn. Nur weil das Grundstück vielleicht mal seinem Opa, oder was weiß ich wem, gehört hat.» Schmelzkopf zieht lautstark den Rotz hoch und sieht Larsen lauernd an.

«Okay, aber wieso nennen Sie ihn pädophil?»

«Wir sind da mal rein ...», sagt Schmelzkopf.

«Wo rein?»

«In die Datsche, Mensch. Ist ja nur ein einfaches Schloss, und wochentags ist der nie da. Wir sind da also rein, und an den Wänden hing alles voller Fotos. Mädchen, auch ein paar Jungs, aber vor allem Mädchen.»

«Sie sind also in die Datsche eingebrochen?»

Schmelzkopf blickt Larsen an und kneift die Augen zusammen. Man sieht förmlich, wie er im Geist verschiedene Antworten durchprobiert. «Nee», sagt er schließlich, und seine Stirnfalten glätten sich wieder. «Wir dachten doch, es würde brennen. Roch höllisch nach Rauch. Da mussten wir natürlich was unternehmen. War uns echt unangenehm – ging aber nicht anders.»

Larsen nickt. Vermutlich haben sich mehrere Anwohner zusammengetan, um dem unliebsamen Zugezogenen eins auszuwischen. In ihren Aussagen werden sie sich abstimmen und gegenseitig bestätigen. Dagegen vorzugehen, könnte schwierig werden. «Und was genau war auf den Fotos zu sehen? Waren die Kinder nackt, haben sie posiert?»

Schmelzkopf grinst wieder sein Ich-bin-sowieso-schlauer-als-du-Grinsen, ehe er antwortet: «Wir waren ja nur wegen dem Feuer da, Herr Kommissar, haben gar nicht so genau gucken können. Aber wenn Sie jetzt hingehen, sind die sicher noch alle da. Wir haben ja alles wieder verriegelt.»

Larsen stellt noch ein paar weitere Fragen, die von Schmelzkopf mit offensichtlichen Halbwahrheiten und viel Wut auf alles westlich seines Lebenshorizontes beantwortet werden. Der Name des Datschenbesitzers will ihm immer noch nicht einfallen, aber als Larsen sich zum Gehen wendet, notiert er die Adresse auf ein Stück Verpackungskarton und malt mit einem stumpfen Bleistiftstummel eine undeutliche Skizze dazu. Larsen beschließt, eine Meldung an die zuständige Polizeistelle in Berlin-Buch zu machen. Kann sicher nicht schaden, wenn sich die Kollegen vor Ort einmal umschauen. Ein Zusammenhang zu seinem aktuellen Fall erscheint ihm aber doch zu abwegig.

Als er zum Friedhof zurückkommt, weiß er, was er vorhin dort vermisst hat: Schaulustige. Mittlerweile aber hat sich ein gutes Dutzend vor dem Eingang versammelt. Ein paar Meter die

Straße runter, auf Höhe des niedergetrampelten Zauns, drehen zwei Jungs auf ihren BMX-Rädern enge Kurven. Sie stehen auf den Pedalen, halten ihre Smartphones hoch über die Köpfe und versuchen Schnappschüsse vom Treiben auf dem Friedhofsgelände zu erhaschen. Larsen überlegt, ob er die Kids ansprechen soll. Kindern fallen oft Dinge auf, denen Erwachsene keinerlei Bedeutung beimessen. Dann allerdings erinnert er sich daran, dass er keinen Dienstausweis dabei hat, und verwirft die Idee wieder.

Er nickt dem uniformierten Kollegen zu und durchschreitet zügig den Torbogen. Wenn der mich jetzt nicht wiedererkennt und nach meiner Legitimation fragt, raste ich aus.

«Hallo?»

Nein, denkt Larsen, das werde ich einfach ignorieren, und geht weiter.

«Hallo, warten Sie bitte mal ...»

Larsen bleibt stehen, schließt kurz die Augen. *Ruhig bleiben, Arne!* Dann dreht er sich um.

Der junge Mann von der Schutzpolizei kommt ihm hinterhergelaufen. «Die Kommissarin ist schon weg», ruft er.

«Wer ist weg?»

«Die Kommissarin, mit der Sie vorhin gekommen sind.»

«Mayla Aslan?»

«Ja, genau», sagt er. «Es war so ein ungewöhnlicher Name.»

Larsen fährt sich mit einer Hand übers Gesicht. «Kollege, Sie wollen mir also ernsthaft mitteilen, dass Frau Aslan bereits gegangen ist? Wann?»

Inzwischen scheint der Polizist zu spüren, dass seine Mitteilung nicht gerade für gute Laune bei Larsen sorgt. Zögerlich und leicht stotternd antwortet er: «Das ... das ist noch nicht so lange her. Vielleicht zwei, drei Minuten. Kurz nachdem die Leiche abtransportiert wurde.»

Lea Zeisberg

«Tot?» Lea tastete instinktiv nach der Lehne des Stuhls und stützte sich mit einer Hand darauf ab.

Paul Richter nickte und biss von dem Keks in seiner Hand ab. Braune Krümel rieselten auf die Tischplatte vor ihm.

Lea überlegte, wann sie den Vater von Merle und Kolja zum letzten Mal gesehen hatte. Das musste einige Wochen vor ihrer unfreiwilligen Auszeit gewesen sein. Vermutlich beim Elternsprechtag im vergangenen Januar. Sie hatte Herrn Grossmann als sehr stillen Mann in Erinnerung, der den überwiegenden Teil des Gesprächs seiner Frau überlassen hatte. Vielleicht hatte er überhaupt nur bei der Begrüßung und der Verabschiedung etwas gesagt. Lea kannte dieses Verhalten auch von anderen Vätern. Es kam tatsächlich häufiger vor, dass die Männer während des Gesprächs stumm neben ihren Ehefrauen hockten, nur ab und zu nickten oder erstaunt den Kopf schüttelten, wenn die Sprache auf die schlechten Leistungen der Kinder kam. Manche verhielten sich sogar, als gehe sie das ganze Thema nichts an, fummelten an ihren Smartphones herum oder standen auf und besahen sich die ausgehängten Fotos vom letzten Fußballturnier.

Aus ihrer langjährigen Erfahrung wusste Lea allerdings auch, dass das Desinteresse oft nur gespielt war und gerade diese Männer ihre Frauen später für die – in ihren Augen – fehlgeschlagene Erziehung des Kindes zur Verantwortung ziehen würden.

Den Vater von Merle und Kolja zählte sie aber keinesfalls zu dieser Gruppe. Patrick Grossmann hatte trotz seines Schweigens einen sehr ausgeglichenen, beinahe sanftmütigen Eindruck auf sie gemacht. Außerdem waren Merles und Koljas schulische Leistungen außerordentlich gut. Damals zumindest.

«Tot», murmelte Lea noch einmal, zog den Stuhl unter dem großen Tisch des Lehrerzimmers hervor und ließ sich langsam auf der Sitzfläche nieder. Ursprünglich hatte sie ihrem Kollegen nur kurz von ihrer ersten Stunde berichten wollen, schließlich musste sie unbedingt Nicole abpassen, aber dann waren sie im Gespräch auf die Familie Grossmann gekommen. «Und woran ist er gestorben? Ich meine ... Er war doch noch recht jung. Kaum älter als du.»

Paul schien ganz auf die Kekskrümel vor sich konzentriert zu sein, die er mit dem Zeigefinger in diagonalen Streifen anordnete. Er hob kurz den Blick, murmelte etwas und starrte dann wieder auf die Tischplatte.

«Was? Ich verstehe dich nicht, Paul.»

Paul unterbrach das Arrangieren endlich und sah sie mit seinem ewig traurigen Blick an. «Krebs, Lea. Ein fieser Prostatakrebs, ungewöhnlich früh und ungewöhnlich aggressiv.»

Lea schluckte. Pauls Stimme klang mit einem Mal rau und brüchig. Der Tod von Merles Vater schien ihm wirklich sehr nahe zu gehen, dabei hatte er ihn wahrscheinlich nie persönlich kennengelernt – nur die Klassenlehrer waren bei den Elternsprechtagen anwesend. Vielleicht hing Pauls Teilnahme aber auch mit der Erkenntnis zusammen, dass diese Krebsart – anders als nach landläufiger Meinung – durchaus auch Männer unter vierzig erwischen kann.

«Wie lange ist das her?»

Paul überlegte, fegte mit einem kräftigen Wisch die letzten Keksreste vom Tisch, bevor er antwortete: «Das muss jetzt ein gutes halbes Jahr her sein. Wir hatten im Kollegium gerade erst die Sache mit dir verdaut, und dann das …»

Lea nickte. Ein halbes Jahr? Schon ein bisschen seltsam, dass das immer noch der Grund für Merles Fehlzeiten sein sollte. Vielleicht steckte ja doch etwas anderes dahinter. Lea nahm sich jedenfalls vor, später im Schulsekretariat nachzufragen.

Paul schob seinen Stuhl zurück und zog unter lautem Geraschel ein in braunes Papier eingeschlagenes Paket unter dem Tisch hervor. «So, jetzt werde ich der 5a mal beweisen, dass ihr Kunstlehrer nicht nur ein ausgezeichneter Pädagoge, sondern auch ein recht passabler Maler ist. Bis später, Lea.»

«Paul …» Lea überlegte, ob sie ihren Kollegen fragen sollte, ob er von den Vorgängen in der 6b gehört habe, entschied sich dann aber dagegen. «Hast du Nicole gesehen?»

Paul hatte bereits die Tür des Lehrerzimmers geöffnet. «Wenn ich es richtig mitbekommen habe, hat sie sich gerade krankgemeldet. Irgendwas mit dem Magen.» Er nickte Lea zu und schloss die Tür hinter sich.

16. November, mittags
Arne Larsen

«So geht es nicht, Frau Aslan. Wirklich nicht.» Arne Larsen rutscht auf der Sitzbank hin und her, bemüht, eine Position zu finden, bei der das Stahlrohrgestänge weniger unangenehm gegen sein Steißbein drückt.

Mayla Aslans Augen huschen über den Rückspiegel. «Ich weiß nicht, was Sie meinen», sagt sie und schiebt das Seitenfenster mit den Fingerknöcheln der linken Hand zu. Nägelschonend vermutlich.

Der Regen ist deutlicher stärker geworden, trommelt ein wütendes Stakkato auf das dünne Blechdach des Renault. Larsen hat das Gefühl, mit jedem Tropfen würde die Temperatur im Wagen sinken.

«Erst bekomme ich von Ihnen keine vernünftigen Vorabinformationen über den Fall. Dann auf dem Friedhof – Fricke und Sie ... wie einen Praktikanten haben Sie mich behandelt. Unter Kollegen ...»

«Fricke ist wirklich speziell», unterbricht ihn Mayla. «Aber man gewöhnt sich mit der Zeit an seine Art.»

Meine Güte, denkt er. Sie bezieht die Kritik keinen Millimeter auf sich selbst. Ist sie tatsächlich so selbstbewusst, oder ist das schlichtweg Blauäugigkeit? «Und warum sind Sie nach dem Anruf eigentlich alleine zum Friedhof zurück? Ich hätte mir diese *Neuigkeiten* auch gerne angesehen.»

«Ich dachte, wir teilen uns auf. Und Sie als erfahrener Hauptkommissar holen doch sicher bessere Informationen aus der Zeugin heraus.» Mayla Aslan beugt sich tief über das Lenkrad. Die schwachen Scheibenwischer des R4 kommen kaum noch gegen die Regenfluten an.

Larsen schüttelt genervt den Kopf. «Natürlich, und außerdem ging es ja so schneller, nicht? Wegen dem Regen und so.»

«Ja, wegen des Regens und so. Jetzt sitzen wir im Trockenen. Was ist daran schlecht?», sagt sie, deutet in Richtung Windschutzscheibe und dreht sich dann zu ihm um.

Sie lächelt nicht. Ihr Blick ist wieder auf diese seltsame Weise neutral. Naivität oder ein Trick? Egal, er hat keine Wahl, er muss ihr diese Erklärung wohl einfach abkaufen. Frau Aslan scheint sein Schweigen als Antwort zu reichen. Ihr Blick kehrt zur Straße zurück, und Larsen schließt für einen Moment die Augen.

Als er vorhin aus dem Friedhof gestürmt ist, immer noch die Worte des uniformierten Polizisten im Ohr, die Kollegin sei gerade fort, und er dann auf der Straße tatsächlich nur noch die Rücklichter des Renault in der Ferne sehen konnte, hat er sich einen Moment lang wie narkotisiert gefühlt. Von dem Glücksgefühl, das ihn wie ein verlässlicher Freund begleitet hatte, seit er Schleswig-Holstein den Rücken gekehrt hatte, war in dieser Sekunde ein gutes Stück abgebröckelt.

Zu allem Überfluss setzte dann tatsächlich Regen ein. Er war so wütend, dass er die Nässe erst bemerkte, als er sich unbewusst mit einem Finger über die Brillengläser fuhr. Rasch schlug er den Kragen der Jacke hoch, erinnerte sich an die darin eingerollte Kapuze und versuchte mit einer Hand den Klettverschluss zu öffnen, als hinter ihm Motorengeräusche ertönten. Eine Bremse quietschte. Dann kratzte Metall auf Metall.

Noch immer mit der Kapuze kämpfend, drehte er sich um. Frau Aslans R4 stand mit laufendem Motor und geöffneter hinterer Tür am Straßenrand. Die Scheibenwischer rubbelten unwillig über die beschlagene Scheibe, dahinter erkannte er schemenhaft seine Kollegin. Erstaunen, Wut, Erleichterung – er wusste gar nicht, was er eigentlich fühlen sollte. Mayla Aslan aber lachte nur, sagte, dass sie ihn eigentlich am Haus der Zeugin einsammeln wollte und das ja wohl ein klassisches Missverständnis gewesen sei.

Larsen wischt sich die immer noch feuchten Haare aus der Stirn, dann räuspert er sich. «Welche neuen Erkenntnisse hatte die Spurensicherung denn für uns?» Er versucht die Frage beiläufig klingen zu lassen.

«Der Fall scheint anders zu liegen, als die Art und Weise, wie die Frau verscharrt wurde, zunächst vermuten lässt. Äußerliche Gewalteinwirkung gab es offenbar nur …» Mayla Aslan bremst, gibt einem Mann, der am Fahrbahnrand steht und mit einem Schirm versucht, einen Kinderwagen vor dem Regenschauer zu schützen, ein Handzeichen. Während sie wartet, bis das Gespann die Straße überquert hat, deutet sie auf ihren Halsansatz. «Hier», sagt sie. «Auf beiden Seiten. Die Frau …»

Sie unterbricht sich, legt den Gang ein und fährt weiter.

«Ja? Auf beiden Seiten», hakt Larsen nach ein paar Sekunden nach. «Das habe ich verstanden. Aber was hat sie da?»

«Haben Sie eigentlich keinen Hunger? Ich brauche jetzt unbedingt Nahrung.»

Nein, denkt er, eigentlich nicht. Andererseits ist es weit über die Mittagszeit hinaus, und in der Pause finden sie vielleicht die Ruhe, ausführlich über den Fall sprechen.

«Ja, okay», sagt er, während Frau Aslan bereits den Blinker setzt und den Wagen in eine Parkbucht manövriert.

Ori nt-Bist o steht in goldenen Klebebuchstaben auf dem Glas der Eingangstür. Hinter der getönten Schaufensterscheibe dreht sich der obligatorische Dönerspieß.

«Hätte ich mir ja denken können», murmelt er und stapft in Richtung des Ladens.

Mayla Aslan kämpft noch mit der Fahrertür ihres Wagens. «Was hätten Sie sich denken können?», fragt sie und versetzt der Tür einen Stoß mit der Hüfte.

Er deutet auf das Bistro.

Sie flucht, schaut auf die Nägel ihrer rechten Hand, dann sieht sie zu Larsen rüber und schüttelt den Kopf. «Sind Sie verrückt? Nein, wir gehen unter die Hochbahntrasse, da gibt es die beste Currywurst von ganz Berlin.»

Am Imbissstand bestellt sie Curry im Darm für beide, dazu Brötchen und Kaffee. Man scheint sie hier zu kennen, sie grüßt die Damen hinter dem Tresen freundlich.

«Extrascharf?», fragt sie in Larsens Richtung.

Er nickt, ohne darüber nachzudenken.

Mayla Aslan besteht darauf, dass man Currywurst unter freiem Himmel essen müsse, und so drängen sie sich an einen Stehtisch auf der Rückseite des Gebäudes, wo es nicht ganz so zugig ist.

Sie essen schweigend. Larsen bereut inzwischen, die scharfe Variante gewählt zu haben, sein Gaumen fühlt sich taub an, und seine Lippen brennen.

«Fragen Sie ruhig», sagt sie, spießt ein Wurststück auf, rollt es sorgfältig in der Soße, bis es gleichmäßig rot ist, und kaut dann mit sichtlichem Genuss.

Er schenkt ihr einen verständnislosen Blick.

«Sie fragen sich doch, ob ich als Muslima Currywurst essen darf.»

«Nein, ich ...»

«Ich habe doch Ihren Blick gesehen.»

«Quatsch!» Er nippt an dem Kaffee, um den letzten Bissen vom Brötchen herunterzuspülen.

«Machen Sie sich keine Gedanken. Als ich beim Kriminaldauerdienst anfing, hat man mich nicht zur Weihnachtsfeier eingeladen, weil die Kollegen dachten, ich würde erstens keinen Alkohol trinken und zweites auch die Gesellschaft trinkender Menschen ablehnen.»

«Und?», fragt er. «Wie haben Sie darauf reagiert?»

«Ich bin trotzdem hingegangen und habe alle unter den Tisch gesoffen.» Sie lacht, steckt sich ein weiteres Stück Currywurst in den Mund.

«Sie sind also keine Muslimin?», fragt er.

«Gehen Sie jeden Sonntag in die Kirche, Herr Larsen?»

Er schüttelt den Kopf. Er ist zwar immer noch in der evangelischen Kirche, zahlt die Kirchensteuer als eine Art Dauerspende, hat aber sonst mit Religion nichts am Hut.

«Im Übrigen ist das, was Sie hier essen, 1a Kalbswurst.»

«Verstehe», sagt Larsen, der sich immer noch wundert, warum Mayla Aslan das Gespräch eigentlich von sich aus auf dieses Thema gelenkt hat. Vielleicht wollte sie es einfach ein für alle Mal vom Tisch haben?

«Zurück zum Fall: Sie hatten angedeutet, dass die Tote Verletzungen am Hals hatte.»

Mayla Aslan nickt. «Ja, die kamen erst zum Vorschein, als die KT den Leichnam weiter freilegte. Strangfurchen auf beiden Seiten des Halses.»

«Strangfurchen? Sie wurde erdrosselt?»

«Nein, dafür waren sie in der falschen Richtung. Fricke hat es mir erklärt. Warten Sie ...» Sie taucht ihren Zeigefinger in die Reste der Currysoße und zieht unmittelbar hinter dem Kiefergelenk eine rote Linie über ihren Hals. «So sieht es nur aus, wenn sich jemand erhängt hat, während beim Erdrosseln ... Was ist, Larsen?»

Das Lachen kommt so schnell und heftig, dass er es nicht

mehr schafft, seinen letzten Bissen herunterzuschlucken. Er dreht Mayla Aslan den Rücken zu, beugt sich vor und hustet Brotkrümel und Speichelfäden in seine Handfläche. Als er hochschaut, starrt ihm der Mann vom Nachbartisch direkt ins Gesicht. Offenbar hat er die Unterhaltung samt rechtsmedizinischem Exkurs mitverfolgt und ist nun sichtlich irritiert.

«Keine Sorge, wir sind von der Polizei.» Larsen zwinkert dem Mann zu, bevor er sich wieder seiner Kollegin zuwendet. «Entschuldigung», sagt er und angelt sich eine Serviette aus dem Spender.

Mayla nickt und fährt unbeeindruckt fort: «Vertikale Strangfurchen, nicht horizontale. Ja, genau! Das waren die Worte, die Fricke benutzt hat. Ich kam erst nicht drauf.»

«Sie meinen, die Frau wurde erhängt?»

«Vielleicht. Fricke wollte der rechtsmedizinischen Untersuchung nicht vorgreifen. Sie kann es also auch selbst getan haben. Oder ...» Sie macht eine Pause, starrt in das leere Currywurstschälchen. «Oder die Selbsttötung ist nur vorgetäuscht.»

Larsen nickt. Er kennt derartige Fälle aus seiner beruflichen Praxis: Um weitergehende Ermittlungen der Polizei zu verhindern, versuchen Täter manchmal einen Mord wie einen Suizid zu inszenieren. Wenn es um das Erhängen geht, scheitert der Versuch aber in aller Regel. Für diese Form des Freitods würde es im Prinzip zwar reichen, einen Nagel auf Kopfhöhe in die Wand zu schlagen und mit dem umgelegten Seil dann in die Knie zu gehen – der unmittelbar eintretende Gehirnkollaps würde das selbständige Wiederaufrichten verhindern –, aber so praktizieren es Suizidale eben nicht. Sie suchen sich ein Heizungsrohr an der Kellerdecke, einen Balken auf dem Dachboden oder etwas Vergleichbares. Jemanden *ante mortem* und gegen seinen Willen in so eine Position zu zwingen, funktioniert nur mit massiver körperlicher Gewalt oder dem Einsatz von Betäubungsmitteln. Sicher wird man auch bei der Obduktion dieser Frau entsprechende Hinweise finden.

«Dass die Frau freiwillig aus dem Leben gegangen ist, erscheint mir sehr unwahrscheinlich», sagt er und nippt erneut an seinem Kaffee, den er als sehr heiß in Erinnerung hatte, der nun aber nur noch lauwarm und bitter schmeckt.

«Warum?» Mayla Aslan nimmt eine Serviette in die Hand, spuckt drauf und wischt sich mit einer schnellen Bewegung den roten Striemen vom Hals.

«Warum sollte jemand eine Suizidale heimlich beerdigen? Das ergibt doch keinen Sinn», sagt Larsen, muss sich aber eingestehen, dass er vielleicht noch zu geradlinig denkt.

Mayla Aslan scheint seine Überlegung zu spüren. Sie wiegt nachdenklich den Kopf. «Stellen Sie sich vor, Ihre Frau wäre depressiv, würde ständig klagen, dass sie ihr Leben nicht mehr erträgt. Sie nehmen sie aber nicht ernst, tun ihr Verhalten als temporäres Stimmungstief ab. Als Sie sie dann erhängt in der Wohnung vorfinden, machen Sie sich schwere Vorwürfe.»

«Ja und?» Er schiebt den Becher mit dem ungenießbaren Kaffee zur Seite und stützt die Arme auf der Tischplatte auf. «Ich würde mich doch nach all dem Unglück nicht auch noch strafbar machen wollen. Denn aus dem Affekt heraus ist das Verscharren auf dem Friedhof sicher nicht passiert.»

«Fricke geht übrigens davon aus, dass die Tote aus Mittel-, eher sogar Nordeuropa stammt. Hauttyp und Haarfarbe sprechen eindeutig dafür.»

«Ja und?»

«Denken Sie an den Kefen, in den die Frau eingewickelt war.»

Stimmt. Dieses arabische Leichentuch verkompliziert die Sache. «Es gibt doch auch deutsche Muslime», überlegt er laut.

Mayla Aslan schüttelt den Kopf. «Ich selbst bin auch Deutsche *und* Muslima. Was Sie meinen, sind deutschstämmige

Muslime.» Sie legt die Stirn in Falten. «Davon dürfte es einige zehntausend geben.»

Er zieht eine Augenbraue hoch. So viele? Damit ist das also auch kein Herausstellungsmerkmal. Spannender als die kulturelle Abstammung ist sicher die Frage, warum für ihre Bestattung ein stillgelegter, christlicher Friedhof gewählt wurde. «Wo bestatten denn Muslime in Berlin ihre Toten?»

«Einen recht großen Friedhof gibt es zwischen Tempelhof und Neukölln. Der ist mittlerweile allerdings belegt, keine Ahnung, wie man das richtig nennt. Ein weiterer befindet sich in Gatow», sagt sie. «Beide sind also ziemlich weit von Berlin-Buch entfernt.»

Über ihren Köpfen rattert eine U-Bahn hinweg und unterbricht das Gespräch. Mayla Aslan nutzt den Moment und kauft am Tresen zwei kleine Flaschen Mineralwasser.

«Suizid ist im Islam übrigens eine Sünde, eine sehr große Sünde sogar, auch wenn das in der westlichen Presse selten erwähnt wird», sagt sie, als sie zurückkommt. «Vielleicht war die heimliche Bestattung der klägliche Versuch, die Ehre der Familie zu schützen.» Sie dreht den Verschluss der Wasserflasche auf und nimmt einen Schluck, bevor sie fortfährt: «Denkbar ist auch, dass die Frau in einer Beziehung mit einem Muslim lebte, der wollte, dass sie konvertiert. Vielleicht hat er sie von ihren Freunden isoliert, verlangt, dass sie ein Kopftuch trägt. Etwas in dieser Richtung. Ich könnte mir gut vorstellen, dass sie aus Berlin-Buch stammt und der Mann sie deswegen auch dort beerdigt hat. Christlich geweihte Erde und ein Kefen.»

«Post mortem nachgeholt, was zu Lebzeiten nicht funktionierte?», fragt er.

Mayla Aslan nickt. «Ja, irgendwie so ein verzweifelter Versuch, die beiden Religionen zu verbinden.»

Lea Zeisberg

Die Klingeltafel wirkte auf Lea wie ein abstraktes Mosaik. Rote Schildchen mit weißen Prägebuchstaben prangten neben handbeschrifteten farbigen Etiketten und karierten Papierstücken, die aussahen, als seien sie gerade aus einem Notizblock gerissen worden. Anscheinend wechselten die Mieter in diesem Haus recht häufig.

Das Klingelschild von Nicole Vossner entdeckte sie erst nach einigem Suchen in der dritten Reihe von oben. Achte Etage. Hoffentlich funktionierte der Aufzug. Sie drückte den Klingeltaster, lehnte sich mit dem Rücken gegen die Glaswand neben der Eingangstür und beobachtete die kleinen Wölkchen, die ihr Atem in der kalten Luft produzierte.

Ursprünglich hatte sie der Kollegin nur eine E-Mail schreiben wollen, sich dann aber doch umentschieden. Das Thema war einfach zu heikel. Lea betätigte den Klingelknopf ein weiteres Mal, doch die Gegensprechanlage blieb stumm.

Ein Junge fuhr auf einem Fahrrad, dem der Sattel fehlte, am Hauseingang vorbei und grinste sie ohne erkennbaren Grund an. Nach ein paar Metern wendete er schwankend und kam die Strecke wieder zurück. Diesmal stoppte er direkt vor Lea.

«Bisu Amt?»

Lea schüttelt den Kopf. Offenbar hielt das Kind sie für jemanden vom Jugendamt. Vielleicht auch vom Sozialamt.

«Willsu Koslowski?»

«Was?»

«*Koslowski.* Willsu Koslowski?»

Jetzt musste Lea tatsächlich ebenfalls grinsen. «Nein», sagte sie. «Ich will eine ... eine Freundin besuchen. Frau Vossner. Kennst du sie?»

Der Junge starrte Lea an, als müsse er zur Beantwortung dieser Frage im Geiste alle Personen durchgehen, die er in seinem Leben kennengelernt hatte. Dann veränderten sich seine Gesichtszüge. «Frau Fotze», kreischte er, drückte einen Zeigefinger gegen seinen Nasenflügel und blies einen gelblichen Schleimfaden auf das Pflaster. «Nö, Frau Fotze kenn ich nich.» Er sprang mit beiden Füßen gleichzeitig auf die Pedale, ließ das ganze Rad kurz vor- und zurückhüpfen und radelte im Stehen davon.

Lea ärgerte sich mittlerweile, überhaupt auf den Jungen eingegangen zu sein. Womöglich war eben ein Schimpfwort geprägt worden, das die Kinder des Viertels Nicole noch lange nachrufen würden.

Sie betätigte den Klingeltaster zum dritten Mal. Schließlich wandte sie sich resigniert um und machte sich auf den Weg zu ihrem Wagen. Auf dem Parkplatz bemerkte sie aus den Augenwinkeln eine Person in einer knallroten Jacke, die über den betonierten Platz auf das Haus zueilte. Eindeutig Nicole!

Die Kollegin schien Lea in genau demselben Moment entdeckt zu haben, sie stoppte ihren schnellen Schritt, starrte in Leas Richtung, und für einen Moment wirkte es, als wolle sie wieder umdrehen. Doch dann hob sie den Arm und winkte.

Lea erwiderte den Gruß und ging langsam zum Eingang des Plattenbaus zurück.

«Lea, du hier, an deinem ersten Tag? Wolltest du zu mir?» Nicole wirkte etwas außer Atem, Schweiß stand ihr auf der Stirn.

Lea nickte. «Ja, mein erster Schultag. Ganz ohne Schultüte.» Sie lachte, merkte aber gleichzeitig, wie unecht es wirkte. «Heute Morgen hatten wir ja gar keine Zeit, uns richtig auszutauschen. Und dann ... Wie geht es deinem Magen jetzt – besser?»

Nicole bejahte, wich Leas prüfendem Blick jedoch aus. «Wollen wir was trinken gehen, einen Kaffee – beziehungsweise Kamillentee für mich? Um die Ecke ist ein kleines Bistro.» Nicole deutete in Richtung Straße.

Lea stimmte zu, fragte sich aber, warum Nicole sie nicht einfach in ihre Wohnung bat.

Das Bistro entpuppte sich als muffiger Schnellimbiss mit ein paar einfachen Sitzgelegenheiten. Immerhin schien der Kaffee frisch aufgebrüht zu werden. Nicole ließ sich einen Cappuccino bringen und fragte gar nicht erst nach Kamillentee.

Eine Weile saßen sie sich schweigend gegenüber. Lea rührte in ihrem Kaffee, Nicole leckte Schaum von ihrem Löffel. Dann fingen beide wie auf Befehl im selben Moment an zu reden, stutzten, unterbrachen sich, warteten einen Augenblick, fingen wieder gleichzeitig an und lachten dann eine Weile über die missglückte Konversation.

«Es ist wegen heute Morgen, oder?», fragte Nicole schließlich in die zurückgekehrte Stille, die nur vom Dudeln der Spielautomaten im Hintergrund unterbrochen wurde. «Du hast beobachtet, was in der Klasse passiert ist, und du hast mich auf dem Flur gesehen ...»

Lea blies auf die dunkle Oberfläche ihres Kaffees und nickte zögerlich. Sie würde jetzt nichts sagen, sollte Nicole doch erst mal ihre Version der Ereignisse schildern.

«Ich habe zunächst nur Björn gesehen.» Nicole sah Lea jetzt direkt an. «Du kennst ihn auch, glaube ich. Björn ist deutlich älter als die anderen. Musste eine Stufe wiederholen. Eigentlich hat er auf unserer Schule nichts mehr zu suchen. Aber du weißt ja, wie das ist ...»

O ja, Lea wusste nur zu genau, wie das war. Grundschule in Berlin, das hieß sechs Klassenstufen, und das konnte, wie im Fall von Björn bedeuten, dass eine Lehrkraft Dreizehn- oder im Extremfall sogar Vierzehnjährige vor sich hatte. Das waren keine Kinder mehr, sondern fast schon Männer. Der Hauptgrund, warum sie nie mehr in diesen Klassenstufen unterrichten würde.

«Björn macht ständig Ärger», fuhr Nicole fort. «Ich weiß sicher, dass er seine Mitschüler erpresst. Eine Art Schutzgeld, damit er sie nicht verprügelt. Aus den anderen Sechsten haben sich einige der größeren Jungs auf seine Seite geschlagen und machen in dem miesen Spiel mit. Es ist zum Kotzen.»

Nicole hatte sich weit über den kleinen, wackeligen Tisch gebeugt. Ihr schmales Gesicht schwebte dicht vor Lea – und jetzt sah sie wirklich krank aus.

«Aber diesmal war es anders.» Nicole nickte heftig, als müsste sie sich ihre Aussage erst selbst bestätigen, und lehnte sich dann mit einem Seufzer zurück. «Ich habe vom Flur aus ja nicht alles mitbekommen, und die Schüler wollten auch nicht recht raus mit der Sprache. Ein paar Jungen hätten Armdrücken gemacht – sonst nichts. Björn sagte, er hätte gar nicht mitgemacht. Er wäre schon auf dem Weg zur Schule unglücklich gestürzt.»

Lea setzte sich kerzengerade auf. «Nein, das kann nicht sein. Ich habe auch nicht alles gesehen, aber genug gehört.»

Nicole nickte, sagte aber nichts und starrte auf die geblümte Plastiktischdecke.

«Was hat denn Grüner zu dem Vorfall gemeint?», fragte Lea.

«Nichts.»

«Wie nichts? Er muss doch etwas dazu ...»

«Lea, ich habe nicht mit ihm gesprochen. Er weiß überhaupt nichts davon.» Nicole hatte den Kopf gehoben. Auf ihrer Stirn hatte sich eine steile Falte gebildet.

«Bist du bescheuert, Nicole? Du kannst das doch nicht verschweigen.»

«Du weißt ja gar nicht, was los ist. Du ...» Nicole brach ab. Der Wirt des Bistros, ein Mann mit schmierigen Haaren und einem undefinierbaren Akzent, war an ihren Tisch gekommen und fragte mit vielen Worten, ob sie noch weitere Wünsche hätten. Beide schüttelten den Kopf.

«Lea, es ist schwierig», sagte Nicole, als sich der Mann endlich entfernt hatte. «Wir sind angehalten, die Probleme kleinzuhalten, intern zu regeln. Grüner hat direkt nach der Sache mit dir unmissverständlich klargemacht, welche Position er vertritt. Die Erich-Weinert-Schule darf nicht zur zweiten Rütli-Schule von Berlin werden. Wir sind schließlich in Prenzlauer Berg und nicht in Neukölln.»

Lea hatte das Gefühl, jemand hätte ihr seine Faust mitten auf den Solar Plexus gerammt. Instinktiv schnappte sie nach Luft, musste sich zwingen, ruhig weiterzuatmen.

Eins, zwei.

War Nicole überhaupt nicht bewusst, welche Ungeheuerlichkeit sie gerade ausgesprochen hatte? Grüner hatte ihr doch noch vor ein paar Wochen versichert, die Situation wäre inzwischen viel entspannter. Nachdem die beiden Jugendlichen damals der Schule verwiesen worden waren, wäre wieder Ruhe eingekehrt. Lächerlich, danach schien es ja erst richtig losgegangen zu sein.

«Lea, ich weiß, was du jetzt denkst. Aber bislang ging das Problem in meiner Klasse nur von Björn aus. Einige Mitschüler haben sich eine blutige Nase geholt, aber das ist ja fast schon normal. Ich dachte, ich hätte es im Griff ... und es ist eben die erste Klasse, in der ich Klassenlehrerin bin. Ich wollte es nicht gleich versauen!»

«Was hast du mit Björn gemacht? Ihn einfach nach Hause geschickt?»

«Nein, er wollte selbst ins Krankenhaus gehen, sind ja nur ein paar hundert Meter. Und da er nach wie vor beteuerte, das wäre schon vor der Schule passiert ...»

Lea sah Nicole an und hatte das Gefühl, diese Kollegin, die nun sicher schon drei, vier Jahre an derselben Schule wie sie selbst arbeitete und mit der sie zusammen zwei Klassenfahrten betreut hatte, überhaupt nicht zu kennen. Jemand völlig Fremdes saß da vor ihr, mit Ansichten und Verhaltensweisen, die für sie nicht tolerierbar waren.

Lea nippte an ihrem Kaffee und blickte an Nicole vorbei aus dem Fenster. Es hatte zu regnen begonnen. Feine Wasserfäden liefen über die getönte Scheibe und malten ein wellenförmiges Muster in dem Staub. Auch Wind war aufgekommen. Gegenüber an der Haltestelle der Tram drängten sich die Menschen in dem kleinen, gläsernen Wartehäuschen.

Nicole jetzt zurechtzuweisen, wird vermutlich nichts bringen, überlegte Lea. Was soll sie von Ermahnungen einer Kollegin halten, die selbst in einer Extremsituation kläglich versagt hat? Sie wandte ihr Gesicht wieder vom Fenster ab und rieb sich ein paarmal mit den Handballen die Augen. «Und was hat Kolja zu dem Ganzen gesagt?»

«Nichts, er hat geschwiegen. Aber das ist nichts Neues bei ihm. Seine Beteiligung am Unterricht lässt insgesamt zu wünschen übrig, obwohl er in den letzten Wochen wieder etwas aufgeblüht ist. Dass seine schriftlichen Leistungen trotz der vielen Krankheitstage noch so gut sind, ist eigentlich ein Wunder.»

Kolja also auch! Lea war, wie sie es sich vorgenommen hatte, nach Schulschluss im Sekretariat gewesen, um sich Merles

Fehltage der letzten Monate anzusehen. Die schiere Menge war schon erstaunlich. Aber sie waren so verteilt, dass es einem nicht gleich ins Auge sprang. Ein kränkliches Mädchen eben, das immer noch am Tod des Vaters zu knabbern hatte. So jedenfalls hatte es die Schulsekretärin dargestellt und Lea die Bitte abgeschlagen, die Entschuldigungsschreiben der Mutter sehen zu dürfen. Alles sei schon im Keller archiviert, und dann gebe es ja auch noch so etwas wie Datenschutz. Da müsse Lea erst mit Grüner sprechen. Das hatte sie natürlich dankend abgelehnt.

Nicole erhob sich, um die Toilette aufzusuchen. Als sie zurückkam, wirkte sie deutlich gelöster und fragte Lea sogar, ob sie nicht doch noch etwas trinken und über erfreulichere Dinge reden wollten, sie hätten sich ja so lange nicht gesehen.

Lea war kurz davor, die Kollegin anzuschreien, riss sich jedoch zusammen. Sie schüttelte den Kopf und klemmte einen Fünfeuroschein unter ihren Kaffeebecher, bevor sie sich erhob.

Draußen reckte sie ihr Gesicht in den Himmel. Eine Windböe blies ihr kalten Regen auf Stirn und Wangen, doch es war sogar ein angenehmes Gefühl, auf diese Art den Bistromief loszuwerden. Auch der leichte Fuselgeruch, den sie an ihrer Kollegin nach deren Toilettengang bemerkt hatte, war wieder aus ihrer Nase verschwunden, und sie fragte sich bereits, ob es vielleicht nur Einbildung gewesen sei. Während sie zum Parkplatz stapfte, drehte sie sich nicht um, hatte aber trotzdem das sichere Gefühl, Nicole würde am Bistrofenster stehen und ihr nachsehen.

17. November, morgens
arne Larsen

«Definitiv keine fremde Gewalteinwirkung», sagt Mayla Aslan und wedelt mit dem Hefter vor ihrem Gesicht, als brauche sie eine Abkühlung. Dabei ist es eiskalt im Büro. Viel zu kalt für die überwiegend sitzende Tätigkeit, die sie beide hier verrichten. Aber die Heizung ist alt und das Gebäude, in dem das LKA untergebracht ist, noch viel älter.

Vor dem Fenster spielt der Spätherbst sein gesamtes unangenehmes Repertoire durch. Regen klatscht in fetten Tropfen gegen die Scheibe, der Himmel wirkt wie mit frischem Zement überzogen, und die Menschen auf dem Parkplatz des Polizeigebäudes werden von stürmischen Böen und aufgewirbelten Blättern über den Asphalt gejagt. Seit gestern Abend hat eine Kaltfront aus Russland Berlin fest im Griff. Für die nächsten Tage ist sogar Schnee angekündigt.

Arne Larsen wendet den Blick ab und zieht den Reißverschluss seines Kapuzenshirts bis unter den Hals zu. Mit einem Mal spürt er einen Anflug von Heimweh. Schon heute Morgen, direkt nach dem Aufwachen, hat er gemerkt, dass seine Berlin-Euphorie seit gestern einen deutlichen Dämpfer bekommen hat. Daran sind allerdings weder das Wetter noch die neuen Kollegen schuld. Es hat ihn einfach sehr geärgert, dass auf seinem Büroschreibtisch bereits ein Stapel Akten wartete, als er gestern Nachmittag zusammen mit Mayla Aslan ins Präsidium kam. Routinearbeiten wie die Übertragung von Ermittlungsergebnissen in den Computer oder die nochmalige Befragung von Zeugen aus ungeklärten Fällen standen an. Mayla Aslan hatte gleichmütig mit der Schulter gezuckt und gemeint, solange es für die unbekannte Tote vom Friedhof noch keine Soko gebe, müsse man seine Zeit eben damit verbringen.

Larsen zwingt sich, die trüben Gedanken für den Moment aus seinem Kopf zu verbannen. Erst vor wenigen Minuten sind die ersten Berichte von Kriminaltechnik und Rechtsmedizin eingetroffen und – wie könnte es anders sein – auf dem Schreibtisch von Mayla Aslan gelandet. «Wirklich? Keine Gewalteinwirkung?», murmelt er.

«Zumindest nicht unmittelbar vor ihrem Tod.» Mayla Aslan stoppt die Fächerbewegung, klappt den Hefter zu und schiebt ihn Larsen rüber.

«Wie meinen Sie das – nicht unmittelbar?»

«Die Frau hatte einige ältere Verletzungen. Hämatome, Schürfwunden – hat wohl einiges mitgemacht. Aber bitte, lesen Sie doch selber.» Sie reicht ihm die Akte.

Er blättert durch die Ausdrucke, schiebt die Brille auf die Stirn, zurück auf die Nase, variiert den Abstand beim Lesen. «Müsst ihr *so* sparen? Das ist maximal eine 9-Punkt-Schrift. Kaum lesbar.»

Mayla Aslan sagt nichts, zieht stattdessen eine zerknitterte Packung Feinschnitt aus der Gesäßtasche.

«Sie rauchen?», fragt er und hebt kurz den Blick.

Frau Aslan schüttelt den Kopf, fischt ein fast transparentes Zigarettenpapier aus der Tüte und beginnt mit geübten Bewegungen eine dünne Filterlose zu drehen.

«Ein Kollege …», sagt sie, und ihre Zunge flitzt über den gummierten Streifen. «Wenn er gefahren ist, habe ich ihm Zigaretten gedreht. Das … das ist mir in Fleisch und Blut übergegangen.» Mit dem Zeigefinger streicht sie die fertige Zigarette glatt.

«Manchmal kann ich mich so einfach besser konzentrieren.» Sie schaut auf.

Er ist nicht sicher, was er in ihrem Blick lesen soll. Der leicht naive Ausdruck, den er schon ein paarmal wahrgenommen hat, ist jedenfalls verschwunden. Was schwingt stattdessen darin mit? Melancholie? Trauer?

Sie pustet sich eine Locke aus der Stirn, zieht die Schublade ihres Schreibtischs auf und legt die Kippe hinein. «So», sagt sie und schließt die Schublade mit übertriebenem Schwung wieder. Ein Kugelschreiber kippt aus seinem Ständer und rollt über die Tischplatte.

Larsen bereut bereits, dass er nachgefragt hat, und wechselt das Thema. «Die Rechtsmedizin ist der Meinung, dass der Suizid weder vorgetäuscht noch erzwungen war. Die körperlichen Merkmale, beziehungsweise ihr Fehlen, um genau zu sein, sprechen der Meinung unserer Experten nach eine eindeutige Sprache. Hm, seltsam. Ich hätte gewettet, dass sie Hinweise auf Fremdeinwirkung finden.»

Mayla Aslan hat den Kugelschreiber eingefangen, bevor er über die Tischkante rollen konnte, jongliert ihn nun gedankenverloren zwischen Daumen und Ringfinger. «Ich bin ja gleich von Suizid ausgegangen», sagt sie. «Denn, warum sollte ein Mörder oder Totschläger sich erst viel Mühe geben, die Tat wie Selbstmord wirken zu lassen, und anschließend das Opfer so dilettantisch verscharren?»

Larsen zieht eine Augenbraue hoch. «Menschen tun immer wieder Dinge, die für andere nicht nachvollziehbar sind. Unser Täter ...»

Mayla donnert den Kugelschreiber auf die Platte des Schreibtischs. «Ja, danke, Herr Kollege, das weiß ich auch.»

Er hebt beschwichtigend die Hände, doch die Kollegin fährt bereits fort: «Der Kefen, die Ausrichtung der Leiche, der Ort der

Beerdigung selbst – ein vertuschter Mord oder Totschlag sieht anders aus.»

«Ja, da stimme ich Ihnen zu. Trotzdem, Sie denken zu geradlinig. Gerade dieses ungewöhnliche Arrangement kann Absicht sein. Eine Botschaft des Täters, die es erst noch zu dechiffrieren gilt.»

«Ich glaube, ohne Übersetzer verstehe ich Sie manchmal einfach nicht ...» Sie schüttelt den Kopf. «Egal, ich bleibe bei meiner ursprünglichen These: Die Frau hat einen muslimischen Lebenspartner. Es gibt Probleme in der Partnerschaft. Er schlägt sie, fügt ihr vielleicht auch psychisch Gewalt zu. Als sie sich umbringt, ist er verzweifelt, kann nicht klar denken und bestattet sie halb muslimisch, halb christlich. Vielleicht glaubt er, so seine Schuld an ihrem Tod bewältigen zu können. Ist das jetzt krumm genug gedacht für Sie?»

Larsen sieht seine Kollegin an. Sie hat den Kopf in den Nacken geworfen, die Augen sind zusammengekniffen, ein Blick wie bei einem trotzigen Kind. *Komm schon, wenn du dich traust.* Aber bei diesem Spiel wird er nicht mitmachen. Außerdem sind ihre Argumente nicht völlig von der Hand zu weisen. Bei diesem Fall könnte es tatsächlich einfach nur um das ungewöhnliche Ende eines Beziehungsdramas gehen.

Dennoch begehrt etwas in ihm dagegen auf, schreit in seinem Kopf, er würde wesentliche Fakten übersehen.

«Frau Aslan, vielleicht ...», setzt er an, registriert erst in diesem Moment, dass Kriminalrat Salzmann im Raum steht.

«Ich sehe, Sie haben sich schon mit den Berichten vertraut gemacht. Dann sind Sie sicher mit mir der Meinung, dass wir für diesen Fall keine Soko brauchen. Bis wir wissen, wer die Tote ist und die näheren Umstände ihres Ablebens genau klären können, gehen wir davon aus, dass kein Kapitalverbrechen, sondern lediglich ein Verstoß gegen das Bestattungsgesetz vorliegt.»

Larsen sucht den Blick seiner Kollegin, doch die hat Salzmann fixiert und nickt vage mit dem Kopf. Offenbar will sie nicht widersprechen, vermittelt sogar den Eindruck, als sei sie mit dieser Festlegung ganz zufrieden.

«Ich weiß nicht», sagt Larsen. Salzmanns rechte Augenbraue schnellt in die Höhe, doch davon lässt Larsen sich nicht aufhalten: «Sollten wir nicht erst die Befragung der Anwohner abwarten? Es ist wahrscheinlich, dass die Tote aus dem Viertel stammt. Sicher ergeben sich direkte Hinweise auf ...»

«Larsen», unterbricht Salzmann. Der Parkettboden knarzt, als er auf Larsen zugeht. Seine linke Hand streicht über die Kante von Mayla Aslans Schreibtisch. Eine Geste, die fast verspielt wirkt und nicht zu dem Ausdruck in seinem Gesicht passen will. «Mein lieber Larsen, ich weiß ja nicht, wie es da oben bei Ihnen in Schleswig-Holstein gehandhabt wird. Bei uns können Sie davon ausgehen, dass Vorgesetzte nicht leichtfertig etwas verfügen. Zwei uniformierte Kollegen sind mit einem Foto der Toten in der Siedlung unterwegs. Wertke sitzt im Büro gegenüber und gleicht die Personenbeschreibung mit den Vermisstenanzeigen ab. Wenn sich hier etwas ergibt, sehen wir weiter – aber bis dahin ...» Er deutet auf die Aktenstapel auf dem Rollwagen neben Larsens Schreibtisch. «... warten wichtigere Arbeiten auf Sie.»

Der Vorgesetzte steht nur eine Armlänge von Larsen entfernt. Unten links im Kiefer trägt er eine Zahnprothese. Ein dünner Metallreif um den Schneidezahn. Ein rhythmisches Aufblitzen beim Sprechen, das ihn verrät.

Larsen fühlt sich nach dieser Zurechtweisung einigermaßen hilflos und nickt nur.

Salzmann scheint das zu genügen. «Ich weiß Ihren Eifer zu schätzen», sagt er, bemüht, seiner Stimme einen versöhnlichen Klang zu verleihen.

Larsen registriert, dass er immer noch nickt, wendet sich ab und lässt sich auf seinen Schreibtischstuhl sinken.

Mayla Aslan grinst ihn unverhohlen an. Kaum hat Salzmann die Tür hinter sich geschlossen, springt sie auf und greift sich ihre Jacke vom Garderobenständer. «Dann statten wir jetzt mal besser dem Herrn Lohse einen Besuch ab.»

«Lohse?», fragt er, doch seine Kollegin ist schon aus dem Büro geeilt. Ihre Stiefelabsätze klackern über das Linoleum im Flur.

Lohse. Vermutlich ist das die oberste Akte auf seinem Stapel.

Lea Zeisberg

Kurz vor dem Schlüsselloch begann ihre Hand doch zu zittern. Nur ein wenig, aber es reichte, dass der Schlüsselbart zweimal vom Schließzylinder abglitt und mit einem hässlichen Geräusch über den Beschlag kratzte. Erst beim dritten Versuch traf sie die Öffnung, und die Tür sprang auf.

Es war schon seltsam, wie sich ihre Ängste über die Zeit verändert hatten. Anfangs hatte sie die typischen Symptome einer Agoraphobie gezeigt, doch in den letzten Wochen war es eher zu Panikattacken gekommen, wenn sie von draußen in ihre Wohnung zurückkehrte. Bereits beim Öffnen der schweren Haustür unten beschleunigte sich ihr Herzschlag, die drei Treppen ließen sie keuchen, als leide sie unter Asthma, und wenn sie endlich ihre Wohnungstür erreichte, war sie oft schweißgebadet.

Ihre Therapeutin hatte die Vermutung geäußert, Lea habe vielleicht Angst, jemand könne während ihrer Abwesenheit in die Wohnung eingedrungen sein und dort auf sie lauern. Lea hatte zwar genickt, aber eigentlich wusste sie, dass der tatsächliche Grund ein anderer war: In der Öffentlichkeit fiel es ihr leicht, die andere, die neue Lea Zeisberg zu sein. In ihrem Zuhause aber lebte die Erinnerung an die schlimmsten Tage ihrer Psychose immer wieder auf, hockte einem wilden Tier gleich auf dem Küchenschrank, dem Bett oder dem Sofa, bereit, sie jederzeit anzuspringen.

Lea schaltete das Flurlicht ein und wartete. Es dauerte ein

paar Sekunden, bis die energiesparenden Lampen neben dem bodentiefen Spiegel ihre volle Leuchtkraft entfalteten. In der Zwischenzeit zog sie die Regenjacke aus und legte die Umhängetasche auf dem Sims neben der Tür ab. Die Lampen produzierten ein warmes, kerzenartiges Licht. Lea betrachtete sich gern in diesem Spiegel. Während ihrer Krankheit hatte sie sich mehrmals am Tag dicht vor das reflektierende Glas gestellt und so weit vorgebeugt, bis die bernsteinfarbenen Sprenkel der Iris ihr gesamtes Sichtfeld ausfüllten. Ein richtiges Ritual hatte sich daraus entwickelt. Immer begann es damit, dass sie sich selbst begrüßte: «Hallo, Lea. Das bist du, du bist immer noch da. Egal, was geschehen ist.»

Heute beschlug der Spiegel schneller als sonst, vielleicht lag es an ihren immer noch regenfeuchten Haaren.

Oder an deiner Aufregung!

Sie trat einen Schritt zurück und wartete, dass sich der Schleier verzog.

Diese zweite Lea, die weich und anmutig in ihren Bewegungen war, eine glatte Haut mit einem goldenen Schimmer besaß, kaum wahrnehmbare Krähenfüße und zumindest für einige atemlose Sekunden einen absolut flachen Bauch, hatte sich über die Monate viele Geschichten anhören müssen. Sie war so geduldig und stark, konnte gemeinsam mit Lea aber auch jede Menge Tränen vergießen, wenn es nötig war.

Lea strich mit der Hand über den Bezug des Cocktailsessels, den sie irgendwann, als die Spiegelgespräche immer länger wurden, aus dem Wohnzimmer in den Flur geschleppt hatte.

Nein, heute würde ihr die Lea der Spiegelwelt wohl nicht reichen. Der erste Arbeitstag nach sechs Monaten – allein das war eine Herausforderung gewesen, auf die sie lange hingearbeitet hatte. Die Brutalität im Klassenraum, das Gespräch mit Kollegin Nicole, das ihr in der Erinnerung die Nackenhaare zu Berge stehen ließ – insgesamt war das deutlich mehr, als sie mit sich selbst entwirren konnte. Dafür brauchte sie jemanden, der kühl und analytisch vorging und der Ängste für eine Erfindung der pharmazeutischen Industrie hielt. Lea griff zum Telefon und tippte die Nummer ihres Exmanns ein, die sie vor gut zwei Jahren aus dem Telefonspeicher gelöscht hatte, aber immer noch auswendig kannte.

*

«Vielleicht wird es sogar ein Christkind», sagte Bernd und trank einen großen Schluck von dem Weizenbier, das der Ober gerade vor ihm abgestellt hatte.

Lea deutete auf ihre Oberlippe. Bernd verstand sofort und wischte sich mit dem Handrücken den frischen Bierschaum vom Mund. Bestimmte Verhaltensmuster eines Ehepaares funktionierten offenbar auch nach längerer Trennung noch automatisch.

Äußerlich hatte sich Bernd nur wenig verändert. Ein wenig zugenommen vielleicht. Dass er in seiner neuen Partnerschaft tatsächlich zum Familienmenschen geworden war und nun sogar Vater werden würde, konnte sich Lea allerdings nur schwer vorstellen. Zehn Jahre hatte ihre Ehe gedauert, und Bernd hatte das Thema Jahr für Jahr weit von sich geschoben. *Später, Lea. Ich löse bald den alten Spindler ab, dann haben wir finanziell mehr Spielraum. Erst ein Haus bauen, Lea, dann die Kinder.*

Der Vorgesetzte hieß auch jetzt noch Spindler. Bernd lebte nach wie vor in der Wohnung in Kreuzberg, die sie beide direkt nach ihrer Hochzeit bezogen hatten. Geändert hatte er lediglich die Frau an seiner Seite, doch damit anscheinend auch seine gesamte Lebensplanung.

«Gratuliere euch», sagte Lea mit wenig Überzeugung in der Stimme. Dieselben Worte hatte sie im Verlauf des Gesprächs schon ein paarmal benutzen müssen. Bernd war von seinem Vaterwerden derart begeistert, dass er kein anderes Thema kannte.

Fast wäre es gar nicht zu dem Treffen gekommen. Bei ihrem ersten Anruf hatte Lea Bernd nicht erreicht, und als er sie dann zurückgerufen hatte, war sie gerade im Bad gewesen. Bernd hatte ihr daraufhin eine Nachricht auf dem Anrufbeantworter hinterlassen. Er würde sich sehr freuen, habe aber wenig Zeit, er müsse sich jetzt sehr um seine neue Partnerin Miriam kümmern, und dann gebe es da noch eine weitere wichtige Änderung in seinem Leben. Gerade heute würde es ihm aber zufälligerweise gut passen.

Und nun saß er also vor ihr und sprach nur über sich.

Du musst einfach anfangen, ihn mitten im Satz unterbrechen, dachte Lea und stellte sich vor, ihr Spiegelbild aus dem Flur würde sie dazu auffordern.

Eins. Zwei. Drei.

«Ich habe heute absolut grässliche Dinge erlebt», brach es aus ihr hervor – unkontrolliert in der Tonhöhe und auch deutlich zu laut.

Bernd hatte das Bierglas gerade angehoben, stellte es nun hart auf den Tisch zurück. Schaumsprenkel flogen wie kopflose Schwäne auf und verendeten auf dem derben Stoff seines Wollpullis.

Lea beugte sich über die Tischplatte und suchte Bernds Augen. «Ich muss das jetzt in einem Schwung loswerden, sonst gerät alles durcheinander. Also, bitte unterbrich mich nicht.»

Bernd schluckte. So einen Ton war er von ihr nicht gewohnt, aber nach kurzem Zögern nickte er, und Lea begann zunächst stockend, dann immer flüssiger die Ereignisse des Tages zu schildern.

«Und schließlich bin ich aufgestanden und habe Nicole einfach sitzengelassen.» Lea holte tief Luft und nahm hastig einen großen Schluck Ribera del Duero. Viel zu teuer zum Durstlöschen, aber das war ihr jetzt völlig egal. Sie hatte bestimmt zehn Minuten ununterbrochen geredet.

«Möchtest du, dass ich etwas dazu sage?» Bernd hatte während ihres Vortrags einen Stapel mit Bierdeckeln mehrfach umsortiert. Jetzt hob er den Kopf und musterte Lea nachdenklich.

Lea behielt das Weinglas noch an den Lippen, trank aber nicht. Was würde jetzt kommen? Bernds Mimik war – genau wie seine Körpersprache – schwer einzuschätzen, etwas, das sie schon immer gestört, ganz am Anfang ihrer Beziehung allerdings auch mal fasziniert hatte. Sie nickte und stellte ihr Glas endgültig auf dem Tisch ab.

«Hast du eigentlich geprüft, ob Merle und ihr Bruder, dieser – wie hieß er noch?»

«Kolja!»

«Kolja, richtig – also hast du geprüft, ob die beiden Kinder alternierend oder simultan in der Schule gefehlt haben?»

Lea stutzte. Nein, auf die Idee war sie bisher nicht gekommen. Heute jedenfalls hatte nur Merle gefehlt. «Keine Ahnung, Bernd. Was könnte denn dahinterstecken, wenn sie sich mit dem Fehlen abwechseln?»

«Wenn wir auf dem Land wären, würde ich sagen, die Familie ist arm, eines der Kinder muss zu Hause bleiben, um auf dem Hof mitzuhelfen. Vor knapp hundert Jahren hätte es auch mit dem Schulgeld zusammenhängen können. Das Einkommen der Eltern reichte damals meist nicht aus, um alle Kinder in die Schule geben zu können, und so wurden sie eben nacheinander geschickt. Jeden Tag ein anderes. In den Bergen gab es auch …»

«Bernd, bitte!» In diesem Punkt hatte sich ihr Ex nicht geändert. Einmal zu einem Thema befragt, musste er sein gesamtes Wissen abspulen, als wäre er Kandidat in einer Quizshow.

«Jaja, okay!» Er hob abwehrend die Hände, dann sah er Lea direkt an und sagte: «Du weißt doch, warum Kinder heutzutage die Schule schwänzen.»

Sie zuckte mit den Schultern. «Es gibt viele Gründe.»

«Ja, aber meistens hängt es mit der Situation im Elternhaus zusammen. Verwahrlosung, Drogen, Züchtigungen, Missbrauch ...»

«Der Vater ist aber tot, Bernd. Und es ist eine ... es war eine ganz normale, eher gutsituierte Familie.» Noch während sie Gegenargumente sammelte, verstand sie plötzlich, worauf ihr Exmann eigentlich hinauswollte. Ihre bisherigen Überlegungen hatten nur berücksichtigt, dass der Tod des Vaters erhebliche psychische Nachwirkungen bei den Kindern ausgelöst haben könnte. Was aber, wenn die aktuellen Probleme von der Mutter ausgingen?

«Nimm als Beispiel Alkohol- und Tablettensucht ...» Bernd machte eine Pause und sah Lea eindringlich an.

Lea spürte Hitze in sich aufsteigen. Ahnte Bernd, dass sie immer noch Antidepressiva nahm?

«Vielleicht ist die Mutter nicht mehr in der Lage, ihren Alltag zu meistern, und die Kinder müssen sich um sie kümmern. Abwechselnd, damit es nicht so auffällt», setzte er seinen Satz fort und nickte ein paarmal, als müsse er sich selbst zu dieser Erkenntnis beglückwünschen. Wenigstens sah er sie jetzt nicht mehr mit diesem prüfenden Blick an.

«Tablettensucht? Geht es nicht eine Nummer kleiner?», fragte sie. «Frau Grossmann könnte sich auch einfach ein Bein gebrochen haben.»

«Über mehrere Monate hinweg? Und selbst wenn es eine andere Krankheit wäre – was würde das an der Problematik ändern?» Jetzt sah Bernd so aus, als hätte er gerade den Jackpot geknackt.

Elender Besserwisser, dachte Lea. Aber leider hatte er in diesem Punkt recht: Aus welchem Grund auch immer – wenn die Mutter nicht in der Lage war, Kinder und Haushalt zu versorgen, musste das Jugendamt eingreifen. Ein Hinweis aus der Nachbarschaft würde da schon reichen. Lea fiel ein, dass sie vor Jahren ein Buch gelesen hatte, in dem Kinder aus Angst, von den Behörden getrennt zu werden, den Tod der Mutter verheimlichten. *Der Zementgarten.* Geschrieben von einem Engländer, dessen Name ihr entfallen war.

Sie trank einen weiteren Schluck Rotwein. Und während sie die dunkle Oberfläche im Glas betrachtete, fragte sie sich, warum sie das hier eigentlich tat. Warum sie drauf und dran war, die Probleme von fremden Menschen zu ihren eigenen zu machen.

Weil es dich wunderbar von dir selbst ablenkt?

Aus der Tiefe des schimmernden Rots tauchte für einen Wimpernschlag plötzlich die andere Lea auf und lächelte ihr zu.

Die weitere Unterhaltung verlief stockend. Bernd wechselte mehrfach das Thema, erzählte vom letzten Urlaub, seinem Job, der Partnerschaft. Lea hörte kaum zu, nickte nur höflich in regelmäßigen Abständen. Als Bernd eine halbe Stunde später die Rechnung anforderte und ihre zwei Gläser Rotwein mitbezahlte, fühlte sich Lea zum Protestieren zu erschöpft. Bernd sagte, es sei ein netter Abend gewesen, sie sollten das doch bald wiederholen.

Lea lächelte, tatsächlich überlegte sie aber, wie sie den morgigen Tag an der Schule überstehen sollte.

17. November, abends
Arne Larsen

Die schwere Stahltür kracht hinter ihm ins Schloss. Obwohl er nun schon mehrere Wochen hier wohnt, hat er sich an die Geräusche, die durch den ehemaligen Industrietrakt hallen, als stünde man mitten im Petersdom, noch nicht gewöhnt. Gleiches gilt für die altmodischen Lichtschalter aus schwarzem Bakelit, die man drehen statt anknipsen muss. Selbst nüchtern klappt das nicht immer.

Heute wirkt die Gewerbeetage wie ausgestorben, was wirklich selten vorkommt. Immerhin wohnen sie hier zu fünft, wenn man nur die Bewohner zählt, die auch einen Untermietvertrag besitzen. Dazu kommen nämlich noch diverse Teilzeit- und Dauerpartner, Übernachtungs- und Langzeitgäste. Und natürlich die kleine Emma, die seit vier Wochen bei ihrem Vater im Zimmer wohnt, weil die geschiedene Mutter einen Entzug machen muss. Welchen, will Werner aber niemandem verraten.

Der Tag ist hart gewesen. Larsen reibt sich das Genick und geht durch den langen Flur Richtung Küche. In der Spüle stapelt sich trotz Spülmaschine schmutziges Geschirr, es riecht sauer nach geronnener Milch, und das rote Lämpchen der Kaffeemaschine signalisiert, dass der zurückgelassene Rest Kaffee in der Glaskanne nicht ohne Grund zu einer dunklen Kruste zusammengeschmurgelt ist.

Während seines Studiums in Kiel hat er schon einmal in einer WG gelebt. Gut fünfzehn Jahre ist das jetzt her, und auch damals scheiterte jeder Ansatz, die Arbeiten im Haushalt zu organisieren, am massiven Desinteresse der Mitbewohner.

Er geht zu einem der großen Fenster und reißt es auf. Eine Böe treibt regennasse Luft und Stimmengewirr zu ihm hoch. Hämmernde Beats wie ein ruheloser Motor darunter. Treibend. Stimulierend. Adrenalin für den, der diesen Rhythmus atmen kann. Für ihn heute definitiv der falsche Takt.

Trotzdem zieht er sich einen Küchenstuhl ans offene Fenster und lässt seine Gedanken in die Nachtluft treiben. Er merkt, wie nachhaltig verstimmt er ist, dass er durch Berlin fahren muss, um irgendwelche Zeugen zu uralten Vorgängen zu befragen. Dabei gibt es doch diesen aktuellen Fall. Seinen Fall. Die Frau vom Friedhof, stranguliert und notdürftig bestattet in Erde, die in wenigen Jahren entweiht wird. Entweiht ... Haben sie darüber schon nachgedacht? Dass der Täter diesen Umstand ganz bewusst gewählt haben könnte? Ein Friedhof, der nicht mehr betrieben wird, aber noch ein paar Jahre ruhen muss, bevor er in einen Park, eine Baufläche oder etwas Ähnliches umgewandelt werden kann.

Die Technomucke von unten ist mittlerweile deutlich lauter geworden. Hinter seinen Schläfen beginnt ein Schmerz zu wachsen. Er schließt das Fenster, doch das bringt wenig. Wieder eines dieser Events, die bis in die Nacht dauern werden und wenig Platz für seine Gedanken lassen. Wenn er das im Spätsommer bei der Besichtigung nur geahnt hätte.

Die Sache mit dem WG-Zimmer ist verführerisch gewesen. Sofort Anschluss in der fremden Stadt finden. Ausgehen, Partys, vielleicht wieder eine Frau kennenlernen und Julia endlich vergessen. Das Loft hat er sich an einem sonnigen Samstagnachmittag angesehen. Im Gewerbehof war es an diesem Tag herrlich ruhig. Das Zimmer sehr groß, die Decke über vier Meter hoch. Vor der riesigen Fensterfront breitete sich der Himmel unendlich aus. Darunter lag die Stadt, das Meer der Häuser, das wie eine steingewordene Brandung gegen die kleine Grünanlage vor dem Gewerbekomplex drückte. Als er sich ganz dicht an die Scheibe stellte, die Nase fest gegen das Glas presste, konnte er sogar die Kugel des Fernsehturms sehen. Dass das ganze Viertel ein Sanierungsgebiet ist und die meisten Industrieruinen modernen Wohngebäuden weichen müssen, hat ihm damals niemand gesagt. Dann wäre er nicht hier eingezogen, denn es ist gerade der morbide Charme, den das Viertel atmet, der ihn so angezogen hat.

Inzwischen geht ihm die permanente Geräuschkulisse gehörig auf die Nerven. Tagsüber sind die Vibrationen von Rammen und Baggern oft so stark, dass die Kaffeebecher wie von Geisterhand gezogen über den Küchentisch wandern. Und wenn abends die Dunkelheit hereinbricht, erwachen die verlassenen Hallen regelmäßig für Industrie-Events zu neuem Leben. Produkte werden präsentiert, das Publikum in noblen Limousinen angekarrt, Fingerfood und Champagner gereicht. Luxus und High Society zwischen verfallenen Mauern und rostigen Produktionsmaschinen.

*

Er läuft durch die Menge. Jemand will ihm einen Sektkelch in die Hand drücken. Er weicht einem Paar aus, das trotz der Kälte auf dem Platz vor der Halle tanzt. Abendkleid und Smoking zu stampfenden Technoklängen. Berlin macht es möglich.

Als er endlich auf der Prenzlauer Allee steht, geht es ihm etwas besser. Die Beats haben sich in das Summen der Großstadt integriert. Die Laser der Lichtshow in seinem Rücken sind nur noch bunte Reflexionen auf den Pfützen der vierspurigen Straße.

Aus einem Impuls heraus hebt er die Hand. Das Taxi stoppt,

die Rückbank ist mit einem transparenten Plastiküberzug versehen. Der Fahrer sieht ihn prüfend an, signalisiert, dass er sich nach vorne setzen darf.

«Die Adresse?»

«Viereckweg», sagt Larsen.

Der Fahrer zuckt mit den Schultern.

«Berlin-Buch», ergänzt Larsen.

Der Fahrer nickt zwar, wirkt aber wenig überzeugend. Zumindest deutet er in die richtige Richtung. Wenden, dann nach Norden, Richtung Autobahn.

Lea Zeisberg

Merles rosafarbener Wollpulli sah perfekt sauber aus. Auch die hellen Jeans wirkten, als habe sie das Mädchen gerade frisch gewaschen aus dem Schrank geholt. Lea ging langsam an dem Tisch vorbei, wendete vor der Wand des Klassenraums und kam denselben Weg zurück. So hatte sie ausreichend Zeit, auch den Rücken des Mädchens zu begutachten. Merle hatte ihre Haare zu einem kurzen, ordentlichen Pferdeschwanz gebunden. Die Haut im Nacken schien zart und unversehrt zu sein.

Lea blieb neben dem Pult des Mädchens stehen. Merles Tischnachbarin sah sofort auf. Lea lächelte ihr zu, schüttelte leicht den Kopf. *Nein, du bist nicht gemeint.*

Merle arbeitete tief über ihr Heft gebeugt an der gestellten Aufgabe. Lea ging neben ihr ein wenig in die Knie. Nein, das Mädchen roch auch nicht unangenehm, eher frisch. Eine leichte Pfirsichnote. Seife, frisch gewaschene Haare. Auch Merles Fingernägel waren sauber, für ein Mädchen sehr kurz geschnitten, kein Lack, nicht mal transparenter. Merle konnte auf derlei Firlefanz noch verzichten. Ein ganz normales Mädchen von zehn Jahren. Unauffällig.

«Geht es dir heute wieder besser?», fragte Lea und berührte Merle leicht am Arm. Das Mädchen zuckte zusammen, fing sich aber sofort wieder und lächelte Lea an. «Ja, viel besser. Wieder so eine fiese Erkältung ...»

Lea nickte. Müde sah die Kleine aus. Ihre Augen waren leicht gerötet. Die Lippen trocken und ein wenig aufgesprungen. Normale Symptome für einen nicht auskurierten grippalen Infekt. Vier Tage hatte das Kind gefehlt, auch das passte. Nichts, worüber man sich eigentlich Sorgen machen müsste.

Lea richtete sich wieder auf. Die Klasse brütete über dem Aufsatzthema der Klassenarbeit, da durfte sie das Mädchen unmöglich länger stören. Bevor sie weiterging, warf sie noch einen Blick auf das Heft, das vor Merle lag und von ihrem Arm halb verdeckt war. Viel hatte das Kind noch nicht zu Papier gebracht, einen längeren Absatz sogar wieder komplett durchgestrichen.

*

Die Pause war vorbei, und im Lehrerzimmer war wieder Ruhe eingekehrt. Neben Lea hatte auch Gesa Kosbach eine Freistunde. Die junge Referendarin malte Diagramme auf Folien und warf sie zur Kontrolle immer wieder mit dem Overheadprojektor an die Wand. Das ewige Lichtgeflacker nervte Lea, aber sie verkniff sich einen Kommentar.

In den letzten Tagen war wieder ein wenig Normalität in ihren Arbeitsalltag zurückgekehrt. Sogar die Vorfälle vom Beginn der Woche waren in ihrem Kopf weit nach hinten gewandert. Der Deutschunterricht mit Dritt- und Viertklässlern machte ihr viel mehr Freude, als sie ursprünglich angenommen hatte, und obwohl die intellektuelle Herausforderung überschaubar war, war sie an diesen Tagen dermaßen erledigt nach Hause gekommen, dass sie sich für eine Stunde aufs Ohr hatte legen müssen. Nicole schien ihr den abrupten Aufbruch im Bistro nicht übelgenommen zu haben, sie grüßte freundlich, suchte allerdings kein Gespräch mit ihr. Letztlich war das Lea im Moment aber nur recht.

An den Anblick des leeren Platzes in der 4b hatte sie sich inzwischen genauso gewöhnt wie an den Vorgang, Merle Grossmann als fehlend in das Klassenbuch einzutragen. Mittlerweile lag sogar ein Entschuldigungsschreiben der Mutter vor. Auch andere Kinder fehlten zurzeit wegen Krankheit. Das nasskalte Herbstwetter forderte eben seinen Tribut.

Als Merle dann heute unvermittelt zur Klassenarbeit aufgetaucht war, war das für Lea tatsächlich ein kleiner Schock gewesen. Ohne dass sie dagegen etwas tun konnte, rückten die Geschehnisse vom Anfang der Woche in ihrem Kopf wieder nach vorne. Zu Beginn der Stunde fand Lea allerdings keine Zeit, sich intensiver mit dem Mädchen zu beschäftigen. Die Aufgabentexte mussten verteilt und die Schüler für den Aufsatz instruiert werden.

Der Aufsatz …

Der kleine Stapel mit den in rote Schutzhüllen verpackten Heften lag vor Lea auf dem Tisch. Lea griff nach dem obersten. Daniel Blume. Schöner Name – Lea fiel trotzdem kein Gesicht dazu ein. Sie schlug die erste Seite auf. Eine kantige Jungenschrift. Sie zögerte, klappte das Heft wieder zu und legte es zurück zu den anderen. Ohne darüber nachzudenken, schob sie Heft für Heft von dem Stapel. Ein knallroter Fächer bildete sich auf der hellen Tischplatte.

Merle Grossmann. Leas Hand zitterte etwas, als sie das Heft zu sich heranzog. Flüchtig blätterte sie die bisherigen Aufsätze des Mädchens durch. Am Anfang standen nur gute oder sehr gute Noten. Dann erreichte Lea die letzte beschriebene Seite. Wie schon im Klassenraum fielen ihr sofort die zahlreichen Streichungen auf. In den vorherigen Aufsätzen hatte Merle kaum Korrekturen vornehmen müssen und die wenigen vorbildlich ausgeführt. In der aktuellen Arbeit sah das ganz anders aus. Es wirkte fast, als habe sie eine komplette Passage kreuz und quer übermalt, um sie unleserlich zu machen.

Was mochte nur in dem Kind vor sich gegangen sein? Lea schüttelte den Kopf und wandte sich dem Rest des Aufsatztextes zu. Sie notierte in Rot ein paar Bemerkungen an den Rand und setzte eine große 3+ unter Merles letzten Satz.

Als sie das Heft bereits zuschlagen wollte, fiel ihr auf, dass das Mädchen bei dem übermalten Abschnitt so stark aufgedrückt hatte, dass sich die Buchstaben noch auf dem nachfolgenden Blatt schwach abzeichneten.

Lea hob das Heft in die Höhe, doch das Licht der Leuchtstofflampen leuchtete das Blatt zu gleichmäßig aus. Ihr Blick fiel auf den Overheadprojektor.

«Darf ich?», fragte sie die Kollegin, hatte das Gerät aber bereits eingeschaltet. Sie hielt das Blatt in den gerichteten Lichtstrahl, bewegte es leicht hin und her. Da stand ... Nein, das konnte doch nicht sein. Lea drehte das Heft noch einmal in eine andere Richtung, veränderte den Winkel, aber das änderte nichts. Über zwei Zeilen verteilt stand dort immer wieder dasselbe Wort in Großbuchstaben:

HILFE.

17. November, abends
Arne Larsen

Das Viertel am Friedhof wirkt ruhig. Hinter den Fenstern flimmert blau das Spätprogramm. Einige Häuser liegen bereits völlig im Dunkeln, die Außenjalousien sind heruntergelassen.

Der Taxifahrer hat das Ziel nur mit Hilfe des Funkkontakts zu seiner Zentrale gefunden. Als Larsen aussteigt, fragt er, ob er warten soll. Eine anständige Fuhre für die Rückfahrt werde er hier eh nicht bekommen, da könne er auch so lange Pause machen. «Viertelstunde, zwanzig Minuten – wie lange brauchen Sie?», fragt er.

Larsen schüttelt den Kopf. Was glaubt der Mann, das er hier um diese Uhrzeit machen will? Eine Prostituierte aufsuchen?

Als das Taxi außer Sichtweite ist, wechselt Larsen die Straßenseite. Die Dunkelheit in dem Waldstück scheint undurchdringlich. Zwischen den gemauerten Säulen des Eingangstors ist Absperrband in mehreren Lagen gespannt, das den Zugang allerdings nur symbolisch verwehrt. Hier hindurchzuschlüpfen dürfte selbst für Menschen mit Adipositas kein Problem sein.

Warum hast du sie hierhergebracht? Diese Frau, die offenbar niemandem so nahe stand, dass es schon eine Vermisstenmeldung geben würde. Oder hatte sie womöglich nur dich? Warst du ihr Umfeld, ihr Leben? Wart ihr tatsächlich ein Paar, wie Mayla Aslan vermutet?

Larsen greift in seine Hosentasche, zieht den Schlüsselbund mit der winzigen Taschenlampe daran hervor. Er dreht den

Lampenkopf, ein gebündelter Lichtstrahl tanzt durch das Dunkel. Regentropfen leuchten auf den rot-weißen Plastikbändern auf wie Brillantimitate auf einem billigen Armreif.

Plötzlich hört er etwas, das hier nicht hergehört: leisen Gesang, eine dünne Stimme, eine Melodie, die ihm fremd und doch vertraut ist. Eine Erinnerung, die lange zurückliegt.

Wo kommt das her? Er geht zurück auf die Straße. Im ersten Moment kann er niemanden entdecken, doch dann bemerkt er an der Seitenwand des Einfamilienhauses gegenüber eine Bewegung. Er überquert die Fahrbahn, läuft bis an den Gartenzaun. Und tatsächlich – auf dem Balkon über ihm steht eine schmale Gestalt. Offenbar nicht nur der Stimme nach ein Kind.

«Hallo», ruft Larsen.

Der Gesang reißt schlagartig ab, nur ein leises Summen ist noch zu hören.

«Was machst du da?»

Jetzt verstummt das Kind völlig. Ein Gesicht taucht über der Brüstung auf. Strubbelige Haare. Die Arme um den Brustkorb geschlungen. Ein Junge. Vielleicht fünf oder sechs Jahre alt.

Larsen wiederholt seine Frage.

«Wir haben das in der Kita gelernt.»

«In der Kita? Das Lied?»

«Ja.»

«Und warum singst du es jetzt?»

«Weil mir so kalt ist.»

«Kalt? Aber dann geh doch rein.»

Der Junge antwortet nicht. Summt wieder ein bisschen.

Larsen fällt ein, dass er immer noch die Taschenlampe in der Hand hält, er schaltet sie ein und richtet den Lichtstrahl auf den Körper des Jungen. Nein, er hat sich nicht geirrt: bunte Rennautos auf hellem Stoff. Der Junge steht tatsächlich in seinem Pyjama hier draußen. «Junge, du musst vom Balkon weg. Du holst dir noch den Tod!»

Der Junge beugt sich wieder ein wenig vor, flüstert etwas zu Larsen hinunter.

«Du darfst … was? Heilige Scheiße. Das gibt es ja wohl nicht. Ich … Warte …» Zwei Sekunden später ist er an der Haustür und läutet Sturm. «Gernschröder» steht auf dem Klingelschild.

Eine Frau öffnet. Im rechten Arm einen Säugling, in der linken Hand ein halb volles Fläschchen mit Milch.

«Was macht das Kind auf dem Balkon?»

«Herbert!» Die Frau hat sich halb umgewandt, ruft in den Flur des Hauses hinein, sieht dann wieder Larsen an. Ein Blick ohne Widerstand und Tiefe.

«Das Kind. Holen Sie das Kind vom Balkon.»

Die Frau klopft dem Säugling mit der flachen Hand leicht auf den Rücken.

«Was ist hier los? Wissen Sie eigentlich, wie spät es ist?» Ein massiger Mann mit Stirnglatze in einer grauen Strickweste ist hinter der Frau aufgetaucht.

«Ich frage *Sie*, was bei Ihnen los ist! Ihr Sohn steht im Schlafanzug auf dem Balkon, singt, weil ihm kalt ist, und darf nicht rein.»

«Er hat sich danebenbenommen.» Der Mann verschränkt die Arme vor der Brust. «Wer sind Sie überhaupt?»

«Er hat …? Wir haben Bodenfrost, meine Güte. Holen Sie endlich das Kind rein.» Larsen zieht seinen Dienstausweis aus der Gesäßtasche und streckt ihn dem Mann entgegen.

Der Mann nickt langsam, signalisiert Larsen dann mit einer Geste, dass er eintreten soll.

Sie sitzen im Halbkreis vor dem Kamin. Die Flammen lecken mit rußigen Zungen an der getönten Glasscheibe. Ein Holzscheit zerbricht krachend. Funken sprühen. Der kleine Junge kauert in eine Wolldecke gewickelt neben seiner Mutter. Vor ihm auf dem niedrigen Wohnzimmertisch dampft Kakao in einem Becher.

Heile Welt – die keine ist, denkt Larsen.

«Das hat noch keinem geschadet», sagt Herbert Gernschröder. «Wir hätten ihn bald wieder reingeholt.» Er räuspert sich, fügt «sehr bald» hinzu, räuspert sich ein weiteres Mal.

Während der Vater spricht, hält der Junge den Kopf gesenkt. Larsen versucht Blickkontakt aufzubauen, er sieht die Augen des Jungen unter den Lidern zucken, doch es gelingt ihm nicht. Erst als der Vater schweigt und Larsen erwartungsvoll ansieht, kommt Leben in den Jungen. Er streckt eine Hand nach seinem Becher aus, mit der anderen hält er die Decke an seine Brust gepresst.

«Der Kakao», sagt Larsen.

Frau Gernschröder starrt ihn an, als hätte er gerade etwas völlig Absurdes gesagt. Dann reicht sie ihrem Sohn den Becher, auf dem eine bunte Schlange aufgedruckt ist.

«Möchten Sie auch etwas trinken? Ein Bier?», fragt Herbert Gernschröder. Eine schnelle Bewegung mit dem Kinn, die seiner Frau gilt.

«Nein», sagt Larsen gepresst. Es gelingt ihm nur mit Mühe, den Ärger in seiner Stimme unter Kontrolle zu halten. Eigentlich dürfte er gar nicht hier sein. Es gibt keinen dienstlichen Auftrag. Er wird versuchen, für den Moment einen Eklat zu vermeiden, aber gleich morgen eine Meldung an das Jugendamt machen. «Wenn Sie Ihren Sohn erziehen wollen, gibt es weiß Gott andere Möglichkeiten, als mit solchen Maßnahmen seine Gesundheit zu gefährden.»

Gernschröder streicht sich mit einer Hand über die Stirn. «Noah muss lernen, Anweisungen zu befolgen. Er wollte sein Zimmer nicht aufräumen, da habe ich ihm eine Frist gesetzt.»

«Eine Frist? Noah geht noch nicht einmal zur Schule, wie soll er da ein Zeitgefühl haben? Was erwarten Sie eigentlich?»

«Dass er meine ... unsere Anweisungen befolgt.»

Ehe Larsen etwas erwidern kann, meldet sich plötzlich Noah zu Wort. «Bist du auch eine Umweltsau?», fragt er und grinst Larsen an. So etwas können nur Kinder: Semantik und Mimik kilometerweit voneinander entfernt.

Trotz der angespannten Situation muss Larsen lachen und spürt, wie ein Teil seiner Wut in diesem Moment verraucht.

«Sehen Sie, das ist es, was ich meine. Er hat einfach keinen Respekt», murmelt Noahs Vater.

Larsen sind die Befindlichkeiten der Eltern egal. Er will wissen, wie der Junge auf so eine Frage kommt.

«Papa sagt, die kommen immer nachts ...»

«Noah, bitte ...» Frau Gernschröder schüttelt hilflos den Kopf. «Nicht jeder Fremde ist ... nicht jeder lädt hier seinen Müll ab.» An Larsen gewandt ergänzt sie: «Vor ein paar Wochen war es schlimm. Bestimmt einmal die Woche haben irgendwelche ... irgendwelche *Mitmenschen* gegenüber Sperrmüll entsorgt. Fernseher, Möbel, einmal sogar einen Kanister mit Chemikalien. Einfach über den Zaun gekippt.»

«Was Kinder sich so merken ...», fügt Herr Gernschröder hinzu.

«Aber er hat in den Wald geleuchtet, genau wie ...», sagt Noah, macht eine Pause, spuckt auf seinen Zeigefinger und reibt über die schokoladenverschmierten Lippen. «Genau wie der Teppichmann.»

Larsen ist wie elektrisiert. Teppichmann? Was hat der Junge da beobachtet? «Du hast also einen Mann mit einem Teppich gesehen?», hakt er nach.

Noah nickt.

«Und wie sah dieser Teppich aus?»

«Der war ganz weiß. Das konnte ich sehen, denn der hat den hier drauf getragen.» Noah tippt mit einer Hand auf seine Schulter.

«Über die Schulter gelegt, verstehe. Und wie groß war diese Teppichrolle?»

Noah spreizt seine Arme, so weit es ihm möglich ist, und sagt: «So groß und noch viel mehr.»

«Und du bist dir sicher, dass es ein Mann war? Ja? Warum keine Frau?»

«Weil er geschimpft hat.»

«Geschimpft?»

«Der wollte durch das Tor, aber das war ja zu, mit den Schlangenbändern.»

Das kann unmöglich sein. Der Junge muss sich irren.

«Bist du dir sicher? Ist doch schon einige Tage her, dass du den Mann gesehen hast, oder?»

Noah schüttelt den Kopf, sieht dann hilfesuchend zu seiner Mutter hinüber.

Die runzelt die Stirn, sichert sich mit einem schnellen Blick bei ihrem Mann ab, bevor sie antwortet: «Ich weiß nicht, was Noah beobachtet hat, aber das letzte Mal, dass wir ihn … dass er sich etwas abkühlen musste, das war … gestern.»

Lea Zeisberg

Die Trambahn war völlig überheizt, doch das war nicht der Grund für Leas Schweißausbruch. Vor wenigen Sekunden hatten zwei Männer in einheitlich dunkler Kleidung den Wagen bestiegen, und ihr war sofort klar gewesen, dass es sich nur um Kontrolleure handeln konnte. Sie besaß keinen Fahrschein, natürlich nicht, schließlich war sie Merle in allerletzter Sekunde in die Tram gefolgt und hatte nicht daran gedacht, ein Ticket zu lösen.

Das Mädchen stand ein ganzes Stück entfernt im anderen Wagenteil, dicht bei der vorderen Tür. Lea sah ihren pinkfarbenen und mit bunten Symbolen bedruckten Regenmantel immer wieder zwischen den übrigen Fahrgästen auftauchen.

«Die Fahrausweise bitte!»

Sie hatte sich also nicht geirrt, die beiden Männer waren tatsächlich Mitarbeiter der BVG. Hektisch blickte sie sich um. Einen Meter vor ihr lehnte ein Mann mit auffallend breitem Kreuz mit der Schulter an einer Haltestange. Lea rückte näher an ihn heran, hoffte im Schatten seines gewaltigen Mantels unsichtbar zu werden. Der Stoff war feucht und dünstete einen Gestank nach Fäulnis und Exkrementen aus, der ihr fast den Atem nahm. Aber es gab ja keine Alternative.

Sie seufzte still in sich hinein und fragte sich, was sie hier eigentlich machte. Wie ein Psychopath aus einem schlechten Film hatte sie nach Schulschluss in der Deckung eines Hauseingangs gehockt und auf Merles Erscheinen am Schultor gewartet, um ihr dann mit etwas Abstand zu folgen. Und warum das Ganze? Nur weil die Schülerin das Wort *HILFE* in ihr Aufsatzheft geschrieben und wieder weggestrichen hatte.

Dabei könnte das schlichtweg eine unbedachte Reaktion des Kindes auf das Thema der Klassenarbeit gewesen sein. Andererseits – Lea erinnerte sich an die Anmerkungen, die sie am Rand des Heftes hatte machen müssen – war Merle ja letztlich ein ganz ordentlicher Aufsatz gelungen. Also doch ein Hilferuf an sie, die langjährige Klassenlehrerin? Aber warum dann das Wegstreichen? Nachträgliche Skrupel?

Lea wagte sich ein wenig aus der Deckung des stinkenden Mantels hervor. Einer der Kontrolleure steuerte jetzt direkt auf sie zu. Resigniert senkte sie den Kopf und legte sich in Gedanken bereits eine Rechtfertigung zurecht.

«Ihren Fahrschein bitte!»

Lea seufzte abermals und sah in der Erwartung hoch, nun direkt in das Gesicht des BVG-Mannes zu blicken. Doch da war niemand. Stattdessen wirbelte der Mantelträger vor ihr so plötzlich herum, dass Lea nur durch einen kühnen *Sidestep* seinen wild schwingenden Armen ausweichen konnte.

«Halt», hörte Lea den Kontrolleur von hinten brüllen, doch der Mann hatte sich bereits an ihr vorbeigedrängt und versuchte nun offenbar, möglichst viele Fahrgäste zwischen sich und die Mitarbeiter der BVG zu bringen.

Genau in diesem Moment kreischten die Bremsen der Tram, und sie fuhr in eine Haltestelle ein. Lea nutzte den Tumult und schlängelte sich zum Ausgang am anderen Ende des Wagens durch. Niemand sprach sie an, doch erst als sie draußen an der Haltestelle stand und sich zitternd am Metallrohr eines Werbeaufstellers festhielt, wagte sie aufzuatmen.

Das war's dann wohl mit meinem Auftritt als Superschnüfflerin, dachte sie und betrachtete ihre Hände, die immer noch bebten. Ein Glas Tee und eine warme Badewanne wären jetzt genau das Richtige. Sie stellte sich auf die Zehenspitzen, um sich zwischen den Menschen Orientierung zu verschaffen. Die Tram fuhr langsam wieder an, und in diesem Moment sah sie die kleine rosa Gestalt, die hinter dem letzten Wagen über die Gleise hüpfte.

Ich habe wirklich mehr Glück als Verstand, dachte Lea, klopfte sich gedanklich auf die Schulter und eilte dem Kind hinterher.

Das Mädchen folgte dem Verlauf der Raumerstraße einige Blocks weit. Als sie in Höhe eines Buchladen abbog, hob sie die Hand und winkte der Verkäuferin durch das Schaufenster zu. Sie schritt zielstrebig voran, und Lea musste aufpassen, dass sie das Kind im Strom der Passanten nicht aus den Augen verlor. *Dunckerstraße* las Lea auf dem Straßenschild, und ihr fiel ein, dass sie hier vor vielen Jahren mal eine Dachgeschosswohnung besichtigt hatte.

Merles rosa Regenmantel verschwand in diesem Augenblick in einer Hofeinfahrt. Lea beschleunigte ihren Schritt abermals. Als sie die schmale Durchfahrt erreichte, war das Kind nicht mehr zu sehen, doch sie hörte das Klappern eiliger Schritte auf dem Kopfsteinpflaster und kurz darauf eine helle Kinderstimme, die «Hallo, Udo!» rief.

Lea eilte hinterher und erreichte schwer atmend den ersten Hinterhof. Ein Fahrradständer mit löchrigem Dach links. Davor ein Mann, der an einem auf dem Kopf stehenden Fahrrad schraubte und nur kurz aufsah, als Lea an ihm vorbeiging. Rechts eine ganze Armada unterschiedlichfarbiger Mülltonnen und Container. Fluch und Segen der Berliner Mülltrennung.

Der zweite Hof sah ganz ähnlich aus, aber der dritte war dann doch eine Überraschung: Statt eines weiteren Hinterhauses stand hier eine aufwendig renovierte Remise. Sandgestrahltes Mauerwerk, dazwischen Fachwerk, dunkel gebeizt. Vor dem Haus war eine kleine, gepflegte Rasenfläche angelegt, die sich durch einen niedrigen schmiedeeisernen Zaun gegen den übrigen Hof abgrenzte. Zwei bordeauxrote Eingangstüren führten in das Gebäude. Die linke schloss sich genau in dieser Sekunde. So kann man in Berlin also auch wohnen, dachte Lea. Ein ganz und gar ungewöhnliches Doppelhaus mitten im Kiez.

Sie wartete einen Moment, zog sich die Kapuze ihres Mantels tief in die Stirn und näherte sich dem Gebäude. Die Schatten des fortgeschrittenen Nachmittags hatten sich bereits über den Hof gelegt, von den Fenstern der Remise aus würde man ihr Gesicht kaum sehen können.

Ein Klingelschild zeigte an, dass die Haushälfte rechts neben den Grossmanns von einer Familie Drewitz bewohnt wurde. Mehrere Stimmen schallten durch das gekippte Küchenfenster in den Hof, und im ersten Stock konnte Lea im Lichtkegel einer Schreibtischlampe die Silhouette einer weiteren Person erkennen. Bei den Grossmanns dagegen war immer noch alles dunkel. Seltsam, Merle war doch schon eine ganze Weile im Haus.

Lea wartete weitere fünf Minuten, dann aber nagte die Neugierde so heftig an ihr, dass sie ihren Plan änderte. Sie würde klingeln und einfach sagen, dass sie sich persönlich bei allen Eltern zurückmelden und bei der Gelegenheit auch für die Genesungswünsche bedanken wollte. Eine glatte Lüge. Tatsächlich hatte keiner der Eltern auf ihre Krankheit, wie die Auszeit offiziell genannt wurde, auch nur mit einer Zeile reagiert.

Lea betätigte den Klingeltaster. Die Gongmelodie war durch die Tür deutlich hörbar, aber drinnen regte sich nichts. Sie wartete eine halbe Minute, dann klingelte sie ein weiteres Mal. Sehr seltsam. Warum machte Merle nicht auf?

Sie drehte sich um, durchschritt den kleinen Vorgarten und dachte, dass es vielleicht ganz gut so war, weil sie sich inzwischen doch recht erschöpft fühlte, da flammte hinter ihr plötzlich Licht auf. Die Lampe neben der Haustür nahm zögerlich ihren Dienst auf, durch die Jalousien an dem Fenster neben der Eingangstür schimmerte es hell auf die feuchten Pflastersteine des Hofs, und auch im ersten Stock schienen mehrere Lichtquellen angesprungen zu sein.

In der Erwartung, dass sich nun gleich die Tür öffnen und einer der Grossmanns vor ihr stehen würde, baute sich Lea zum zweiten Mal vor der bordeauxroten Haustür auf, sortierte ihr Haar und probierte ein kleines Lächeln.

Die Sekunden verstrichen. Sie wartete, doch es blieb auch diesmal ruhig in der linken Haushälfte. Die einzigen Geräusche kamen nach wie vor aus der Küche der Nachbarn. Eine weitere Minute später legte Lea zwei Dinge für sich fest: Diese Tür würde sich für sie heute nicht mehr öffnen. Aber sie würde wiederkommen, denn im Hause Grossmann war etwas faul. Oberfaul sogar.

17. November, nachts
Arne Larsen

Als Larsen das Haus der Gernschröders verlässt, hat leichter Nieselregen eingesetzt. Er zieht sich seine Kapuze über den Kopf und eilt durch den Vorgarten. Als er das Gartentor erreicht, werden hinter ihm die Außenjalousien geräuschvoll heruntergelassen, einen Moment später erlischt auch die Außenbeleuchtung.

Er bleibt stehen, dreht sich um und betrachtet das Haus, das jetzt mit der Dunkelheit zu verschmelzen scheint. Auch wenn sich die Gernschröders im weiteren Verlauf des Gespräches umgänglich gezeigt haben, hat er seinen Entschluss, gleich morgen früh Meldung beim Jugendamt zu machen, nicht geändert. Er muss nur noch einen plausiblen Grund für seine nächtliche Anwesenheit vor dem Haus der Familie finden.

Über den Mann mit dem Teppich hat er leider nicht mehr viel erfahren. Offenbar haben die Eltern ihren Jungen bereits vom Balkon geholt, kurz nachdem der Mann vor dem Friedhof aufgetaucht war. Noah hat daher nicht sagen können, ob der Mann das Gelände überhaupt betreten hat. Nur dass zu diesem Zeitpunkt der Durchgang schon mit dem Kunststoffband versperrt war, da war er sich weiterhin ganz sicher.

Etwas derart Komplexes denkt sich ein Kind doch nicht aus, überlegt Larsen. Nicht in diesem Alter. Eventuell hat der Kleine einfach nur die Chronologie der Ereignisse durcheinandergebracht. Wer will ihm das auch verdenken, wenn er am späten

Abend, eingekeilt zwischen seinen strengen Eltern, von einem Polizisten befragt wird.

Und dennoch – ein großes Fragezeichen bleibt. Larsen spürt ein leichtes Ziehen in seinem Hinterkopf. Er zögert, blickt wieder zum Friedhof hinüber. Durch den Regenschleier betrachtet, wirkt das Waldstück noch abweisender.

Er seufzt, überquert vorsichtig das rutschige Straßenpflaster und steigt neben dem Tor über den niedergedrückten Maschendrahtzaun.

Die nackten Kronen der Bäume bieten wenig Schutz vor der Nässe. Feiner Sprühregen sammelt sich an den Zweigen, vereinigt sich zu fetten Tropfen, die ihm in regelmäßigen Abständen, kleinen Wasserbomben gleich, auf Kapuze und Gesicht klatschen. Der Strahl seiner winzigen Taschenlampe vermag nur winzige Areale aus Helligkeit in das feuchte Schwarz zu schneiden. Ein Wunder, dass er noch nicht gestürzt ist. Alle paar Meter zeugen umgestoßene und von Moos bewachsene Grabsteine von der geweihten Vergangenheit des Waldstücks. Larsen erinnert sich noch sehr gut an das beklemmende Gefühl bei seinem ersten Besuch, als er realisierte, dass er gerade über die sterblichen Überreste zahlreicher Menschen getrampelt war.

Diesmal ist es anders. Vielleicht weil er inzwischen weiß, dass diese Begräbnisstätte in ein paar Jahren nicht mehr existieren wird, in einen Park oder sogar Bauland umgewandelt wird. Vielleicht aber auch, weil etwas anderes seine Gedanken beherrscht: Was, wenn der Junge wirklich recht hat und der Mann ein zweites Mal auf dem Friedhof war?

Larsen hebt die Lampe. Der Lichtpunkt tanzt über feucht glänzende Baumstämme. Irgendwo hier in der Nähe muss der Fundort der Frau gewesen sein. Vorsichtig bewegt er sich weiter, umrundet einen aufrecht stehenden Grabstein. *Der Zahnstummel*, denkt er, an diese Stelle kann er sich ganz genau erinnern. Er schwenkt die Lampe weiter nach links. An einer Buche flattert träge ein Rest Absperrband in der schwachen Luftbewegung, und vor sich im Waldboden entdeckt er die Abdrücke der Holzbohlen, die die Kriminaltechnik ausgelegt hatte.

Ein paar Meter weiter dann der dunkle Krater, aus dem gestern der Körper der toten Frau geborgen wurde. Larsen umrundet das Erdloch in einem großen Radius. Immer wieder schlagen ihm Zweige ins Gesicht. Plötzlich ein Ruck! Die Kordel seiner Kapuze muss irgendwo hängengeblieben sein, zieht sich immer stärker zusammen, schneidet schmerzhaft in seinen Hals.

Keine Luft. Dunkelheit. Nässe.

Auftauchen, sofort auftauchen, schreit eine Stimme in ihm, Bilder aus der überfluteten Kanalisation schießen durch seinen Kopf. Erinnerungen, die hier völlig falsch sind.

Panisch versucht er sich zu befreien. Stoff reißt. Er kommt auf dem nassen Laub ins Rutschen, wirft die Arme hoch, sucht nach Halt. In letzter Sekunde finden seine Finger einen kräftigen Ast, schließen sich um das feuchte Holz. Er schwankt noch ein wenig, doch dann steht er sicher. Von seiner Umgebung kann er kaum noch etwas erkennen, denn natürlich hat er in seiner Panik den Schlüsselring mit der winzigen Lampe fallen lassen.

Er geht in die Hocke und entdeckt den Lichtstrahl glücklicherweise sofort unter einem Busch links von sich. Das wäre noch die Krönung dieses verdammten Abends gewesen, wenn er sich in völliger Dunkelheit und ohne Wohnungsschlüssel zum Ausgang hätte vortasten müssen.

Während er mit spitzen Fingern den Schlüsselbund zu sich heranzieht, blitzt im Strahl der Taschenlampe etwas Helles kurz auf. Was war das? Ein zurückgelassener Latexhandschuh? Er dirigiert den Lichtspot auf den Busch zurück. Nein, er hat sich geirrt. Das ist kein Handschuh, das ist …

Er springt auf, umrundet den Busch.

Ja, von hier aus kommt er besser an die Stelle heran. Er klemmt sich die Taschenlampe zwischen die Zähne, lässt sich auf die Knie fallen und beginnt mit beiden Händen Laub und Erde beiseitezuschaufeln. Ohne Pause arbeitet er, und erst als er so viel freigelegt hat, dass es keinen Zweifel mehr gibt, richtet er sich auf. Schüttelt den Kopf. Blickt auf seine Hände, die eiskalt sind und vor Dreck starren. Nur langsam sickert die Erkenntnis in sein Bewusstsein, dass er jetzt endlich aufhören muss, dass er mit seinem Eifer womöglich schon zahlreiche Spuren zerstört hat. Er greift in die Tasche, zieht das Mobiltelefon hervor und wählt die Nummer des Kriminaldauerdienstes.

Lea Zeisberg

Die drei Mädchen standen am Rand der betonierten Fläche dichtgedrängt beieinander. Lea sah, wie ihre kleinen Daumen über die virtuellen Tastaturen der Smartphone-Displays flogen. Ab und zu grinste eine von ihnen, drehte ihr Gerät so, dass die anderen es sehen konnten. Gemeinsames Gekichere. Dann schwiegen sie sich wieder an.

Lea seufzte. Wie sehr sich die Schulpausen in den letzten Jahren doch verändert hatten. Nur die Schüler aus den unteren Klassenstufen, die noch kein Handy besaßen, tobten ausgelassen über den Schulhof. Die Älteren schrieben sich Nachrichten per Whatsapp, hörten Musik oder tauschten Videos aus, die für ihr Alter oft völlig ungeeignet waren. Manchmal sogar richtig harte Pornos. Lea fragte sich nicht zum ersten Mal, wie zukünftige Generationen zu einer gesunden Sexualität finden sollten, wenn *Gangbang* und *Mundfotze* zum normalen Wortschatz von Neunjährigen gehörten und die Kinder die Begriffe nicht nur verwendeten, sondern genau wussten, wofür sie standen.

Der Rauch, der hinter dem grauen Müllcontainer aufstieg, war in der kalten Luft fast überdeutlich zu sehen. Björn hätte sich mit seiner Zigarette ebenso gut mitten auf den Schulhof stellen können. Doch Lea war es nur recht, dass sich der Schüler in die hinterste Ecke des Schulgeländes verzogen hatte. Links die Brandmauer des Nachbarhauses, hinter ihm ein mannshoher Zaun, der den Schulhof zur Straße hin begrenzte. Hier konnte Björn ihr nicht ausweichen.

Du ihm allerdings auch nicht!

Dieser Gedanke jagte ihr sofort einen Schauder über den Rücken, und auch Bilder vom letzten Schulfest zuckten kurz durch ihren Kopf. Die beiden Jungs. Sie in der Ecke des Umkleideraums. Beißender Geruch nach Käsefüßen, Schweiß und Testosteron.

Lea, hör auf. Hier sind überall Menschen. Gerd führt Aufsicht. Auch Paul ist dahinten irgendwo. Du brauchst nur zu schreien.

Da war sie wieder. Die andere Lea. Die furchtlose Frau aus dem Spiegel.

«Björn ...»

Der Junge fuhr herum. In der einen Hand hielt er die qualmende Kippe, die andere hing in einer Schlaufe, die er um seinen Hals trug. Der Unterarm war mit einem Verband fixiert.

«Ist es schlimm?», fragte sie.

«Was ...», stammelte Björn. Er wirkte überrumpelt und schien zu überlegen, ob ihm das Wegwerfen der Kippe jetzt noch helfen würde.

«Dein Arm. Ist er gebrochen? Hast du arge Schmerzen?»

«Ach so, nein. Angeknackst. Hab ein paar Tabletten bekommen.»

Lea sagte nichts.

Björn entschied sich, die Zigarette auf den Boden fallen zu lassen und auszutreten. Er warf Lea einen Blick zu, bückte sich dann, um den Stummel aufzuheben und in den Container zu werfen.

«Ich habe euch beobachtet.» Lea machte einen halben Schritt auf den Jungen zu. Das Herz schlug ihr bis zum Hals, und sie wunderte sich, dass sie den Satz überhaupt verständlich herausgebracht hatte.

Björns Gesicht blieb ausdruckslos, offenbar verstand er die Andeutung einfach nicht.

«Dich und Kolja. Beim Armdrücken. Worum ging es dabei?», schob Lea hinterher.

Björns Augen weiteten sich. Lea konnte sehen, wie es hinter seiner Stirn zu arbeiten begann. «Ich bin auf dem Weg zur Schule unglücklich gestürzt», sagte er schließlich.

Das klang wie auswendig gelernt, außerdem war es keine Antwort auf ihre Frage. «Kolja hat dir etwas in die Hand gedrückt. Was war das?»

«Ich ...», setzte Björn an, schwieg dann wieder.

«Weißt du, was passiert, wenn ich jetzt losschreie, Björn? Mir wird man glauben. Dir nicht. Du bist dann weg vom Fenster. Und bei deiner Karriere wird dich keine andere Schule mehr nehmen.» Lea lief der Schweiß jetzt in Sturzbächen zwischen ihren Brüsten hindurch bis auf den Bauch. Gleichzeitig fror sie entsetzlich. Ihre Zehen fühlten sich wie taub an, und sie hatte Angst, jeden Moment aus dem Gleichgewicht zu geraten.

Björns Augen huschten hin und her. Er schien ebenfalls zu schwitzen, mit dem Ärmel seiner Jacke fuhr er sich immer wieder über Augen und Stirn. «Das Milchgeld», sagte er schließlich und zog ein Gesicht, als bereite ihm das Artikulieren jeder einzelnen Silbe körperliche Schmerzen.

Lea hob die Augenbrauen.

«Kolja sagte, das sei das letzte Milchgeld», fügte Björn hinzu. «Aber das war ja Quatsch. Das war die Marke, die er vorher im Mund gehabt hatte.»

«Was für eine Marke?»

«Joes Hundemarke.»

«Joe ist dein Hund?»

Björn nickte nur. Seine Augen schimmerten jetzt feucht, aber vielleicht lag das auch an der beißenden Kälte.

«Und woher hatte Kolja Joes Marke?»

«Joe ist verschwunden. Seit dem Tag vor dem Armdrücken. Also ...» Björns Adamsapfel hüpfte hektisch auf und ab.

«Und was hat dir Kolja dann ins Ohr geflüstert?»

«Ich ... ich darf nie wieder Milchgeld verlangen. Sonst würde er Joe drei Tage hungern lassen und ihm dann Hackfleisch zu fressen geben. Ein ganzes Kilo. Gespickt mit Nägeln und Glasscherben.»

18. November, nachts
Arne Larsen

«Ein Kind, Larsen. Das ist ein kleines Mädchen. Oh, meine Güte ...» Mayla Aslan steht kaum eine Armeslänge von ihm entfernt, sie hat die Schultern hochgezogen, hält den Kopf gesenkt und erinnert ihn an eine Schildkröte, die dabei ist, sich in ihren Panzer zurückzuziehen.

Vom Viereckweg her flackert Blaulicht zwischen den Baumstämmen hindurch, lässt die Bewegungen der herumeilenden Menschen seltsam zackig und ungelenk erscheinen.

Arne Larsen hat sich von der Fundstelle sofort wieder zurückgezogen, nachdem er den Kollegen die Position des kleinen Körpers zwischen den Büschen gezeigt hatte. Jetzt sind dort wieder Scheinwerfer aufgebaut, und die Fläche ist weiträumig mit Absperrband gesichert. Ein Déjà-vu der grausamen Art. Eine zweite Leiche, keine zwei Meter vom Fundort der ersten entfernt.

Mayla Aslan ist zwei Stunden später eingetroffen. Hat ihn im Vorübergehen angesehen, den Kopf geschüttelt und geflüstert: «Salzmann reißt Sie in Stücke, Larsen. In ganz kleine Stücke.»

Er hat nichts erwidert, der Kollegin nur hinterhergeschaut, die im Jogginganzug, die Locken zu einem Pferdeschwanz gebändigt, an ihm vorbeigestapft ist. Natürlich hat sie der Anruf der Kollegen vom KDD aus dem Schlaf gerissen. Und Salzmann? So wie er den Vorgesetzten bisher erlebt hat, würde es diesmal sicher nicht bei einem Anschnauzer bleiben.

«Sie ist zwischen acht und zwölf Jahre alt. Der Arzt will sich nicht festlegen. Noch nicht ... Auch nicht, wie sie gestorben ist.» Mayla Aslan räuspert sich, sie hält den Kopf gesenkt und sieht ihn von schräg unten an. Irgendwie hat diese Pose etwas Verletzliches, vielleicht sollte er sie einfach in den Arm nehmen. Seiner Kollegin wird die Wirkung ihrer Haltung offenbar ebenfalls bewusst, sie drückt den Rücken durch und streckt sich. Mit einer Hand massiert sie sich den Nacken.

«Kopfschmerzen?», fragt er.

Sie nickt.

Er klopft seine Taschen ab, hat aber natürlich nichts dabei. Der Rucksack, der ihn sonst begleitet, hängt in seinem Zimmer – schließlich war er nicht auf diese Situation vorbereitet. Am Abend hat er die Wohngemeinschaft verlassen, jetzt dürfte es weit nach Mitternacht sein. Er zuckt mit den Schultern.

«Kein Problem», sagt sie, «wird schon gehen.» Sie zögert, sieht ihn wieder an. Auch ohne Kajal und Wimperntusche wirken ihre Augen riesig, der seltsam neutrale Ausdruck, den er schon einige Mal an ihr beobachtet hat, ist fast verschwunden. Dafür sieht sie müde aus, sehr müde. «Larsen, warum sind Sie hier? Alleine ...»

Auf die Frage ist er gefasst gewesen, trotzdem muss er schlucken. So wie Mayla Aslan sie stellt, schwingt ein *Sie haben mich damit als Kollegin und Teamleiterin hintergangen* darin mit. Und – irgendwie stimmt das ja auch. Seine Entscheidung ist zwar so spontan gewesen, dass ihn sein Handeln selbst überrascht hat, doch auch wenn es anders gewesen wäre, wenn er seinen Besuch hier geplant hätte, hätte er sie wohl nicht eingeweiht. Nein, sicher nicht. Nicht nach der geheuchelten Solidarität, die sie Salzmann gegenüber gestern an den Tag gelegt hat. Einen Moment lang schießen ihm alle möglichen Ausflüchte durch den Kopf, doch dann entscheidet er, dass keine davon besser als die Wahrheit klingt.

«Ich hatte gestern ebenfalls Kopfschmerzen», beginnt er und erzählt ihr von seinem spontanen Ausflug nach Berlin-Buch, den Gernschröders und seiner Aus-dem-Bauch-heraus-Entscheidung, noch einmal auf den Friedhof zu gehen.

«Okay», sagt Mayla Aslan nur, als er fertig ist, greift in ihre Hosentasche und zieht ein dünnes, ziemlich zerknautschtes Paket Tabak hervor.

Larsen sieht zu, wie die Kollegin die bröseligen Krümel formt, in das Papier rollt. Als sie die Gummierung anleckt und aufsieht, begegnen sich ihre Blicke. Er schaut schnell zur Seite. Spürt, dass er trotzdem errötet, als hätte er sie bei einer intimen Handlung beobachtet und sei erwischt worden.

«Was?», fragt sie. «Sie wissen doch, warum ich das mache.»

Er will etwas Sinnvolles antworten, sagt: «Ja, ja», und ist heilfroh, dass in diesem Moment Fricke auf sie zukommt.

«Ich kann diesen blöden Friedhof nicht mehr sehen. Könnt ihr eure Leichen nicht mal woanders platzieren, wird langsam ...», sagt der Kriminaltechniker, unterbricht sich aber, als er Mayla Aslans Blick registriert.

«Harald, keine Witze jetzt. Ja? Es geht hier um ein kleines Kind. Ein Kind! Verstehst du das?» Die Aslan ist laut geworden. Ihr Gesicht scheint nur aus Augen und Mund zu bestehen.

Fricke weicht instinktiv einen Schritt zurück, sieht Larsen an, als erhoffe er sich bei ihm Zustimmung. Doch der erwidert den Blick des Technikers nur ungerührt. «Okay, ist ja gut.» Fricke zuckt mit den Schultern.

Mayla Aslan und Larsen tauschen einen Blick.

Einverständnis.

Vielleicht das erste Mal. Larsen gefällt es, dass es jetzt Fricke ist, der isoliert dasteht.

Der Techniker scheint davon nichts zu spüren, er wechselt übergangslos das Thema und erörtert die Spurensituation am Fundort des Mädchens: «Das Mädchen ist auch in so ein Tuch gewickelt. Kaf... wie heißt das noch?» Er sieht die Kollegin an, fährt aber fort, ohne auf eine Antwort zu warten. «Auf den ersten Blick ist das Material ähnlich oder sogar identisch. Und auch sonst gibt es einige Parallelen zum ersten Fund. Dieser Leichnam ist allerdings weniger tief eingegraben worden und – obwohl uns jemand die Sache gründlich erschweren wollte ...» Ein langer Blick zu Larsen. «... würde ich fast behaupten, das Loch wurde diesmal mit bloßen Händen gegraben. Keine Spuren, die auf die Benutzung einer Schaufel oder eines Spatens hindeuten.»

Lea Zeisberg

Als Lea den Schulhof verließ, fühlte sie sich wie betäubt. Immer noch hallte in ihrem Kopf nach, was Björn über Kolja gesagt hatte. Merles Bruder soll Björns Hund entführt und sogar gedroht haben, ihn bestialisch zu töten!? Unfassbar. Nein, das passte wirklich nicht in das Bild, das sie von Kolja hatte. Allerdings musste sie zugeben, dieses Bild war über ein halbes Jahr alt, und in der Zwischenzeit hatten grundlegende Veränderungen das Leben der Familie Grossmann quasi auf den Kopf gestellt.

Björn hatte außerdem die *Milchgelderpressung* erwähnt. Ein Thema, das leider auch vor der Erich-Weinert-Schule nicht haltgemacht hatte. Angefangen hatte es hier mit etwas, das man mit viel gutem Willen noch als Mundraub bezeichnen konnte. Ältere Schüler zwangen die Kinder aus den unteren Klassenstufen, ihnen ihr Pausenbrot auszuhändigen. Wer nicht mitspielte, bekam Dresche, und wer petzte, erst recht. Nach kurzer Zeit hatte sich das Ganze bereits zu einer Art Schutzgelderpressung ausgeweitet. Wer ohne Prügel nach Hause kommen wollte, musste auch rausrücken, was eigentlich für den Kauf von Pausengetränken gedacht war. Als sich die Eltern beschwerten, reagierte die Schulleitung zwar sofort, und der Verkauf der Milchgetränke wurde bargeldlos über Wertgutscheine abgewickelt. An der Problematik änderte sich dadurch jedoch nichts: Nun war es das Taschengeld, das die Kinder abliefern mussten, ersatzweise Zigaretten oder Alkohol, die sie zu Hause den Eltern klauten.

Du musst dich an das Jugendamt wenden, ging es Lea durch den Kopf. Und an Rektor Grüner. Noch heute. Sie hatte mittlerweile die Aula durchquert und steuerte instinktiv auf den Verwaltungstrakt der Schule zu. Vor der Tür des Sekretariates blieb sie abrupt stehen.

Und jetzt? Wovon willst du Grüner berichten? Von einer Handgreiflichkeit zwischen heranwachsenden Jungs, die du beobachtet, aber nicht verhindert hast? Von einem Mädchen, das oft krank ist und sein Aufsatzheft mit seltsamen Botschaften spickt? Von einer Haustür, die man dir nicht aufmacht, obwohl gerade jemand hindurchgegangen ist? Bleibt noch die Sache mit dem entführten Hund – aber wer sagt dir eigentlich, dass Björn sich das nicht ausgedacht hat? Wäre schließlich nicht das erste Mal.

Es fiel Lea nicht schwer, sich vorzustellen, wie Rektor Grüner – die Hände auf dem Rücken verschränkt – durch sein Büro marschieren und ihr mit leiser, aber energischer Stimme die Leviten lesen würde: *Liebe Frau Zeisberg, ich habe Ihnen ja gleich gesagt, dass es für Sie noch zu früh ist, die Arbeit wiederaufzunehmen. Sie überfordern sich. Ich stehe aber weiterhin zu meinem Angebot, mich an anderen Schulen umzuhören, ob dort Bedarf für Ihre Qualifikation besteht.*

Ja, so ähnlich würde er reagieren. Und wenn sie ganz ehrlich zu sich war, könnte sie ihm das bei der abenteuerlichen Sammlung von Vermutungen auch nicht verdenken. Sie traute ihrer Wahrnehmung ja selbst kaum noch. Wenn sie wenigstens mit der Unterstützung von Nicole rechnen könnte. Aber das war mehr als unwahrscheinlich. Ihre Kollegin hätte den Vorfall gleich melden müssen. Jetzt würde sie ihr Versäumnis Kopf und Kragen kosten.

Lea überlegte, ob sie sich vielleicht Paul Richter anvertrauen sollte. Aus dem gesamten Kollegium stand er ihr eigentlich am nächsten. Er war auch der Einzige gewesen, der sie während ihrer Auszeit regelmäßig kontaktiert und einige Mal besucht hatte. Von den anderen kamen zwar Blumensträuße und kiloweise Pralinen, doch kein Einziger hatte es für nötig befunden, sich persönlich bei ihr zu melden.

Aber war Paul wirklich der richtige Ansprechpartner? Immerhin wusste er, was ihr damals in der Turnhalle widerfahren war, und könnte ihre jetzigen Beobachtungen vielleicht nicht vorurteilsfrei bewerten.

Heute waren überraschenderweise beide Grossmann-Kinder nicht zum Unterricht erschienen. Auch die These des alternierenden Besuchs war damit wohl obsolet. Überhaupt standen bei näherer Betrachtung all ihre Überlegungen auf sehr wackeligen Beinen und würden einen rational denkenden Menschen kaum überzeugen. Sie brauchte dringend Gewissheit, handfeste Beweise, mit denen sie sich an die Schulleitung oder gleich das Jugendamt wenden konnte.

Lea ging ins Lehrerzimmer und holte sich ihren Mantel. Wenn die Kinder nicht in der Schule waren, dann mussten sie doch zu Hause sein. Und genau dorthin würde sie nun gehen.

18. November, morgens
arne Larsen

Die Frau hockt in sich zusammengesunken am Küchentisch. Ihr Kopf ruht auf den verschränkten Unterarmen, und die schmalen Schultern heben sich im Rhythmus ihrer Atemzüge.

Larsen steht für einen Moment wie erstarrt in der kleinen Küche der Wohngemeinschaft und betrachtet die Schlafende. So früh am Morgen hat er wirklich nicht damit gerechnet, hier auf jemanden zu treffen. Mit der ersten U-Bahn ist er von Berlin-Buch in den Prenzlauer Berg zurückgefahren. Wahrscheinlich hätte er sich auch von einem Kollegen nach Hause fahren lassen oder sich wieder ein Taxi rufen können – diesmal sogar auf Staatskosten –, doch etwas in ihm sträubte sich dagegen.

Er streckt sich und gähnt. Irgendwie muss er es schaffen, wach zu bleiben. Wenn er sich jetzt noch für zwei Stunden hinlegt, wird er mit Sicherheit verschlafen. Und das kann er sich gerade heute nicht erlauben. Salzmann wird ihn wegen seines Alleingangs anzählen wollen, und deswegen muss er unbedingt noch vor seinem Chef im Präsidium sein. Sonst bekommt womöglich Frau Aslan Salzmanns ganzen Ärger ab.

Auch wenn die Müdigkeit seine Bewegungen träge macht, fahren in Larsens Kopf die Gedanken immer noch Achterbahn. Besonders der Anblick des toten Mädchens hat sich tief in sein Gehirn gebrannt. Im Strahl der Taschenlampe sah sie so lebendig aus. So verdammt voller Leben. Blass, ja, eine Haut durchscheinend wie chinesisches Porzellan. Die Augen geschlossen, lange Wimpern. Aber in ihren Mundwinkeln schien noch immer ein kleines Lächeln zu wohnen. Es wirkte fast, als wäre sie mitten aus einem besonders schönen Moment ihres kurzen Lebens gerissen worden. Ein Schein, der trügt, wie er nur zu gut weiß. Das Erschlaffen der Gesichtsmuskulatur nach dem Tod, gefolgt von der Leichenstarre, modelliert das Antlitz oft so drastisch um, dass selbst Menschen, die ihr Leben unter qualvollen Umständen verloren haben, so wirken, als seien sie einfach friedlich eingeschlafen.

«Hallo.» Die Frau am Küchentisch ist aufgewacht, hat den Kopf gehoben und sieht ihn durch einen Vorhang dunkelblonder Haare an. Eine besonders widerspenstige Locke schiebt sie sich mit einer fahrigen Bewegung hinters Ohr.

«Guten Morgen», sagt Larsen und überlegt, ob ihm der Gast in der Küche irgendwie bekannt vorkommt.

«Ich muss eingeschlafen sein», sagt die Frau.

Er nickt, obwohl er ihr gar nicht richtig zugehört hat. Neben der Erinnerung an seinen nächtlichen Einsatz passen in seinen Kopf momentan nur zwei Gedanken: Kaffee trinken und den Friedhofsdreck von seinem Körper waschen. In dieser Reihenfolge. Dann fällt sein Blick auf die Glaskanne der Kaffeemaschine, auf den eingebrannten Bodensatz darin, und er flucht leise vor sich hin.

Die junge Frau folgt seinem Blick, steht dann vom Küchentisch auf und streckt sich. «Einen Kaffee könnte ich jetzt allerdings auch gut gebrauchen.» Sie reibt sich in einer kindlichen Geste mit den Fäusten über die Augen, während sie herzhaft gähnt. «Wir können ihn so zubereiten, wie meine Oma es früher gemacht hat», sagt sie und geht an ihm vorbei zum Gasherd. «Das Pulver direkt in den Becher geben, heißes Wasser drüber – fertig.» Sie dreht sich kurz zu ihm um, den Wasserkessel schon in der Hand. «Du kennst das doch, oder?»

«Klar», sagt er und bemerkt erst jetzt, dass er schon mehr als einen Moment lang auf ihre schlanken Beine in der engen Jeans starrt. «Ich heiße übrigens Arne», sagt er schnell, zieht sich einen Stuhl heran und lässt sich daraufsinken.

«Pat», sagt sie und lässt an der Spüle Wasser in den Kessel laufen. «Eigentlich Patrizia, aber so nennen mich eigentlich nur noch meine Eltern.»

Sie dreht sich erneut in seine Richtung, lächelt.

Grün, denkt er. Ihre Augen sind intensiv grün. Wie ein Binnensee in der Sonne, kommt ihm in den Sinn, und er muss innerlich über seinen plumpen Vergleich grinsen. Aber schön sind sie wirklich. Nicht nur die Farbe, auch die Form. Haben fast etwas Asiatisches.

«Arne kann man ja kaum abkürzen. Wie heißt du denn weiter?» Pat hat sich jetzt mit dem Rücken an den Kühlschrank gelehnt und lässt ihren Blick zwischen Larsen und dem Kessel auf der Gasflamme pendeln.

Er verrät ihr seinen Familiennamen, und nach einem kurzen Moment des Nachdenkens lacht sie auf. «Die Buchstaben deines Vornamens passen allesamt in den Nachnamen – es bleibt nur noch das «L» und das «S» übrig. Man könnte das also einfach als *Larnsen* zusammenfassen.»

Larnsen. Da ist bisher noch niemand drauf gekommen. Irgendwie schräg: Es ist mitten in der Nacht, sie haben sich gerade erst kennengelernt, und schon hat diese Frau einen neuen Namen für ihn parat. Offenbar hat sie Phantasie und einen recht eigenwilligen Humor – das gefällt ihm.

Der Wasserkessel gibt ein mürrisches Pfeifen von sich. Pat gießt das Wasser vorsichtig in zwei Becher und stellt sie dann auf den Küchentisch.

«Schläfst du öfter in fremden Küchen?», fragt er und nippt vorsichtig an dem heißen Kaffee.

«Eigentlich eher selten», sagt sie trocken. «Das ist eine lange Geschichte.»

Er betrachtet ihr Gesicht. Außer der Form ihrer Augen ist darin nichts, was auf eine asiatische Abstammung hindeuten würde. Ihre Lippen sind voll, die Nase eher ein wenig zu groß, jedenfalls weit von einer Stupsnase entfernt. Wie alt mag sie wohl sein, überlegt er. Ende zwanzig, Anfang dreißig vielleicht? «Schieß los», sagt er schließlich. «Ich könnte jetzt gut etwas hören, das mich ein wenig auf andere Gedanken bringt.»

Sie zieht eine Augenbraue hoch, merkt aber offenbar, dass er das nicht weiter ausführen möchte, und beginnt zu erzählen: «Ich war mit meiner besten Freundin Mika gestern Abend auf dem Konzert von Maik. Danach sind wir hier her, haben in Maiks Zimmer Musik gehört, ein bisschen was geraucht. Maik und Mika haben dann angefangen, miteinander zu knutschen, und irgendwann war der Punkt erreicht, an dem ich dachte, ich störe hier bloß und sollte mich vielleicht diskret in die Küche verziehen.» Sie räuspert sich. «Man hat ja Anstand», fügt sie hinzu und grinst. «Überhaupt – Maik und Mika. Fällt dir was auf, Arne? Die beiden gehen schon allein durch ihre Namen ineinander auf.»

Jetzt muss er wirklich lachen. Pat scheint so etwas wie einen Namens-Tick zu haben. «Und dann hat dich die Müdigkeit übermannt?», fragt er.

«Das muss am Joint gelegen haben. Normalerweise kiffe ich ja nicht», sagt sie und greift nach der Milchpackung. «Ist sicher schon zwei Jahre her, dass ich das letzte Mal … Verdammt!» Die Packung rutscht ihr aus der Hand, prallt mit der Kante auf den Tisch und kippt um. Pat springt auf, doch es ist bereits zu spät. Sicher die Hälfte des Inhalts hat sich über ihren Pullover ergossen, und auch die Jeans scheint etwas abbekommen zu haben.

«Wie kann man Milch nur in so unhandlichen, rutschigen

Kartons verkaufen?», schimpft sie und reibt mit einem Küchentuch über ihre Kleidung.

«Man muss das unbedingt gleich auswaschen», sagt Larsen. «Wenn die Milch erst stockt, kriegst du den Geruch nie wieder raus.» Er weiß nicht recht, wo er dieses Hausfrauenwissen plötzlich herhat, ist sich auch nicht sicher, ob es überhaupt stimmt – aber Pat scheint es zu überzeugen. Sie nickt. «Ihr habt sicher irgendwo Waschmittel, oder?»

Larsen zeigt ihr das Badezimmer und sucht aus seinem Kulturbeutel die noch ungeöffnete Tube Reisewaschmittel raus.

Pat dreht sich zur Duschwanne um und beginnt an den Hähnen zu drehen.

«Warte, die Brause hängt mal wieder falsch», ruft Larsen, doch es ist bereits zu spät. Der in Bauchhöhe hinter die Wasserleitung geklemmte Duschkopf taucht beide in einen kräftigen Strahl eiskalten Wassers.

Pat schließt das Ventil sofort wieder, trotzdem ist der Milchfleck nun ihr kleinstes Problem. Sie sind beide pitschnass.

«Die Umschaltung zwischen Hahn und Brause funktioniert nicht mehr richtig», erklärt er, aber Pat hört ihm gar nicht zu. Sie hat sich, nass, wie sie ist, auf den Wannenrand gehockt und schüttet sich aus vor Lachen. Kurz darauf sitzt Larsen neben ihr und lacht ebenfalls, bis ihm die Tränen kommen. Sie sind so laut, er rechnet jeden Moment damit, dass einer seiner Mitbewohner auftaucht und sich über den Lärm beschwert.

Als sie sich halbwegs beruhigt haben, sucht Larsen zwei frische Handtücher heraus und reicht eins davon an Pat weiter. Ihre Hände berühren sich, die Fingerspitzen bleiben für einen Wimpernschlag länger in der Position als nötig, sie sehen sich an. Helle Sprenkel in dem Grün von Pats Augen.

«Du musst dringend trockene Sachen anziehen», sagt er schließlich und könnte sich im gleichen Augenblick dafür ohrfeigen. Der Moment ist verflogen. Sie sind wieder zwei Fremde, denen es ein wenig peinlich ist, sich im selben Badezimmer zu befinden.

Nachdem Larsen Pat einen Trainingsanzug aus seinem Kleiderschrank rausgesucht hat, landen sie erneut in der Küche. Diesmal ist er es, der Kaffee auf Omas Art kocht.

Sie reden und trinken in kleinen Schlucken. Den Rest Milch, der noch in der Packung war, haben sie in ein standfestes Kännchen gefüllt.

Es ist zwar ein ungewohnter Anblick, trotzdem findet Larsen, dass Pat sein Trainingsanzug verdammt gut steht. Aber ihm gefällt noch mehr: Er mag Pats gelockte, dunkelblonde Haare, die durch das Trockenrubbeln noch ein wenig verstrubbelt aussehen. Er mag das Grübchen auf ihrer linken Wange, dass man aber nur sieht, wenn sie auf eine ganz bestimmte Weise lächelt. Und er mag das kleine Stück Dekolleté, das im Halsausschnitt des Trainingsanzuges sichtbar wird, sobald sie sich ein wenig zu ihm vorbeugt.

Pat erzählt, dass sich ihre Tasche samt Wohnungsschlüssel noch bei Maik im Zimmer befindet.

«Schleich dich doch einfach rein und hol sie», sagt er.

Sie schüttelt den Kopf. «Ich bin jetzt sowieso wach, und irgendwie ist es ...» Sie stockt.

«Es ist dir unangenehm?», hilft er aus.

«Ja.»

«Aber dass deine Freundin keine Rücksicht auf dich nimmt, ist ja auch nicht die feine Art.»

«Ach», sagt sie. «Mika kannte Maik bisher nur von seinen Konzerten. Dass es jetzt so schnell zwischen den beiden gefunkt hat, freut mich einfach total.» Sie sieht auf.

Ihre Blicke treffen sich, und er spürt, wie ein Prickeln über seine Kopfhaut zieht.

Ohne dass er versteht warum, wechseln sie plötzlich das Thema und landen nun doch bei ihm. Er berichtet von seinem Umzug, der Trennung von Julia, den Anlaufschwierigkeiten in Berlin.

Pat hört interessiert zu und fragt hin und wieder nach. Als er über seinem Beruf spricht, zieht sie erneut eine Augenbraue hoch. «Ich hätte wohl besser das Kiffen nicht erwähnen sollen», sagt sie.

Er winkt lächelnd ab.

Irgendwann später kommt er zu dem, was er in der Nacht in Berlin-Buch erlebt hat. Er erzählt ihr von den fragwürdigen Erziehungsmethoden der Eltern des kleinen Noah und schildert sein Entsetzen, als er das namenlose Mädchen auf dem Friedhof ausgegraben hat.

Als sich am Horizont ein schmaler roter Streifen zeigt und Larsen sich zum Dienst aufmachen muss, bietet er Pat das Bett in seinem Zimmer an, für den Fall, dass sie sich noch für ein paar Stunden hinlegen möchte. Aber sie schüttelt nur den Kopf und meint, bei aller Freundschaft hätten Mika und Maik jetzt genug Zeit miteinander gehabt, sie würde nun doch in das Zimmer gehen und ihre Sachen holen.

Der Novembermorgen ist grau, die Wolken über dem Alexanderplatz haben die gesamte Kuppel des Fernsehturms wieder einmal gefressen, aber als Larsen sich auf den Weg Richtung U-Bahn macht, trägt er kleines Lächeln in sich.

Lea Zeisberg

Die Straßenlaternen waren bereits angesprungen, als Lea die Raumerstraße erreichte. Mit den nach unten gebogenen Hälsen, an denen ovale Leuchtkörper montiert waren, wirkten sie wie riesige Metallblumen, die in der Kälte traurig die Köpfe hängen ließen.

Die Schaufenster, an denen Lea vorbeieilte, waren zum größten Teil schon weihnachtlich dekoriert. Kunstschnee, Christbaumkugeln, Schneemänner aus Pappmaschee. In diesem Jahr schien alles etwas früher stattzufinden. War nicht erst vor ein paar Tagen Herbstanfang gewesen? Jetzt kratzte die Temperatur jede Nacht am Gefrierpunkt, und man konnte den ersten Schnee förmlich riechen. Aber alles ist tausendmal besser als dieses nasskalte Herbstwetter, dachte Lea, während sie sich mit zügigen Schritten dem Gebäude in der Dunckerstraße näherte. Und unter einer Schneedecke wird nicht nur der Puls der Großstadt etwas langsamer, auch man selbst versinkt in einer friedlichen Vorfreude auf die Festtage und ...

Abrupt blieb sie stehen. Mit einem Schlag wurde ihr bewusst, was das bevorstehende Weihnachten für sie bedeuten würde. Einsamkeit. Keine Ablenkung durch die Arbeit. Viel Zeit zum Grübeln. Für Selbstmitleid. Allein die Vorstellung, dass in den Nachbarwohnungen im Familienkreis feierlich beisammengesessen wird, während man selbst niemanden hat, mit dem ...

Na prima, Lea! Das geht ja schon gut los mit dir. Wir haben nicht einmal den ersten Advent. Reiß dich zusammen, jetzt ist kein Platz für Sentimentalität.

Mit dem Ärmelsaum ihres Wintermantels tupfte sie sich die Feuchtigkeit weg, die zwischen ihren zusammengekniffenen Lidern hindurchsickerte.

Genug jetzt!

Energisch marschierte sie los, und als sie den Durchgang zum Hinterhof erreichte, hatte der Wind ihre Tränen bereits getrocknet.

Diesmal brannte in beiden Hälften der renovierten Remise Licht. Bei Familie Drewitz waren die Vorhänge zugezogen, doch dahinter zeichneten sich die Schatten mehrerer Personen ab. Bei den Grossmanns aber wirkte trotz der Beleuchtung alles wie ausgestorben.

Lea klingelte, wäre aber wohl tatsächlich überrascht gewesen, wenn man ihr geöffnet hätte. Nach einigem Warten und weiteren Versuchen wechselte sie kurzerhand zur Haushälfte der Drewitz. Hier schwang die Tür bereits auf, kaum dass sie ihren Finger vom Klingelknopf genommen hatte.

«Ja bitte?»

Die Frau, die Lea gegenüberstand, war mehr als schlank, eigentlich konnte man sie nur als erschreckend abgemagert bezeichnen. Ihre Gesichtshaut wirkte wächsern, fast transparent, und Lea hatte den Eindruck, sie könnte tatsächlich jeden einzelnen Schädelknochen darunter erkennen. Im absoluten Kontrast dazu standen die Augen der Frau. Die Iris war von einem derart intensiven und strahlenden Blau, dass Lea sich sofort an diesen kleinen Bergsee in den italienischen Dolomiten erinnert fühlte, in dem sie im letzten gemeinsamen Urlaub mit Bernd nach einer ausgiebigen Wanderung gebadet hatte. Eine Erinnerung aus einer anderen Zeitrechnung.

«Ich wollte zu den Grossmanns, es brennt Licht, aber niemand öffnet», sagte sie.

Frau Drewitz zog ihre knochigen Schultern hoch und musterte ihr Gegenüber schweigend. Lea hatte fast das Gefühl, von Suchscheinwerfern abgetastet zu werden. «Ja, kann sein», sagte die Frau schließlich. «Die wollen dann wohl nicht gestört werden.»

«Ich bin die Lehrerin. Merle und Kolja sind an meiner Schule, und ich ...» Lea überlegte. Sie musste das Ganze dramatisieren, sonst würde die Frau sie einfach abwimmeln. «Ich hatte mit Frau Grossmann einen Termin vereinbart. Ein wichtiges Gespräch wegen der schulischen Leistungen der Kinder.»

Frau Drewitz zog die Augenbrauen zusammen, trat einen Schritt vor und blickte außen die Hauswand entlang. «Alles hell bei denen. Wenn sie nicht aufmachen, hat das sicher einen Grund. Ich möchte hier in Ruhe und Frieden wohnen, und das billige ich anderen auch zu.»

Lea schluckte. Auf so eine Abfuhr war sie nicht gefasst gewesen. «Ich dachte nur, vielleicht haben Sie gesehen, dass Frau Grossmann noch mal das Haus verlassen hat. Es hätte ja sein können, dass sie Ihnen Bescheid gesagt hat, weil sie noch Besuch erwartet. Mich nämlich.»

«Nein, wir haben keinen Kontakt. Die Grossmanns haben sich einmal zu viel in unser Leben eingemischt. Seitdem ist Feierabend.» Sie unterstrich den letzten Satz mit einer horizontalen Handbewegung, verschränkte die Arme dann vor der Brust.

Lea sah auf der Stirn der Drewitz eine Ader pulsieren. Offenbar war das Verhältnis der beiden Familien mehr als angespannt, und sie stocherte mit ihren Fragen in einem Vulkan, der jederzeit ausbrechen konnte. Nein, das war es ihr dann doch nicht wert. Sie murmelte ein Dankeschön und verließ zügig den Vorgarten der Familie Drewitz.

Erst als sie den Durchgang zum vorderen Hof erreichte, wagte sie sich umzudrehen. Die Tür in der rechten Haushälfte war wieder geschlossen, doch hinter der Küchengardine machte sie die Silhouette einer Person am Fenster aus. Lea zog sich tief in den Schatten des Quergebäudes zurück und wartete.

Bereits nach wenigen Minuten spürte sie, wie sich ihre Füße in Eisblöcke verwandelten. Auch unter ihren langen Mantel war die beißende Kälte inzwischen gekrochen. Trotzdem traute sich Lea mit ihren lauten Absätzen nicht, auf dem Kopfsteinpflaster herumzulaufen, um sich aufzuwärmen.

Als aber kurz darauf auch noch ihre Zähne heftig zu klappern begannen, musste sie sich doch geschlagen geben.

Auch wenn das Heim der Grossmanns sie mit seinen hell erleuchteten Fenstern, hinter denen kein Leben stattzufinden schien, geradezu aufforderte, sein Geheimnis jetzt und gleich zu klären – Lea wollte in diesem Moment einfach nur noch nach Hause. Ein warmes Fußbad, eine kuschlige Decke und dann bei einem großen Glas Rotwein mit der Lea aus dem Spiegel die Ereignisse des Tages besprechen.

18. November, morgens
arne Larsen

«Serienmörder», schallt Salzmanns Stimme mit der Wucht einer Detonation durch die offen stehende Tür. «Ist es denn zu fassen», legt er in derselben Lautstärke nach, als Larsen gerade das Büro betritt.

Der Kriminalrat ist nicht allein. Neben ihm entdeckt Larsen auch seinen Lieblingskollegen von der KT. Beide wenden ihm den Rücken zu und betrachten etwas auf dem Monitor auf Mayla Aslans Schreibtisch.

«Guten Morgen», sagt Larsen.

Die beiden Männer fahren herum. Zwischen ihnen sieht Larsen die Website des *Berliner Echo* auf dem Bildschirm flimmern.

Erst die Mutter, jetzt das Kind. Ein irrer Serienmörder?

Die Headline der Titelseite ist in roten Lettern gesetzt und füllt den gesamten Screen aus.

Scheiße, kann er gerade noch denken, dann bricht der Sturm über ihm los. Salzmann tobt, wie Larsen es noch nie bei einem Vorgesetzten erlebt hat. Seine Stimme überschlägt sich, mit der flachen Hand drischt er immer wieder auf die Kante des Schreibtischs, nähert sich Larsen, bis sich ihre Nasenspitzen fast berühren, lächelt, lässt sich auf den Bürostuhl fallen, nur um sofort wieder aufzuspringen und ein weiteres Mal zu brüllen, dass er Larsen in die Wüste schicken werde, wenn er sich noch einmal so ein Ding leiste.

Fricke hat sich gleich zu Beginn der Tirade in Sicherheit gebracht. Er steht, die Hände in den Hosentaschen versenkt, an einen Büroschrank gelehnt und wirkt bis auf ein amüsiertes Grinsen in den Mundwinkeln ziemlich unbeeindruckt.

«Warum sind Sie überhaupt noch einmal zu diesem Friedhof gefahren?» Salzmanns Stimme ist urplötzlich nur noch ein Flüstern, das ihn umso gefährlicher wirken lässt.

«Das war nur ein Bauchgefühl», sagt Larsen.

«Bauchgefühl. Bauchgefühl», echot Salzmann. «Natürlich ist es gut, dass *wir* diesmal das Mädchen gefunden haben und nicht wieder so eine Schatzsucherin. Aber wenn Sie das nächste Mal ein Bauchgefühl haben, Herr Larsen, dann klären Sie vorher ab, ob Frau Aslan und ich dieses Bauchgefühl mit Ihnen teilen möchten. Wir stehen hier auf Teamarbeit. Verstanden?»

Larsen nickt. Was bleibt ihm auch anderes übrig? Sein Verhalten war nicht korrekt, das rechtfertigt auch der Erfolg nicht. Trotzdem ...

Bevor er aufbegehren kann, wendet sich Salzmann ab und deutet auf den Monitor. «Und wer von euch Pfeifen hat das der Presse gesteckt? Die stricken sich hier nämlich gerade einen wunderbaren Serienmörder-Scheiß zusammen.»

Larsen schüttelt den Kopf. «Keine Ahnung, als ich gegangen bin, war niemand von der Presse da. Aber natürlich ist der Einsatz bei den Anwohnern nicht unbemerkt geblieben. Vielleicht hat jemand aufgeschnappt, dass es diesmal um ein Mädchen ging.» Er muss kurz an den kleinen Noah und den Balkon denken, auf dem man einen Logenplatz gehabt hätte, doch dann kommt ihm plötzlich ein ganz anderer Verdacht: Pat, die Frau aus der WG. Hat sie eigentlich erwähnt, was sie beruflich macht? Nein, sie könnte also durchaus Journalistin sein. Er hat vorhin verdammt viel gequatscht, deutlich mehr, als er hätte sagen dürfen. Wie konkret ist er dabei geworden, hat er womöglich sogar den Namen des Friedhofs oder seine Lage erwähnt?

Er wirft einen Blick auf den Zeitstempel des Artikels. Keine Viertelstunde alt. Vor gut einer Stunde hat er die WG verlassen. Pat hätte für so einen hingerotzten Onlinebeitrag also genügend Zeit gehabt.

Verdammt, Arne, was ist mit dir los? Du versaust gerade alles.

Fricke schlendert in die Mitte des Raums. «Ich frage mich, wie die Presse eigentlich auf Mord kommt. Bisher sind doch nur die Details an die Öffentlichkeit weitergegeben worden, die für die Klärung der Identität der Frau hilfreich sein können. Weder der Friedhof noch die besonderen Umstände ihres Auffindens wurden erwähnt.»

Salzmann starrt den Kriminaltechniker an, als sei ihm erst jetzt bewusst geworden, dass sich neben ihm und Larsen noch jemand im Büro aufhält.

Larsen dreht sich zu Fricke um. «Sie wissen doch, wie das ist. Frau, Mitte dreißig, tot aufgefunden. Wer denkt da an Suizid? Und jetzt das tote Kind. So wenig, wie in diesem verschlafenen Stadtteil passiert, braucht es nicht mal das sensationsgeile Hirn eines Journalisten vom *Echo*, um eine Verbindung herzustellen.» Er hält die Arme vor der Brust verschränkt, will endlich aus dieser Sündenbockposition heraus.

«Ja, vielleicht haben Sie recht», sagt Salzmann nachdenklich. «Ich werde mit der Zeitungsredaktion sprechen. Panikmache in der Bevölkerung ist wirklich das Letzte, was wir brauchen können. Wie weit sind wir denn mit der Untersuchung des Mädchens?»

Fricke schüttelt den Kopf. «Soweit ich weiß, kommt sie erst am späten Vormittag auf den Tisch. Ist einiges los in der Rechtsmedizin.»

«Und aus Ihrer Abteilung, Fricke? Ich könnte jetzt was Aufmunterndes vertragen.» Salzmann tippt dem Kriminaltechniker mit dem Finger auf die Brust.

Was für eine distanzlose Geste, denkt Larsen. Würde er in dieser Situation einen Schritt zurückweichen oder sich den Finger des Vorgesetzten schnappen und ihn umdrehen?

Fricke bleibt einfach kerzengerade stehen, rührt sich keinen Millimeter. «Nichts Endgültiges», sagt er, gönnt Salzmanns Finger auf seinem Hemd nur einen flüchtigen Blick. «Wir waren ja bisher gezwungen, den Tod der Mutter als Suizid zu behandeln. Aufwendige und kostenintensive Untersuchungen kamen daher nicht in Frage. Isolation der DNA-Spuren, Textilanalyse, Herkunftsbestimmung des Leichentuches – das ganze Zeug eben. Eigentlich sind wir erst seit heute Morgen wieder richtig im Rennen.»

Salzmann schluckt ein paarmal. Die Kritik ist bei ihm angekommen. Für einen Moment hängt sein Blick am Fenster, schließlich nickt er. «Also gut, wie wahrscheinlich ist es denn, dass die Zeitung recht hat und wir es tatsächlich mit Mutter und Tochter zu tun haben?»

Bei den letzten Worten zittert die Stimme des Vorgesetzten ein wenig, und Larsen fragt sich, ob das noch der Wut über den Artikel geschuldet ist oder der Kriminalrat tatsächlich ausnahmsweise mit Empathie reagiert.

«Rein optisch ist die Wahrscheinlichkeit groß», sagt Fricke und leckt sich nachdenklich die Lippen. «Verdammt groß sogar.»

*

Als Mayla Aslan eine Stunde später das Büro betritt, hat Larsen gerade sein Telefonat mit dem Bezirksjugendamt beendet. Man werde sich kümmern, hat man ihm am anderen Ende der Leitung versprochen. Bisher seien die Gernschröders allerdings ein unbeschriebenes Blatt, also werde es zunächst nur einen vorangekündigten Besuch bei der Familie geben.

«Was ist denn hier passiert?» Mayla Aslan pfeffert ihre Umhängetasche auf den Besucherstuhl und deutet auf ihren Monitor und die zur Seite geschobenen Aktenstapel auf dem Schreibtisch.

«Salzmann hat mir hier aufgelauert und während er gewartet hat offenbar im Internet nach aktuellen Pressemeldungen gesucht.» Larsen fasst die morgendliche Standpauke in kurzen Worten zusammen. «Aber ich habe überlebt», schließt er mit einem breiten Grinsen.

Mayla Aslan nickt, arrangiert die Stapel auf dem Schreibtisch neu. Aus ihrer Ledertasche zieht sie einen Packen Taschentücher, wischt Tastatur und Maus sorgfältig ab. «Ich war vorhin schon in der Rechtsmedizin», sagt sie dann.

Larsen winkt ab. «Ja, ich weiß, die Kleine kommt erst später dran.»

Sie schüttelt den Kopf. «Nein, darum ging es nicht. Ich wollte wissen, warum die Abteilung eigentlich nicht in der Lage ist nachzuweisen, dass der vermeintliche Suizid der Mutter Totschlag oder sogar Mord war.»

«Was? Wie kommen Sie darauf?»

«Denken Sie doch mal nach. Mutter und Tochter kurz nacheinander auf demselben Friedhof verscharrt. Von derselben Person.»

«Das steht doch noch gar nicht fest, Frau Aslan.»

Sie macht eine wegwerfende Geste. «Ist aber wahrscheinlich, sehr wahrscheinlich.»

«Ich erinnere mich an eine Kollegin, die noch vor wenigen Tagen vehement dafür eingetreten ist, dass wir es mit einem kulturell bedingten Suizid und anschließender moralisch-ethischer Kompensation durch die Form der Bestattung zu tun haben. Und jetzt spricht dieselbe Kollegin plötzlich von Mord?»

Mayla Aslan wiederholt ihre Handbewegung. «Neue Ereignisse erfordern neue Interpretationen, oder sehen Sie das anders?»

Sie lächelt. Gar nicht so selbstgefällig, wie man nach ihrem letzten Satz schließen könnte. Eher offen. Dennoch spürt er, dass ihn das Lapidare an ihrem Verhalten zunehmend wütend macht.

Von einer auf die andere Sekunde schießt ihm eine neue Idee durch den Kopf. «Was, wenn wir es mit einem Trittbrettfahrer zu tun haben?», fragt er. «Die spezielle Art der Bestattung der Frau könnte durchaus ein Trigger für einen weiteren Täter gewesen sein.»

Noch bevor er den Satz beendet hat, weiß er, dass er den Gedanken vorschnell ausgesprochen hat. Der Fund der toten Frau ist gestern nur eine winzige Meldung im Polizeibericht gewesen. Erst durch den verdammten Artikel heute Morgen sind weitere Details an die Öffentlichkeit gelangt. Am liebsten würde er sich nachträglich auf die Zunge beißen.

Mayla Aslan gönnt ihm ein mildes Lächeln. «Herr Larsen, das passt doch vorne und hinten nicht. Wie gesagt, ich sehe das anders. Ich glaube an die Mutter-Tochter-These.» Sie öffnet ihre Schreibtischschublade. Vertrautes Knistern einer Plastikverpackung. Larsen weiß, was jetzt kommt: das Rollen einer Zigarette, die nie geraucht werden wird.

*

Die müde Novembersonne hat sich bereits hinter die Dächer des gegenüberliegenden Gebäudekomplexes zurückgezogen, als Salzmann das Büro zum zweiten Mal an diesem Tag betritt.

«Die Kollegen sind noch nicht ganz fertig, aber es steht inzwischen fest, dass wir es mit Mutter und Tochter zu tun haben. 99 Komma irgendwas Prozent»

Arne Larsen und Mayla Aslan wechseln einen Blick. Schlucken fast simultan. Mutter und Tochter. Auch wenn sie es natürlich schon geahnt haben, gibt erst die Gewissheit dem Fall eine völlig neue Dimension.

«Das Mädchen wurde unter Gewaltanwendung erstickt. Hämatome an Oberarm und Schulter belegen das», fährt er fort. «Und unter den Fingernägeln der Kleinen hat die Rechtsmedizin fremde Hautpartikel gefunden. Vermutlich hat sie ihren Mörder gekratzt. Wir haben also Täter-DNA!» Salzmann legt den Aktendeckel auf Mayla Aslans Schreibtisch ab. «Demzufolge gibt es ab sofort eine Soko. Ich dachte an *Friedhofsmädchen*. Einwände?» Er lächelt und schaut erwartungsvoll in die Runde.

Larsen tauscht erneut einen Blick mit Frau Aslan. Sie nickt, murmelt etwas, bleibt Salzmann aber die eigentliche Antwort schuldig.

Als der Vorgesetzte den Raum verlassen hat, erhebt sie sich von ihrem Stuhl, steht unschlüssig eine halbe Minute mitten im Raum, bevor sie langsam zu Larsen rüberschlendert. «Darf ich?», fragt sie, schiebt einen Stapel Papiere zur Seite und setzt sich auf die Kante des Schreibtischs.

Dann reden sie. Zunächst über die vorläufigen Untersuchungsergebnisse der Rechtsmedizin, irgendwann beginnen sie Szenarien zu entwickeln, wie es zum Tod von Mutter und Tochter gekommen sein kann, und ihr Gespräch wird immer emotionaler. Larsen bemerkt einen Ausdruck im Gesicht der Kollegin, den er von sich selbst nur zu gut kennt: fassungsloses Entsetzen.

Auch wenn man in diesem Beruf regelmäßig mit dem Tod und seinem meist grausamen Vorspiel konfrontiert ist, gibt es immer wieder Ereignisse, die den antrainierten Kokon professioneller Distanz einfach durchschlagen und einem unmittelbar in die Seele fahren.

«Erweiterter Suizid durch den Vater.» Mayla Aslan wiederholt ihren letzten Satz noch einmal und sieht Larsen direkt an.

«Ein Familienvater verzweifelt über den Freitod seiner Frau derart, dass er erst die Tochter und dann sich selbst tötet?» Larsen wiegt den Kopf hin und her. Das perfide bei *Mitnahmesuizid* ist ja, dass die Suizidalen es tatsächlich für ihre Pflicht halten, die Familie mit in den Tod zu nehmen, um ihnen späteres Leid zu ersparen. Die Tat wird oft durch den Verlust des Arbeitsplatzes und die resultierenden finanziellen Nöte ausgelöst, aber auch die Trennung vom Partner oder der Verlust des Sorgerechtes für die Kinder kann dazu führen. Larsen schüttelt sich unwillkürlich. Unglaublich, wie häufig Liebe und Besitzdenken eine verhängnisvolle Liaison eingehen. «Müsste sich der Vater dann nicht ebenfalls auf dem Friedhof das Leben genommen haben? Überhaupt irritiert mich der große zeitliche Abstand zwischen den Taten. Mag ja sein, dass die emotionale Wucht den Vater erst mit einer gewissen Verzögerung erreicht hat, aber wo ist er dann jetzt?»

«Vielleicht ist er einfach noch nicht gefunden worden», entgegnet Mayla Aslan. «Wenn Sie Ihre Freizeit nicht nachts auf dem Friedhof verbringen würden, wüssten wir schließlich auch nichts von dem toten Mädchen.»

Larsen setzt zu einer Erwiderung an, klappt seinen Mund aber wieder zu. Frau Aslan hat recht. Tragödien dieser Art ereignen sich meistens direkt im Lebenszentrum der Familien – ihrem Zuhause. In diesem Fall ist die gesamte Konstellation anders, daher kann man sich kaum an den bekannten Verhaltensmustern orientieren. Eine Weile hängen beide stumm ihren Gedanken nach.

Schließlich erhebt sich Mayla Aslan von der Schreibtischkante und streckt sich. «Okay, so kommen wir wohl nicht weiter. Was ich aber, unabhängig davon, welche Motivation der Täter haben könnte, nicht verstehe: Der Mann kommt mit dem Mädchen auf den Friedhof zurück, sieht, dass seine Frau inzwischen gefunden wurde, und vergräbt die Kleine dann trotzdem dort?»

«Wohin sollte er sonst mit dem Kind? Warum nicht den ursprünglichen Plan beibehalten? Vielleicht schien ihm der Ort jetzt sogar noch geeigneter. Wer sollte denn darauf kommen, dass hier unter den Augen der Polizei nochmals eine Leiche vergraben wird?»

«Nehmen wir an, der Täter wollte das Mädchen ursprünglich neben seiner Mutter bestatten. Plötzlich fehlte seiner Motivation aber jede Grundlage, denn die Frau war bereits abtransportiert. Er hätte also auch jeden anderen Ort wählen können.»

«Stimmt, eine Art Familiengrab war nicht mehr möglich – wenn das denn je sein Antrieb war –, aber noch mal: Warum einen anderen Platz suchen, wenn er mit dem toten Kind über der Schulter quasi schon auf dem Friedhof steht? Klingt schräg, kann aber trotzdem das Ergebnis eines rationalen Denkprozesses sein – was man als vernünftig bezeichnet, ist ja auch immer eine Frage der Perspektive.»

Lea Zeisberg

Die Frau mit dem streng nach hinten gegelten Haar nickte Lea zu. «Ja, sie ist noch da. Sie haben Glück.» Dann erklärte sie, ohne sich von ihrem Platz hinter dem Infotresen zu erheben, wann Lea wo abbiegen musste, damit sie das Büro von Frau Grossmann in den weitverzweigten Fluren der Berliner Wasserbetriebe auch sicher fand.

Es war eine spontane Idee gewesen. Lea hatte sich nach ihrem zweiten erfolglosen Besuch in der Dunckerstraße bereits auf dem Heimweg befunden, als ihr plötzlich klar wurde, wie nah sie an der Arbeitsstelle von Frau Grossmann vorbeikommen würde.

«Ohne meine Mama müssten alle Berliner verdursten.» Mit diesen kernigen Worten hatte Merle einmal die berufliche Tätigkeit ihrer Mutter bei den Wasserbetrieben beschrieben. Die ganze Klasse hatte gelacht, und Lea war der Satz seitdem im Gedächtnis hängengeblieben.

Lea durchschritt den Eingangsbereich des Gebäudes, in dem glänzende Fliesen, Glas und silbern schimmernder Edelstahl vorherrschten. Doch als sie in der zweiten Etage aus dem Aufzug stieg, fand sie sich zwischen Besprechungsräumen, Teeküchen und den langen Fluren eines ganz normalen Bürotrakts wieder.

Raum 58. Lea klopfte und trat, ohne eine Antwort abzuwarten, ein.

Die Frau am Schreibtisch gegenüber der Tür war tief über einen Aktenordner gebeugt und schien ihre Besucherin zunächst gar nicht wahrzunehmen. Lea musste sich ein paarmal kräftig räuspern, bevor sie aufsah. Ein Art Beben lief durch den Körper der Frau, doch dann straffte sie die Schultern und richtete sich auf. «Wer sind Sie?» Sie beugte sich vor und spähte über die Gläser ihrer Lesebrille hinweg. «Sind wir verabredet? Ich weiß gar nicht ...» Mit einer Hand tastete sie nach dem Terminplaner auf ihrem Schreibtisch.

Noch auf dem Flur hatte Lea überlegt, ob sie die Mutter von Merle und Kolja überhaupt erkennen würde. Da war ein Bild in ihrem Kopf, aber verschwommen und weit entfernt, immerhin lag der letzte Kontakt schon ein gutes Jahr zurück. Nur dass Frau Grossmann zierlich und sehr attraktiv war, hatte sie noch deutlich in Erinnerung.

Umso so größer war der Schock, als sie jetzt auf den Schreibtisch zuging. Die Frau dahinter war Annabel Grossmann, keine Frage – aber sie wirkte wie eine ausgezehrte, verblichene Kopie ihrer selbst. Allein die Körperhaltung – gebeugter Rücken, der Kopf tief zwischen die Schultern gezogen – erweckte in Lea den Eindruck, als wolle sich die Frau in sich selbst verkriechen. Und dann erst ihr Gesicht. O Gott! Die Schatten unter ihren Augen wirkten wie mit Zeichenkohle gemalt, und über den hohen Wangenknochen schien die Haut dünn und zum Zerreißen gespannt. Lea konnte trotz des eilig aufgetragenen Make-ups die feinen Äderchen darunter erkennen. Frau Grossmann hatte schön geschwungene Lippen, die jetzt aber rissig und von einem Kranz kleiner Bläschen umgeben waren.

So sah ich auch einmal aus, schoss es Lea durch den Kopf, genau so. Das war die Zeit, als ich mir ein Leben ohne Medikamente nicht mal ansatzweise vorstellen konnte. Frau Grossmann muss Ähnliches erlebt haben, und offenbar steht sie immer noch unter großem Druck. Mit einem Mal fühlte sich Lea der Frau ganz nahe, wäre am liebsten um den Schreibtisch herumgelaufen und hätte sie in den Arm genommen.

«Verzeihen Sie, dass ich Sie hier so überfalle», sagte sie aber nur. «Ich bin Lea Zeisberg, die Lehrerin von Merle ...»

Und von Kolja, wollte sie hinzufügen, doch die Reaktion ihres Gegenübers ließ sie schlagartig verstummen. Frau Grossmanns Augen weiteten sich dramatisch, erneut lief ein Beben durch den hageren Körper, erfasste diesmal auch das Gesicht. Sie riss ihren Mund auf, und Lea rechnete fest damit, dass sie nun einen lauten Schrei ausstoßen würde.

Doch das passierte nicht. Frau Grossmann holte nur ein paarmal tief Luft, schloss den Mund dann wieder und starrte für einen Moment schweigend auf den Aktenordner vor sich. Als sie wieder aufsah, schien sie sich ein wenig gefangen zu haben. Nur ihr Blick flackerte weiterhin.

«Lea Zeisberg?» Die Stimme war kaum mehr als ein Flüstern. «Ja, natürlich kenne ich Sie. Entschuldigung, wie ... was kann ich für Sie tun?» Jetzt präsentierte sie sogar ein Lächeln. Eines von der Art, das man sich im ständigen Kontakt mit Kunden automatisch angewöhnt. Dezent, unverbindlich und kilometerweit von einer echten Emotion entfernt.

Leas Mund zog sich trocken zusammen. Plötzlich kam ihr ihr eigener Auftritt völlig absurd vor. Trotzdem musste sie natürlich etwas antworten. «Ich war eigentlich wegen meines Wasseranschlusses hier», log sie und hoffte inständig, Frau Grossmann möge nicht nachfragen. «Und da ich sowieso einen Gesprächstermin mit Ihnen machen wollte, dachte ich ...»

Frau Grossmann atmete hörbar ein. Das Flackern in ihrem Blick war stärker geworden. «Was ist mit Merle?»

«Sie fehlt häufig und ...»

Frau Grossmann nickte. «Seit dem Tod ihres Vaters ... meines Mannes ... Es ist nicht leicht für uns, aber für Merle ist es ganz besonders schwer.»

Jetzt war es Lea, die nickte. Nickte und überlegte. Das Ganze war schwieriger, als sie sich es vorgestellt hatte. In ihrem Kopf purzelten die Gedanken durcheinander, und sie bekam sie in keine sinnvolle Reihenfolge. «Ja, natürlich, aber ich fürchte, Merle verliert allmählich den Anschluss an die Klassengemeinschaft. Sie sondert sich ab. Vielleicht, wenn man den schulpsychologischen Dienst hinzuziehen ...»

Lea merkte sofort, dass sie zu weit gegangen war. Frau Grossmann schlug sich die Hände vors Gesicht und wandte sich abrupt ab. Lea meinte, ersticktes Schluchzen zu hören, und beschloss, die Frau jetzt doch in den Arm zu nehmen. Aber noch bevor sie ganz um den Schreibtisch herum war, wirbelte Frau Grossmann auf ihrem Drehstuhl herum.

«Bitte, Sie müssen jetzt gehen», sagte sie, sah aber aus, als ob sie es gar nicht meinen würde. «Das hier ist weder der richtige Ort noch die richtige Zeit. Ich habe zu arbeiten.»

«Ich wollte ja nur helfen. Ich ...», sagte Lea und biss sich auf die Unterlippe. Egal was sie noch sagen würde, die Situation würde sich nicht mehr entspannen. Frau Grossmann hatte komplett dichtgemacht. Lea kramte aus ihrer Umhängetasche das Notizbuch hervor, riss eine Seite heraus und notierte darauf die Nummer der Psychologin, bei der sie sich selbst immer noch in Behandlung befand. «Sie sollten sich dort melden. Wirklich», sagte sie, drehte sich um und marschierte aus dem Büro.

18. November, abends
Arne Larsen

Blütenweiße Flocken, zart wie ein Hauch von Nichts, tanzen vor seinem Fenster. Eine Choreographie, die ebenso wunderschön wie simpel ist. Ein eiskalter Luftstrom aus Weißrussland vermählt sich über der Hauptstadt mit dem Tiefdruckgebiet, das seit einigen Tagen über dem westlichen Brandenburg festhängt. Eine Hochzeit in reinstem Weiß und doch nur eine Ehe auf Zeit, die kaum mehr als ein paar Stunden halten wird.

Arne Larsen steht vor der großen Scheibe seines Zimmers, die Stirn gegen das Glas gepresst, und beobachtet das stetig dichter werdende Gestöber. Aus dem Flur ist schweres Gerumpel zu hören. Maik und zwei Musiker seiner Band wuchten Verstärkeranlagen und Koffer mit Bässen und Gitarren durch die Gewerbeetage.

«Keine Sorge», hat Maik gerufen, als Larsen vor ein paar Minuten den Kopf aus der Zimmertür gesteckt hat, um nachzusehen, wo das Epizentrum dieses Erdbebens liegt. «Wasserrohrbruch im Proberaum. Ist nur vorübergehend, bis die Feuchtigkeit wieder raus ist.»

Larsen hat instinktiv genickt und sich wieder in sein Zimmer zurückgezogen.

Pat. Trotz der anstrengenden Arbeit und seiner bleiernen Müdigkeit ist ihm die Frau den ganzen Tag über nicht aus dem Kopf gegangen. Ob sie die Informationen wirklich mit derselben Leichtfertigkeit weitergeben hat, mit der er sie ausgeplaudert hat? Vielleicht hat sie den Artikel nicht mal selber geschrieben, sondern die Informationen telefonisch an einen Kontakt beim *Berliner Echo* weitergegeben.

Du hast es ja nicht anders verdient, überlegt er, während er sein Handy hervorzieht und durch das Menü mit den Kontakten navigiert. Wie konntest du dich nur zu einem so unprofessionellen Verhalten hinreißen lassen? Seine innere Stimme beantwortet die unausgesprochene Frage mit einem Wort: Einsamkeit.

Das Treiben in der Wohngemeinschaft tut ihm zwar gut. Gerade heute, nach Salzmanns Standpauke, war das Gefühl, in Berlin letztlich völlig allein zu sein, dennoch besonders intensiv.

PAT. Die drei Buchstaben leuchten ihm vom Display entgegen, während die Verbindung hergestellt wird.

Bereits nach zweimal klingeln meldet sich jemand.

«Ja?»

Eine Männerstimme. Larsens Finger schwebt schon über dem roten Auflegesymbol, doch dann sagt er: «Ich würde gerne Pat sprechen.»

«Wen?»

«Pat. Patrizia heißt sie wohl mit ...»

«Da haben sie sich verwählt.»

Bevor Larsen etwas erwidern kann, ist die Verbindung getrennt.

«Arschloch», murmelt er. Die Nummer stimmt also nicht. Vielleicht nicht einmal ihr Vorname. Die Klamotten, die er der Frau geliehen hat, kann er vermutlich abschreiben, aber das ist nicht das Schlimmste. Die Erkenntnis, dreist beschwindelt worden zu sein, erzeugt in ihm eine bohrende Wut.

Er geht in die Küche, um sich ein Bier aus dem Kühlschrank zu holen. Dort hockt Maik im Kreise seiner Mitmusiker. Der Tisch ist mit den Pappschachteln einer Fast-Food-Kette übersät. Larsens Mitbewohner zupft auf einem unverstärkten E-Bass und singt dazu in einer Sprache, die man bestenfalls als Phantasie-Englisch bezeichnen könnte. Einer seiner Kumpel klopft mit einem Löffel einen enervierenden Beat dazu.

Als Larsen auf das leere Getränkefach des Kühlschranks deutet, unterbricht Maik sein Spiel kurz. «Songs schreiben macht verdammt durstig», sagt er, lässt ein funky Slapsolo erklingen, bevor er zu Larsen hochblickt. «Aber wenn du willst, gehe ich zur Tanke rüber und hole ...»

«Schon gut», sagt Larsen und nutzt die Spielpause, um sich bei Maik nach den beiden Frauen zu erkundigen, die er gestern Abend mit in die WG gebracht hat.

«Ach, Pat heißt die andere? Sorry, Arne, ich hatte wohl nur Augen für Mika», sagt Maik und lacht dröhnend in die Runde. «Aber wenn du möchtest, kann ich mich ja bei Mika nach ihr erkundigen, falls die sich noch mal bei mir meldet.»

«Wieso sollte sie nicht?»

Maik zuckt mit den Schultern. «Vielleicht hätte ich der Dame ein Frühstück servieren sollen. Ihre Nummer wollte sie mir jedenfalls heute Morgen nicht geben. Aber zumindest hat sie meine.»

«Frauen!», grölt der Schlagzeuger von der anderen Tischseite herüber und schlägt wie zur Bestätigung mit dem Löffel einen kurzen Wirbel.

Maik lacht erneut und beginnt wieder seinen Bass zu bearbeiten.

Larsen merkt, dass in dieser Runde wohl kein vernünftiges Gespräch zustande kommen wird, und kehrt in sein Zimmer zurück. Er klappt seinen Laptop auf und probiert die Suchbegriffe Pat, Patrizia, Berliner Echo, Journalistin in verschiedenen Kombinationen in der Websuche aus. Aber natürlich bringt ihn das nicht weiter. Unzählige Treffer, einer nichtssagender als der andere. Letztlich muss er sich eingestehen, dass er nichts über die Frau weiß.

«Und selbst das könnte noch gelogen sein», murmelt er vor sich hin und muss dann selbst über sein unlogisches Fazit lachen. Er beschließt, die Frau für heute aus seinen Gedanken zu verbannen und ins Bett zu gehen, um wenigstens einen Teil des versäumten Schlafes nachzuholen.

*

Als er die Augen aufschlägt, rast sein Herz. Sein Mund ist trocken, die Lippen spröde. Hat er eben womöglich auch in der Realität geschrien? Oder war das nur Teil seines Traums? Er weiß noch genau, wie sehr er sich erschrocken hat, als er endlich die Inschrift auf dem Grabstein lesen konnte. Aber was genau war vorher geschehen? Schon jetzt beginnt sich die Erinnerung aufzulösen. Doch das darf er nicht zulassen. Etwas in dem Traum war wichtig, sehr wichtig sogar.

Mit einem Ruck setzt er sich kerzengerade auf.

In seinem Traum war er wieder auf diesem Friedhof unterwegs. Ein kleiner Hund sprang vor seinen Füßen herum. Schwarz-weiß gestreiftes Fell – eine Zeichnung, fast wie die eines Zebras. Er hat sich nicht darüber gewundert, auch nicht über die Hundeleine in seiner Hand.

Dann entdeckte er plötzlich einen Lichtschein. Hinter dichtem Buschwerk leuchtete jemand mit einer Taschenlampe herum. Diese Umweltsäue, hat er unwillkürlich gedacht und seine Wortwahl nicht mal hinterfragt. Jetzt fällt ihm ein, dass der kleine Noah dieses Schimpfwort im Zusammenhang mit der illegalen Müllentsorgung benutzt hat. Er bewegte sich langsam durch das dichter werdende Unterholz auf die Lichtquelle zu. Zweige schlugen ihm ins Gesicht, Dornen bohrten sich in Kopfhaut und Wangen, aber er spürte keinen Schmerz.

Endlich war er durch, und vor ihm tat sich ein freier Platz auf, der aus sich selbst heraus zu leuchten schien. Gegenüber kniete ein Mann, sein Kopf ruhte auf dem Bauch eines kleinen Mädchens, das gegen einen Grabstein gelehnt auf der Erde saß. Wallendes blondes Haar, die Wangen eingefallen, die Augenhöhlen leer. Das Gesicht einer Mumie.

«Verzeih mir», rief der Mann, erhob sich schwerfällig vom Boden und drehte sich zu Larsen um. «Sie müssen das doch verstehen», sagte er. Es klang, als habe er auf ihn gewartet. «Bitte!» Der Mann hob beide Hände und drehte die Handflächen nach außen.

Larsen schwieg. Der Mann kam ihm immer näher, allmählich machte er ihm Angst. Als Larsen dann noch entdeckte, dass der Fremde einen Strick wie eine Krawatte um den Hals trug, wollte er endgültig den Rückzug antreten. Aber die Dornenhecke hinter ihm war jetzt noch dichter. Unmöglich, dort durchzukommen.

Er rannte links an dem Mann vorbei, erreichte das andere Ende der Lichtung, wo ihm das Kind aus leeren Augenhöhlen entgegenstarrte. Mit einem großen Schritt versuchte er über den Körper des Mädchens hinwegzusteigen, streifte die leblose Gestalt aber offenbar. Der kleine Körper kippte lautlos zur Seite und gab die Inschrift auf dem Grabstein dahinter frei.

Lea Zeisberg

Lea starrte das Telefon in ihrer Hand an, als könnte es jeden Moment explodieren. Das Freizeichen drang kaum in ihr Bewusstsein vor. So sehr war sie mit dem Versuch beschäftigt, das Chaos in ihrem Kopf zu ordnen. Sie musste ihre Gedanken in eine logische und nachvollziehbare Reihenfolge bringen, sonst konnte sie sich den Anruf gleich sparen.

Zwei schlaflose Nächte waren vergangen, seit sie – entgegen ihrer ursprünglichen Absicht – nach dem Besuch am Arbeitsplatz von Frau Grossmann doch nicht sofort nach Hause gefahren war. Stattdessen hatte sie auf der Straße gewartet, bis die Mutter von Kolja und Merle nach Feierabend das Gebäude verlassen hatte, und war ihr dann quer durch Berlin gefolgt. Eine Entscheidung, die sie inzwischen mehrfach bereut hatte.

Im Hörer tutete es jetzt zum fünften Mal. Wie lang sollte sie noch warten – zweimal? Dreimal, aber dann würde sie …

«Wer spricht?»

Eindeutig Bernds Stimme. Wie üblich meldete sich ihr Ex mit dieser albernen Begrüßung. Wer mich anruft, weiß doch, wie ich heiße, ich dagegen bin ahnungslos, hatte er sein Verhalten ihr gegenüber einmal begründet. Lea hatte es trotzdem nicht verstanden, schließlich verwählte man sich ja auch mal. Aber mit Bernd über seine Eigenheiten diskutieren zu wollen, war schon immer ein aussichtsloses Unterfangen gewesen.

«Ich bin's, Lea.»

«Es ist verdammt spät, Lea», sagte Bernd. «Können wir vielleicht morgen sprechen?»

Lea vernahm im Hintergrund Stimmen und Geräusche, offenbar lief der Fernseher. «Es dauert nicht lange. Ich brauch dringend deine Logik und deinen Rat.» Sie wusste, dass Bernd auf so eine Ansprache eigentlich immer ansprang. «Wieder mal», fügte sie sicherheitshalber noch hinzu.

Er seufzte in die Sprechmuschel. «Okay, fünf Minuten. Miriam hat morgen früh einen wichtigen Untersuchungstermin in der Geburtsklinik.»

Lea überlegte, ob sie sich aus Höflichkeit über den Stand der Schwangerschaft informieren sollte, aber dann brach es einfach aus ihr heraus. «Diese Kinder, du erinnerst dich doch? Die beiden Geschwister, die so häufig in der Schule fehlen. Es ist alles viel, viel mysteriöser, als wir angenommen haben.» Sie erzählte ihm von dem Hilfeappell im Aufsatzheft des Mädchens, von ihren Besuchen am Haus der Grossmanns, von dem Licht, das im ganzen Haus auf einen Schlag anging, und auch von dem Besuch am Arbeitsplatz der Mutter.

Sie spürte, dass Bernd während ihres Berichts immer unruhiger wurde, vermutlich lagen ihm schon tausende Fragen auf der Zunge. Aber auch diesmal wollte sie alles in einem Schwung loswerden und redete ohne Pause weiter. Als sie schließlich damit endete, wie sie vor zwei Tagen Frau Grossmann gefolgt war und was sie anschließend beobachtet hatte, blieb es am anderen Ende der Leitung für einige Sekunden still.

Dann stieß Bernd aufgestaute Atemluft in einem Schwall aus. Kein gutes Zeichen.

«Lea», sagte er. «Ich glaube, du steigerst dich da in was hinein, das ...»

«Du glaubst mir nicht?»

«Doch natürlich, aber …»

«Aber was?»

«Ich vermute, dass dir deine Psyche einen Streich spielt. Es mag ja sein, dass sich diese Frau Grossmann mit einem Mann getroffen hat und es zu einem heftigen Streit kam. Hatten wir beide doch auch schon. Erinnerst du dich, als du mir im Görlitzer Park so eine Szene gemacht hast, dass ein Passant jemanden von der berittenen Polizei alarmiert hat?»

«Das ist aber nicht vergleichbar. Bei uns war es ein normaler Park, nicht so ein komisches Gelände. Außerdem hat der Mann …»

«Ja, Lea, aber genau darum geht es doch. Man kann schnell etwas Falsches in so eine Situation hineininterpretieren. Erst recht, wenn man sehr empfänglich dafür ist und …

«Und was?»

«Und überall Gewalt gegen Frauen wittert. Du hast dein Trauma einfach noch nicht im Griff. Bitte tu nichts Unüberlegtes. Damit zur Polizei zu gehen, kann sich ganz schnell gegen dich wenden, und dann bist du auch für deine Schule nicht mehr haltbar.»

«*Was*? Du denkst also, ich bin nicht mehr haltbar. Begreifst du eigentlich gar nicht, was ich dir erzähle?»

«Lea, bitte wende dich an deine Therapeutin. Erzähl ihr, was du beobachtet hast. Lass sie es analysieren. Sie wird dafür bezahlt, es ist ihr Job. Ich kann dir da nicht helfen. Das … das wird mir zu komplex. Und ehrlich gesagt braucht Miriam jetzt meine volle Unterstützung. Ich …»

Lea hämmerte auf die Auflegetaste ihres Telefons ein, als sei das rote Symbol darauf für den Verlauf des Telefonats verantwortlich. «Arschloch», schrie sie und war kurz davor, den Hörer gegen das Spiegelglas zu schleudern. Ohne sich darüber bewusst geworden zu sein, war sie im Laufe des Gesprächs zu ihrem Lieblingsplatz im Flur gewandert. Jetzt stand sie zitternd vor dem großen Spiegel und sah zu, wie ihrem Abbild die Tränen über die Wangen liefen.

19. November, morgens
Arne Larsen

«Sie haben das also tatsächlich geträumt?» Mayla Aslans Blick wirkt immer noch amüsiert. Vielleicht sogar ein bisschen peinlich berührt.

Ihm ist das nicht egal, aber er hat das Gespräch begonnen, und nun muss er es auch zu Ende führen. Ursprünglich wollte er keine Silbe über seinen Traum verlieren, schließlich war die gesamte Szene auf dem Friedhof völlig absurd. Aber es steckte eben eine wichtige Information darin, ein Gedanke, den er vermutlich schon vorher entwickelt hatte, der es aber nur über den Umweg dieses Traums in sein Bewusstsein geschafft hat.

Die Anklage des toten Mädchens gegen ihren Vater. Ein Wort, gemeißelt in den Granit des Grabsteins. Dieses allerletzte entsetzliche Bild war es, in dem die eigentliche Botschaft steckte. Und als er der Kollegin dann seine neue Idee unterbreitet hat, muss ihm doch ein Hinweis auf den Traum rausgerutscht sein.

«Ein Albtraum, ja. Für den Sie wahrscheinlich sogar verantwortlich sind.»

«Ich? Na danke. Sehr schmeichelhaft.» Mayla Aslans Augen verengen sich kurz. Sie wendet sich wieder ihrem Computer zu, tippt Begriffe in eine Datenbankmaske ein.

«Meine Güte, Sie verstehen das komplett falsch. Wir haben doch gestern über den Mitnahmesuizid gesprochen, haben debattiert, warum sich der Mann nicht an dem Platz umgebracht hat, an dem er seine Familie begraben hat.»

«Okay, und was hat Ihnen Ihr Traum dazu eingeflüstert?» Mayla Aslans Blick ist weiterhin starr auf den Bildschirm gerichtet.

Larsen stellt sich vor den Schreibtisch der Kollegin, legt eine Hand auf den Rand des Monitors. «Weil er sich geschämt hat.»

Mayla Aslan unterbricht ihr Tastaturgeklapper. Eine Augenbraue zuckt hoch, doch ihr Blick bleibt auf den Bildschirm gerichtet. «Missbrauch!», sagt sie plötzlich, und das Wort, das er auch in seinem Traum auf dem Grabstein gesehen hat, füllt sofort den Raum. Sie springt auf, der Bürostuhl schlittert über das Linoleum, kracht hinter ihr gegen einen Aktenschrank. «Das ist es, Larsen. Der Mann missbraucht seine Tochter. Wahrscheinlich jahrelang.»

«Ja, vielleicht. Aber ...», versucht Larsen sich einzubringen, aber die Kollegin ist viel zu aufgeregt, um ihren Redeschwall jetzt zu unterbrechen.

«Seine Frau weiß von diesen Übergriffen, versucht sie zu ignorieren. Ja, Larsen, glauben Sie mir, das kommt verdammt oft vor.» Sie sieht ihn an, die Augen aufgerissen, ihr Teint noch dunkler als sonst. «Aber natürlich zerbricht sie daran, und als sie sich aufhängt, fällt das ganze Kartenhaus in sich zusammen.»

«Warum?»

«Weil das Kind keine Mutter mehr hat, weil die dünnen Mauern, die dieses widerliche Arrangement getragen haben, nun einstürzen.»

«Der Mann muss Angst haben, dass jetzt alles auffliegt. Selbstmord der Mutter – kommt da nicht automatisch das Jugendamt und prüft die Verhältnisse?» Larsen spürt, dass die Aufregung der Kollegin nun auch auf ihn überspringt. Das könnte tatsächlich ein erster griffiger Ansatzpunkt sein. Ein stimmiges Motiv.

«Genauso gut ist es natürlich möglich, dass die Mutter nichts von den Schandtaten ihres Gatten wusste», sagt Mayla Aslan, während sie ihren Bürostuhl wieder unter den Schreibtisch schiebt. «Ich sehe Ihren zweifelnden Blick. Sie mögen diese Variante nicht?»

«Doch, doch», sagt er. «Vielleicht hat sich die Tochter endlich der Mutter offenbart. Ein emotionaler Schock, dessen Wucht ich mir ebenso wenig vorstellen mag wie die Tatsache, dass ein Kind so lange zu dem schweigt, was mit ihm gemacht wird.»

«Ja, unerträglich. Und doch wissen wir beide, dass es passiert. Immer wieder.»

«Ja ...»

«Schlimm ...»

Die Luft ist raus. Fürs Erste. Beide setzen sich an ihre Schreibtische. Mayla Aslan sortiert einen Stapel Aktendeckel, Larsen ordnet die Gegenstände auf der Schreibtischplatte neu. In seinem Kopf summt es wie in einem Bienenstock, und er sieht seiner Kollegin an, dass es ihr genauso geht. Jetzt gilt es, die gemeinsam entwickelten Gedanken mit den bisher bekannten Fakten abzugleichen.

«Aber ohne die Identität ...» Er bricht ab, denn Mayla Aslan hat im selben Moment einen Satz begonnen. «Was haben Sie gesagt?», fragt er nach.

«Genau das, Larsen. Genau das. Warum sind wir in der Frage der Identität noch nicht weitergekommen? Irgendwer muss Mutter und Tochter doch vermissen. Und die Frau ... warten Sie mal ...» Sie zählt etwas an den Fingern ab. «... ist seit fast einer Woche tot.»

«Wenn unser Ansatz zutrifft, wird ja sogar eine ganze Familie vermisst. Das macht es aber nicht unbedingt leichter.»

«Warum?»

«Wenn ein einzelnes Familienmitglied verschwindet, fällt es

den anderen auf. Ist plötzlich eine ganze Familie weg, glaubt die Umgebung, die wäre im Urlaub.»

Mayla Aslan deutet auf ihren Computermonitor. «Wie ich in der Datenbank sehe, sind sämtliche forensischen Identifikationsverfahren bei der Frau inzwischen durch. Weder Prothesen noch Implantate. Bis auf die Entfernung der Mandeln auch keine Operationen. Zahnstatus und DNA-Abgleich bislang ohne Ergebnis.»

«Ich hoffe inständig, dass uns die Untersuchung des Mädchens weiterbringt.»

«Ja, das hoffe ich auch», sagt Mayla und erhebt sich vom Drehstuhl. «Sonst müssen wir uns eben ausschließlich auf Ihr Bauchgefühl verlassen.»

WALDSIEDLUNG

Manchmal denke ich, dass es davor nichts gab. Vor diesem Tag. Dass mein Leben erst begann, als ich in das Haus kam. Haus 24. Ein doppelstöckiges Gebäude. Grau, ein steiles, blassrotes Ziegeldach. Nichts unterschied es auf den ersten Blick von den anderen 23 Wohngebäuden im Innenring – nichts außer der Tatsache, dass es eigentlich nicht existierte. Nicht existieren durfte. Und doch war es da. Es lag ein wenig abseits der anderen Häuser, und am Anfang stellte ich mir manchmal vor, es würde sich vielleicht für etwas schämen. Wenn ich jetzt, so viele Jahre später, darüber nachdenke, erscheint mir meine kindliche Interpretation absurd und scharfsinnig zugleich. Denn natürlich war es nicht das Haus, das sich schämte, es waren die Menschen aus der Siedlung. Alle die, die in ihrer Verblendung nicht verstehen konnten, welch wundervolle Gedanken an diesem Ort geboren wurden.

Waldsiedlung 1979

«Martin, du schaust dir aber nur noch das *Sandmännchen* an, und dann gehst du sofort ins Bett!» Mamas Kopf tauchte nur ganz kurz im Spalt der Wohnzimmertür auf, aber ich roch ihr Haarspray und das Parfüm trotzdem. Französisch. Ein Geschenk von ihm, unvorstellbar teuer, hatte sie gesagt und dabei einen ganz seltsamen Blick bekommen. «Also, Martin, wirklich nur den *Abendgruß*, verstanden?»

Ich hörte, wie sie im Korridor stehen blieb, den Mantel überzog und wusste, dass sie jetzt am großen Garderobenspiegel den Sitz ihrer Haare überprüfen würde. Sie hatte wieder diese lauten Schuhe an, mit denen sie nur ganz kleine Schritte machen konnte. Kurz darauf fiel die Wohnungstür ins Schloss.

Ich huschte gebückt zum Fenster. Mama würde wie immer beim Überqueren der Straße noch einen Blick hoch zu unserer Wohnung in der ersten Etage werfen. Aus irgendeinem Grund, den ich selbst nicht verstand, wollte ich nicht, dass sie mich hier oben entdeckte.

Doch heute fiel ihr Schulterblick tatsächlich aus. Sie eilte, so schnell es ihre Schuhe hergaben, über die buckelige Betonfläche der Sackgasse. Das Klacken der Absätze konnte ich sogar durch das geschlossene Fenster hören. Anscheinend war er schon da, stand irgendwo unten im Schatten und wartete auf sie.

19. November, mittags

arne Larsen

Das Ziel fixieren und niemals auf das Tablett schauen. Unwillkürlich muss er an diesen Satz denken und an die Frau, die ihn gesagt hat. Christine, eine verflossene Liebe, die während ihres Studiums in verschiedenen Restaurants gejobbt hat. Christine, die Frau mit den ultrakurzen Haaren, eine richtige Igelfrisur hatte sie damals. Für eine Sekunde meint er, das Kitzeln ihrer Haarspitzen unter seiner Handfläche spüren zu können. Ihr Nacken hatte eine absolut perfekte Rundung ...

«Larsen, kommen Sie. Hier ist noch Platz.»

Er schaut sich um. Die Spargelcremesuppe schwappt jetzt doch ein wenig über den Rand seines Tellers. Aus der Menge vor der Fensterfront der Kantine ragt ein Arm hoch, der ihm zuwinkt. Ein Kollege von der Spurensicherung. Den Namen hat er sich nicht gemerkt.

«Guten Appetit», sagt Larsen und platziert sein Tablett auf dem freien Platz.

Der Kollege gegenüber nickt ausgiebig, beißt von einer Weißbrotscheibe ab, kaut und deutet mit seinem Löffel auf Larsens Tablett. «Immer einen flachen Teller unter den Suppenteller stellen und beim Tragen nie auf das Tablett sehen.» Larsen muss ihn ziemlich entgeistert angesehen haben, denn der Kollege fügt sofort hinzu: «Soll nur ein Tipp sein. Nur ein Tipp.»

Wenigstens trägt der Kollege keine Igelfrisur, denkt Larsen, lächelt und probiert von der Suppe. «Eine ungewöhnliche Jahreszeit für Spargelsuppe. Eine Kohlsuppe würde saisonal ja doch besser passen und vermutlich auch schmecken.»

Der Mann von der Spurensicherung nickt. «Und wie ist es jetzt so?»

«Jetzt so?» Larsen sieht sein Gegenüber fragend an.

«Na ja, bei euch im Team. Mit Mayla und dem Alten und so.»

«Gut», sagt Larsen und beobachtet, wie der Kollege kurz das Kauen unterbricht, seinen Löffel ablegt und sich etwas zu Larsen vorbeugt. «Man hört da so ... so allerlei.»

Larsen hebt eine Augenbraue.

«Es ist ja auch für Mayla nicht so einfach, trotzdem finde ich es super, dass Salzmann ihr die Teamleitung übertragen hat. Eine ziemliche Herausforderung, aber das lenkt sie ab, sonst würde sie nur noch mehr grübeln.»

Larsen runzelt die Stirn. Das Gespräch nimmt einen Verlauf, mit dem er nicht gerechnet hat. «Grübeln? Verstehe ich nicht. Worüber würde sie sonst grübeln?»

Der Kollege von der Spusi schluckt und richtet sich abrupt auf. «Ich dachte, Sie wüssten ... Meine Güte, ich quatsche einfach zu viel.» Er wirft einen Blick auf seine Uhr. «Und die Zeit rennt auch davon. Mittagspausen sind einfach viel zu kurz, vor allem wenn man noch eine Verdauungszigarette braucht.»

Bevor Larsen etwas erwidern kann, ist der Mann bereits aufgesprungen. «Wir sehen uns!», sagt er und schiebt sich, sein Essenstablett in einer Hand balancierend, durch den schmalen Gang zwischen den Tischreihen.

Larsen nimmt die Käsescheibe vom durchweichten Brötchen und krümelt den Teig in den Suppenteller. Was ist das für ein merkwürdiges Geheimnis, von dem offenbar alle außer ihm wissen? Etwas ist hier jedenfalls vorgefallen, das Salzmanns Entscheidung bezüglich der Teamleitung weit mehr beeinflusst haben muss als seine mangelnde Großstadterfahrung.

*

Sie blättern durch Untersuchungsberichte, betrachten Gegenstände in kleinen Plastiktüten, sehen sich großformatige Fotos aus der Rechtsmedizin an, sprechen aber wenig. Beide sind darauf konzentriert, die Ungeheuerlichkeit, Nachlassverwalter eines so jung ausgelöschten Lebens zu sein, so wenig wie möglich an sich heranzulassen.

«Haben Sie das schon gesehen?» Mayla Aslan schiebt ihm ein Tütchen über den Tisch zu.

Eine silberne Halskette mit einem Anhänger. Er erinnert sich, dass er den Schmuck schon auf einem der Fotos vom Fundort gesehen hat. Auf der Vorderseite des Anhängers ist eine stilisierte Eule eingraviert, auf der Rückseite befindet sich der Prägestempel mit dem Silbergehalt. 625, ein geringer Wert, wie er bei billigem Modeschmuck üblich ist. Vermutlich also nichts, was sie der Identität der Kleinen näherbringen wird. Er legt das Tütchen wieder zu den anderen und nimmt sich stattdessen den in Folie eingeschweißten Pulli des Mädchens vor. Kanarienvogelgelb, ein dünner Pulli aus Baumwolle. Das Mädchen trug weder Jacke noch Mantel. Wegen der aktuellen Temperaturen könnte das allerdings ein Hinweis darauf sein, dass das Kind nicht draußen getötet wurde.

«Bei der gesamten Kleidung handelt es sich übrigens um hochwertige Markenprodukte», sagt Mayla Aslan nach einem Blick in den Untersuchungsbericht. «Kein Stück ist älter als ein paar Monate. Auf dem Pulli hat die KT Hundehaare entdeckt, die werden noch ausgewertet, und auf der Hose fanden sich Spuren von Gips und Reinigungsbenzin.»

«Benzin?», fragt er nach.

«Ja, aus der Hose wurde offenbar ein Fleck entfernt.»

Er nickt, spürt, dass er sich gerade nicht auf die aktuellen Ergebnisse konzentrieren kann. Sein Kopf ist mit einem Gedanken beschäftigt, den er noch nicht greifen kann.

«Und das ist auch interessant, Larsen. Das Material der Baumwolltücher, in die die beiden Leichen gewickelt waren, ist nicht nur identisch, die beiden Stücke haben sogar eine gemeinsame Schnittkante. Der Stoff ist reine Baumwolle, doch wie er gewebt ist, gibt der KT noch ein Rätsel auf. Man verwendet das Material jedenfalls nicht zur Herstellung von Kleidung.»

Die Stimme von Frau Aslan kommt wie aus weiter Ferne. Larsen ist damit beschäftigt, das gerade gesichtete Material noch ein weiteres Mal durchzusehen.

«Larsen, hören Sie mir eigentlich zu?»

«... kein Material für die Herstellung von Kleidung ...», wiederholt er monoton, während er aus dem Stapel noch einmal das Tütchen mit dem Schmuck hervorzieht. Die Eule mit den riesengroßen Augen. Man könnte fast meinen, der Vogel hätte eine Brille auf. Ja, jetzt ist er sich ganz sicher, dass er dieses Symbol schon einmal gesehen hat. Aber nicht auf einem Schmuckstück. Es muss etwas ganz anderes gewesen sein.

Sein Rücken schmerzt. Der Besucherstuhl am Schreibtisch von Kollegin Aslan ist wirklich das reinste Foltergerät. Er erhebt sich vorsichtig, drückt die Brust durch und streckt sich. Wofür stehen Eulen? Weisheit und Wissenschaft. Er macht ein paar Schritte, stellt sich ans Fenster und starrt in das Grau des Berliner Herbsttages. Aber gelten Eulen in der Mythologie nicht auch als Dämonen oder Unglücksboten?

Im Raum hinter ihm ist es still geworden. Er dreht sich um, setzt zu einer Frage an, aber dann sieht er den Blick der Kollegin.

«Was ist los?» Mit zwei Schritten ist er neben ihr.

«Die rechtsmedizinische Untersuchung ist noch nicht abgeschlossen, für die genaue Bestimmung des Todeszeitpunkts stehen noch ein paar Ergebnisse aus, aber eines steht schon jetzt fest: Die Haut unter den Fingernägeln des Mädchens ...», sagt sie, deutet mit dem Finger auf eine Zeile auf dem Untersuchungsbericht, «stammt mit einer hohen Wahrscheinlichkeit tatsächlich vom Täter. Und leider ist die Wahrscheinlichkeit, dass er nicht ihr Vater ist, ebenso hoch. *Adı batsın!*»

«Das bedeutet nur, dass er nicht ihr leiblicher Vater ist. Mehr nicht!»

«Ja, aber das Mädchen ist bis auf die oberflächlichen Abwehrspuren auch unversehrt. Das Hymen intakt.»

«Keine sonstige Penetration?»

«Nein, und auch kein anderer körperlicher Hinweis, der auf sexuelle Gewalt hindeuten würde.»

«Es gibt andere Wege ...»

«Meine Güte, das weiß ich doch. Trotzdem glaube ich, wir stehen wieder ganz am Anfang, Larsen. Ganz am Anfang.»

19. November, abends
Arne Larsen

Arne Larsen hat dieses Bild vor Augen. Klar und plastisch wirkt es, fast so, als hätte jemand die Konturen darauf mit einem dunklen Stift nachgezogen. Und doch läuft er seit einer Stunde durch die Fabriketage und findet den Ort einfach nicht wieder, an dem seine Augen diese Momentaufnahme gemacht haben.

Inzwischen hat er seine Plattensammlung durchgesehen, sich durch Quittungen und Kaufbelege des letzten Monats gekämpft, die er in einer alten Keksdose sammelt, um den Überblick über seine Ausgaben zu behalten. Er hat sogar die aktuelle Ausgabe der Stadtillustrierten und die Flyer der Pizzalieferdienste durchgeblättert, die sich auf einem Regal im Flur der Wohngemeinschaft stapeln. Alles ohne Erfolg.

Mittlerweile ist es kurz nach Mitternacht. Er reibt sich die Lider, doch das verstärkt das trockene Gefühl in seinen Augen nur noch. Bis in den späten Abend hinein hat er zusammen mit Mayla Aslan über den Ergebnissen der rechtsmedizinischen Untersuchung gehockt. Beide waren ziemlich frustriert, weil sich bei der aktuellen Befundlage sowohl die Missbrauchsthese als auch ihre Annahme, dass sie es mit erweitertem Suizid zu tun haben, kaum noch halten ließ.

In der Küche trifft Larsen trotz der späten Stunde auf einen Mitbewohner. Severin, der schon mehrere Jahre in der Wohngemeinschaft lebt und – soweit Larsen sich erinnern kann – Germanistik studiert, hat sich eine alberne Grillschürze umgebunden und rührt mit sichtlicher Hingabe in einem Topf.

«Arne, lange nicht gesehen. Hast du Hunger?», fragt er, schaut kurz auf und widmet sich dann wieder seiner Kochtätigkeit.

«Riecht gut. Irgendwie vertraut. Was ist das?»

«Milchreis», antwortet Serverin. «Milchreis mit Zimt und Zucker. In Thailand habe ich zwar die ungewöhnlichsten Reisvarianten gegessen, aber diese einfache Art, wie meine Oma sie immer gekocht hat, gab es dort nicht.»

«Thailand», sagt Larsen und lässt sich an dem großen Küchentisch nieder. «Stimmt, du warst ja im Urlaub. Was habt ihr gemacht – Beach oder Kultur?»

«Von allem etwas», antwortet Severin und füllt Milchreis in zwei Glasschälchen, von denen er eines an Larsen reicht. «Wir hatten Pech mit dem Wetter, die Regenzeit war ungewöhnlich lang. Wir sind vom Westen in den Osten und dann wieder retour, weil es dort tatsächlich noch schlimmer war.»

Larsen nickt. Er streut Zimt und Zucker über seine Portion. Der Reis ist klebrig und nicht zu trocken – perfekt. Er spürt, wie ihm das Wasser im Mund zusammenläuft.

Während sie essen, berichtet Severin von Big Buddha auf Ko Samui, goldenen Tempeln in Bangkok und Schnorcheln mit Riffhaien vor Phi Phi Islands.

Larsen nickt in regelmäßigen Abständen, aber es fällt ihm schwer, sich auf die Schilderungen seines Mitbewohners zu konzentrieren. Den Geschmack von süßem Reis mit Zimt hat er schon immer geliebt. Ein Stück Kindheit in einem Glasschälchen serviert. Er schließt die Augen, denkt an Sommer in Schleswig-Holstein. Radtouren zum Wittensee, Versteckspielen im Waldstück nahe seinem Elternhaus. Süßer Milchreis mit Zimt.

«Schön», sagt er und leckt die letzten Reiskörner vom Löffel.

«Schön? Na, ich weiß nicht.» Severin sieht ihn über den Rand seines Schälchens hinweg irritiert an. «Es war schon ganz gut, dass Jana ihr Geld und auch die Kreditkarten in einem Taschenbuch versteckt hatte. Sonst hätten wir wirklich ziemlich blöd dagestanden.»

«Verzeihung, was hast du gerade gesagt?»

«Dass ich ausgeraubt wurde, habe ich gesagt. In so einem blöden Nachtzug, dabei hatte ich Geld und alle Papiere in meinen Brustbeutel gesteckt, von dem am nächsten Morgen allerdings nur noch die Schnur um meinen Hals baumelte. Jana hatte mehr Glück. Sie hatte ihre Wertsachen einfach zwischen die Seiten eines Buches geklemmt.» Severin schenkt ihm ein bitteres Grinsen.

Larsen will noch etwas Mitfühlendes sagen, doch plötzlich fällt ihm ein, wo er das Emblem mit der Eule gesehen hat. Er springt auf, läuft in sein Zimmer. Auf dem Nachttisch neben dem Bett stapeln sich einige Bücher.

Er blättert das Oberste durch. Nein, nichts.

Das zweite Buch hat ihm seine Mitbewohnerin Manu geliehen. *Die Entdeckung der Langsamkeit.* Wunderbar zum Runterkommen, Arne, musst du lesen, hat sie das Werk damals angepriesen. Er schlägt das Buch an der Stelle auf, die mit dem Lesezeichen markiert ist, und tatsächlich blicken ihm vom dem bedruckten Kartonstreifen die riesigen Augen einer stilisierten Eule entgegen.

WALDSIEDLUNG 1979

Als ich aufwachte, wusste ich zuerst nicht, wo ich war. Mein Mund war trocken, und beim Schlucken tat es in meinem Hals weh. Im Fernsehen wurde eine Uhr gezeigt, leise Musik spielte dazu. Kurz vor Mitternacht. Ich konnte mich noch an den Beginn der *Aktuellen Kamera* erinnern, aber dann musste ich wohl auf der Couch eingeschlafen sein.

Komisch, warum hatte mich Mama denn nicht ins Bett getragen?

«Spätestens um zehn bin ich zurück», hatte sie gesagt, so wie jedes Mal, wenn sie sich mit diesem Mann getroffen hatte. Dabei strich sie mir immer übers Haar und sagte, sie sei so stolz auf mich, weil ich mich schon wie ein großer Junge benehmen würde.

Ich sprang von der Couch und lief in den Flur. Hier brannte immer noch das Licht. Vorsichtig öffnete ich die Tür zum Schlafzimmer.

«Mama?»

Der Raum war dunkel und kühl. Hinten in der Ecke leuchteten die Zeiger des Weckers grünlich, und ich sah, dass die Bettdecke flach und zusammengefaltet auf ihrer, der linken Seite lag. Über die rechte Betthälfte war wie immer nur ein Laken gespannt. Dort durfte niemand liegen, nicht einmal ich, wenn ich manchmal nach einem schlimmen Albtraum zu ihr ins Bett kroch.

Ich lief ins Badezimmer, doch auch hier stand keine Mama vor dem Spiegel, bürstete sich das stinkende Spray aus dem Haar oder wusch sich die schwarze Farbe von den Augen.

In meinem Magen grummelte es, und ich wusste, dass sich da gerade ein böses Angstgefühl zusammenballte. Schnell lief ich in die Küche und holte mir ein Glas aus dem Schrank, füllte es mit Wasser aus dem Hahn und trank gierig. Nach dem zweiten Glas ging es auch meinem Hals etwas besser, und ich setzte mich an den Küchentisch und überlegte. War Mama vielleicht für immer weggegangen und hatte mich zurückgelassen? Vielleicht mochte dieser Mann ja keine Kinder?

Ich schluckte. Nein, das würde sie nie tun, niemals. Außerdem hatte sie keinen Koffer mitgenommen, und im Flur hing noch die Pelzjacke an der Garderobe. Aber vielleicht würde ihr der Mann ja alles neu kaufen, so wie dieses Parfum? Vielleicht würden Mama und der Mann zusammen in diesen Laden in der Siedlung gehen, wo man Dinge kaufen konnte, die es sonst nirgends gab. Nicht in der Kaufhalle in Lichtenberg, wo wir früher gewohnt hatten, als Papa noch lebte, und auch nicht in dem großen Kaufhaus am Alexanderplatz.

Ich spürte, wie meine Unterlippe zu zittern begann, und als ich die Augen kurz zumachte, brannte es hinter meinen Lidern. Ich versuchte an etwas ganz Schönes zu denken, aber mir fiel so schnell nichts ein.

Ich stand auf, stellte das Glas in die Spüle. Dann schaltete ich alle Lichter und den Fernseher aus und ging gerade an der Wohnungstür vorbei, als ich leise Schritte im Treppenhaus hörte. Mama, dachte ich, aber dann fiel mir ein, dass sie ja heute ihre Klackerschuhe anhatte. Ich erstarrte und hielt die Luft an. Nur mein Herz klopfte so wahnsinnig laut. Bestimmt konnte man es bis in den Hausflur hören.

Ich wartete. Im Treppenhaus war es jetzt schon eine Weile

völlig ruhig. Hatte ich mich doch vertan? War vielleicht nur einer der Nachbarn spät nach Hause gekommen?

In dem Moment, als ich beschloss, mein Ohr auf das Holz zu legen, ertönte von draußen metallisches Geklimper. Es knirschte zweimal im Schloss, dann sprang die Wohnungstür mit einem Klicken auf. Ich drückte mich dicht an die Wand hinter der Tür. So konnte ich zwar nicht sehen, wer davor stand, aber das wollte ich auch gar nicht. Ich wollte am liebsten unsichtbar sein. Das Licht aus dem Treppenhaus fiel in einem langen hellen Streifen auf den Boden unseres Flurs, und als sich darin plötzlich ein massiger Schatten abzeichnete, der immer größer wurde, hielt ich es in meinem Versteck nicht länger aus. Schreiend und ohne mich auch nur ein Mal umzudrehen, lief ich in mein Zimmer und warf die Tür hinter mir zu.

20. November, morgens
Arne Larsen

«Oğuz Atay. Vor ein paar Wochen habe ich tatsächlich begonnen, mich mit türkischer Literatur zu beschäftigen», antwortet Mayla Aslan auf seine Frage, was sie denn aktuell lese. «Vielleicht, weil ich hoffe, mich selbst darin ein bisschen zu entdecken.» Sie präsentiert Larsen ein Lächeln, das allerdings mehr ihr selbst gilt, und wendet sich dann ab, um ein weiteres Mal durch das Schaufenster in den dunklen Laden zu spähen.

Seit gut zehn Minuten stehen sie schon vor dem kleinen Buchladen in der Raumerstraße und warten, dass geöffnet wird. Neun Uhr ist lange vorbei, doch im Verkaufsraum regt sich nichts.

Larsen legt den Kopf in den Nacken und betrachtet den kleinen Ausschnitt Himmel zwischen den Häuserfronten. Es ist wieder kälter geworden, ein paar einsame Schneeflocken trudeln in der schwachen Luftströmung.

«Ehrlich gesagt kenne ich keinen einzigen türkischen Autor. Jedenfalls nicht bewusst. Verpass ich da was?», fragt er.

«Klar», sagt sie, sieht ihn an und lacht dann. «Nein, ganz ehrlich, auch für mich sind große Teile der türkischen Literatur nicht einfach zu verstehen. Mir fehlt offenbar einiges an kulturellem Background. Das macht es etwas anstrengend.»

«Wegen der Sprache?»

«Wie man's nimmt. Ich lese es auf Deutsch.»

«Ach?»

«Ja, es gibt in Berlin einen kleinen Verlag, der bringt türkische Gegenwartsliteratur auf Deutsch heraus. Er ...»

In diesem Moment flammt das Licht im Verkaufsraum der Buchhandlung auf. Eine Frau taucht vor der gläsernen Ladentür auf. Ein Schlüssel klappert. Dann schwingt die Tür auf.

«Entschuldigung», sagt sie und drängt sich mit einem Werbeaufsteller an ihnen vorbei. Sie befestigt das Kunststoffschild an einer Halterung, reibt sich mit den Händen über die Oberarme. «Buh, ist das eisig geworden. Kommen Sie doch rein.»

Masern. Der Kindergarten geschlossen. Sie musste ihren kleinen Sohn bei einem Freund parken. Nein, keine Sorge, sie sei nicht ansteckend. Die Buchhändlerin plappert munter vor sich hin, öffnet dabei Kartons mit neuer Ware und wird erst still, als Larsen und seine Kollegin ihre Dienstausweise präsentieren.

«Es geht um diesen Anhänger», sagt Mayla Aslan und schiebt die Plastiktüte mit der Halskette über den Verkaufstresen.

Die Buchhändlerin wirft nur einen flüchtigen Blick darauf. «Ja», sagt sie. «Mein Logo. Eine Büchereule. Was ist damit?» Sie sieht Larsen an, dann wieder Frau Aslan. Ihre Augen sind unruhig. Sie ahnt bereits, dass mit diesem Schmuckstück eine Tragödie verbunden sein muss.

«Verkaufen Sie diese Ketten?» Larsen ist einen Schritt näher getreten und betrachtet das Plastiktütchen, als sähe er es zum ersten Mal.

«Nein, ich verschenke sie manchmal. Wenn jemand besonders viele Bücher kauft zum Beispiel. *On top* nennt man das, glaube ich.» Sie lächelt unsicher. «Aber hauptsächlich habe ich sie für unseren Vorlesewettbewerb anfertigen lassen, als Trostpreis für die Mädchen, die keinen Buchgutschein gewonnen haben. Die Jungen dagegen haben ...» Sie merkt selbst, dass diese Information nicht von Belang ist, und schweigt.

Mayla Aslan und Larsen tauschen einen Blick. Sie haben

Fotos von dem Mädchen dabei, wissen aber aus Erfahrung, dass der Anblick von toten Kindern Zeugen häufig so schockiert, dass ihre gesamte Erinnerung blockiert ist.

«Ein Vorlesewettbewerb, aha», sagt Larsen. «Wie muss ich mir das vorstellen?»

«Die Kinder lesen vor und stimmen dann untereinander ab, wer es am besten gemacht hat. Sie bekommen kleine Preise, aber das sagte ich ja schon. Was ... was ist denn passiert?»

Mayla Aslan setzt zu einer Antwort an, doch Larsen kommt ihr zuvor: «Und wann war dieser Wettbewerb?»

«Im Oktober. Wir kleinen Buchläden müssen uns immer was Neues ausdenken, wenn wir überleben wollen.» Mit einem Finger fährt sie sich zwischen Hals und Blusenkragen entlang.

«Das ist ja gerade erst gewesen», klinkt sich Mayla Aslan ein. «Gibt es eine Teilnehmerliste?»

«Nein, die Kinder kommen einfach. Ich habe Plakate im Fenster hängen und mache auch eine Hauswurfsendung.» Ihr Blick springt erneut zwischen Larsen und seiner Kollegin hin und her. «Hätte ich das besser machen sollen? Eine Liste, meine ich.»

«Nein, nein», sagt Larsen.

Die Buchhändlerin dreht sich kurz um, denn die Ladentür schwingt auf, und eine Kundin betritt den Laden. «Ich habe leider nur die Bilder.»

«Bilder? Sie haben Fotos?»

«Ja, sicher, warten Sie einen Moment. Ich sehe nach.» Das Gesicht der Buchhändlerin wirkt nun etwas entspannter. Offenbar ist sie froh, etwas tun zu können. «Guten Morgen, Frau Wischfeld. Ich bin gleich bei Ihnen», ruft sie in Richtung der Kundin und verschwindet hinter einem Vorhang.

Zwei Minuten später ist sie wieder da, legt zwei großformatige Farbfotos auf dem Tresen ab. «Das ist von der Siegerehrung, aber auf diesem hier sind tatsächlich alle Kinder drauf. Kann ich kurz meine Kundschaft ...», fragt sie.

Larsen nickt.

Mayla Aslan hat sich schon das Gruppenfoto geschnappt. Larsen betrachtet das Bild mit den drei Gewinnern. Zwei Mädchen, ein Junge. Quotenjunge, denkt er, weiß aber selbst nicht, warum ihm das jetzt eingefallen ist. Keines der beiden Mädchen hat jedenfalls Ähnlichkeit mit der Kleinen, die im Kühlfach der Rechtsmedizin liegt.

«Und bei Ihnen?»

Mayla Aslan schüttelt den Kopf.

«Darf ich?», fragt Larsen, der sich nicht vorstellen kann, dass die Kollegin die neun Mädchen auf dem Foto so schnell geprüft haben will. Bei einem Kind zögert er kurz. Haarfarbe und Gesichtsform würden vielleicht passen. Aber sie ist deutlich zu klein.

«Fehlanzeige», sagt er in Richtung der Buchhändlerin.

Die Frau nickt, legt dann einen Finger auf ihre Nasenspitze. «Und die von den Jahren davor, möchten Sie die auch sehen?»

Larsen atmet tief durch. Mayla Aslan rollt mit den Augen.

«Ja, bitte, alle Fotos, von allen Jahren», sagt er rasch und hängt ein kleines Lächeln hintendran.

Als auch die weiteren Bilder auf dem Tresen liegen, geht es ganz schnell. Auf dem Foto der Vorjahresgruppe ist das Mädchen sofort identifiziert. Die Buchhändlerin bestätigt, dass das Kind mit seiner Mutter häufig im Laden gewesen sei. Hauptsächlich Liebesromane habe die Frau gelesen – die der anspruchsvolleren Art. Der letzte Besuch sei allerdings schon etwas länger her.

«Sicher ein halbes Jahr», sagt sie nach längerem Überlegen. «Aber das Mädchen sehe ich oft am Laden vorbeilaufen. Ein wirklich nettes Kind, winkt mir immer zu ...» Die Buchhändlerin streicht gedankenverloren mit einem Finger über das Antlitz des Mädchens auf dem Foto. Niemand spricht, und das Schweigen ist fast körperlich spürbar. Plötzlich schaut die Buchhändlerin auf. «O Gott», sagt sie, und ihre Stimme ist nur noch ein Krächzen. «Ist ihr etwas ... ich meine ...»

In diesem Moment tritt die Kundin, die die Buchhändlerin mit Frau Wischfeld angesprochen hat, an den Tresen, in der Hand ein dickes Taschenbuch. Ihr Blick huscht neugierig über die ausgebreiteten Fotos, bleibt dann an dem hängen, auf dem der Finger der Buchhändlerin immer noch auf ein Kindergesicht deutet. «Die kenne ich. Das ist doch die Kleine, die bei uns im Hinterhof wohnt.»

20. November, morgens
Arne Larsen

Von außen sieht das Haus völlig normal aus. Nichts deutet darauf hin, dass sich hier eine Tragödie abgespielt haben könnte.

Aber ist das nicht fast immer so, überlegt Larsen, während er mit der flachen Hand, die in einem Latexhandschuh steckt, ein weiteres Mal gegen die Scheibe der Terrassentür schlägt. Draußen ein gepflegter Garten, die Hecke akkurat geschnitten, die Fugen der gepflasterten Zuwegung unkrautfrei und der Treppenabsatz vor der Haustür mit Zierkürbissen in verschiedenen Farben dekoriert. Drinnen dann die dunkle Kehrseite des trügerischen Idylls: das in Blut erstarrte Ende eines grausamen Familiendramas.

Er spürt, wie ein Frösteln über seinen Rücken kriecht. Eine Stimme in seinem Hinterkopf erinnert ihn daran, dass sie bisher keinen Hinweis auf ein verübtes Massaker haben. Trotzdem bleibt die verdammte Sorge, in den Räumen vielleicht auch noch das letzte Mitglied der Familie tot aufzufinden.

«Irgendeine Reaktion?» Mayla Aslan ist neben ihm aufgetaucht.

Er schüttelt den Kopf. «Nein, aber ich kann leider auch nicht viel erkennen. Bis auf das Küchenfenster sind überall die Jalousien runtergelassen.»

Sie verabreden, die Zeit bis zum Eintreffen der Kollegen der Kriminaltechnik für eine Befragung der unmittelbaren Nachbarn zu nutzen. Das Namensschild an der Haustür ist handgetöpfert, ein knallrotes Herz prangt als Punkt über dem «i». Das Symbol beißt sich nicht nur farblich mit dem Anstrich der Tür, es will so gar nicht zu dem verkniffenem Gesichtsausdruck der Frau passen, die ihnen öffnet.

«Ja?», sagt sie und blickt Larsen und seine Kollegin nacheinander an. «Sind Sie das, die im Hof gerade so einen Lärm veranstaltet haben?»

Mayla Aslan ignoriert den unfreundlichen Ton, stellt sich und Larsen vor und kommt dann ohne Umschweife auf den Grund ihres Besuches zu sprechen.

Frau Drewitz murmelt etwas, das für Larsen wie «bin ich denn die Auskunft» klingt, dann räuspert sie sich und sagt: «Nein, ich weiß nicht, wo die Nachbarn sind. Wir gehen uns aus dem Weg. Und das klappt eigentlich auch ganz gut.»

«Darf ich fragen, warum?» Larsen hat keine Ahnung, ob ihn das weiterbringt, aber seine Neugierde ist geweckt.

«Was? Na ja, wegen ...» Die Frau stockt, sie taxiert Larsen von oben bis unten, fährt dann fort: «Wir leben nachhaltig und vegan. Ernähren uns von Rohkost. Aber unsere Nachbarin ist offenbar der Meinung, dass gesunde Kinder pausbäckig und übergewichtig sein müssen, deswegen gefällt ihr das Aussehen meiner beiden Mädchen nicht. Das gab früher immer wieder Streit. Die Frau ist wirklich sehr ... beratungsresistent, um nicht zu sagen kleingeistig.»

«Und wie haben Sie dieses Problem gelöst?», fragt Mayla Aslan.

«Wie gesagt, wir ignorieren uns. Meine beiden Töchter gehen auf eine Privatschule, die haben ganz andere Zeiten. Und sonst ...» Sie deutet auf die Mauer des Hauses. «Dicke Wände. Man kriegt hier nichts voneinander mit. Glücklicherweise.»

Als Larsen und seine Kollegin das Gespräch schließlich beenden, haben sie wenig neue Informationen bekommen. Frau Drewitz hat lediglich bestätigt, was sie schon durch die Kundin in der Buchhandlung wussten: Das tote Mädchen heißt Merle und hat noch einen zwölfjährigen Bruder namens Kolja; der Vater der beiden ist Anfang des Jahres an Krebs gestorben.

«Haben Sie gesehen, wie dürr diese Frau ist?», flüstert ihm Mayla Aslan zu, kaum dass sie den kleinen Vorgarten verlassen haben.

Larsen schaut noch einmal zurück, aber die bordeauxrote Tür ist schon wieder zu. «Ja, schrecklich. Wenn die beiden Töchter eine ähnliche Konstitution haben, kann ich durchaus nachvollziehen, dass Frau Grossmann damit ein Problem hatte.»

Als sie wieder vor der Haushälfte der Grossmanns stehen, taucht im Hofdurchgang gegenüber gerade das Team der Kriminaltechnik auf. Unmittelbar darauf trifft auch endlich der herbeigerufene Schlüsseldienst ein.

Das hochfrequente Gejaule des Diamantbohrkopfes schallt minutenlang durch den Hinterhof und lässt jedes Gespräch verstummen. An vielen Fenstern der umliegenden Gebäude bewegen sich die Gardinen, und im Seitenflügel steht ein Mann trotz der Kälte nur in Unterhemd und Jogginghose auf seinem Balkon und beobachtet die Vorgänge im Hof mit einem Feldstecher.

Endlich verstummt die Bohrmaschine. Der Mann vom Schlüsseldienst setzt einen Hebel an. Ein schwaches Krachen, dann schwingt die Tür nach innen auf.

Während Mayla Aslan dem Handwerker, der in seiner rostroten Latzhose zwischen den weißen Schutzanzügen wie ein Außerirdischer wirkt, seine Arbeit quittiert, drängt Larsen bereits in den Flur der Remise.

Die Luft, die ihm entgegenschlägt, riecht abgestanden. Hier hat schon länger niemand mehr gelüftet. Außerdem ist es ziemlich kühl, die Heizung ist aus oder weit runtergeregelt. Fast könnte man annehmen, die Bewohner seien einfach in den Winterurlaub gefahren.

«Hallo? Kolja? Hier ist Arne Larsen von der Polizei. Du brauchst keine Angst zu haben.» Seine Stimme wirkt in der verlassenen Haushälfte unnatürlich laut, und er fragt sich ernsthaft, was er da eigentlich ruft. Wie wahrscheinlich ist es, dass sich der zwölfjährige Junge hier versteckt hält, wo doch seine Mutter und die Schwester seit Tagen verschollen sind? Selbst wenn er von ihrem Tod nichts weiß, hätte er sich doch irgendwann an die Nachbarn gewandt. Natürlich nicht an die hagere Zicke von nebenan, aber es leben ja noch mehr Menschen hier.

Larsen dringt tiefer in die Remise vor. Der kurze Flur geht direkt in den Wohnraum über. In der Ecke ein Essplatz. Sechs Stühle an einem wuchtigen Tisch aus dunklem Holz, dahinter der gemauerte Tresen der offenen Küche. Vor dem großen Fenster eine Sitzgruppe. Knallroter Stoff. Ein großer Flachbildschirm an der Wand, rechts daneben ein ungerahmtes Bild, offenbar ein Original mit einem abstrakten Motiv. Die Mischung aus alten und modernen Möbeln passt wunderbar zu dem alten, sandgestrahlten Mauerwerk und der großen Fensterfront, an der eine Jalousie aus Aluminium Blicke von draußen abschirmt.

Larsen hat gehofft, sich ein paar Momente alleine in den Räumlichkeiten der Familie aufhalten zu können, doch hinter ihm rücken Frau Aslan, zwei weitere Kollegen und das Team der Kriminaltechnik bereits nach. Türen werden geöffnet, Schritte knallen auf der metallenen Wendeltreppe, die ins obere Geschoss führt, Stative werden aufgebaut und Scheinwerfer angeschlossen. Gleich darauf ist der Wohnraum in gleißende Helligkeit getaucht.

Er selbst ist mitten im Zimmer stehen geblieben und versucht das Treiben um sich herum auszublenden, schafft es aber nicht. Ein echtes Gespür für diesen Ort will sich so nicht einstellen.

Mayla Aslan hat bereits die obere Etage inspiziert, kommt die Treppe wieder hinuntergepoltert. Die Kapuze des Schutzanzuges ist tief in ihre Stirn gezogen.

«Niemand da. Das Haus ist leer», sagt sie.

Er nickt gedankenverloren. Kein totes Kind. Eigentlich müsste er jetzt aufatmen. Aber der winzige Moment der Erleichterung wird sofort von der Frage überschattet: Wo ist der Junge dann? Auch wenn immer noch die Hoffnung besteht, er könne sich irgendwo versteckt halten, bei einem Schulfreund zum Beispiel, wuchert ein ungutes Gefühl in ihm wie ein Krebsgeschwür.

«Wo sind Sie denn gerade?», fragt Mayla Aslan, und als er nicht gleich reagiert, deutet sie auf ihren Kopf. «Hier oben, meine ich.»

«Hier haben sie gesessen. Jeden Tag», sagt er und macht einen Schritt Richtung Esszimmertisch. «Vater, Mutter, zwei Kinder. Durchschnittlich und unauffällig. Dann stirbt der Mann. Die Frau muss alles alleine stemmen. Beruf, Haushalt, Erziehung. Und schließlich passiert etwas, das noch weitaus schlimmer als der Tod ihres Mannes gewesen sein muss.»

Mayla Aslan nickt, doch er sieht seiner jungen Kollegin an, dass sie seinem Gedankengang nur zum Teil folgen kann.

«Ich sehe mir jetzt auch einmal die oberen Räume an», sagt er und steigt die Wendeltreppe hoch.

Das Schlafzimmer der Eltern ist winzig. Gerade Platz genug für ein französisches Doppelbett und einen schmalen Schrank. Die Betthälften sind beide bezogen. Ist das einfach Routine gewesen, oder hat es im Leben von Annabel Grossmann bereits einen neuen Partner gegeben?

Eine Kriminaltechnikerin kommt in den Raum, schiebt die Bettdecken vorsichtig zu Seite und klebt die Matratze mit Spurensicherungsbändern ab, um Haare und Hautschuppen aufzunehmen. Larsen wechselt auf die andere Seite des Zimmers und öffnet die Schiebetür des Kleiderschrankes. Blusen, Hosen, Unterwäsche und Pullis – auf den ersten Blick scheint alles da zu sein. Allerdings kommt ihm die Auswahl an Kleidungsstücken doch etwas bescheiden vor, und dicke Sachen für die kalte Jahreszeit findet er so gut wie gar keine.

Das nächste Zimmer ist ein Mädchentraum in Rosa. Wände, Bettwäsche und sogar der Kleiderschrank sind in diesem Farbton gehalten. Nur die bunten Tupfer mehrerer Poster an der Dachschräge über dem Bett brechen die farbliche Tristesse. Alles irgendwelche Musiker, von denen Larsen keinen einzigen kennt. Das sind die wahren Anzeichen, dass man alt wird, denkt er. Was hat er zu der Zeit eigentlich gehört? Madonna? Peinlich, peinlich ...

Sein Blick fällt auf den Kleiderschrank, der an der einzigen Wand ohne Schräge steht. Obendrauf drängen sich Stofftiere dicht an dicht. Du warst erst zehn Jahre alt, Merle – und hast doch schon alle deine Kuscheltiere vom Bett verbannt und bist lieber unter dem Blick deiner musikalischen Helden eingeschlafen? Erstaunlich. Die Türen des Schranks sind mit Fotos beklebt. Larsen entdeckt Aufnahmen von einem Schulsportfest. Er nimmt die Brille ab und bringt sein Gesicht dicht vor eines der Bilder. Merle inmitten einer Schülergruppe, die sich für die Preisverleihung aufgestellt hat. Deutlich kann man den Schriftzug *Erich-Weinert-Schule* an der Hauswand über den Köpfen der Kinder erkennen.

Im Nachbarzimmer, bei dem es sich um Koljas Zimmer handeln muss, untersucht Kai Wertke, ein junger Oberkommissar, gerade den Inhalt des Schreibtischs, als Larsen eintritt. Er sieht auf, nimmt unwillkürlich Haltung an. «Soll ich gehen? Wollen Sie hier alleine ...?»

Larsen winkt ab. «Nein, nein. Ich sehe mich nur kurz um.»

Das Zimmer ist für einen Jungen ungewöhnlich spartanisch eingerichtet. Es gibt keine Autorennbahn, keine Sportgeräte, keine Stereoanlage, nicht einmal Poster an der Wand. Dafür drängt sich auf einem Dachbalken, der quer durch den Raum läuft, eine stattliche Anzahl von Büchern. *Die drei???*, *TKKG* – typische Kinderkrimis, wie man sie in dem Alter gerne liest, aber auch Klassiker wie *Tom Sawyer*, *Die unendliche Geschichte* und ein dicker Schuber mit der Trilogie *Der Herr der Ringe*, in dem der letzte Band allerdings fehlt. Ist das das Zimmer eines Einzelgängers, eines Außenseiters, eines Kindes an der Schwelle zur Pubertät, das nicht weiß, wo es momentan hingehört?

«Larsen, kommen Sie schnell!» Mayla Aslans Stimme dringt aus dem Erdgeschoss zu ihm hoch. Als er die Wendeltreppe erreicht, kommt sie ihm schon entgegengelaufen. «Das müssen Sie sehen», ruft sie aufgeregt. Auf ihren Wangen zeichnen sich rote Flecke ab.

Unten führt sie ihn in den kleinen Raum neben der Küche. Eine Gasheizung dominiert die hintere Wand, die roten Ziffern auf dem Display an der Front blinken hektisch. Links neben einer Metalltür steht eine Waschmaschine, darauf ein Trockner. Mayla Aslan aber deutet auf den Sicherungskasten an der anderen Wand, dessen Klappe aufsteht. Zwei Kabel führen aus dem Innenleben heraus, schlängeln sich zu etwas, das oben auf dem Kasten thront.

«Sieht aus, als ob jemand den Zähler umgehen wollte, oder?», fragt er.

«Nein, es ist komplizierter. Einer der Jungs hat es mir erklärt», sagt Mayla und deutet auf ein graues Blechgehäuse oben auf dem Sicherungskasten. «Das ist eine Zeitschaltuhr.» Sie strahlt, als würde diese Information alle Rätsel im Fall Grossmann auf einen Schlag erklären. «Einer der Stromkreise wird darüber gesteuert. Punkt 16.30 Uhr wird es in mehreren Räumen hell, und um 22.30 schaltet das Gerät den Strom wieder ab.»

Larsen nickt. «Ich kenne so was in einfacherer Form. Kann man während des Urlaubs wunderbar einsetzen, um Diebe abzuschrecken.»

«Ja, aber das wird kaum der Grund für die Installation hier sein, oder?»

«Urlaub nein. Aber auch hier soll wohl die Anwesenheit der Bewohner vorgetäuscht werden.»

«Wer sollte ein Interesse daran haben? Kolja etwa? Wenn er nach dem Tod von ...» Sie unterbricht sich, knetet ihre Unterlippe mit zwei Fingern. «Nein, das ist Blödsinn. Kolja ist noch ein Kind. Es muss jemand anderen geben, dem daran gelegen ist, dass das Verschwinden der Familie nicht so schnell auffällt.»

«Ja. Möglich. Theoretisch können es die Grossmanns auch selbst gewesen sein. Wir wissen ja nicht, wie lange diese Installation schon in Betrieb ist.» Sein Blick fällt auf die Metalltür. «Was ist dahinter?»

Mayla Aslan schaut über ihre Schulter. «Abgeschlossen, und der Typ vom Schlüsseldienst ist bereits weg. Aber ein Kollege hat sich schon auf die Suche nach dem Hausmeister gemacht.»

WALDSIEDLUNG 1979

«Fieberfrei», sagte Mama und lächelte mich an. «Schon der zweite Tag.» Sie strich mir über die Stirn und drehte sich dann zur Tür um. Dort stand ER. Wie immer lehnte er am Türrahmen, seine Finger spielten mit dem Schlüsselbund. Es klimperte metallisch.

Adam sollte ich zu ihm sagen. Das hatte Mama mir gestern eingebläut. Ich hatte genickt, aber bisher war mir der Name noch nicht über die Lippen gekommen. Für mich war er einfach der Mann, der in der Tür steht.

«Heute darf er dann aber endlich raus hier», sagte Mama zu dem Mann gewandt, und weil der nicht antwortete, fügte sie hinzu: «Bitte! Ich habe meine Lektion gelernt. Er kann doch nichts dafür.»

Adam reagierte eine Weile nicht. Mamas Lippen formten weiterhin Worte, die ich aber nicht verstand. Schließlich schien es etwas zu nützen. Adam nickte kurz, sagte: «Zieh ihn an.» Dann drehte er sich um, und ich hörte, wie er mit schweren Schritten die Treppe nach unten polterte.

«Mama», sagte ich. Ich hatte so viele Fragen, dass sie alle gar nicht in meinen Kopf passten. Doch jetzt wollte keine einzige herauskommen.

«Pssst», sagte Mama. «Martin, du musst jetzt zeigen, dass du schon ganz groß und vernünftig bist, ja?»

Ich wollte etwas erwidern, aber Mama redete schon weiter:

«Wir sind jetzt in seinem Haus. Du weißt, das ist da, wo die Mama immer zur Arbeit hingegangen ist.»

Ich nickte. Mama hatte mir das mit ihrer besonderen Arbeitsstelle gleich erklärt, nachdem wir in die Siedlung gezogen waren. Weg von Berlin. Weg von Timi, meinem besten Freund. Weg von der Wohnung, die immer noch nach Papas Zigaretten gerochen hatte.

Hier gab es jetzt ein *Innen* und ein *Außen*. Dazwischen war eine richtig hohe Mauer, und das Tor mit der Schranke und den Soldaten durfte Mama nur passieren, weil sie einen besonderen Ausweis hatte. Ich durfte nie mit.

Wieder strich sie mir über die Stirn. «Mama hat einen Fehler gemacht, und Adam ist jetzt sehr böse. Aber das wird wieder gut werden, verstehst du?»

Vielleicht hätte ich ihr geglaubt, wenn ich nicht die dicke Träne gesehen hätte, die aus Mamas Auge gelaufen kam.

Sie zog ein Taschentuch unter ihrem Pullover hervor und schnäuzte sich, dann erklärte sie mir, dass ich Adams Anweisungen Folge leisten müsse. Auf jeden Fall. Sonst würde alles nur noch schlimmer werden.

20. November, mittags
Arne Larsen

Die Kinder stehen eingebettet in eine Wolke Zigarettenrauch neben dem schmiedeeisernen Tor des Schulgebäudes. Vier Jungen, zwei Mädchen, zählt Larsen. Alle halten eine Kippe in der Hand.

«Wo finden wir euren Direktor?», fragt Larsen und macht einen Schritt auf den Jungen zu, der die anderen um gut einen Kopf überragt und seinen bandagierten Arm in einer Schlinge trägt.

«Wer will das denn wissen?», grölt jemand aus der Deckung der Gruppe. Eine Jungenstimme. Eines der Mädchen kichert.

Als Larsen sie ansieht, senkt sie sofort den Kopf. Maximal elf, zwölf Jahre dürfte sie alt sein, schätzt er. Deutlich jünger als der Junge, den er angesprochen hat. Aber natürlich sind sie zum Rauchen alle noch zu jung. Überhaupt ist in Sichtweite der Lehrer auf dem Schulgelände zu qualmen entweder ziemlich mutig – oder eine seltsame Form von Gewohnheitsrecht. Vielleicht kümmert sich die Schulleitung nicht um so *harmlose* Verstöße, weil man froh ist, dass die Kids nicht schon Crystal Meth oder andere harte Drogen konsumieren.

«Also, wo geht es zum Direx?», wiederholt Larsen seine Frage.

«Da vorne rein und dann links in den Flur. Die dritte Tür ist das Sekretariat.» Der Junge mit dem verletzten Arm deutet eine Kopfbewegung in Richtung eines Glasanbaus an.

«Okay, danke.» Larsen und Mayla Aslan haben sich kaum zwei Meter von der Gruppe entfernt, da entbrennt hinter ihnen bereits eine lautstarke Diskussion.

«Was ist denn mit dir los? Wirst du jetzt zum Streber, oder was?»

«Halt's Maul.»

«Und wenn nicht?»

«Kriegste die Fresse poliert.»

«Mit deinem Hängearm? Na, da hab ich aber Schiss, Alder.»

Larsen muss grinsen, offenbar ist in der Clique aufgrund der Verletzung des Jungen die Position des Alphamännchens wieder vakant. Besonders viel scheint sich seit seiner eigenen Schulzeit also nicht verändert zu haben.

Das Sekretariat befindet sich exakt dort, wo es der Junge angegeben hat. Larsen klopft und tritt ein. Mit wenigen Worten stellt er sich und seine Kollegin vor und kommt dann sofort zum Anlass ihres Besuches: «Es geht um die Geschwister Merle und Kolja Grossmann. Sind beide Schüler bei Ihnen?»

Die Schulsekretärin nickt. «Da muss ich nicht erst nachschauen. Ich kenne nicht alle Namen, aber die beiden schon. Worum geht es denn?»

«Ist Kolja heute zum Unterricht erschienen?», hakt Mayla Aslan nach, ohne auf die Frage der Sekretärin einzugehen.

«Nein, ich glaube nicht. Er fehlt seit einigen Tagen, diesmal liegt auch keine Entschuldigung vor. Ich ...»

«Diesmal?», unterbricht Larsen.

Der Blick der Sekretärin pendelt zwischen Mayla Aslan und Larsen hin und her. «Ich weiß gar nicht, ob ich Ihnen das überhaupt erzählen darf. Wir nehmen den Schutz vertraulicher Daten sehr ...»

«Frau Scholz», sagt Larsen. «Wir nehmen Datenschutz genauso ernst. Aber auch unsere Arbeit.»

Die Sekretärin nickt, wirkt aber nach wie vor unentschlossen. Schließlich betätigt sie einen Knopf auf dem Telefon. «Herr Grüner? Ja, hier ist Besuch von der Polizei. Landeskriminalamt. Ich weiß gar nicht, was ich … Können Sie bitte rüberkommen?»

Noch bevor sie den Hörer aufgelegt hat, öffnet sich links neben Larsen eine Zwischentür.

«Schon gut, Frau Scholz», sagt der Mann, der im Türrahmen auftaucht. «Ich kümmere mich darum. Bitte.» Er deutet mit einer Hand in den Raum hinter ihm. «Legen Sie doch ab. Möchten Sie einen Kaffee?»

Mayla Aslan schüttelt den Kopf. «Später vielleicht. Für den Moment brauchen wir nichts außer verbindlichen Informationen.»

Grüner sieht sie irritiert an, dann seufzt er. «Gut, wie Sie möchten. Wie kann ich Ihnen helfen?»

Mayla Aslan befragt den Schulleiter zur Teilnahme der beiden Grossmann-Kinder am Unterricht. Grüner ist allerdings kaum über konkrete Details informiert und muss im Verlauf des Gesprächs immer wieder bei seiner Sekretärin nachfragen.

«Warum ist Ihnen das eigentlich nicht aufgefallen?» Mayla Aslan schießt die Frage wie einen Pfeil ab.

«Was meinen Sie?», fragt Grüner. Sein Lächeln ist gespielt naiv.

Larsen kommt der Antwort seiner Kollegin zuvor: «Auffällig viele Fehltage. Wechselweises Erscheinen. Jetzt bleiben beide Kinder schon seit Tagen ohne Entschuldigung dem Unterricht fern. Kann man an dieser Schule eigentlich machen, was man will?» Die selbstgefällige Art des Direktors regt ihn wahnsinnig auf. Nur mit Mühe kann er seinen Tonfall kontrollieren.

«Bislang gab es immer Schreiben der Mutter. Atteste auch …» Das Lächeln ist aus Grüners Gesicht verschwunden. Er stapft zur Verbindungstür, und noch während er sie öffnet, brüllt er bereits los: «Frau Scholz, wo sind eigentlich die Atteste der Grossmann-Kinder?»

Als er in das Büro zurückkehrt, hat er Frau Scholz im Schlepptau, die ein Gesicht macht, als werde sie zur Schlachtbank geführt.

«Nach dem Tod des Vaters gab es natürlich Atteste», sagt sie mit bebender Stimme. «Wir wussten, dass die Kinder in psychologischer Behandlung waren. Später ... Meine Güte, sie kränkelten eben. Das kann man doch verstehen, nach so einem Schicksalsschlag. Da kann man doch nicht jedes Mal zum Arzt rennen.»

«Es ist außerdem keine Pflicht bei uns. Gerne gesehen, aber keine Pflicht. Eine Entschuldigung durch die Eltern ist ausreichend», ergänzt Grüner und erntet dafür einen dankbaren Blick seiner Sekretärin.

Larsen bittet Frau Scholz, alle relevanten Unterlagen über die beiden Schüler zusammenzustellen, damit sie ein Bote später abholen kann. «Natürlich bekommen Sie eine richterliche Verfügung dazu», ergänzt er, als er die steile Falte sieht, die sich über ihrer Nasenwurzel gebildet hat. Dann wendet er sich noch mal an den Schulleiter: «Wir müssten dann bitte mit den Klassenlehrern der beiden Kinder sprechen. Vielleicht auch mit einigen Klassenkameraden.»

Grüner sieht auf seine Uhr. «Jetzt? Überall ist noch Unterricht. Können wir das nicht in der Mittagspause erledigen?»

Mayla Aslans Blick lässt den Schulleiter für einen Moment verstummen, doch dann drückt er die Schultern durch und sagt zu Larsen gewandt: «Erst mal habe ich das Recht zu erfahren, was überhaupt los ist. Haben Sie die Kinder irgendwo aufgegriffen? Gab es Beschwerden?» Er verschränkt die Arme vor seiner Brust.

Larsen fragt sich mittlerweile ernsthaft, wie dieser Mann zu seinem Beruf gekommen ist. «Gut, aber das muss bitte unter uns bleiben.» Er wirft einen Blick in die Runde und erntet Kopfnicken.

«Es wurde ein totes Mädchen gefunden, und wir haben leider Grund zu der Annahme, dass es sich um Merle Grossmann handelt. Kolja Grossmann wird vermisst. Jeder auch noch so kleine Hinweis kann uns helfen, auf seine Spur zu kommen.» Larsen sieht dem Schulleiter und seiner Mitarbeiterin deutlich an, dass ihnen zahlreiche Fragen auf der Zunge liegen, doch er schüttelt den Kopf. «Sie müssen verstehen, dass wir zum jetzigen Zeitpunkt nicht mehr sagen können.»

Für einen Moment wird es still, nur das leise Rumpeln eines vorbeifahrenden Autos ist zu hören. «Ich verstehe», sagt Grüner schließlich mit belegter Stimme. «Ich bringe Sie dann zu den Klassenräumen.»

Während sie sich durch einen langen, dunklen Schulkorridor der 4b nähern, sagt Direktor Grüner: «Ich schicke Ihnen Frau Zeisberg raus und übernehme selbst so lange die Klasse. Sie müssen mich verstehen, Polizei im Klassenzimmer – das könnte bei den Eltern völlig falsch ankommen.»

Larsen murmelt eine Zustimmung. Mayla Aslan verdreht die Augen.

Grüner stoppt vor einer Tür, legt die Hand bereits auf die Klinke. Er zögert und dreht sich noch einmal zu ihnen um. «Und auch die Befragung der Kinder darf selbstverständlich nur einzeln und in Anwesenheit der Lehrerin erfolgen», sagt er und betritt den Klassenraum, ohne auf eine Antwort zu warten.

«Guten Morgen, Herr Grüner», schallt es einen Moment später durch die offene Tür. Stühle werden gerückt, die Kinder setzen sich wieder, dann wird es ruhig.

Die Frau, die kurz darauf in den Flur tritt und hinter sich die Klassentür schließt, ahnt offenbar bereits, dass eine furchtbare Nachricht auf sie wartet. Ihre Bewegungen sind fahrig, die Schritte ungelenk. Sie hält sich dicht an der Wand mit den Garderobenhaken, als wolle sie sichergehen, jederzeit Halt finden zu können.

«Ich bin Lea Zeisberg. Direktor Grüner hat gesagt, Sie sind von der Polizei. Was ...» Die Stimme der Frau kippt, sie muss heftig schlucken. Sie sieht Mayla Aslan fast flehentlich an, scheint in ihrem Gesicht lesen zu wollen. Larsens Kollegin schlägt die Augen nieder.

«Sie sind die Klassenlehrerin von Merle Grossmann?», beginnt er.

Die Frau mit dem dunkelblonden Lockenkopf nickt. Ihre Augen wandern unruhig hin und her. Sie hat offenkundig große Angst vor dem, was sie gleich erfahren wird, scheint aber nicht überrascht zu sein, dass es um Merle geht. Irgendeine Vorahnung muss sie bereits gehabt haben.

«Ihre Schülerin ist vermutlich einem Verbrechen zum Opfer gefallen. Wir ermitteln jetzt im gesamten Umfeld», sagt Larsen.

«Merle ...», sagt die Lehrerin, dann kippt ihre Stimme erneut. Sie schwankt nach links.

«Frau Zeisberg?» Larsen macht einen Schritt auf die Frau zu, versucht ihren Blick zu fangen. Lea Zeisberg blinzelt, dann sieht er plötzlich nur noch das Weiße in ihren Augen. Er springt vor, bekommt die Frau gerade noch an der Schulter zu fassen. Mayla Aslan ist einen Wimpernschlag später neben ihm. Gemeinsam legen sie den erschlafften Körper der Frau vorsichtig auf den Boden des Schulflurs. Larsen pflückt eine Winterjacke von der Garderobe und stopft sie der bewusstlosen Lehrerin in den Nacken.

Mayla Aslan nickt. «Ja, das ist gut so. Aber Sie müssen auch irgendwie die Beine hochlagern. Das ist wichtig!» Dann zieht sie ihr Smartphone aus der Tasche und verständigt den Notarzt.

*

Der Rettungswagen fährt langsam an der kleinen Gruppe von Lehrkräften vorbei, die sich während der letzten Minuten neben dem Portal des Schulgebäudes eingefunden hat. Das Blaulicht wischt über die rote Backsteinfassade und die großen Fensterflächen, aus denen die übrigen Mitglieder des Kollegiums samt ihren Schülern das Treiben im Hof beobachten. Ein Notfalleinsatz, noch dazu wegen einer Lehrerin, ist weiß Gott kein alltäglicher Anblick, und an Unterricht ist natürlich nicht mehr zu denken.

Obwohl die Klassenlehrerin von Merle bereits nach wenigen Sekunden das Bewusstsein zurückerlangt hatte, wollte sie der Notarzt zur weiteren Untersuchung unbedingt mit ins Krankenhaus nehmen. «Blutdruck und Puls spielen noch verrückt. Auch bei einer so kurzen Synkope muss man vorsichtig sein», meinte er und lehnte Larsens Wunsch, die Lehrerin im Krankenhaus weiter zu befragen, kategorisch ab. «Morgen vielleicht. Mit der Betonung auf vielleicht.»

Larsen steht mit Grüner inzwischen neben dem Eingang zur Pausenhalle. Beide sehen dem in grellen Signalfarben lackierten Rettungswagen hinterher, wie er das Schulgelände verlässt.

«Ich glaube, ich erlebe gerade ein Déjà-vu», sagt Grüner unvermittelt und fährt sich mit einem gestreiften Stofftaschentuch übers Gesicht. Trotz des eiskalten Windes und des Umstandes, dass er nur eine dünne Strickjacke trägt, glänzen Schweißperlen auf seiner Stirn.

«Déjà-vu? Wieso?», fragt Larsen.

Der Direktor der Erich-Weinert-Schule taxiert ihn einen Moment. Larsen spürt, wie der Mann mit sich ringt. Schließlich geht ein Ruck durch Grüners hageren Körper. «Sie werden es vermutlich sowieso erfahren», sagt er und zieht Larsen in eine Nische des Schulhofes. «Lea war längere Zeit krank und ist erst seit ein paar Wochen wieder im Dienst. Vermutlich ist sie deswegen auch zusammengeklappt. Ich habe ihr gleich gesagt, sie wäre noch nicht so weit. Aber sie wollte unbedingt wieder arbeiten, und auch das Attest des Psychologen war eigentlich positiv. Wenn ich doch nur meiner Intuition vertraut hätte. Mehr als dreißig Jahre im Schuldienst bin ich jetzt. Das schärft den Blick ganz ...»

«Herr Grüner! Bitte ...» Larsen will den inhaltsleeren Redeschwall des Schulleiters nicht noch länger ertragen.

«Beim letzten Schulfest gab es einen kleinen Zwischenfall. Sie geriet mit ein paar älteren Schülern aneinander. Es ist nichts Schlimmes passiert. Eigentlich sind das alles gute Kinder hier, wirklich. Die drei wurden natürlich der Schule verwiesen. Aber der Schock saß bei Lea so tief, dass sie einige Zeit pausieren musste.»

«Wie lange?» Larsen geht der Schulleiter mit seiner verharmlosenden Art allmählich wirklich auf den Wecker. *Die Welt da draußen ist böse, aber hier drinnen habe ich alles im Griff.*

«Etwas mehr als sechs Monate.»

Larsen glaubt sich verhört zu haben. Der *kleine Zwischenfall* muss also in Wirklichkeit ein Ereignis gewesen sein, das die Lehrerin nachhaltig traumatisiert hat.

«Weil wir die Eltern nicht verunsichern wollten, haben wir es offiziell als Burn-out-Syndrom dargestellt.» Jetzt lächelt Grüner sogar ein wenig.

Erwartet der Mann womöglich noch anerkennende Worte für seinen damaligen Schachzug? Larsens Abneigung gegen den Schulleiter wächst von Minute zu Minute. Zu gerne würde er das Verhalten des Mannes entsprechend kommentieren, aber weder die Inkompetenz Grüners noch die Gründe für Lea Zeisbergs traumatisches Erlebnis haben etwas mit dem aktuellen Fall zu tun. Er ist froh, als er Mayla Aslan auf sich zukommen sieht, die in der Zwischenzeit mit der Klassenlehrerin von Kolja gesprochen hat.

*

«Und die Lehrerin hatte auch keine Idee, wo sich Kolja aufhalten könnte?» Larsen lässt die Scheibe des Dienstwagens ein Stück herunter. Irgendwie hängt ihm immer noch der Geruch der Schulflure in der Nase. Reinigungsmittel, Bohnerwachs, aber darunter auch eine Note von Urin, Erbrochenem und Staub. In den Schulen seiner Kindheit hat es genauso gerochen.

Mayla Aslan nickt. «Die Vossner ist jung, und sie hat ihre Klasse noch nicht lange. Offenbar ist ihr an Koljas Verhalten auch nichts Besorgniserregendes aufgefallen, außer dass er eben öfter gefehlt hat. Aber das sei ja durch den tragischen Todesfall in der Familie auch verständlich.»

«Sind die eigentlich alle auf diese Formel eingeschworen worden? Das ist ja nicht zum Aushalten, meine Güte!» Larsen schlägt mit einer Hand auf das Armaturenbrett. Das Handschuhfach springt auf. Er schließt es wieder. «Todesfälle gibt es doch auch in anderen Familien. Gerade für Kinder ist es wichtig, so schnell wie möglich Normalität in ihr Leben zurückzubekommen. Und Schule gehört ganz klar dazu.»

«Ich weiß nicht, Larsen. Sie sind eben kein Psychologe. Die Tochter meiner Nachbarin konnte ganze drei Wochen nicht am Unterricht teilnehmen, weil ihre kleine Katze überfahren worden war. Nicht jeder ist so robust, wie Sie das vielleicht von der Landbevölkerung daheim gewohnt sind.»

Larsens Augenbraue schnellt nach oben. Nein, darauf wird er jetzt nicht anspringen. Landbevölkerung – die Aslan hat doch keine Ahnung. «Und was haben Koljas Schulfreunde gesagt?», fragt er stattdessen.

«Nichts. Er hat keine. Nicole Vossner konnte mir keinen einzigen nennen, und als sie in der Klasse rumgefragt hat, kamen auch nur ein paar dumme Bemerkungen. Später ist dann noch eine Schülerin auf mich zugekommen. Eine ...» Sie zieht einen Notizblock aus der Tasche ihrer Jacke, klappt ihn mit einer Hand auf, löst ihren Blick für einen Moment von der Straße, schüttelt den Kopf. «Sehen Sie bitte für mich nach. Hier, auf dem letzten Blatt.»

Larsen schiebt sich die Brille in die Stirn. Frau Aslans Schrift ist klar, aber recht klein: *Klassenkameradin Annika Vollmer macht sich schon lange Sorgen um Kolja. Sind die beiden ein Paar?* «Zwölf Jahre? Geht man da schon miteinander?», fragt er und blättert in Gedanken durch die Seiten des kleinen Notizblocks.

«Aber klar, wo leben Sie denn? Annika hat es allerdings vehement verneint, als ich nachgefragt habe. Sie mag Kolja einfach, weil er ein wenig anders ist. Oder war. Er hat sich sehr verändert, aber auch dieses Mädchen hat das am Tod des Vaters festgemacht.»

Vor seinem inneren Auge sieht Larsen noch einmal das Jugendzimmer des Jungen auftauchen. Keine Poster an den Wänden, dafür jede Menge Bücher.

Wo bist du nur hin, Kolja? Hast du dich irgendwo verkrochen? Versteckt vor dem, was deine Schwester getötet und deine Mutter in den Suizid getrieben hat? Oder hat dich jemand in seiner Gewalt?

«Larsen?»

«Ja», er sieht zu ihr hinüber. Ihre Hände haben sich um das Lenkrad verkrampft, die Fingerknöchel treten deutlich hervor.

«Da ist noch etwas ...»

«Hm, ja ...» Er ist abgelenkt, hat in Gedanken in dem Block eine andere Seite aufgeschlagen und starrt nun auf die Notiz dort.

«Sie erinnern sich, wer von uns beiden das Team leitet?» Mayla Aslan wirft ihm einen kurzen Blick von der Seite zu und lässt den Wagen dann vor einer roten Ampel ausrollen.

«Was? Ja, sicher ...» Er sucht nach Worten, blickt aus dem Seitenfenster. Schneefall hat eingesetzt. Dicke Flocken – ganz ohne Vorwarnung. Und in seinem Kopf wird aus der kleinen Notiz seiner Kollegin plötzlich eine grauenhafte Ahnung.

Mayla Aslan wartet nicht länger auf eine Antwort. «Daran hat sich meines Wissens nach auch nichts geändert.»

«Nein, natürlich nicht.»

Die Idee in seinem Kopf wächst. Mutter, Tochter, Sohn. Eine Familie, zwei davon sind tot. Was ist der Zusammenhang? In seinem Hirn ist kein Platz mehr für etwas anderes.

«Dann sollten wir unbedingt an der Außenwirkung unseres Teams arbeiten.» Die Ampel springt auf Grün. Mayla Aslan fährt viel zu schnell an. Für einen Moment drehen die Hinterräder des BMW durch, dann greift irgendeine elektronische Steuerung korrigierend ein. «Zweimal hat mich dieser Grüner als Ihre Assistentin bezeichnet. Ich kann es ihm ja nicht mal verdenken, schließlich reißen Sie alles an sich.»

«Grüner ist ein Idiot, der in streng hierarchischen Strukturen denkt. Haben Sie mitbekommen, wie er mit seiner Sekretärin umgeht?»

«Sie hätten ihn korrigieren müssen.»

«Ja.»

«Ja? Ist das alles, was Sie dazu zu sagen haben?»

«Nein, aber ... Wir müssen umdrehen. Jetzt sofort!»

«Was? Wieso?»

«Wir müssen zum Friedhof. Ich fordere schon mal die Kriminaltechnik an.» Larsen tastet nach dem Smartphone in der Innentasche seiner Jacke.

Mayla Aslan bremst, fährt an den Straßenrand. Aus den Augenwinkeln sieht er, dass sie widerwillig den Kopf schüttelt. Ihre Augenbrauen haben sich zu einem dunklen Balken zusammengezogen. Er spürt, wie es in ihr kocht. Aber momentan ist nicht die Zeit, um das Gespräch fortzusetzen, das wissen sie beide.

Während er der Einsatzstelle am Telefon erklärt, warum sie Unterstützung brauchen, erkämpft sich Mayla Aslan unter lautem Gehupe des Gegenverkehrs eine Lücke zum Wenden.

Lea Zeisberg

«Ja, ich komme schon.» Lea fühlt sich immer noch ganz schwach. Schwach und müde. Meine Güte, was haben ihr die Ärzte bloß gespritzt? Natürlich hat sie niemand gefragt, ob sie regelmäßig Medikamente nimmt, und nun reagiert das Beruhigungsmittel wahrscheinlich mit den Psychopharmaka. Gut, dass sie darauf bestanden hat, direkt nach Hause gebracht zu werden, als die Untersuchungen ergaben, dass bei ihr körperlich alles in Ordnung war. Das Krankenhaus mit seinen fürchterlichen Geräuschen und Gerüchen hat sie viel zu sehr an den Klinikaufenthalt vor sechs Monaten erinnert.

Erneut klingelt es an der Tür.

«Jaaaaa!» Lea setzt sich auf, schaut auf die Uhr an der Wand gegenüber der Wohnzimmercouch. Fast schon fünf. Dabei hat sie sich doch nur für ein halbes Stündchen hinlegen wollen.

Als sie leicht taumelnd den Flur ihrer Wohnung erreicht, klingelt es zum dritten Mal. Jetzt klopft jemand sogar gegen das Türglas und ruft ihren Namen. Eine Stimme, die ihr verdammt bekannt vorkommt. Sie entfernt die Sicherungskette und öffnet die Tür.

Grüner ist hinter dem großen Blumenstrauß kaum zu erkennen. «Ich hätte natürlich erst das Papier entfernen müssen», sagt er. «Entschuldigung!»

Der Schulleiter ist nicht allein gekommen. In seinem Schlepptau befinden sich Nicole Vossner, Gesa Kosbach und Paul Richter. Und sogar Sascha Lehmann entdeckt Lea hinter den anderen auf dem Treppenabsatz. Sascha ist ein noch recht junger Kollege, zu dem sie bisher keinen richtigen Draht aufbauen konnte. Er ist es gewesen, der sie nach ihrer kurzen Ohnmacht zusammen mit dem Kripobeamten ins Sekretariat der Schule geführt hat. Einer links, einer rechts. Zwischen den beiden Männern war sie sich klein und völlig hilflos vorgekommen. Ein Gefühl, das sie in ihrem Leben eigentlich nicht mehr zulassen wollte.

«Hallo», sagt Lea. Ihr schwirrt der Kopf. Meine Güte, da ist ja wirklich das halbe Lehrerkollegium angetanzt. Soll das vielleicht eine Wiedergutmachung für die Versäumnisse während meiner Krankheit werden? «Wollt ihr kurz reinkommen?», fragt sie aus einem Reflex heraus und könnte sich dafür am liebsten gleich ohrfeigen.

Denn zu ihrem Entsetzen nickt Grüner sofort.

Nicole bietet sich an, für alle Kaffee zu kochen und hantiert in der kleinen Küche. Schränke werden geöffnet und geschlossen, Wasser rauscht. Lea sitzt, eine Wolldecke über den Knien, wieder auf ihrem Sofa und kommt sich wie eine alte Frau vor.

«Meine liebe Lea», sagt Grüner. «Wir haben uns wirklich Sorgen gemacht und mussten einfach nach dir sehen. Das Krankenhaus wollte mir am Telefon ja nichts sagen.»

Lea spürt seinen Blick, doch als sie aufschaut, sieht er weg.

«Für uns alle war das mit Merle ein großer Schock. Meine Güte, das arme Mädchen.» Er atmet geräuschvoll ein.

«Wisst ihr denn irgendwelche Details? Hat die Polizei ...?» Lea schaut zu Paul rüber, zu Sascha, wieder zu Grüner. Alle schütteln den Kopf.

«Nein», sagt Grüner. «Aber es steht zu befürchten, dass es ein Gewaltverbrechen war. Die beiden Beamten kamen immerhin vom Landeskriminalamt.»

Nicole kommt aus der Küche, schenkt Kaffee in die vorbereiteten Tassen. Wie auf ein Kommando reden plötzlich alle durcheinander.

Nach ein paar Minuten macht Grüner eine Geste, die die Gruppe verstummen lässt. Er richtet sich in seinem Polstersessel kerzengerade auf. «Kollegen, bitte hört mir zu. Trotz dieser ganzen schrecklichen Vorkommnisse müssen wir Contenance bewahren, müssen auch an die anderen Kinder denken, die uns anvertraut sind.» Dann spricht er salbungsvoll über Verantwortung und den guten Ruf, den die Schule zu verteidigen hat.

In Leas Kopf rotieren die Gedanken. Das ist es also! Deshalb ist Grüner mit den Kollegen im Schlepptau hier aufmarschiert. Es geht ihm nicht um ihre Gesundheit, er macht sich einfach Sorgen um die Reputation der Schule. Der Mann will alle Kollegen – und insbesondere sie, Lea – einschwören, dass sie sich in seinem Sinne gegenüber der Polizei äußern.

«Und zur Presse natürlich kein Wort. Liebe Kollegen, das ist äußerst wichtig. Wir müssen hier wie ein Mann ... wie ein Team Schulter an Schulter stehen. Ich hoffe, ihr versteht mich.» Grüner schaut in die Runde, ein krampfhaftes Lächeln in den Mundwinkeln, ein Blick, der jeden einzeln taxiert und ihm ein Versprechen abringen will.

Für einen langen Moment spricht niemand. «Natürlich», sagt Nicole schließlich, doch Lea sieht ihr deutlich an, dass sie es hasst, so unter Druck gesetzt zu werden. Paul nickt halbherzig. Sascha zuckt mit den Schultern.

Lea ist über das kritiklose Verhalten ihrer Kollegen entsetzt und schüttelt den Kopf. «Friedrich, so geht das doch nicht. Ich werde morgen auf jeden Fall eine Aussage bei der Polizei machen. Da sind Sachen passiert, die müssen einfach raus.»

Die Überraschung steht Grüner ins Gesicht geschrieben, aber er sagt nichts, sieht Lea nur abwartend an.

Wie bei einer Diashow auf Speed schießen ihr mit einem Mal

die Ereignisse der letzten Wochen durch den Kopf: ihr erster Arbeitstag nach der langen Pause. Das Armdrücken zwischen Kolja und Björn, Merles Hilfeschrei im Aufsatzheft, das seltsame Licht im Haus der Familie Grossmann.

Plötzlich scheint sich alles um sie herum zu drehen, und ihr Mund zieht sich trocken zusammen. «Ich hol mir ein Wasser aus der Küche, möchte noch jemand?», sagt sie und schaut in die Runde.

Alle Augen sind auf sie gerichtet. Grüners Gesicht wirkt wie versteinert.

Lea hat das Gefühl, aus einem Traum zu erwachen. Was von dem, was gerade durch ihren Kopf gejagt ist, hat sie laut ausgesprochen?

Nicole ist die Erste, die sich von ihrem Stuhl erhebt. «Lea, ich glaube, du musst das alles erst mal verarbeiten. War wohl keine gute Idee, dich heute schon zu besuchen. Was sind wir nur für unsensible Kollegen ...» Das kleine Lächeln, das sie ihr schenkt, wirkt sichtlich bemüht.

Auch Grüner ist inzwischen aufgestanden. «Nicole hat völlig recht. Morgen sieht alles ganz anders aus, vielleicht solltest du auch noch mal den Arzt ...» Er registriert Nicoles missbilligenden Blick und unterbricht sich kurzerhand. «Und wenn ich oder wir irgendetwas tun können, dann ruf an. Jederzeit. Hörst du? Jederzeit!»

Zwei Minuten später haben die Kollegen Leas Wohnung verlassen. Fluchtartig. Ein anderes Wort fällt ihr dazu nicht ein. Sie muss wirklich völlig unzusammenhängendes Zeug erzählt haben. Jetzt steht sie mitten im Zimmer, ihre Hände sind eiskalt, trotzdem klebt ihr die dünne Bluse schweißnass am Rücken.

Auch das Atmen fällt ihr schwer. Sie hat das Gefühl, dass kaum noch Sauerstoff im Raum ist, und reißt die beiden Fenster zur Straße auf. Schneeflocken tanzen im gelblichen Schein der auf alt getrimmten Straßenlaternen. Was für ein verrücktes Jahr. Selbst der Winter scheint es eiliger als sonst zu haben. Auf den fast menschenleeren Fußwegen sind schon die ersten Räumfahrzeuge im Einsatz.

Lea inhaliert die kühle Luft. Langsam fühlt sie sich besser, und mit jedem Atemzug steigt auch die Gewissheit in ihr, dass sie sich nicht einschüchtern lassen wird. Morgen wird sie mit den beiden Polizisten sprechen.

Die Türklingel reißt sie aus ihren Gedanken. Sicher hat einer der Kollegen etwas liegenlassen.

Sie eilt durch den Flur, reißt die Tür auf. Im ersten Moment kann sie nur die Umrisse einer Person erkennen, dann kommt der Schatten etwas näher, und das Licht der kleinen Flurlampe fällt auf das Gesicht.

«Du?», sagt sie.

20. November, nachmittags
Arne Larsen

Mayla Aslans beigefarbener Wintermantel verschwindet vor ihm zwischen den Büschen. Ein Ast schnellt zurück, schlägt ihm ins Gesicht. Tannennadeln kratzen über seine Wange. Für den Bruchteil einer Sekunde hat er diesen Geruch in der Nase: Advent. Kerzen. Weihnachtsgebäck.

Dann strauchelt er auf dem glitschigen Moos, muss sich am Stamm eines Baumes festhalten, um nicht zu stürzen. «Warten Sie, Frau Aslan, so macht das doch alles keinen Sinn. Wir zerstören nur ...»

«Ja, was, Larsen?» Plötzlich ist sie direkt vor ihm, hat mitten im Lauf gestoppt. «Wer ist hier mitten in der Nacht durch, ohne Sinn und Verstand? Und wer wollte jetzt sofort hierher, ohne auf seine Kollegen zu warten? Sie! Also erzählen Sie mir nichts.» Sie dreht sich um und läuft weiter.

Eine halbe Minute später haben sie die kleine Lichtung erreicht. Die kriminalistische Untersuchung von Merles Fundort ist seit gestern abgeschlossen, aber diesmal haben die Kollegen die Absperrungen und die ausgelegten Planken nicht entfernt. Als ob sie bereits geahnt hätten, dass es nicht der letzte Einsatz auf dem Friedhof sein würde.

«Hier?» Mayla Aslan sieht ihn an. Ihr Atem geht stoßweise. Larsen nickt. Auch er muss erst wieder zu Luft kommen. Vermutlich purer Aktionismus, den sie hier gerade betreiben. Aber es wäre fatal, wenn sie diesem neuen Gedanken nicht nachgingen.

Erweiterter Suizid.

Als er während der Autofahrt die kurze Notiz im Block seiner Kollegin gelesen hat, ist ihm plötzlich der schreckliche Gedanke gekommen, der Täter könnte auch Koljas Leichnam auf dem Friedhof verscharrt haben. Vielleicht sogar zeitgleich mit dem seiner Schwester.

«Ich fürchte, wir müssen das gesamte Areal absuchen, um sicherzugehen», sagt er und wischt ein paar Eiskristalle von seinen Brillengläsern.

«Warum? Die Fundstellen von Mutter und Tochter lagen dicht beieinander. Warum sollte er den Jungen woanders deponieren?»

Larsen hebt die Schultern. «Er könnte damit zum Beispiel das Verhältnis der Familienmitglieder zueinander ausdrücken wollen. Solange wir die eigentliche Motivation des Täters nicht kennen, müssen wir alles in Betracht ziehen. Unsere eigene Logik und Vernunft kann da sogar hinderlich sein.»

Mayla Aslan sieht ihn an, nickt dann vage. Seit dem angefangenen Gespräch über ihr dienstliches Verhältnis vorhin, gehen sie etwas vorsichtiger miteinander um.

Von der Straße dringen die Geräusche mehrerer Fahrzeuge zu ihnen. Scheinwerferlicht frisst sich für eine Sekunde durch das dunkle Unterholz, verlöscht dann. Wagentüren werden aufgerissen und Kommandos gerufen.

*

«Fricke ist krank.» Der Mann von der Spurensicherung reicht Larsen die Hand. «Peter Sorgmeister», sagt er. «Sie erinnern sich doch, oder? Das Tablett mit der Suppe ...»

Larsen nickt. Hier draußen und in dem weißen Schutzanzug verpackt, hätte er den Mann fast nicht erkannt, dabei haben ihn dessen Andeutungen beim Essen noch eine ganze

Weile beschäftigt. «Klar», sagt er und drückt die behandschuhte Hand.

Mayla Aslan kennt den Kollegen anscheinend sehr gut. Eine mehr als angedeutete Umarmung. Die beiden duzen sich, scherzen kurz miteinander. Dann unterrichtet Mayla Aslan den Kriminaltechniker in knappen Worten über den aktuellen Stand ihrer Ermittlungen und den furchtbaren Verdacht, der sich ihnen nach dem Besuch der Schule aufgedrängt hat. Larsen hält sich bewusst zurück.

«Noch ein totes Kind? Hier?» Sorgmeister schüttelt den Kopf, dann blickt er sich in alle Richtungen um. «Wo anfangen, wo aufhören? Wir können ja schlecht alles umgraben.»

«Nein, Peter, das dürften wir auch nicht. Ehrlich gesagt weiß ich gar nicht, wie sich das rechtlich bei einem entweihten Friedhof darstellt. Ich schlage daher vor, wir untersuchen das Gelände einfach auf Auffälligkeiten. Aufgewühlte Erde, Schleifspuren, so etwas. Und wir müssen uns leider beeilen, da wird heute noch einiges runterkommen.» Mayla Aslan deutet gen Himmel.

In den letzten Minuten hat der Schneefall tatsächlich kräftig zugelegt. Die Spuren, die die beiden Kollegen von der Kriminaltechnik in der dünnen Schneedecke hinterlassen haben, sind kaum noch zu erkennen.

Gemeinsam mit Peter Sorgmeister teilt Mayla Aslan das Gelände in Segmente ein. Das Friedhofsgelände ist mit seinen 5000 Quadratmetern zwar nicht sonderlich groß, trotzdem wird das kleine Team Stunden brauchen, um alles akribisch zu untersuchen. Hohes Gras und Brennnesseln zwischen Buschwerk, Fichten, Kiefern und dornigem Gestrüpp – an vielen Stellen ist ohne Buschmesser oder Sense kaum ein Durchkommen. Und die Schneeschicht, die Minute für Minute dicker wird, lässt alles zu einer einzigen sanft geschwungenen Hügellandschaft verschmelzen.

Larsen stapft zu seinem Quadranten am Rande des Friedhofs. Hier ist der Baumbestand etwas lichter, dafür wuchern Farne dicht an dicht. Bereits nach wenigen Minuten muss er feststellen, dass die Nähte seiner Schuhe dieser Nässe nicht gewachsen sind.

Eine dreiviertel Stunde später hat er seinen Bereich oberflächlich untersucht, aber außer einem verrosteten Fahrrad und einigen Farbeimern nichts Verdächtiges entdeckt. Dafür hat die klamme Kälte mittlerweile von seinem ganzen Körper Besitz ergriffen. Die Zehen in den feuchten Socken spürt er kaum noch, und seine Zähne klappern immer wieder so heftig, dass ihm bereits der gesamte Kiefer weh tut.

Als er Mayla Aslans Sektion erreicht, hockt die Kollegin in einer Wolke aus weißem Atemdunst und wischt mit einem improvisierten Besen aus Zweigen Schnee und Laub von dem Flecken Erde vor sich.

«Und, wie sieht es bei Ihnen aus?», fragt er.

Sie blickt nur kurz hoch, zuckt mit den Schultern und setzt ihre Arbeit wieder fort.

«Offenbar schlecht», murmelt er und wendet sich ab. «Danke für das Gespräch», fügt er noch hinzu, als er sich außer Hörweite wähnt.

Ein paar Meter weiter schiebt sich die Kollegin von der KT auf Knien durch das hohe Gras. Als sie ihn sieht, richtet sie sich auf und schüttelt den Kopf, ohne dass er sie ansprechen muss. Eine leere Geldbörse hat sie gefunden, sagt sie. Außerdem die schlaffe Hülle eines durchlöcherten Kinderballs. Zwei Kondome, eines noch in der Verpackung. Ob er es haben wolle? Er grinst. Ein harmloser Scherz, auf den sie natürlich keine Antwort erwartet.

Plötzlich schallt Mayla Aslans Stimme über das Gelände. «Hier, kommt her. Hier ist was!»

Fünf Sekunden später ist Larsen neben ihr. Mayla Aslan steht leicht vorgebeugt mitten im Weiß. Eine Hand hat sie sich vor den Mund geschlagen, mit der anderen deutet sie auf den Boden vor sich.

«Knochen. Ein Skelett. Scheiße …»

«Knochen?» Er muss schlucken, darauf war er nicht gefasst. Ein toter Körper, im Übergang zur Verwesung vielleicht – aber Knochen?

«Ja, hier … das sind doch Rippen, oder?»

Larsen geht neben seiner Kollegin in die Hocke, schiebt mit einem Zweig die widerspenstigen Blätter eines Farns zur Seite. Frau Aslan hat recht – was da aus dem Waldboden herausragt, ist eindeutig Teil eines Brustkorbs.

«Ich musste nicht mal graben.» Mayla Aslans Gesicht ist jetzt dicht neben seinem. Ihr Atem geht schnell. Weiße Wölkchen, die nach Eukalyptus riechen. «Mein Besen hatte sich verfangen, und als ich dran gezogen habe, kam das zum Vorschein.»

Auch die beiden Kollegen sind jetzt an der Fundstelle aufgetaucht. Peter Sorgmeister legt Mayla Aslan eine Hand auf die Schulter. «So, Frau Teamleiterin, das ist jetzt aber erst mal unsere Baustelle hier.»

Mayla Aslan nickt. Larsen richtet sich auf, klopft Schnee von seiner Kleidung. Dann stellen sie sich etwas abseits und beobachten, wie die Techniker den Fundort sondieren.

Nach einer Minute des Schweigens schüttelt Larsen den Kopf. «Das kann nicht Kolja sein. So schnell skelettiert eine Leiche nicht.» Sein Blick wandert zu Mayla Aslan, die immer noch etwas angeschlagen wirkt. Einen bereits präparierten Tatort besichtigen oder unvermittelt selbst auf eine Leiche stoßen, sind eben doch zwei Paar Schuhe.

Sie denkt einen Moment nach, sagt sichtlich erleichtert:

«Stimmt», und stützt sich mit einer Hand auf dem Grabstein hinter sich ab. «Aber wer liegt dann dort drüben?»

«Ein weiteres Opfer aus einer früheren Tat?» Er hat das einfach so vor sich hingeplappert. Erst als er jetzt noch einmal darüber nachdenkt, wird ihm klar, was für weitreichende Konsequenzen das haben würde. Vermutlich müsste dann der gesamte Friedhof auf den Kopf gestellt werden. Leichen würden exhumiert, Identität und Alter bestimmt werden – neben dem kriminalistischen auch ein immenser bürokratischer Akt.

«Dreizehn», ruft Peter Sorgmeister in diesem Moment und reckt eine Faust in die Luft, als habe er gerade einen Sieg errungen.

«Dreizehn Tote? Auf dem kleinen Fleck Erde?», brüllt Larsen zurück.

«Quatsch! Rippen, Herr Kollege. Das hier sind dreizehn Rippenpaare. Der Mensch hat aber nur zwölf.»

«Könnte das ein Hund sein?» Mayla Aslan geht auf Sorgmeister zu. «Oder ein Wolf?»

Sorgmeister antwortet etwas, doch Larsen starrt auf den Grabstein, auf den sich eben noch seine Kollegin gestützt hat.

Familie Zapotka.

Darunter drei Vornamen. Geburts- und Todesdaten. Alles gut lesbar. Genau das ist es, was ihn irritiert. Die Inschrift ist verwittert, aber doch deutlich erkennbar. Kein Moos, kein Dreck, auch der Rest des Grabsteins wirkt, als sei er regelmäßig geputzt worden. Überhaupt kein Vergleich zu den anderen Gräbern hier. Er kniet sich hin, ignoriert Kälte und Feuchtigkeit. Mit beiden Händen wischt er das Laub, das sich vor dem Sockel gesammelt hat, zur Seite.

Schließlich richtet er sich wieder auf. «Lasst dem armen Hund seinen Frieden», ruft er. «Kommt lieber rüber und schaut euch an, was ich hier entdeckt habe.»

20. November, abends
Arne Larsen

«Nelken, würde ich sagen. Aber ich bin Kriminaltechniker, kein Florist.» Peter Sorgmeister betrachtet noch einmal das verwelkte Bündel Schnittblumen, dann richtet er sich auf. «Mayla, was meinst du?»

Mayla Aslan zuckt mit den Schultern. «Keine Ahnung. Warum glauben eigentlich immer alle, Frauen müssten sich zwangsläufig mit Blumen auskennen? Meint ihr, das wird einem mit der Muttermilch eingetrichtert, oder was?» Sie wendet sich ab, holt ein zerknittertes Paket Feinschnitt aus ihrer Jackentasche. Automatisch beginnen ihre Finger Tabakkrümel in Zigarettenpapier zu rollen, dann stoppt sie. «Wer sagt uns eigentlich, dass diese Blumen irgendetwas zu bedeuten haben? Tote haben Angehörige. Auch wenn der Friedhof nicht mehr genutzt wird, ändert das doch nichts daran, dass die einen Ort für ihre Trauer brauchen und ...»

«Hier?» Larsens Arm beschreibt einen Halbkreis. «Schauen Sie sich doch mal die anderen Grabstätten an. Zum größten Teil sind die nicht einmal mehr als solche erkennbar.»

«Na und? Jemand von diesen Zapotkas kümmert sich eben immer noch um seine verstorbenen Familienmitglieder.»

«Ist es aber nicht ein wenig viel Zufall, dass ausgerechnet die einzige ab und an frequentierte Grabstätte direkt neben dem Auffindeort der beiden Leichen liegt?» Aus den Augenwinkeln bemerkt er, dass Peter Sorgmeister zustimmend nickt.

Mayla Aslan sagt nichts, leckt das Zigarettenpapier an, formt die Kippe mit den Fingern nach und versenkt sie dann vorsichtig in der Tabakpackung. Schließlich zuckt sie erneut mit den Schultern. «Gut, lassen wir also die vergammelten Blümchen analysieren, den Grabstein untersuchen und jagen den Namen Zapotka durch unsere Computer. Schadet sicher nicht. Aber das hat nur Priorität zwei. Priorität eins ist sicherzustellen, dass Kolja sich nicht auf diesem Friedhof befindet. Ich würde jetzt gerne weitermachen, okay?»

Sorgmeister deutet einen militärischen Gruß an, dann zieht er sich mit seiner Kollegin in die jeweiligen Quadranten zurück. Auch Larsen geht zu seinem Sektor zurück, um ihn noch einmal in Augenschein zu nehmen.

Zapotka. Was für ein seltsamer Name. Drei Personen sind in diesem Familiengrab beerdigt worden. Vater Hans. Mutter Johanna. Eine Tochter namens Katerina, gestorben 1983. Das muss eine der letzten Beerdigungen vor Schließung des Friedhofs gewesen sein. Wenn Katerina Zapotka Kinder hatte, ist es durchaus vorstellbar, dass die immer noch die letzte Ruhestätte der Mutter besuchen.

Gerade im November gedenkt man doch der Toten, oder? Larsen erinnert sich, dass er seinen Vater immer zum Winterfestmachen des Grabes der Großmutter auf den örtlichen Friedhof begleiten musste. «Die Oma soll ja nicht frieren», hat sein Vater ihm damals erklärt, den kleinen Arne damit aber nur verwirrt. Oma war schließlich oben im Himmel. Wie sollten sie da Tannenzweige und Moosherzen auf dem Grab wärmen?

Eine Stunde später ist das Areal komplett durchkämmt. Ohne weitere Ergebnisse, wenn man von einem durchgerosteten Autositz, drei gefüllten Kanistern aus dem *Fotochemischen Kombinat Wolfen*, einem Plastiksack mit alten Pornoheften und Unmengen anderem Unrat einmal absieht.

Waldsiedlung 1979

Adam stand auf dem betonierten Weg, drehte sich um seine eigene Achse und deutete auf verschiedene Gebäude. Er war riesig, viel größer als Mama, größer auch als alle anderen Erwachsenen, die ich kannte, und ich kam mir total winzig vor.

Jetzt erinnerte ich mich auch wieder, wie er mich in der Nacht aus unserer Wohnung geholt hatte. Wie er mich einfach aus meinem Versteck unter der Bettdecke hervorgezogen und hochgehoben hatte, als wäre ich genauso leicht wie die Decke.

«Dahinten wohnen die alten Männer, die unser Land regieren. Erich Mielke zum Beispiel – den kennst du sicher aus dem Fernsehen», sagte Adam und machte ein paar Schritte in die Richtung, in die seine Hand zeigte.

Ich schüttelte den Kopf, aber dann fiel mir Mamas Ermahnung ein, und ich nickte kräftig.

So schnell konnte ich gar nicht gucken, wie Adam zurückkam und sich neben mich hockte. Seine Hand schwebte nur ein paar Zentimeter vor meinem Gesicht. «Mit solchen Lügen ist es jetzt vorbei, verstanden? Woher hast du das – sicher von deiner Mutter, oder?» Er sagte noch etwas, das ich aber nicht richtig verstand, dann sah er mich fordernd an. «Weißt du, wer diese Männer sind?»

Ich schüttelte den Kopf.

«Du hast einen Mund, also sprich.»

«Ich kenne die Männer nicht.»

Adam nickte. «Gut», sagte er nur und richtete sich wieder auf.

Es war ein warmer Junitag, und bis eben war es mir in meinem Pulli viel zu warm gewesen. Jetzt aber fing ich plötzlich an zu frieren und wäre am liebsten zurück zu Mama ins Haus gerannt. Adam schien das zu spüren, denn er nahm meine Hand und zog mich einfach hinter sich her.

Wir liefen an der hohen Mauer entlang, die ich bisher nur von der anderen Seite kannte. Außer zwei Soldaten, die mit der Hand an der Mütze grüßten, und einer Frau, die an einem der Häuser die Terrasse fegte, begegneten wir keinem Menschen.

«Gibt es hier keine Kinder?», fragte ich Adam, als wir an einem Sportplatz stehen blieben, der ganz traurig wirkte, weil er so verlassen aussah.

«Doch», sagte er. «Aber das sind keine guten Kinder.»

«Das ist aber blöd, dann bin ich ja ganz alleine hier», sagte ich und hielt mir sofort die Hand vor den Mund. Das war jetzt bestimmt keine gute Antwort gewesen.

Adam beugte sich zu mir runter, wieder sah ich seine Hand vor meinem Gesicht und wich, so weit es nur ging, zurück. Doch statt mich zu schlagen, tätschelte er meine Wange. «Nein, du wirst nicht allein sein. Ich wollte eigentlich noch ein bisschen warten, aber warum eigentlich nicht gleich jetzt?», sagte er und lächelte breit.

Und so erfuhr ich an diesem Tag, dass ich schon in wenigen Monaten ein Brüderchen bekommen würde.

21. November, morgens

Arne Larsen

In der Nacht hatte der Schneefall aufgehört. Obwohl Larsen bei seinem ersten Blick aus dem Fenster einen nahezu leergefegten Himmel erblickt, der auf einen freundlichen Wintertag hindeutet, formieren sich während seiner Fahrt zum LKA bereits erste Wolkenberge am Horizont. Und als er schließlich durch die Flure des alten Gebäudes zu seinem Büro geht, hängt schon wieder eine geschlossene bleigraue Decke über der Stadt.

«Larsen, gut, dass Sie da sind. Lagebesprechung in fünf Minuten, ja?» Salzmann kommt ihm auf dem Gang entgegen, schwenkt einen grünen Aktendeckel über dem Kopf.

Larsen stoppt, doch Salzmann läuft einfach weiter. «In fünf Minuten, und sehen Sie zu, dass die Aslan auch dabei ist», ruft er noch, ohne sich umzudrehen.

Beim Betreten des Büros fällt Larsen als Erstes ein eigentümlicher Geruch auf. Dann entdeckt er Mayla Aslan, die in einen riesigen Wollpulli, den Hals in einen bunten Schal gewickelt, wie ein Häufchen Elend an ihrem Schreibtisch hockt. Vor ihr dampft ein Keramikbecher mit Tee.

«Salzmann will gleich eine Besprechung machen. Wissen Sie Näheres?», fragt er und hängt seinen Mantel an die Garderobe.

Mayla Aslan nippt an ihrem Becher, zieht geräuschvoll die Nase hoch. «Keine Ahnung», sagt sie. Ihre Stimmlage ist heute mindestens eine Oktave tiefer als sonst.

«Sie sehen aus, als ob Sie dringend ins Bett gehören.» Er wickelt sich den eigenen Schal vom Hals und drapiert ihn über seinen Mantel.

«Sparen Sie sich Ihre Kommentare, Larsen», krächzt sie. «Ich bin fit, nur ein wenig erkältet. Kein Grund für eine Staatstrauer.»

Jetzt muss er aber doch grinsen. Wer sich so ausstaffiert, elendig schaut und riecht, als habe er gerade in China-Öl gebadet, der will auf jeden Fall auf seinen Gesundheitszustand angesprochen werden.

«Ich habe übrigens die Personenfahndung nach Kolja bereits auf den Weg gebracht», fügt sie hinzu.

Bevor Larsen etwas sagen kann, öffnet sich die Bürotür, und Salzmann betritt den Raum, dicht gefolgt von einem Mann im weißen Kittel.

«Das wird Sie überraschen», sagt er laut und baut sich zwischen den beiden Schreibtischen auf. «Unser Dr. Vanderstedt hier hat eine weitere Untersuchung des Leichnams von Merle Grossmann vorgenommen – mit erstaunlichem Ergebnis.»

Salzmann wirft Larsen und Mayla Aslan einen vielsagenden Blick zu, dann wendet er sich an den Mann im Arztkittel. «Wenn ich Sie richtig verstanden habe, gab es Zweifel an der Richtigkeit der ersten Untersuchungsergebnisse, und Sie haben dann ...»

Dr. Vanderstedt schüttelt energisch den Kopf. «Nein, nur an der Bestimmung des Todeszeitpunkts. Alles andere ist absolut korrekt und ohne jeden Tadel durchgeführt worden.»

Salzmann lächelt jovial. «Ja, so meinte ich das natürlich auch. Ich ...»

«Herr Salzmann, ich bin ganz bewusst selbst gekommen, damit ich Ihnen und den ermittelnden Kollegen den Sachverhalt mit der gebotenen wissenschaftlichen Genauigkeit erklären kann. Wären Sie also bitte so freundlich?» Er streckt seine Hand aus.

Salzmann starrt Vanderstedt an, als sei ihm völlig unklar, was der Mann von ihm will. Dann fällt endlich der Groschen, und er händigt ihm den Aktendeckel aus.

«Die Bestimmung der Todeszeit ist ein relativ komplexer Vorgang. Auffindeort, Zustand des Leichnams, Jahreszeit und etliche Faktoren mehr bestimmen, welche Verfahren wir letztlich dafür anwenden. Auf jeden Fall sind es grundsätzlich mehrere, die sich in ihren Ergebnissen möglichst decken müssen. Das war in dem aktuellen Fall anders.» Vanderstedt schlägt die Mappe auf, feuchtet seinen Zeigefinger an und blättert durch die enthaltenen Unterlagen.

Larsen schielt derweil zu Mayla Aslan rüber, die den Rechtsmediziner mit gespannter Miene beobachtet.

«Es passte einfach nicht zusammen – wenn ich das einmal ganz und gar unwissenschaftlich ausdrücken darf.» Vanderstedts Stimme klingt, als habe er einen kleinen Scherz gemacht, doch sein Gesicht bleibt ernst und konzentriert. «Dafür kann es viele Erklärungen geben. Chemische Substanzen, Medikamente, die der Tote zu Lebzeiten eingenommen hat, ungewöhnliche Hitze – oder aber auch Kälte.»

Larsen hört solche Erläuterungen nicht das erste Mal. Er weiß, wie kompliziert sich diese Untersuchungen gestalten. Einen Rechtsmediziner, der nach flüchtiger Untersuchung den Todeszeitpunkt auf die Stunde genau bestimmen kann, gibt es schlichtweg nicht, obwohl es in Fernsehkrimis oft so dargestellt wird.

«Gerade der Zeitraum zwischen 36 Stunden und zehn Tagen ist problematisch. Der Leichnam hat die Umgebungstemperatur angenommen, aber der Insektenbefall ist noch nicht aussagekräftig. Ich ...» Vanderstedt wirft einen Blick in die Runde.

«Nein, lassen wir diese Details. Im Fall von ...» Er blättert wieder durch die Unterlagen. «... Merle Grossmann sind wir uns jetzt sicher, dass der Leichnam mehrere Tage lang gekühlt wurde und nicht länger als einen Tag im Erdreich gelegen haben kann.»

«Ja, natürlich», sagt Larsen. «Durch Zeugenaussagen wissen wir, dass das Mädchen am Abend vor ihrem Fund auf dem Friedhof deponiert wurde. Sie meinen, es hat vorher schon woanders gelegen?»

Vanderstedt nickt. «Ja, aber nicht draußen. Die jetzigen Temperaturen würden zwar passen, vor ein paar Tagen hatten wir aber noch Plusgrade. Tagsüber sogar zweistellig.»

«Nicht draußen? Aber ...» In Larsens Kopf überschlagen sich die Bilder. In einem früheren Fall hat er einmal aus dem Gefrierfach eines Kühlschranks ein totes Neugeborenes geborgen, das die Mutter sorgfältig in Frischhaltefolie eingewickelt hatte. Ein grauenhafter Anblick. «Wir sprechen also von einer Tiefkühltruhe, einem Kühlraum oder Ähnlichem?»

Vanderstedt nickt. «Ja, es müssen dort relativ konstant vier Grad Celsius geherrscht haben.»

«Das hat dann aber erhebliche Auswirkungen auf den anzunehmenden Zeitpunkt des ...» Larsen stockt. Ihm wird jetzt klar, welche Aussage eigentlich hinter Vanderstedts komplizierter Herleitung steckt. «Das Mädchen ist sehr viel länger tot als bisher angenommen?»

Vanderstedt nickt. «Der Bericht war ja bisher nur vorläufig, und natürlich sind die Kollegen nicht von so einer ungewöhnlichen Konstellation ausgegangen.» Man merkt seiner Stimme an, dass ihm das fehlerhafte Ergebnis sehr peinlich ist.

«Wie viel länger also?»

«Wahrscheinlich ist das Kind bereits einen Tag vor seiner Mutter gestorben.»

Larsen öffnet den Mund, will etwas antworten, doch ihm fehlen einfach die Worte. Er sieht zu Mayla Aslan hinüber, die den Rechtsmediziner aus weit aufgerissenen Augen anstarrt. Auf ihrer Stirn hat sich eine steile Falte gebildet.

«Ich denke, das verändert wohl ein paar Dinge», sagt Salzmann und schiebt sich an Vanderstedt vorbei in die Mitte des Raums.

«Ein paar Dinge?» Mayla hält es nicht mehr auf ihrem Stuhl. «Das verändert alles – unsere gesamte Motivkette.»

«Die Mutter tötet ihr Kind im Affekt, und als sie begreift, was sie getan hat, verübt sie Suizid.» Salzmann verschränkt die Arme vor der Brust und blickt von einem zum anderen. Ein kleines Lächeln spielt in seinen Mundwinkeln.

Was für eine idiotische Schlussfolgerung, denkt Larsen. Laut sagt er: «Und diese Mutter deponiert das tote Kind in der Kühltruhe, bevor sie sich selbst den Strick nimmt. Ein freundlicher Nachbar findet beide und hat nichts Besseres zu tun, als sie auf den stillgelegten Friedhof zu bringen. So in etwa?»

«Werden Sie mal nicht sarkastisch, Larsen. Das war eine spontane Idee aufgrund der neuen Faktenlage. Entwickeln Sie meine These einfach mal weiter.»

Larsen schüttelt den Kopf. «Auch die Ergebnisse der Hausdurchsuchung gestern und die Aussage der Schulverwaltung passen verhältnismäßig schlecht zu Ihrer Idee.»

«Ohne Ihre Berichte fehlen mir nun mal wichtige Informationen», sagt Salzmann, die Arme weiterhin vor der Brust. Das Lächeln ist allerdings aus seinem Gesicht verschwunden.

Mayla Aslan reagiert auf die implizierte Kritik. «Ich habe noch gestern Abend eine erste Zusammenfassung geschrieben. Kollege Wertke war ...» Sie wendet sich ab, niest, zieht ein Taschentuch aus der Hosentasche und putzt sich die Nase, bevor sie fortfährt. «... war mit der KT noch länger im Haus der

Grossmanns. Mit seinen Angaben werde ich gleich einen vollständigen Bericht verfassen, und die Kriminaltechnik wird sicher auch ...»

«Schon gut, schon gut.» Salzmann hebt die Hände in einer abwehrenden Geste. «Es bleibt ein kniffliger Fall. Sie werden das schon machen.» Sein Blick streift Mayla Aslan, bleibt dann an Larsen hängen. «Wie hat man denn an der Schule der Kinder reagiert? Gibt es dazu auch eine Notiz?»

Larsen schüttelt den Kopf. «Wir wollten erst noch mit der Klassenlehrerin sprechen.» Er berichtet von dem Zusammenbruch der jungen Frau, hat aber das Gefühl, Salzmann höre ihm gar nicht richtig zu.

«Gut, gut», kommentiert Salzmann knapp, wendet sich dann wieder an den Rechtsmediziner und dirigiert ihn zur Tür. «Danke, Dr. Vanderstedt. Sie haben uns sehr geholfen. Welch ein Glück, dass Sie die Ergebnisse Ihres Teams noch einmal kontrolliert haben.»

«Was für ein Idiot», murmelt Larsen, als die Bürotür ins Schloss fällt und sich die Schritte von Salzmann und Vanderstedt im Flur entfernen.

«Vanderstedt?», fragt Mayla Aslan, aber er sieht ihrem Grinsen an, dass sie genau weiß, wen er meint.

21. November, morgens
Arne Larsen

«Missbrauch und Mitnahmesuizid sind jetzt wohl endgültig vom Tisch.» Arne Larsen lenkt den Dienstwagen durch den stockenden Berufsverkehr.

Mayla Aslan hockt auf dem Beifahrersitz, die Winterjacke fest um ihre Schultern gezogen. In regelmäßigen Abständen zieht sie die Nase hoch. «Ich würde erst mal gar nichts ausschließen.» Sie hustet in ihre Handfläche, zieht ein Taschentuch aus der Jackentasche und putzt sich damit die Hände. «Wer sagt denn, dass es nicht einen neuen Mann im Leben von Frau Grossmann gab?»

«Hm, ja, denkbar. Genau wie Salzmanns Annahme, die Mutter habe selbst das Kind getötet. Der Antwort auf die Frage, wo Kolja Grossmann steckt, kommen wir damit aber leider auch nicht näher. Was ist eigentlich mit dieser verschlossenen Tür in der Remise. Hat Wertke sich dazu schon geäußert?»

«Ja, der Hausmeister vom Hauptgebäude konnte nicht helfen, die Remise gehört ja Familie Grossmann. Das war aber auch nicht nötig – der Schlüssel hing nämlich am Schlüsselbrett im Flur.»

«Oh ...»

«Ja, und Sie hatten recht, man kommt durch die Tür tatsächlich in einen Kellergang, der bis ins Vorderhaus führt. Die Kollegen schauen sich das heute noch genauer an.»

Larsen wiegt den Kopf hin und her. «So viele Fragen. Zum

Namen Zapotka habe ich gestern noch kurz im Internet recherchiert. Ein äußerst seltener Name in Deutschland. Kaum drei Handvoll Menschen tragen ihn. Glück für die Kollegen, an die ich die weiteren Nachforschungen delegiert habe.»

Mayla Aslan nickt, beugt sie sich vor und verändert zum wiederholten Mal die Einstellung von Heizung und Gebläse.

Als sie die Schönhauser Allee erreichen, wird der Verkehr dichter. Auf der Spur neben ihnen klingelt eine Tram nervenaufreibend schrill, weil ein abbiegender Transporter mit Anhänger seit einer gefühlten Ewigkeit die Schienen blockiert.

«Berlin spinnt im Winter», sagt Mayla Aslan und lockert den Schal um ihren Hals. «Als wenn die Leute noch nie auf Schnee gefahren wären. Da vorne müssen wir übrigens abbiegen.»

«In Kiel ist das nicht anders», sagt er und setzt den Blinker.

Die schmale Seitenstraße ist noch nicht geräumt worden. Die parkenden Autos tragen Schneehauben, die die Unterschiede zwischen den Modellen verschwimmen lassen. Vor dem Mehrfamilienhaus, in der sich die Wohnung von Lea Zeisberg befindet, manövriert ein alter Mann – dick eingepackt, als sei er gerade von einer Polarexpedition zurückgekehrt – ungeschickt eine Schneefräse über den Bürgersteig. Larsen und seine Kollegin müssen einen Moment warten, bevor sie gefahrlos aussteigen können.

Er sieht an der Hausfront hoch, Mayla Aslan studiert die Namensschilder.

«Dritte Etage», sagt sie schließlich und betätigt einen Klingelknopf.

Als niemand öffnet, läutet sie kurzerhand auch bei anderen Wohnungen. Der Summer ertönt ohne Rückfrage, doch als sie durch das Erdgeschoss eilen, taucht in der Tür linker Hand eine Frau im Morgenmantel auf. Larsen erklärt ihr knapp, dass sie von der Polizei sind, dann erklimmt er hinter seiner Kollegin zügig die geschwungene Holztreppe.

An der Wohnungstür klingeln sie nochmals, klopfen schließlich. Larsen geht er in die Hocke und öffnet den Briefeinwurf. «Frau Zeisberg? Hier ist Arne Larsen vom Landeskriminalamt. Bitte öffnen Sie!»

Er lauscht einige Sekunden, hört entfernten Straßenlärm, das Geschrei mehrerer Kinder – alles überlagert von einem anderen Geräusch, das klingt, als würde jemand mit einer Zeitung wedeln.

Er überlegt einen Moment, dann steckt er die Hand durch den Briefschlitz. «Eiskalt», sagt er und richtet sich auf. «Schon von unten sind mir die offen stehenden Fenster aufgefallen. Man konnte sogar die Gardinen sehen, die aber nicht vom Wind aufgebauscht wurden, sondern irgendwie steif wirkten, wie ...»

«Wie eingefroren?»

«Ja, genau. Hier lüftet jemand entweder sehr ausgiebig, oder ...» Mitten im Satz läuft er bereits los und hastet in großen Sprüngen die Treppe hinunter.

Drei Minuten später ist er zurück, den Hausmeister im Schlepptau. «Irgendeine Reaktion?», fragt er sicherheitshalber. Mayla Aslan schüttelt den Kopf. Der Hausmeister ist nervös. Zweimal gleitet der Schlüssel vom Schloss ab, schließlich übernimmt Larsen selbst das Öffnen.

«Sie bleiben draußen, verstanden? Sie rühren sich hier keinen Schritt weg!» Dann stürmt er mit der Kollegin in den Wohnungsflur.

Auf der Fensterbank im Wohnzimmer hockt ein Taubenpaar. Als Larsen und Mayla Aslan sich nähern, flattern beide auf, um sich sofort wieder am anderen offenen Fenster niederzulassen. Die Vögel sind wohl nicht gewillt, ihren neuen Unterschlupf so schnell aufzugeben. Der Tisch im Wohnzimmer ist gedeckt. Mehrere benutzte Tassen und Teller, eine Glaskanne mit Kaffee, in einer Vase ein üppiger Blumenstrauß. Offenbar hatte Lea Zeisberg Besuch. Unwahrscheinlich, dass sie ihre Wohnung einfach in diesem Zustand zurückgelassen hat. Larsen spürt, wie sich sein Magen zusammenzieht.

«Das Schlafzimmer ist leer», ruft Mayla Aslan aus dem hinteren Teil der Wohnung, während er selbst gerade die Küche betritt.

Der Fleck sieht aus wie ein Rorschachtest. Wie ein überdimensionaler Tintenfleck. Blutrot und fast genau im Zentrum der hellblauen Küchenzeile. Ohne dass er versteht, warum, sucht sein Gehirn nach Vergleichsbildern, sieht in der nahezu spiegelsymmetrischen Form mit den weit auslaufenden Spitzen, die vom Oberschrank bis zur Kachelwand darunter reichen, einen radschlagenden Pfau. Erst jetzt begreift er, dass sein Kopf ihn ablenken will. Er soll nicht auf den Boden sehen. Auf keinen Fall. Auf gar keinen Fall, er soll ...

«Larsen?» Eine Stimme hinter ihm. Mayla Aslan. «Ist sie ...?»

In diesem Moment fällt die Starre von ihm ab, die plötzliche Lethargie, die ihn wie aus dem Nichts überkommen hat. Zwei Schritte, dann steht er vor dem bewegungslosen Körper. Auch hier, auf den Fliesen, überall Blut. Er geht in die Hocke. Die Handschuhe liegen unten im Wagen. Scheißegal! Schließlich fischt er doch ein Papiertaschentuch aus seiner Hosentasche, drapiert es über das Handgelenk der Lehrerin, legt seinen Zeigefinger auf den Übergang zwischen Arm und Hand. Bitte, denkt er, obwohl er die Kälte des Körpers schon durch das Tuch fühlen kann. Bitte!

Zwanzig Sekunden später steht er auf, zieht das Mobiltelefon hervor und verständigt die Kollegen.

*

«Das ist einfach völlig absurd» Mayla Aslans Stimme klingt noch eine Spur rauer. Trotz der Kälte steht sie vor dem offenen Wohnzimmerfenster. Larsen lehnt mit dem Rücken an der einzigen freien Wand im Wohnzimmer. Raufasertapete. Beige gestrichen, darauf ein Wandtattoo: *Carpe diem.*

Eigentlich müssten sie die Wohnung verlassen, zumindest die Schutzanzüge aus dem Wagen holen. Doch dazu fehlt ihnen momentan einfach die Kraft. Gleich wird der Notarzt eintreffen, die Kollegen von der Spurensicherung. Dann wird eine Maschinerie in Gang gesetzt, die nach einem festen Schema abläuft. Routine. Ein sicherer Pfad, um sich dem Unfassbaren überhaupt nähern zu können.

Eigentlich sind sie beide dann überflüssig hier. In ein paar Stunden wird es einen Bericht geben, den sie genauso gut auch im Büro lesen können. Doch nebenan liegt ein toter Mensch. Lea Zeisberg. Eine Zeugin. Genau genommen nicht mal das. Sie war einfach nur die Klassenlehrerin eines Mädchens. Eines Mädchens, das gewaltsam gestorben ist.

«Wir sind schuld, Larsen. Wir!» Mayla Aslan hat sich zu ihm umgedreht.

«Was? Nein, Blödsinn.» Er spricht die Worte aus, aber er fühlt sie nicht. Was, wenn sie gestern nicht die Schule aufgesucht hätten? Würde Frau Zeisberg dann noch leben? «Es kann auch ein Unfall gewesen sein. Sie ist ausgerutscht, mit dem Kopf gegen den Griff des Oberschrankes ...» Er sieht den Blick seiner Kollegin und bricht ab. Das ist blanker Unsinn. So sieht kein Unfall im Haushalt aus. Lea Zeisberg hätte sich gegen den Unterschrank lehnen, Schwung holen und ihren Hinterkopf mehrfach mit Wucht gegen den Metallgriff donnern müssen.

«Wir wissen nicht einmal, ob der Tod der Lehrerin überhaupt im Zusammenhang mit Merle steht.» Mayla Aslan kramt den Beutel mit dem Halbschnitt aus ihrer Jackentasche, starrt ihn einige Sekunden an und steckt ihn wieder weg.

«Das wäre wirklich ein extremer Zufall. So extrem, dass ich es ausschließe. Nein, nein, Lea Zeisberg spielt eine Rolle in unserem Fall. Eine so wichtige, dass sie dafür sterben musste.»

«Vielleicht hat sich Merle vor ihrem Tod der Lehrerin anvertraut?»

Er runzelt die Stirn. Informationen, die nicht publik werden durften? Dann könnte tatsächlich ihr Einsatz an der Schule diese Eskalation ausgelöst haben.

«Frau Zeisberg hat gestern Nachmittag offenbar Besuch bekommen, obwohl sie sich nur wenige Stunden zuvor selbst aus dem Krankenhaus entlassen hat.» Mayla Aslan deutet auf den Wohnzimmertisch. «Ich zähle sechs Tassen. Da kommt ja eigentlich nur das Lehrerkollegium in Frage.»

«Ja, wir sollten noch mal zur Schule fahren und ...» Larsen sieht, dass Mayla Aslan den Kopf schüttelt.

«Nicole Vossner», stößt sie aus. «Sie ist doch die Klassenlehrerin von Merles Bruder. Was, wenn auch sie in Gefahr ist?»

WALDSIEDLUNG 1979

«Mama?» Ich sprach ganz leise. In dem Schlafzimmer war es ziemlich finster, alle Vorhänge waren zugezogen, damit die Hitze vor den Fenstern blieb.

«Martin?» Mamas Stimme klang anders als sonst. Vielleicht hatte ich sie ja doch geweckt. «Martin, komm zu mir.»

Meine Augen hatten sich inzwischen an das schwache Licht gewöhnt, und ich setzte mich neben sie auf die Bettkante. Mama griff nach meiner Hand und streichelte sie. Ihr Bauch war inzwischen so groß, dass ich ihn sehen konnte, obwohl die Bettdecke darüberlag. Dadrin wohnte also mein Bruder! Ich starrte auf die Rundung und konnte mir das einfach nicht vorstellen. Dabei hatte mir Adam alles genau erklärt, auch dass Mama jetzt viel schlafen musste, weil sie krank war und das Baby nicht auch krank werden durfte.

«Geht es dir gut, mein Junge? Hat er dir auch nichts getan?» Mama hielt meine Hand so fest in ihrer, dass es mir weh tat.

Ich schüttelte den Kopf und versuchte vergeblich meine Hand freizubekommen. «Magst du das neue Baby denn jetzt lieber als mich?», fragte ich.

Mama sagte nichts, aber ich spürte, wie ihr Griff schwächer wurde.

«Weil ich von Papa bin?»

«Martin, wie ...»

«Und Papa im Himmel ist?»

«Hat er das gesagt? Hat Adam …» Ich hörte, dass sie weinte. Sie weinte viel. Adam hatte mir erklärt, dass auch das Teil ihrer Krankheit sei und er sie deswegen so oft hier oben einsperren müsse.

«Nein, er hat gesagt, dass du das neue Baby zuerst gar nicht haben wolltest. Und dass er das aber nicht zulassen konnte.» Ich sah Mamas Augen in dem Zwielicht nicht richtig, aber ich spürte, dass sie mich anstarrte.

«Mama?» Es war jetzt schon eine ganze Weile still. Mama schluchzte nicht mehr, aber sie sagte auch nichts. Plötzlich spürte ich ihre Hände wieder auf mir, sie zog mich ganz fest zu sich ran. Meine Nase drückte gegen ihren Bauch, dann rutschte ich ein wenig zur Seite, und mit einem Mal spürte ich an meiner Wange Schläge, die aus ihrem Innern kamen.

«Hörst du? Er will raus», sagte sie.

21. November, mittags

Arne Larsen

Die Stimme, die Arne Larsen aus der Gegensprechanlage anspringt, ist völlig verzerrt und von einem enervierenden Pfeifen überlagert, das sich wie eine Stecknadel in sein Trommelfell bohrt. Trotzdem ist er ungemein erleichtert, sie zu hören. Nicole Vossner lebt, scheint wohlauf zu sein und wundert sich lautstark, was die Polizei denn jetzt schon wieder von ihr wolle.

«Frau Vossner, ich habe Sie nicht richtig verstanden. In welche Etage müssen wir?» Larsen erträgt die kreischende Antwort mit zusammengebissenen Zähnen, drückt mit der Schulter gegen die Tür, als der Summer ertönt.

Der Aufzug ist mit Edding-Kritzeleien übersät und wirkt, als sei er seit Jahren nicht gewartet worden. Erfreulicherweise entdeckt Larsen auf der Armatur mit den Etagenknöpfen dennoch ein relativ aktuelles Prüfsiegel. «Dreizehnter Stock. In den USA fehlt diese Etage in jedem dritten Hochhaus.»

Mayla Aslan nickt nur. Als sie das vierte Stockwerk passieren, beginnt sie zu husten. Im siebten Stock ist der Anfall so stark, dass Larsen sich ernsthaft Sorgen macht.

«Alles in Ordnung? Kann ich was tun?»

Mayla Aslan wedelt mit den Händen, während eine weitere Hustensalve ihren Körper durchschüttelt.

Das Gesicht seiner Kollegin ist inzwischen dunkelrot. Verdammt, sie bekommt nicht genug Luft, denkt er. Was soll ich jetzt tun? Stabile Seitenlage, Kehlkopfschnitt, Herzmassage. In

Gedanken geht er seinen letzten Erste-Hilfe-Auffrischungskurs durch. Nichts, was bei diesen Symptomen helfen würde.

Die dreizehnte Etage. Kaum sind die Lifttüren entriegelt, drängt sich Mayla Aslan in den Flur und steuert dort das einzige Fenster an. Als Larsen seine Kollegin erreicht, hat sie einen Flügel bereits gekippt und presst ihr Gesicht in den Fensterspalt. Ganz öffnen lässt es sich nicht.

Nach einer halben Minute dreht sie sich um. Die Gesichtsfarbe fast wieder im Normalbereich.

«Was war das jetzt?», fragt er.

«Ich weiß nicht. Der enge Fahrstuhl wahrscheinlich, zusammen mit der Erkältung ... Boah, meine Güte.» Sie zieht ein Taschentuch hervor, tupft vorsichtig unter den Augenlidern entlang, breitet es anschließend aus und schnäuzt hinein. «So, alles wieder gut. Wir können weitermachen.» Sie präsentiert ein vages Lächeln.

Ein Lächeln, das deutlich macht, dass sie ihre Erkältung doch mehr mitnimmt, als sie zugeben will. Er überlegt, ob er ihr nicht nahelegen soll, sich krankzumelden. Wenigstens für heute. Die Befragung kann er schließlich auch alleine durchführen. Doch Mayla Aslan hat sich bereits abgewendet und stapft auf die nur angelehnte Wohnungstür von Nicole Vossner zu.

Die Lehrerin empfängt sie im Flur in einem grellorangen Trainingsanzug, ein Stirnband in gleicher Farbe bändigt ihre blonden Locken. «Ich bin gerade erst vom Joggen zurückgekommen, wollte eigentlich unter die Dusche», erklärt sie und sieht Larsen an. Ihr Blick verrät, wie nervös sie ist. Sie führt die beiden Ermittler in eine kleine Küche, bittet sie, an dem Tisch vor dem einzigen Fenster des Raums Platz zu nehmen. «Ist es wegen Kolja?», fragt sie, während sie gedankenverloren einen halbvollen Kaffeebecher in die Spüle räumt. «O nein! Ist es der Junge? Ist er ...?»

Larsen setzt zu einer Antwort an, aber Mayla Aslan ist

schneller. Sie fordert Frau Vossner zunächst freundlich auf, sich zu ihnen zu setzen. Dann erklärt sie mit sanfter Stimme, dass sie Lea Zeisberg vor wenigen Stunden leblos in ihrer Wohnung gefunden haben und nun die genauen Umstände ihres Todes untersuchen.

«Aber nein, das kann gar nicht sein. Wir haben erst gestern Nachmittag zusammengesessen. Mit den Kollegen ... O Gott.» Nicole Vossner schlägt die Hände vor ihrem Gesicht zusammen.

«Deswegen sind wir hier. Können wir Ihnen dazu ein paar Fragen stellen? Geht das?» Larsen hat sich über den Tisch gebeugt.

Nicole Gassner birgt ihr Gesicht immer noch in den Handflächen. Ihre Schulterblätter zucken im Sekundentakt. «Ein Unfall?», fragt sie schließlich über ihre Fingerspitzen hinweg.

Larsen beißt sich auf die Unterlippe, sieht zu Mayla Aslan hinüber.

«Die Untersuchung ist noch nicht abgeschlossen, aber schon jetzt zeichnet sich ab, dass wir Fremdeinwirkung leider nicht ausschließen können», antwortet sie souverän.

«Dann war das alles doch keine ...», Nicole Vossners Stimme erstirbt auf dem letzten Wort.

Larsen hat das Ende des Satzes dennoch verstanden. «Keine Spinnerei? Wie meinen Sie das?»

«Ich ...» Nicole Vossner sieht auf. Tränen auf ihren Wangen.

Mayla Aslan greift in ihre Jackentasche und schiebt ihr ein Taschentuch hinüber.

Nicole Vossner betrachtet den Gegenstand auf dem Tisch wie einen Fremdkörper. «Ich habe ihr das alles nicht abgenommen. Lea konnte unglaublich halsstarrig sein, sich leicht in etwas hineinsteigern. Und was sie uns gestern vorgetragen hat, klang wirklich schrecklich wirr.»

«Sie waren also gestern mit Kollegen in der Wohnung von Frau Zeisberg?», hakt Larsen nach.

«Ja, wir wollten sehen, wie es ihr geht. Sie ist ja viel zu schnell wieder aus dem Krankenhaus raus. Und Grüner hatte wohl auch irgendwie ein schlechtes Gewissen.»

«Und bei diesem Anlass hat Frau Zeisberg über etwas gesprochen, das Sie als wirr empfunden haben?»

«Sie wollte am nächsten Tag … also heute … eine Aussage machen. Bei dem Polizisten von gestern. Bei Ihnen.» Nicole Vossner deutet auf Larsen. Dann beginnt sie stockend zu berichten.

Mayla Aslan hört schweigend zu, die Arme auf dem Küchentisch aufgestützt. Alle paar Sekunden ruckt ihr Kopf ein wenig vor, offenbar kann sie kaum noch die Augen offen halten.

Larsen hat einen kleinen Block aus der Tasche gezogen und macht sich Notizen. Sorge um Merle, mehrmalige Verfolgungen von Mutter und Tochter quer durch Berlin, ein unbekannter Mann auf einem einsamen Gelände, ein Streit. Kein Wunder, dass Frau Zeisbergs Besuchern die Schilderungen ziemlich verrückt vorkamen.

«Lea stand in dem Moment wirklich komplett neben sich. Es klang fast, als würde sie Szenen aus einem Traum beschreiben, aus dem sie noch gar nicht richtig erwacht ist. Verstehen Sie, was ich meine?»

Larsen nickt. Aber egal, wie verrückt sich das Ganze angehört haben mag, es muss etwas Wahres daran gewesen sein. Frau Zeisberg hat etwas gesehen, das nicht für ihre Augen bestimmt war, und musste dafür sterben. «Mit wem, außer Ihnen und den Kollegen, hat Frau Zeisberg denn noch über ihre Beobachtungen gesprochen?», fragt er.

«Keine Ahnung. Sie hat sich ja ziemlich zurückgezogen, seit ihrer Auszeit. Ich weiß eigentlich gar nichts über ihr Privatleben.»

Mayla Aslan hakt nach, will mehr über Lea Zeisberg und auch den Übergriff im Frühjahr erfahren. Doch Nicole Vossner wird immer wortkarger, schüttelt den Kopf, gibt an, dass sie Lea Zeisberg eben doch nur beruflich kannte.

«Haben Sie Familie oder Bekannte, wo Sie in den nächsten Tagen bleiben könnten?», fragt Larsen.

«Mein Freund, aber ...» Sie sieht ihn irritiert an, doch schon einen Atemzug später versteht sie. «Sie meinen, ich bin ebenfalls in Gefahr?»

Er schüttelt den Kopf. «Nein, aber es würde uns trotzdem beruhigen, Sie in der nächsten Zeit nicht alleine zu wissen.»

«Okay, Tim wollte heute zu mir kommen, aber ich kann natürlich auch zu ihm fahren.» Nicole Vossner starrt mit leerem Blick in das Grau vor ihrem Küchenfenster und reagiert kaum, als Mayla Aslan und Larsen sich verabschieden.

«Seltsam», sagt er, nachdem sie die Wohnungstür hinter sich zugezogen haben und durch den dunklen Hausflur zum Fahrstuhl gehen. «Was der Zeisberg Anfang des Jahres widerfahren ist, scheint an der Schule ein absolutes Tabuthema zu sein. Und die Vossner hat uns definitiv nicht alles gesagt. Das hat man ihrer Körpersprache deutlich angemerkt.»

21. November, abends
Arne Larsen

Der fensterlose Flur der Fabriketage liegt dunkel und ruhig vor ihm. Offenbar sind seine Mitbewohner entweder ausgeflogen oder schlafen bereits. Arne Larsen ist darüber nicht unglücklich. Der heutige Tage hat ihm wirklich einiges abverlangt, zudem fühlt er sich auch gesundheitlich etwas angeschlagen. Rauer Hals. Gliederschmerzen. Womöglich hat ihn Mayla Aslan mit ihrem blöden Virus angesteckt.

Während sie durch Berlin gekurvt sind, um auch die übrigen Besucher von Lea Zeisberg zu befragen, hat sich der Zustand seiner Kollegin immer mehr verschlechtert. Am Nachmittag hat ihre Stimme schließlich komplett versagt, und sie musste ihm notgedrungen die Gesprächsführung überlassen.

«Sie sollten sich wirklich hinlegen. Ich schaff das auch alleine», hat er ihr mehrfach angeboten. Doch sie hat jedes Mal vehement abgelehnt. Wahrscheinlich treibt sie die Sorge um, dass er einen Ermittlungserfolg erzielen könnte, während sie krank im Bett liegt.

Idiotisch, denkt er, während er sich durch den unbeleuchteten Flur zu seinem Zimmer vortastet. Wenn sie weiterhin zusammenarbeiten, wird er sowieso irgendwann die Leitung der Ermittlungen übernehmen müssen. Er ist älter, hat einen höheren Dienstrang, deutlich mehr Berufserfahrung. Salzmann kann ihn nicht ewig in der zweiten Reihe halten – das weiß auch Mayla Aslan ganz genau.

«Was zur Hölle?» Beim Öffnen der Zimmertür ist er mit dem Fuß gegen etwas gestoßen, das direkt auf der Türschwelle gelegen haben muss. Etwas relativ Leichtes, das nun über die Dielen schlittert und irgendwo im Dunkel des Raumes verschwindet.

Er schaltet das Licht ein. Der kleine Karton ist an einem Bettpfosten zum Stehen gekommen. Braune Pappe, ein wenig eingedellt, eine einfache, schon mehrfach benutzte Versandschachtel. Er wirft seinen Mantel auf das Bett und hebt vorsichtig den Deckel an. Im Karton liegt zusammengefaltet sein Trainingsanzug. Der, den er Pat geliehen hat. Er nimmt ihn heraus, taucht seine Nase in den Stoff. Frisch gewaschen.

Aus dem Halsausschnitt lugt ein Stück liniertes Papier hervor. Mit zwei Fingern entfaltet er die Nachricht:

Wollte Dich eigentlich persönlich treffen und zum Essen einladen. Passt es Dir vielleicht morgen? Pat

Gänsehaut auf seinen Unterarmen, ein Kribbeln in seinem Bauch. Was ist denn jetzt mit mir los?, denkt er, gerade habe ich diese Frau doch noch verdächtigt, vertrauliche Informationen an eine Zeitung weitergegeben zu haben. Aber würde sie ihn dann tatsächlich zum Essen einladen? Es sei denn, sie ist entweder völlig naiv (unwahrscheinlich) oder so ausgekocht, dass sie ihm als Informationsquelle noch ein wenig mehr entlocken will (hm, schon eher). Arne, komm, hör auf, du siehst eindeutig Gespenster. Pat möchte dich wiedersehen, das ist alles. Also nimm das Telefon und probier noch mal diese Nummer aus.

Er setzt sich auf das Bett, greift in die Seitentasche seines Mantels und zieht das Smartphone zusammen mit seinem Notizblock heraus. Pat. Sein Finger wischt über das Display. Die Namen und Telefonnummern fliegen vorbei. Unscharf. Kaum zu entziffern. Dann fallen ihm die Augen zu.

Als er sie wieder aufmacht, ist es mitten in der Nacht.

Schritte und Gekicher auf dem Flur. Ein Mitbewohner kommt gerade nach Hause, offenbar in angenehmer Begleitung. Larsen wirft einen Blick auf das Display des Telefons. Definitiv zu spät, um jetzt noch jemanden anzurufen.

Er steckt Smartphone und Block zurück in die Manteltasche. Zögert dann, zieht den Block noch einmal hervor und blättert die letzten Notizen vom Nachmittag auf.

Nicole Vossner, Friedrich Grüner, Paul Richter, Gesa Kosbach, Sascha Lehmann. Fast ein Wunder, dass sie gestern noch mit allen Fünfen haben sprechen können. Bei Lehmann war nur die Freundin zu Hause, verwies sie auf eine nahegelegene Turnhalle, in der der Lehrer gerade trainiere. Direktor Grüner trafen sie trotz des Wochenendes in der Schule an. «Endlich mal Zeit und Ruhe, um liegengebliebene Aufgaben abzuarbeiten. Und Sie beide sind ja schließlich auch im Einsatz», erklärte er sich.

Grüner. Der undurchsichtigste Kandidat auf der Liste. Wie seine Kollegen zeigte er sich von der traurigen Nachricht tief betroffen, suchte aber sofort nach Tatmotiven, die nichts mit seiner Schule und den Schülern zu tun hatten. Unter anderem brachte er Leas Exmann ins Spiel und betonte immer wieder, dass Lea über ein halbes Jahr aus dem Schulleben raus gewesen sei. Die Gründe, die damals dazu geführt hatten, wollte er auch diesmal nicht konkretisieren. *Wir müssen doch jetzt alle erst einmal ihren unerwarteten Tod verdauen.*

Larsen hat sich diesen Satz des Direktors sogar wortwörtlich notiert, so offensichtlich verlogen fand er die Äußerung in diesem Zusammenhang. Grüner hat definitiv eine Leiche im Keller. Wenn auch nicht unbedingt eine, die Teil dieses Falls ist.

Larsen blättert weiter durch seine Aufzeichnungen. Leider ist die Ausbeute insgesamt mager gewesen. Die einzelnen Aussagen decken sich fast zu hundert Prozent, unterscheiden sich gerade so weit, dass er sie für authentisch und nicht abgesprochen hält: Die Lehrer haben einen Blumenstrauß überreicht, Kaffee getrunken, über die Grossmanns gesprochen, dann hat Lea Zeisberg plötzlich mit ihren wirren Schilderungen angefangen.

Nicole Vossner und Gesa Kosbach haben sich wohl anfangs große Mühe gegeben, Frau Zeisberg zu beruhigen. Irgendwann muss es aber auch ihnen zu viel geworden sein. Paul Richter hat ausgesagt, er sei entsetzt gewesen, Lea in so einer Verfassung zu sehen. Sascha Lehmann dagegen machte im Gespräch keinen Hehl daraus, dass er nach Leas ersten Sätzen schnell *auf Durchzug geschaltet hatte*. Er sei schon immer ein kühler Analytiker gewesen und könne so einem gequirlten Emotionscocktail wenig abgewinnen.

Übereinstimmend haben alle erklärt, die Wohnung gemeinsam verlassen zu haben. Vor dem Haus habe man sich getrennt. Lehmann sei mit Grüner mitgefahren. Die anderen haben sich auf den Weg zu U-Bahn und Tramstation gemacht.

Fünf Lehrerinnen und Lehrer. Wirklich nur Zeugen?

Grüner würde er gerne noch intensiver auf den Zahn fühlen. Und wenn es nur aus dem Grund wäre, den Mann für sein selbstgefälliges Verhalten ein wenig leiden zu lassen. Außerdem möchte er endlich wissen, was für ein Ereignis Lea Zeisberg derart aus der Bahn geworfen hat, dass sie monatelang mit dem Schuldienst aussetzen musste.

Aber auch Nicole Vossner interessiert ihn sehr. Sein Bauchgefühl sagt ihm, dass sie ihnen einige Informationen vorenthalten hat. Entweder weil sie sich damit selbst belasten würde oder weil sie doch Angst hat, ins Visier des Täters zu geraten.

Waldsiedlung 1979

Wir waren auf der Pirsch. Adam war der starke Häuptling der Sioux. Ich sein Sohn, der sich den Federschmuck erst noch verdienen musste. Natürlich ahnte Adam nicht, welche Rolle er in meiner Phantasie spielte, seit wir zusammen diesen Western im Fernsehen gesehen hatten, aber das war auch nicht wichtig. Er machte seine Sache trotzdem gut. Er konnte alles, wusste alles. Wenn er mir erklärte, warum ein Gewitter entstand, bestimmte Tiere einen Winterschlaf hielten, Mann und Frau unterschiedliche Körper und Aufgaben im Leben hatten, bekam ich stets das Gefühl, bisher noch gar nichts gewusst zu haben.

Jetzt hockten wir seit einigen Minuten hinter den Mülltonnen des Funktionärsclubs, und es stank unglaublich nach Fisch. Bereits vor drei Tagen hatte *Zander im Speckmantel* auf der Speisekarte gestanden.

Gegessen hatten wir dort noch nie, denn Adam mied dieses Gebäude normalerweise. «Dort sitzen nur alte Männer und versuchen wichtig auszusehen. Sie begrüßen sich mit *Genosse*, jeder würde den anderen aber sofort in ein Arbeitslager stecken, wenn es ihm irgendwelche Vorteile brächte», hatte er mir erklärt. Ich hatte das nicht verstanden, aber ich wusste inzwischen, dass auch sein Vater zum Kreis dieser alten Männer gehörte.

Die niedrige Betonmauer vor uns bot kaum Deckung, und so

hatten wir uns ganz klein gemacht. Keine zwanzig Meter weiter saß der Feind hinter dicken Fensterscheiben und glaubte sich in Sicherheit. Ich sah dickbäuchige Männer, die Weinbrand tranken und Zigarre rauchten. Eigentlich wirkten sie gar nicht so gefährlich, fand ich, aber Adam hatte mir erklärt, ich sei nur noch nicht so weit, es zu verstehen. Wir beobachten sie, damit wir sie besser kennen als sie uns.

Wieder trieb ein Windstoß einen Schwall Fischgestank in meine Nase. Mir war kotzübel, und mein Magen zog sich immer stärker zusammen. Ich konnte einfach nicht mehr anders und presste mir die Hand auf Mund und Nase.

«Nein, lass das», sagte Adam scharf. «Du kannst es kontrollieren.» Er richtete sich halb auf, schob den Deckel einer Tonne zur Seite und sah mich an. «Du weißt, was auf dem Spiel steht.»

Ich schluckte, nahm aber trotzdem meine Hand weg. Der Gestank war bestialisch. Adams Blick zeigte kein Mitleid. Er hockte selbst ebenfalls neben einem der Abfallbehälter und schien damit tatsächlich kein Problem zu haben. Ich robbte ein wenig näher an die geöffnete Tonne heran, und Adam nickte mir wohlwollend zu.

Unmittelbar vor dem Behälter kniete ich mich hin. Die Luft hier konnte man kaum atmen. Sie schien mir genauso zäh und schleimig zu sein wie die graue Masse, die ich jetzt im Inneren der Tonne sehen konnte. Mein Magen verkrampfte sich noch mehr. Nein, dachte ich, das halte ich einfach nicht länger aus, und wollte mich schon wegdrehen, da spürte ich Adams Hand in meinem Nacken.

Sein Griff war unnachgiebig, dirigierte mich immer tiefer zur Quelle des Gestanks. Und als mein Wille schließlich nachgab, und alles mit einem Mal aus mir herausschoss, war ich mir sicher, dass ich jetzt inmitten des stinkenden Mülls und meiner eigenen Kotze jämmerlich sterben musste.

22. November, morgens
Arne Larsen

Als Arne Larsen die Augen aufschlägt, wird ihm sofort klar, dass zwei Dinge nicht stimmen. Punkt eins: Er liegt angezogen quer auf seinem Bett. Ein Turnschuh hängt noch locker an seinem Fuß, den anderen muss er im Schlaf abgestreift haben. Sein Rücken schmerzt entsetzlich, Hemd und T-Shirt kleben feucht an seinem Körper.

Punkt zwei: Der blaue Himmel, der sich ohne eine einzige Wolke vor der Fensterfront seines Zimmers ausbreitet. Wann hat er das letzte Mal die Sonne so strahlen sehen? Wenn er sich recht erinnert, muss das noch vor seinem ersten Arbeitstag beim LKA gewesen sein.

Vielleicht ein gutes Omen, denkt er. Auch wenn die Helligkeit im Moment in seinen Augen eher schmerzt. Er hockt sich auf die Bettkante und wartet mit halbgeschlossenen Lidern, bis die roten Kreise vor seinen Augen endlich verschwunden sind.

Was für ein Tag ist heute eigentlich? Sonntag? Egal, er wird trotzdem ins Büro gehen. Auf irgendeine Freizeitaktivität kann er sich sowieso nicht konzentrieren. Dafür ist dieser Fall einfach zu ... Er sucht nach Worten, nach einem Begriff, der beschreibt, wie sehr ihn der Tod der Lehrerin getroffen hat. Was, wenn sie nicht in der Schule aufgetaucht, sondern Lea Zeisberg unauffällig zu Hause besucht hätten – würde sie dann noch leben?

Larsen ist sich klar, dass ihr Vorgehen völlig in Ordnung war, dass man weder ihm noch seiner Kollegin einen Vorwurf machen wird. Trotzdem nagt da dieses Schuldgefühl in ihm. Er muss versuchen, es unter Kontrolle zu halten, sonst trübt es irgendwann seinen Blick für die Realität.

Was gibt es also Besseres, als die Ermittlungen voranzutreiben?

*

Larsen schließt die Tür des Büros auf, geht zu seinem Schreibtisch und lässt sich – noch in Jacke und Schal – auf den Stuhl dahinter sinken. Endlich mal eine Atmosphäre, in der man in Ruhe nachdenken kann, stellt er fest und erhebt sich erst fünf Minuten später wieder, um Kaffeepulver in die Maschine zu füllen. Heute muss es richtiger Filterkaffee sein – nicht dieses Latte-, Cappuccino-, Espresso-, Schmeckt-sowieso-alles-gleich-Gesöff aus dem Vollautomaten.

Während sich der Geruch des frisch gebrühten Kaffees im Raum verbreitet, blättert er durch die Akten, die seit gestern auf seinem Schreibtisch gelandet sind. Besonders interessiert ihn, was bisher bei der Recherche zum Familiennamen Zapotka herausgekommen ist.

Der bearbeitende Kollege bestätigt, dass es in Deutschland nur wenige Familien mit diesem Namen gibt, während die Verbreitung in Polen und Tschechien erheblich größer ist. Im Berliner Melderegister findet sich lediglich ein Hubert Zapotka, der allerdings schon seit zehn Jahren in einem Pflegeheim lebt. Abschließend hat der Kollege noch zwei Treffer aus Brandenburg aufgeführt, einen in Frankfurt, einen in Prenzlau.

Larsen hockt tief über die Unterlagen gebeugt an seinem Schreibtisch. Mit einer Hand knetet er seinen Nacken. Irgendwie will nichts davon richtig passen. Zu weit weg, zu alt, zu wenig offensichtliches Potenzial.

Unter dem Ausdruck hat der Kollege allerdings noch eine handschriftliche Notiz angefügt: *Über eine (nicht ganz legale) Suchmaschine bin ich noch auf ein Buch gestoßen, das sich mit dem Politbüro der DDR beschäftigt und in dem der Name Hans Zapotka im Zusammenhang mit Wandlitz auftaucht. Allerdings ist dieses Buch nicht mehr lieferbar.*

Wandlitz, das liegt nördlich von Berlin, gar nicht mal so weit entfernt, wenn ihn seine geographischen Kenntnisse nicht trügen. Er will gerade eine Karte aufrufen, da fliegt die Bürotür auf, und Fricke stürmt in den Raum.

«Oh, der Herr Larsen. Mit Ihnen habe ich heute gar nicht gerechnet. Langeweile?»

Larsen weiß nicht, was er sagen soll. Der Kriminaltechniker hat wirklich die Gabe, sich mit einem einzigen Satz bei ihm unbeliebt zu machen. Er überlegt kurz, ob es Sinn macht, sich Fricke gegenüber zu erklären, beschließt aber, die dümmliche Anspielung einfach zu ignorieren. «Sie scheinen ja wieder gesund zu sein, prima. Gibt es denn was Neues?»

Fricke zögert einen Augenblick, dann nickt er. «Hier.» Er legt einen Umschlag auf Mayla Aslans Schreibtisch. «Die wiederhergestellten Aufzeichnungen vom Anrufbeantworter dieser Lehrerin. Habe euch extra eine schöne CD gebrannt.»

«Danke», sagt Larsen. «Ein Link zur Audiodatei auf dem Server hätte gereicht.» Er sieht Frickes Gesicht und fügt rasch hinzu: «So ist es aber natürlich viel bequemer.»

Der Kriminaltechniker dreht sich auf dem Absatz um. «Wie man es auch macht ...», ist noch zu hören, bevor die Bürotür hinter Fricke ins Schloss fliegt.

Larsen atmet durch, konzentriert sich dann wieder auf die Karte auf seinem Monitor. Neben den topographischen Informationen zeigt ihm das Programm einige Fotos von Wandlitz und seiner Umgebung an. «Nicht schlecht», murmelt er und zoomt in ein Foto, auf dem mehrere prunkvolle Villen am Ufer des Wandlitzer Sees zu sehen sind. Am Ende seines handschriftlichen Nachtrags hat der Kollege netterweise sogar den Buchtitel und die Kontaktdaten des Autors notiert. Kurz entschlossen wählt Larsen die angegebene Telefonnummer.

Es meldet sich eine Frau, die sich als die Tochter des Verfassers herausstellt. «Nein», sagt sie. «Ich kann Vater nicht ans Telefon holen. Er ist oben, das Gerät unten. Und so ein schnurloses Dingsda haben wir nicht.» Larsen erfährt, dass Walter Eckmaier seit einem Schlaganfall im Rollstuhl sitzt und das obere Stockwerk nur verlassen kann, wenn er zur Untersuchung im Krankenhaus abgeholt wird. «Dazu sind aber zwei bis drei wirklich kräftige Krankenpfleger nötig», sagt Eckmaiers Tochter und kichert völlig unpassend.

Larsen will keine Zeit verlieren, daher erkundigt er sich, ob er Walter Eckmaier denn besuchen könne. Am besten noch heute, in gut einer Stunde könne er dort sein.

Eckmaiers Tochter stimmt zu, fügt aber hinzu: «Reden wird der mit Ihnen aber sowieso nix. Erstens wegen seiner Lähmung und zweitens, weil Sie von der Polizei sind.»

*

Die Strecke quer durch Berlin, ein kurzes Stück Autobahn und dann übers Land, dauert aufgrund des starken Verkehrs erheblich länger, als das Navigationsgerät kalkuliert hat. Offenbar nutzt halb Berlin den klaren Wintersonntag für einen Ausflug ins Umland. Als er endlich das kleine, graue Haus am Ortsrand von Klosterfelde, einer Nachbargemeinde von Wandlitz, erreicht, kratzt der fahle Ball der Sonne bereits an den Baumwipfeln im Westen.

Thea Eckmaier ist eine schlanke, fast schon hagere Frau von knapp fünfzig Jahren. «Vater, da kommt ein Besuch für dich», grölt sie von unten, bevor sie Larsen die steile Holztreppe hinaufführt.

Walter Eckmaier sitzt vor dem einzigen Fenster des Raums in einem klobigen Rollstuhl. Die Gardinen sind ein wenig zur Seite geschoben, durch den schmalen Spalt kann Larsen einen Streifen verschneites Feld sehen, an dessen Ende sich die Silhouette eines Hochsitzes abzeichnet. Er umrundet den Rollstuhl und reicht dem alten Mann seine Hand.

Thea Eckmaier, die an der Tür stehen geblieben ist, schüttelt den Kopf. «Das ist zu schwierig für ihn. Seine rechte Hand geht gar nicht mehr, und die linke – na ja ...» Sie unterbricht sich, als sei damit alles hinreichend erklärt.

Larsen zieht sich einen Stuhl heran und setzt sich dem alten Mann gegenüber. Nichts regt sich im Gesicht von Walter Eckmaier, seine Augen sind einfach starr auf das Fenster gerichtet.

«Ist das Ihr Hochsitz dort hinten?» Larsen deutet Richtung Fenster. «Ich bin kein Jäger, aber wäre das jetzt nicht gerade die perfekte Uhrzeit?»

Es dauert einen kleinen Moment, dann kommt etwas Bewegung in Eckmaiers Mimik. «Ja, das ist meiner», sagt er, und seine Stimme scheint aus weiter Ferne zu kommen. Larsen ist sich nicht mal sicher, ob der alte Mann überhaupt die Lippen bewegt hat, aber für einen Wimpernschlag hat ihn sein Blick gestreift. «Das war meiner», korrigiert sich Eckmaier. «Sie sehen ja, wie es um mich bestellt ist. Ja, die Zeit wäre perfekt. Gut für Böcke.» Er sieht wieder aus dem Fenster.

«Arbeiten Sie denn zurzeit an weiteren Publikationen über das Politbüro? Ich habe von Ihrem letzten Werk erfahren, aber das ist ja leider nicht mehr im Handel.»

«Buch? Sie wollen was zu meinem Buch wissen?» Wieder scheint die Stimme nicht aus dem Körper des Mannes zu kommen.

«Danach hat schon lange keiner mehr gefragt. Es gibt auch keine Exemplare mehr. Der kleine Verlag ist pleite», mischt sich Thea Eckmaier von hinten ein.

«Aus, geh weg!» Walter Eckmaier dreht den Kopf ein paar Zentimeter und wirft einen strafenden Blick in ihre Richtung. Man sieht deutlich, wie sehr ihn diese Haltung anstrengt. «Sie hat ja keine Ahnung. Überhaupt keine Ahnung. Immer glaubt sie alles zu wissen.»

Larsen räuspert sich. «Vielleicht wäre es tatsächlich ganz gut, wenn ich alleine mit Ihrem Vater sprechen könnte.»

«Ja, ja, ist ja schon gut.» Thea Eckmaier hebt abwehrend die Hände, dann dreht sie sich um und verlässt das Zimmer.

Kaum ist das Knarren der Treppenstufen verklungen, wendet sich Eckmaier an Larsen: «Sie wollen doch bestimmt was über die Waldsiedlung erfahren, oder?» Als er Larsens erstaunten Blick sieht, ergänzt er. «Alle interessieren sich nur dafür, dabei ist das lediglich ein kleiner Teil meiner Arbeit.»

«Alle? Wer ist denn alle?», fragt Larsen.

Auf der linken Gesichtshälfte des Mannes zeichnet sich so etwas wie der Anflug eines Lächelns ab, dann beginnt er zu erzählen: von der Presse, die nach der Wiedervereinigung zu ihm gekommen ist und sich eigentlich nur vorgefertigte Meinungen über das Leben der DDR-Funktionäre bestätigen lassen wollte. Schlagzeilenträchtige Hintergrundinformationen suchten sie. So etwas wie ein geheimes Tagebuch von Erich Honecker. Aber nicht mit ihm, nicht mit Walter Eckmaier. Dafür stand er nicht zur Verfügung. Er wollte aufklären, und deswegen hat man ihn dann auch schnell fallenlassen, seine Publikationen sogar öffentlich als völlig unglaubwürdig bezeichnet.

Eckmaier redet sich in Rage. Larsen nickt in regelmäßigen Abständen, wagt den alten Mann aber nicht zu unterbrechen. Als Eckmaier endlich erschöpft innehält, nutzt Larsen die

Chance, um die Frage unterzubringen, wegen der er eigentlich gekommen ist: «Zapotka. Hans Zapotka. Sagt Ihnen der Name was?»

Eckmaier beginnt seinen unterbrochenen Monolog fortzusetzen, doch dann stutzt er. Sein Kopf ruckt in Larsens Richtung. «Zapotka? Wie kommen Sie denn jetzt auf den?» Bevor Larsen eine Antwort geben kann, redet Eckmaier bereits weiter: «Der war ja in Pankow damals, in die Waldsiedlung haben sie den gar nicht erst mitgenommen.»

«Pankow?»

«Bevor es die Waldsiedlung gab, lebten die Genossen vom ZK in besonders gesicherten Häusern und Straßenzügen in Pankow. Und Hans hat die Herrschaften chauffiert.» Eckmaier ist jetzt kaum zu verstehen, ein Speichelfaden läuft ihm aus dem Mundwinkel.

«Sie kannten Hans Zapotka also persönlich?»

Eckmaier brummt ein «Ja». Sein Blick ist wieder auf den Waldrand gerichtet. Plötzlich geht ein Ruck durch seinen Körper. «Tragisch», sagt er leise. «Die ganze Familie eine einzige Tragödie.»

«Wie meinen Sie das?»

«Sind alle gestorben. Kurz nacheinander. Johanna ist am Schmerz über die verlorene Tochter zerbrochen, und Hans ist ihr nur wenige Monate später ins Grab gefolgt. Erst im Tod fand die Familie wieder zueinander, als auch Katerina dem Leben entrissen wurde.»

Larsen erinnert sich an die verwitterte Inschrift auf dem Grabstein. Im Sommer 1983 hatte man Zapotkas Tochter in Berlin-Buch beigesetzt. «Sie sprachen gerade von der verlorenen Tochter. Warum?»

«Weil sie 1979 den Kontakt zu den Eltern fast völlig abgebrochen hat. Kein Besuch mehr, kein Telefonat. Nur zu Weihnachten ein Postkartengruß: *Mir geht es gut, macht euch keine Sorgen.* So was in der Art. Hans und Johanna haben die Welt nicht mehr verstanden.»

Larsen nickt. «Verständlich. Aber was war denn vorgefallen?»

«Hans hatte seiner Tochter nach dem frühen Tod ihres Mannes eine Anstellung in der Waldsiedlung vermittelt. Von dort hieß es dann plötzlich, sie habe eine neue Aufgabe, über die sie nicht sprechen dürfe. Dabei war sie doch eigentlich nur im Putzdienst. Mehr weiß ich leider nicht darüber.»

Eine Viertelstunde später verlässt Larsen das Haus der Eckmaiers. Zum Schluss hat ihm der alte Mann noch von einer Bekannten berichtet, die zeitgleich mit Zapotkas Tochter in der Waldsiedlung gearbeitet hat. «Sie wohnt gar nicht weit von hier. Katerina hieß übrigens seit ihrer Heirat Langfeld. Mit Zapotka dürfte Inga nichts anfangen können», hat er gesagt und mit der gesunden Hand, die trotzdem stark gezittert hat, die Adresse auf einem Notizzettel notiert.

*

Die Straßenlaternen springen gerade an, als Larsen den Wagen parkt. Eine unbefestigte Straße, die unzähligen Schlaglöcher darauf haben sich in kleine Eisseen verwandelt, die im gelben Licht matt schimmern. Das Grundstück ist von einer dichten Hecke umgeben, nur durch einen Spalt am Eingangstor gelingt es Larsen, einen Blick auf das Anwesen zu erhaschen. Wie es in dieser Gegend üblich ist, liegt das zweigeschossige Gebäude weit nach hinten versetzt. Aus den Fenstern der unteren Etage dringt Licht. Larsen betätigt den Klingelknopf neben der verschlossenen Pforte.

Es dauert eine ganze Weile, bis sich im Haus etwas rührt. Ein Schatten an einem Fenster, dann schwingt die Haustür auf. In dem hell erleuchteten Rechteck erkennt Larsen die schmale Silhouette einer Frau. «Was wollen Sie?», ruft sie ihm mit krächzender Stimme entgegen.

Er überlegt. Soll er jetzt wirklich durch die Gegend brüllen, dass er von der Polizei ist? «Mein Name ist Larsen. Ich war gerade bei Walter Eckmaier in Klosterfelde, und der gab mir netterweise Ihre Adresse. Ich recherchiere für ... für ein Buch über die Menschen, die in der Waldsiedlung gearbeitet haben.»

Keine Antwort. Plötzlich ertönt Hundegebell. Larsen sieht, wie der Schatten der Frau kurz verschwindet. Dann taucht sie erneut im Lichtschein des Hausflurs auf. Die Frau geht langsam, und es dauert eine Weile, bis sie die Strecke durch den ausgedehnten Garten zurückgelegt hat. Auf ihrem Kopf trägt sie eine Pudelmütze, der dünne Körper steckt in einem derben Wollmantel.

«Vom Eckmaier kommen Sie also», sagt sie und blickt Larsen aus ihrer gebückten Haltung von unten her an.

Larsen nickt. Frau Saalbach macht keine Anstalten, ihn hineinzubitten, also stellt er seine Frage gleich hier: «Sie haben ja als Hauswirtschafterin in der Waldsiedlung gearbeitet. Da sind Sie doch sicher in die Häuser aller Funktionäre gekommen, oder?»

Statt ihm zu antworten, schüttelt die alte Frau nur den Kopf. «Der Eckmaier. Schickt mir einfach so einen Schreiberling ans Haus. Wahrscheinlich, weil er selber nichts über die Waldsiedlung sagen kann.» Sie hält inne, wirft einen Blick zum Haus zurück, zieht sich den Mantel etwas enger um die Schultern. Für einen Moment wirkt es, als habe sie vergessen, warum sie eigentlich hier draußen steht.

«Herr Eckmaier erschien mir doch recht kompetent, was das Leben der Funktionäre betrifft», nimmt das Larsen das Gespräch wieder auf.

«Jagdveranstaltungen für die Herren hat er organisiert. Schorfheide und so, da mag er sich ausgekannt haben. Alles andere hat er später erst aus uns rausgequetscht.» Die alte Frau tritt von einem Fuß auf den anderen. Es ist wirklich kalt hier draußen.

«Wie meinen Sie das?», fragt Larsen.

Sie lacht bitter. «Die meisten von uns waren nach der Wende arbeitslos. Klar, wer wollte schon jemanden beschäftigen, der mal in einem Funktionärshaushalt die Böden geschrubbt oder die Kinder betreut hat. Dann kam Eckmaier und hat versprochen, er würde uns am Gewinn seines Buches beteiligen. Wir müssten ihm nur ein wenig über unsere Zeit in der Waldsiedlung erzählen. Bisher habe ich aber nicht einen Pfennig gesehen.»

Und da der Verlag pleite ist, wird das wohl leider auch so bleiben, fügt Larsen in Gedanken hinzu.

Wieder ist Hundegebell aus dem Haus zu hören. «Ich war noch gar nicht mit ihm draußen», sagt sie. «Das Wetter macht mir zu schaffen.»

Larsen stellt noch ein paar Fragen, aber Frau Saalbach bleibt weiterhin wortkarg. Über Zapotka und seine Tochter erfährt er nichts, was ihm nicht schon durch Eckmaier bekannt war.

Irgendwann unterbricht Frau Saalbach das Gespräch einfach mit einer unwirschen Handbewegung. «Ich bin müde, vielleicht fällt mir mehr ein, wenn Sie ein andermal wiederkommen. Aber ich glaube es eigentlich nicht», sagt sie, dreht sich um und schleicht ohne ein weiteres Wort zum Haus zurück.

22. November, abends
Arne Larsen

Irgendwie ist er nicht wirklich überrascht, sie hier anzutreffen. Es ist Sonntag. Es ist nach neunzehn Uhr. Ihre Erkältung ist sogar noch schlimmer geworden. Die aufgerissene Großpackung Papiertaschentücher und das Inhalationsgerät auf ihrem Schreibtisch sprechen eine deutliche Sprache. Trotzdem hockt Mayla Aslan mit Kopfhörern an ihrem Schreibtisch und bearbeitet mit zehn Fingern die Computertastatur.

Er schwankt noch zwischen Respekt und Kopfschütteln, als sie sich mit einem Ruck zu ihm umdreht.

«Frau Aslan ...», setzt er zu einer Begrüßung an, doch sie deutet nur mit dem Zeigefinger auf die linke Kopfhörermuschel und dreht sich dann zu ihrem Schreibtisch zurück. Einen Wimpernschlag später setzt auch das Tastaturgeklapper wieder ein.

Dann eben nicht. Er zuckt mit den Schultern, durchquert den Raum und lässt sich auf seinen Drehstuhl sinken. Ein leeres Büro wäre ihm lieber gewesen. Ein wenig Ruhe, um die Befragungen in Klosterfelde und Wandlitz noch einmal Revue passieren zu lassen.

Davon, dass Eckmaier an den Folgen eines Schlaganfalls leidet und laut seiner Tochter schlecht sprechen kann, ist während des Gesprächs kaum etwas zu merken gewesen. Ganz im Gegenteil. Vermutlich nutzt der alte Mann sein Handicap einfach aus, um so wenig wie möglich mit seiner Tochter kommunizieren zu müssen. Nachvollziehbar, denkt Larsen und muss grinsen. Durchaus nachvollziehbar.

Unklar ist ihm nach wie vor, welche Haltung der Mann eigentlich tatsächlich zum DDR-Regime hatte. Dass sein Buch kein neutraler Zeitzeugenbericht gewesen sein kann, ist während der Unterhaltung mehr als deutlich geworden. «Die wollten nicht hören, was ich zu sagen hatte. Deswegen hat man in den Verlagsräumen auch Feuer gelegt», hat sich Eckmaier empört. «Sollte wie ein Versicherungsbetrug aussehen, was bei einem insolventen Verlag ja auch naheliegend ist. Tatsächlich aber wollte man alle Restbestände meines Buches vernichten.»

«Und Sie – warum verbringen Sie diesen kalten Sonntag im Büro?» Mayla Aslan steht plötzlich neben seinem Schreibtisch, den Kopfhörer noch um den Hals.

Sie sieht nicht gut aus, stellt er fest. Rot geränderte Augen, sogar ihr südländischer Teint wirkt heute einige Nuancen blasser. Diesmal wird er sich aber zu keinem Kommentar hinreißen lassen. Ganz sicher nicht. «Zapotka», sagt er und lehnt sich in seinem Bürostuhl zurück.

Mayla Aslan nickt, hakt aber nicht nach. Vermutlich wartet sie nun auf seine Gegenfrage, aber auf das Spielchen hat er heute keine Lust.

«Kennen Sie eigentlich die Waldsiedlung?», fragt er stattdessen.

«Sie meinen die, in der die DDR-Politiker gewohnt haben?»

«Ja, genau. Nicht alle natürlich, nur die ...»

Sie winkt ab. «Ja, ja, ich weiß, nur die Regierung. Und da lebte auch dieser Zapotka?»

«Fast», sagt er, dann gibt er der Kollegin eine kurze Zusammenfassung seines Besuches bei Eckmaier. Als er erwähnt, dass er im Anschluss von Klosterfelde nach Wandlitz gefahren ist, unterbricht sie ihn. «Weiß Salzmann eigentlich von dem Ausflug nach Brandenburg?»

Larsen ist irritiert. Was deuten sich denn hier für seltsame Spielregeln an? Seine Fälle in Schleswig-Holstein haben ihn immer wieder mal über die Landesgrenzen nach Hamburg, Niedersachsen oder Mecklenburg-Vorpommern geführt. Abstimmungen mit den dortigen Polizeibehörden hat es dafür nicht gebraucht. «Ich habe lediglich ein wenig Recherche vor Ort betrieben», erklärt er.

Die Kollegin schüttelt den Kopf. «Sie haben es wirklich drauf, den Chef gegen sich aufzubringen.»

«Ich habe nicht mal Zeugen befragt.»

«Ich bin doch auf Ihrer Seite. Es ist hart ...» Sie kramt aus der Gesäßtasche ihrer Jeans ein Taschentuch hervor. «... mit diesem Bürokratie-Scheiß, aber Salzmann hat das alles nach oben hin zu verantworten, und er ist nun mal extrem vorsichtig.» Sie schnäuzt in das Taschentuch, hält es dann mit spitzen Fingern und scheint zu überlegen, ob sie es in Larsens Papierkorb entsorgen soll.

«Vorsichtig? Er hat einfach nur verdammten Schiss um seine Karriere. Egal, lassen wir das. Sollten wir Eckmaier noch mal brauchen, frage ich hübsch um Erlaubnis, okay?»

Mayla Aslan nickt gedankenverloren. «Bisher habe ich allerdings nicht das Gefühl, dass Ihr Ausflug und dieser Eckmaier uns irgendwie weiterbringen.»

«Der spannendste Teil kommt ja noch.» Er legt eine Kunstpause ein. «Zapotkas Tochter Katerina hat in der Waldsiedlung gearbeitet. 1983 ist sie gestorben, wie wir ja schon auf dem Grabstein gesehen haben.»

Mayla Aslan macht eine ungeduldige Bewegung mit der Hand.

Larsen räuspert sich. «Seit Ende der siebziger Jahre durften die Eltern keinen Kontakt mehr zu ihr haben.»

«Keinen Kontakt? Was bedeutet das?»

«Es gab Postkarten, zu Weihnachten einen Brief. *Es geht mir gut. Macht euch keine Sorgen …* Aber ab diesem Zeitpunkt bis zu ihrem Tod hat das Ehepaar Zapotka seine Tochter nicht mehr zu Gesicht bekommen. So zumindest hat es Eckmaier dargestellt.»

«Hat Katerina das in ihren Briefen begründet?»

«Sie habe eine neue Aufgabe, dürfe aber darüber nicht sprechen.»

«Und das haben die einfach geschluckt? Hallo? Da fährt man doch mal bei der Tochter vorbei oder geht gleich zur Polizei!» Mayla Aslan pustet sich eine Locke aus der Stirn.

«Frau Aslan, wir befinden uns – lange vor der Wende – mitten im sozialistischen Herzen der DDR. Die Volkspolizei ist nicht unbedingt unser Freund, und unsere Tochter arbeitet in einem hermetisch abgeschirmten Sicherheitsbereich. Außerdem sind wir alt und krank.»

Die Kollegin sieht ihn mit einem seltsamen Blick an, setzt sich dann auf die Schreibtischkante. «Ich war gerade in die Schule gekommen, als die Mauer fiel. An das geteilte Berlin habe ich praktisch keine Erinnerung mehr. Aber es muss für die Menschen drüben nicht leicht gewesen sein.»

Larsen nickt. «Hans Zapotka hat in den Siebzigern selbst für den Staatsapparat gearbeitet. Er wusste vermutlich ganz genau, was einem passieren konnte, wenn man das Spiel nicht mitmachte.»

«Aber wie passt das alles in unseren Fall? Bislang ist die einzige Verbindung ein relativ frischer Grabstrauß.»

«Ich denke, das neue Puzzleteilchen scheint nur deshalb nicht richtig ins Gesamtbild zu passen, weil ringsherum noch alle Verbindungsstücke fehlen.»

Mayla Aslan rutscht von der Schreibtischkante. «Ich habe

mir übrigens gerade die alten Aufzeichnungen angehört, die die KT vom Anrufbeantworter der Lehrerin gesichert hat, und sie mit den Verbindungsdaten ihres Telefonanbieters abgeglichen.»

«Ich bin ganz Ohr.»

«Lea Zeisberg war geschieden. Ihr Exmann ...» Mayla Aslan läuft zu ihrem Schreibtisch, entsorgt das Taschentuch und wirft einen Blick auf den Monitor. «... heißt Bernd Jochum. Sie haben in der letzten Zeit einige Mal telefoniert oder sich aufs Band gesprochen.» Sie schaut noch einmal auf ihren Bildschirm und nennt ihm die Daten. «Die beiden scheinen sich trotz Trennung gut zu verstehen.»

«Manchmal entwickelt sich eine gute Freundschaft erst, wenn man den Sex hinter sich gelassen hat.»

«Ach, tatsächlich?» Ihre Augen wirken immer noch müde, aber ihr Blick hat etwas Spöttisches bekommen.

Larsen hat keine Lust, das Thema zu vertiefen. «Sie wollen ihn vermutlich noch heute Abend befragen?», fragt er und steht von seinem Schreibtisch auf.

Mayla Aslan wirkt überrascht. «Okay, ja gern. Er weiß allerdings noch nichts vom Tod seiner Exfrau. Das fällt mal wieder uns zu.»

«Warum hat sich denn niemand darum gekümmert?»

Mayla Aslan zuckt mit den Schultern. «Die Kollegen der Bereitschaft waren bei den Eltern von Lea Zeisberg, die in einem Altersstift in Tegel leben. Den früheren Ehemann hatte anscheinend niemand auf dem Schirm.»

*

Sie haben den Wagen in einer Seitenstraße geparkt. Larsen schaut zum Straßenschild hoch, doch ein Graffiti hat die Beschriftung völlig unleserlich gemacht.

«Sonntagabends in der Nähe der Oranienstraße einen Parkplatz zu bekommen, ist eigentlich ein Ding der Unmöglichkeit. Wir haben wirklich großes Glück», erklärt Mayla Aslan und schließt den Wagen ab.

Trotz des kalten Wetters sind die Straßen voller Passanten. Vor zahlreichen Restaurants stehen die Gäste mit Getränken in der Hand und pusten Rauchwolken in die eisige Nachtluft. Auch einer dieser Berliner Stadtteile, der nie schläft, sinniert Larsen. Allerdings scheint hier noch mehr los zu sein als in seinem Prenzlberger Kiez.

Sein Kiez ... wie lange noch ...

Immer öfter macht sich die Frage in seinen Gedanken breit, wie es für ihn in Berlin weitergehen soll. Die WG war ja von Anfang an nur als Übergangslösung gedacht. Im Moment taucht er dort auch nur auf, um sich für ein paar Stunden aufs Ohr zu hauen. Und gerade bei diesen kurzen Aufenthalten nervt es ihn extrem, dass das Bad ständig besetzt ist, der Flur mit Bandequipment und Möbeln vollgestellt ist und die Küche meistens einem Schlachtfeld gleicht.

Sie überqueren gerade die Kreuzung zur Adalbertstraße, als Mayla Aslan plötzlich langsamer wird und schließlich ganz stehen bleibt. Ein gemurmelter türkischer Fluch, dann stülpt sie sich mit einer hektischen Bewegung die Kapuze ihrer Winterjacke über den Kopf.

«Was ist denn los?» Larsen folgt dem Blick seiner Kollegin, entdeckt auf dem Gehsteig aber nur eine kleine Gruppe asiatischer Touristen und am Straßenrand zwei junge Männer, die an einen BMW gelehnt ihre Smartphones penetrieren.

«Kommen Sie, wir gehen andersrum», sagt sie und schiebt ihren Arm unter seinen, als ob sie ein älteres Ehepaar wären.

«Jochum wohnt aber ...»

Mayla Aslan antwortet nicht, dirigiert ihn mit energischen

Bewegungen in die Richtung zurück, aus der sie gerade gekommen sind. Hundert Meter weiter, abseits der Leuchtreklamen von Kneipen und Speiselokalen, lässt sie seinen Arm wieder los. «Mein Verflossener ... es muss ja nicht sein, dass er mich so sieht. Mit Ihnen, mit einem anderen Mann.» Sie stößt die Worte atemlos aus, als wäre sie gerade einen Halbmarathon gelaufen.

Larsen runzelt die Stirn. Das klingt nicht nur nach einer Ausrede, das ist ganz sicher eine. Nur wofür? Er taxiert seine Kollegin von der Seite, doch sie reagiert nicht, hält ihren Blick starr auf den Gehweg vor sich gerichtet. Offenbar ist das Thema für sie erledigt. Ohne miteinander zu reden, umrunden sie den Straßenblock. Natürlich ist dieser Weg deutlich länger, und als sie endlich das Wohnhaus von Jochum in der Adalbertstraße erreichen, hat die kalte Nachtluft Larsens Jacke durchdrungen und seinen Oberkörper mit einer Gänsehaut überzogen.

Bernd Jochum öffnet erst nach dem dritten Klingeln. Larsen ist doch ein wenig überrascht, als er den Mann im dämmrigen Flurlicht näher betrachtet. Strähniges Haar, das grellrote T-Shirt, unter dem sich ein deutlicher Bauchansatz abzeichnet, zieren mehrere Flecke. Zahnpasta und Tomatenketchup, analysiert er fast automatisch. Außerdem ist Jochum relativ klein. Lea Zeisberg dürfte ihren Exmann auch ohne hochhackige Schuhe locker um einen halben Kopf überragt haben. Larsen ist sich bewusst, wie klischeehaft er gerade denkt, aber es fällt ihm einfach schwer, sich diesen Mann an der Seite der attraktiven Lehrerin vorzustellen.

Jochum zeigt sich überrascht, dass die Polizei ihn zu dieser späten Stunde noch aufsucht. Erst nach einigem Zögern bittet er sie herein. Im Wohnzimmer fegt er einen Pizzakarton und zwei leere Bierdosen vom Couchtisch und bittet seine Besucher dann auf dem Sofa Platz zu nehmen.

«Das Landeskriminalamt sogar? Was habe ich denn verbrochen?» Er lächelt vage.

Larsen hockt sich ganz auf die Kante des Sofas, blickt Jochum direkt ins Gesicht und informiert ihn über den Tod seiner Exfrau.

Jochum hört nahezu regungslos zu. Er sitzt leicht vorgebeugt, sein Mund steht offen, und alle paar Sekunden fährt er sich mit der Fingerspitze am Halsausschnitt seines T-Shirts entlang. Als Larsen zum Schluss nochmals sein Beileid ausdrückt, reagiert Jochum äußerst merkwürdig. Er lehnt sich in seinen Sessel zurück und sagt nur ein einziges Wort: «Schlimm!»

Für einige Sekunden wird es so still, dass man den Fernsehton aus der Nachbarwohnung hören kann.

«Mehr fällt Ihnen dazu nicht ein? *Schlimm* – das ist alles?», fragt Mayla Aslan.

«Ich weiß nicht, was ich sonst sagen könnte», antwortet Jochum. Seine Stimme ist leise, aber fest.

Mayla Aslan setzt zu einer Erwiderung an, besinnt sich dann aber.

Larsen hat den Eindruck, dass die traurige Mitteilung bei Jochum noch gar nicht richtig angekommen ist. Der Mann wirkt so seltsam unbeteiligt, abgelenkt. Als ob ihn in diesem Moment etwas anderes viel mehr beschäftigen würde.

«Herr Jochum, ich weiß, dass das für Sie jetzt sehr schmerzhaft sein muss, aber um den Tod Ihrer geschiedenen Frau aufklären zu können, müssen wir Ihnen ein paar Fragen stellen. Meinen Sie, das geht?», fragt Larsen.

Jochum nickt. Er hat sich wieder vorgebeugt. Sein linker Fuß wippt zu einem imaginären Rhythmus.

«Sie hatten in der letzten Zeit häufiger Kontakt zu Ihrer geschiedenen Frau, haben sich sogar getroffen.»

Jochums Augenbrauen ziehen sich ruckartig zusammen.

«Wir haben die alten Nachrichten auf dem Anrufbeantworter abgehört», sagt Larsen.

Jochum nickt.

«Hatten Sie trotz Scheidung ein gutes Verhältnis zueinander?»

Jochum nickt erneut. «Lea hat immer viel Wert auf meine Meinung gelegt. Auch danach ...»

«Wann haben Sie sie das letzte Mal gesehen?», fragt nun Mayla Aslan.

Jochum sieht kurz zu ihr hinüber, dann starrt er wieder auf seine Knie. «Das ist gut zwei Wochen her, wir haben uns in einer Kneipe ...»

«Das war also die Verabredung, bei der Sie sich ein paar Mal telefonisch verpasst haben, ja?»

Jochum bestätigt mit einem knappen Kopfnicken.

«Hat sich Ihre geschiedene Frau bei diesem Treffen anders als sonst verhalten? Worüber haben Sie gesprochen?», fragt Larsen und tastet in der Jackentasche nach seinem Notizblock.

«Es ging um Kinder. Kinder, die nicht regelmäßig in den Unterricht kommen. An die genauen Details kann ich mich nicht mehr erinnern.»

«Und darüber wollte sie mit *Ihnen* sprechen?» In Mayla Aslans Stimme schwingt Verwunderung mit.

«Ja, aber das verstehen Sie wahrscheinlich nicht. Lea konnte sehr hartnäckig sein, wenn sie sich etwas in den Kopf gesetzt hat. Da verhalten sich ein paar Kinder an ihrer Schule etwas seltsam, und schon muss etwas ganz Furchtbares dahinterstecken. Sie hatte ein ausgesprochenes Talent, Dinge nur aus einer Warte zu betrachten und dann zu dramatisieren. Ich musste sie während unserer Ehe oft von der falschen Fährte holen. Das hat diesmal wohl nicht funktioniert.»

«Diesmal – wie meinen Sie das?», hakt Larsen nach.

«Sie hat sich anscheinend noch weiter in die Sache hineingesteigert, bei unserem letzten Telefonat hat sie mir nämlich eine hanebüchene Geschichte erzählt. Ich habe sie inständig gebeten, mit ihrer Therapeutin darüber zu sprechen, aber das ...» Bernd Jochum hält plötzlich inne, sieht Larsen unvermittelt an. «Musste sie wegen ihrer Neugier sterben?»

Larsen erklärt dem Mann, dass man noch ganz am Anfang der Ermittlungen stehe, aber jede seiner Erinnerungen bei den Ermittlungen helfen könne. Seltsamerweise scheint das Jochum zu beruhigen. Er atmet durch und berichtet, was ihm von dem Telefonat noch im Gedächtnis geblieben ist. Seine Wortwahl ist besonnen, die Stimme ruhig. Larsen gewinnt fast den Eindruck, er spreche mit einem professionellen Fallanalytiker und nicht mit einem Mann, der erst vor wenigen Minuten vom Tod eines vertrauten Menschen erfahren hat.

Mayla Aslan nutzt eine kurze Pause in Jochums Schilderung, um eine Frage unterzubringen: «Wer von Ihnen hat eigentlich die Scheidung eingereicht?»

«Lea. Warum?»

Mayla Aslan schüttelt den Kopf. «Nichts. Nur für unsere Aufzeichnungen.»

Larsen bemerkt den Blick, mit dem sie Jochum mustert. Offenbar ist ihr der Mann wegen seiner mangelnden Empathie suspekt. «Und dieses Mädchen hat also etwas in ihr Aufsatzheft geschrieben?», wendet er sich wieder an sein Gegenüber.

«Ja, anscheinend», sagt Jochum. «Als Kind habe ich aber auch ständig in meinen Heften rumgemalt. Meine Güte, wenn die Lehrer da immer gleich Polizei und Kavallerie gerufen hätten.»

«Und dann ist Ihre geschiedene Frau tatsächlich Frau Grossmann gefolgt?»

«So hat sie es beschrieben. Auf ein verwildertes Gelände.»

«Wo genau?»

Jochum hebt die Achseln. «Sie ist mit der S2 gefahren. Mehr weiß ich nicht.»

«Und dann?»

«Da hat sich diese Frau wohl mit einem Mann getroffen, und es kam zu einem Streit?»

«Hat sie den Mann beschrieben?»

«Herr Kommissar, Lea und ich haben nur telefoniert. Das war keine Vernehmung. Außerdem habe ich ihr sowieso kein Wort geglaubt. Wie gesagt, Lea dramatisierte gerne und seit dem Vorfall an ihrer Schule noch mehr.» Bernd Jochum presst seine Lippen plötzlich fest zusammen.

«Keine Sorge, wir wissen bereits von dem Übergriff an der Schule. Was hat sich denn damals genau ereignet?»

Jochum zögert noch einen Moment, beschreibt dann aber in seiner distanzierten, emotionslosen Art, was sich Anfang des Jahres in der Sporthalle der Erich-Weinert-Schule zugetragen hat.

«Die Jungen haben *was* getan? Sie haben uriniert?» Mayla Aslan hat sich mit einem Ruck aufgerichtet. Ihre Augen starren Jochum mit unverhohlenem Entsetzen an. «Sie meinen, die haben die Hosen runtergelassen und auf Ihre Frau *gepinkelt*?»

Jochum nickt stumm.

«Und was ist dann geschehen?», fragt Larsen, während Frau Aslan Bernd Jochum immer noch fassungslos anstarrt.

«Lea wurde vom Direktor gefunden, die drei Jungs am nächsten Tag der Schule verwiesen.»

«Keine Anzeige? Strafverfolgung?»

«Hätte aufgrund des Alters der Täter wohl nicht viel gebracht, und in der Schule hat man den Vorfall klein halten wollen.»

Larsen sieht aus dem Augenwinkel, dass Mayla Aslan zu

einer Frage ansetzt und dann doch nur stumm den Kopf schüttelt. Dass dieser Zwischenfall höchst traumatisch für Frau Zeisberg gewesen sein muss, ist absolut nachvollziehbar. An einen Zusammenhang mit ihrem Tod glaubt er allerdings nicht. «Herr Jochum, ich möchte noch einmal auf das Telefongespräch zurückkommen. Hat Ihnen Frau Zeisberg den Streit, den sie beobachtet hat, näher beschrieben?»

Jochum fährt sich mit einer Hand durch die Haare. «Es gab wohl erst eine lautstarke Auseinandersetzung, und dann hat der Mann die Frau irgendwie gepackt und weggeführt. So will es Lea zumindest gesehen haben.»

Larsen stellt noch ein paar weitere Fragen, letztlich bleibt es jedoch bei dieser sehr unkonkreten Beschreibung.

Mayla Aslan hört schweigend zu. Erst als Larsen seinen Notizblock zuklappt, wendet sie sich noch einmal an Jochum: «Leben Sie eigentlich alleine hier?»

Bernd Jochum nickt.

«Keine neue Partnerin? Eine Freundin vielleicht?»

Jochum schüttelt den Kopf. «Ich arbeite zu viel.»

Waldsiedlung 1979

Wir bewohnten nur eine Hälfte des Hauses. Aber es gab trotzdem viel mehr Zimmer als in allen anderen Wohnungen, in denen Mama und ich bisher gelebt hatten. Und nicht nur die Wohnungstür, auch sämtliche Zimmertüren besaßen ein richtig kräftiges Schloss. Die Fenster der unteren Etage waren ebenfalls gesichert, dicke Gitter waren ins Mauerwerk eingelassen und die Stäbe so eng gesetzt, dass gerade noch mein Arm zwischendurchpasste.

Die rechte Haushälfte war das Spiegelbild von unserer. Hier wohnte Zacharias, vor dem ich eine Heidenangst hatte. Er brüllte oft so laut in seinen Räumen rum, dass man es bis zu uns hören konnte. Dabei lebte er alleine da drüben, hatte weder Frau noch Kinder. Zweimal im Monat bekam er abends Besuch von Frauen. Damen – wie Adam sie nannte. Dann hielt ein dunkler Wagen vor dem Haus. Ein, manchmal auch zwei Schatten huschten in kurzen Röcken zum Nachbareingang und klapperten mit ihren Absätzen die Treppe hoch. In diesen Nächten wurde der Lärm auf der anderen Seite häufig so groß, dass ich davon aufwachte. Und ich träumte dann meistens auch ganz schlimme Dinge.

Am nächsten Morgen kam das schwarze Auto wieder vorgefahren. Oft konnten die Damen aber nicht mehr alleine zum Wagen gehen, und der Fahrer musste aussteigen und sie stützen.

In der Nacht, als die Frau nackt aus Zacharias' Badezimmerfenster in der ersten Etage sprang, war es vorher ganz besonders laut zugegangen. Zuweilen hörte es sich so an, als würde unser Nachbar Nägel in die Wand schlagen, dann ertönten wieder gedämpfte Schreie.

Als sie dann sprang, hat sie allerdings nicht geschrien. Jedenfalls nicht gleich. Ich sah sie von meinem Zimmer aus auf dem mit Raureif überzogenen Gras sitzen und ihre Beine anstarren, die in einem komischen Winkel nach rechts und links abstanden. Ich glaube, so richtig gebrüllt hat sie erst, als die Männer kamen und sie auf die Trage hoben.

Den Keller unseres Hauses mussten wir uns mit diesem Zacharias teilen. Dort runterzugehen war schon deswegen eine Prüfung. Eine von den vielen, die Adam mir stellte. «Es ist das Leben, aber es ist auch ein Spiel», hat er mir einmal erklärt. «Nur wenn du das Richtige tust, kannst du gewinnen. Deswegen musst du die Regeln bestimmen, wenn deine Zeit kommt. Und vorbereitet sein. Gut vorbereitet.»

22. November, abends
Arne Larsen

«Wahnsinn!», stößt Mayla Aslan aus, kaum dass die schwere Haustür hinter ihnen ins Schloss gefallen ist.

«Ja», sagt Larsen, aber er ist sich nicht sicher, ob sie in diesem Moment wirklich dasselbe meinen. Der Besuch bei Bernd Jochum hat so einiges zutage gefördert, das man wohl als höchst ungewöhnlich bezeichnen darf.

«Zwei halten sie fest, einer pisst auf sie und dann wechseln sie sich ab. Und so was sollen Grundschüler machen? Kinder?» Mayla Aslan schüttelt den Kopf und stolpert, die Hände in den Manteltaschen versenkt, neben Larsen durch die Adalbertstraße.

«Aber die Grundschule in Berlin geht doch bis zur sechsten Klasse, oder? Und wenn die Kids einmal nicht versetzt werden, hat man es schon mit halben Männern zu tun.»

«Stimmt, in dem Fall muss die Frau Ängste ausgestanden haben, dass die Jungs sie vergewaltigen wollen.» Sie bleibt stehen, stößt eine Atemwolke aus und sieht ihr einen Moment beim Vergehen zu. Dann schließt sie wieder zu Larsen auf.

«Bleibt die Frage, was eigentlich schlimmer ist», sagt er.

«Nein, Larsen, das ist keine Frage.»

«Nein?»

«Nein!»

«Und das alles nur, weil Lea Zeisberg die Jungs beim Kiffen erwischt hat.»

«Vielleicht ist ja vorher schon was anderes vorgefallen», mutmaßt Mayla Aslan. «Eine schlechte Note, ein Tadel – etwas, das diese Schüler gegen die Lehrerin aufgebracht hat. Wir wissen es einfach nicht.»

«Aber urinieren?»

«Wahrscheinlich haben die Jungen das vorher im Internet gesehen, als Bestrafung oder als sexuellen Fetisch. Sie wollten es ausprobieren und warteten nur auf den passenden Moment.»

Für eine Minute schweigen sie beide und hängen ihren Gedanken nach. Dann ist es wieder Mayla Aslan, die zuerst etwas sagt: «Wir müssen Bernd Jochum genauer unter der Lupe nehmen. Er lügt!»

«Lügt? Wieso?»

«Auf dem Anrufbeantworter hat er mehrfach von seiner neuen Lebenspartnerin gesprochen und sogar erwähnt, dass sie auf das Ergebnis einer Fruchtwasseruntersuchung warten.»

Larsen pfeift durch die Zähne. «Aber warum sollte er Lea Zeisberg so eine Lüge auftischen?»

«Keine Ahnung.» Inzwischen haben sie den Dienstwagen erreicht, Mayla Aslan öffnet die Beifahrertür. «Wir wissen nicht, was zwischen den beiden vorgefallen ist, warum sie geschieden sind. Trauer oder wenigstens Schock hat der Typ jedenfalls nicht gezeigt, und alleine das macht ihn für mich schon verdächtig.»

*

Zurück im Büro nimmt sich Larsen, ohne erst die Jacke auszuziehen, die Untersuchungsergebnisse der Spusi und der KT noch einmal vor. Eine grobe Inventarliste von Lea Zeisbergs Wohnung. Er hat sie schon mindestens dreimal durchgesehen, doch diesmal folgt er einer neuen Idee.

«Suchen Sie nach was Bestimmtem?» Mayla Aslan hängt ihren Mantel an die Garderobe, klopft den Schnee, der von den Bäumen am Haupteingang gerieselt ist, vom dunklen Stoff.

«Ich suche nach dem Gegenteil. Nach etwas, das eigentlich da sein müsste.»

«Aha.»

Er hört, wie sie ihren Schreibtischstuhl vorzieht, die Schublade öffnet und den Tabakbeutel knisternd hervorholt, dann ist er mit der Liste durch. Treffer. «Kein Handy. Kein Smartphone.»

«Nicht jeder hat ...»

«Stimmt», fällt er seiner Kollegin ins Wort. «Aber dann besitzt man auch kein Ladegerät dafür. Aber genau das haben die Kollegen in der Wohnung gefunden.» Er hebt das Blatt hoch und deutet auf die entsprechende Stelle in der Liste.

«Okay.» Mayla Aslan schiebt die halb fertiggestellte Zigarette zurück in den Beutel und bewegt sich langsam auf seinen Schreibtisch zu.

«Verloren, verkauft, verliehen scheidet vermutlich aus», sagt sie mit rauer Stimme und beugt sich über den Ausdruck.

Aus der Nähe sieht er deutlich, dass ihre Erkältung weiter auf dem Vormarsch ist. Ihre Wangen scheinen zu glühen, die Lippen sind trocken und aufgesprungen. Als sie neben ihn tritt, hat er sogar das Gefühl, die fiebrige Hitze, die in ihrem Körper tobt, auf seiner Haut zu spüren.

«Sie gehören ins Bett», sagt er mit Nachdruck. «Das hier hat auch noch bis morgen Zeit.»

Überraschenderweise fasst sie sich an die Stirn, nickt. «Ja, es ist spät. Morgen bin ich wieder fit.» Sie dreht sich um, nimmt ihren Mantel von der Garderobe und eilt hinaus. Als er ihr eine gute Besserung hinterherruft, ist die Bürotür bereits ins Schloss gefallen.

Doch auch er spürt, dass sein Körper Erholung und Schlaf braucht. Er sendet den Kollegen eine Mail mit der Bitte, den Mobiltelefonprovider von Lea Zeisberg herauszufinden und ihre Zugangsdaten anzufordern, dann löscht er das Licht und verlässt ebenfalls das Büro.

23. November, morgens
arne Larsen

Sein Schädel ist so schwer wie der bleigraue Himmel, der scheinbar nur eine Handbreit über den Dächern der Stadt hängt. Es ist wärmer geworden. Wärmer und feuchter. Kopfschmerzwetter. Erkältungswetter. Eine Menge Kollegen haben sich krankgemeldet, und auch Mayla Aslan hat telefonisch durchgegeben, dass sie heute zu Hause bleiben müsse, morgen aber ganz sicher wieder *on the job* sei.

Das wird ihr nicht leichtgefallen sein, überlegt er. Ausgerechnet jetzt loslassen zu müssen, wo endlich Bewegung in die Ermittlungen gekommen ist.

Das Telefon klingelt. Oberkommissar Kai Wertke ist dran, seine Stimme wirkt aufgeregt, und er bittet Larsen dringend, zu ihm rüberzukommen.

Wertke teilt sich sein Büro mit drei anderen Kollegen. Trotz des geöffneten Fensters ist es unangenehm warm.

«Ich dachte mir, dass Sie das sicher gleich sehen wollen», begrüßt ihn der junge Kollege mit lauter Stimme, um den Verkehrslärm von draußen zu übertönen. Auf seinem Bildschirm flimmert die Website eines Mobiltelefonanbieters. «Der Provider hat mir zunächst mal den Account von Lea Zeisberg freigeschaltet. Hier ...» Er klickt, gibt ein Passwort ein, ein neues Fenster öffnet sich. «Die Frau war schlau und hat sich eine Cloud eingerichtet – oder besser gesagt, sie hat die Cloud ihres Anbieters auch tatsächlich genutzt.»

Cloud, Datenspeicherung, Fotos weltweit abrufen können. Larsen sind die Techniken dahinter grundsätzlich vertraut, auch wenn er sie selbst nur selten nutzt. Auf dem Monitor vor Wertke tauchen jetzt Miniaturansichten von Fotos auf.

«Das reicht zurück bis 2013. Urlaub in ... Moment ... in Portugal. Algarveküste», erklärt Larsens Kollege. «Dieses Jahr hat sie offenbar nur selten einen Anlass zum Fotografieren gefunden. Eigentlich gibt es nur ...» Er scrollt durch das Fenster. «... nur diese beiden Bilder. Kurz nacheinander fotografiert. Das hier ist ein wenig schärfer.»

Auf dem Bildschirm wird das Foto nun in voller Größe angezeigt. Larsen beugt sich vor, schiebt seine Brille in die Stirn, dann wieder zurück auf die alte Position. Er erkennt zwei Menschen, die sehr dicht beieinanderstehen. Ein Mann und eine Frau? Die unterschiedlichen Körpergrößen sprechen zumindest dafür. Der größere Schatten hält den kleineren in einem Klammergriff. Sicher? Nein, das kann genauso gut auch eine zärtliche Umarmung sein. Am linken Bildrand etwas, das wie ein Zaun aussieht. Ja, da sind zwei hohe Pfähle, und dazwischen könnte Maschendraht sein. Wenn die Aufnahme nur nicht so pixelig wäre.

«Die Szene wurde vermutlich nur von einer Straßenlaterne beleuchtet. Natriumdampflampe, schätze ich. Daher dieser Orangeton», sagt Wertke. «Dafür ist die Qualität aber gar nicht so schlecht.» Er lacht kurz.

Larsen ist weniger zum Lachen. Frau Zeisberg hat sich weder geirrt noch Halluzinationen gehabt. Das Treffen zwischen Frau Grossmann und diesem unbekannten Mann hat tatsächlich stattgefunden. Irgendwo in einem Randbezirk von Berlin. Daher ist es sehr wahrscheinlich, dass sich auch der Rest der Geschichte genau so abgespielt hat, wie sie es ihrem Mann und den Lehrerkollegen geschildert hat. Wenn ihr nur einer richtig zugehört und vertraut hätte, wäre sie vielleicht noch am Leben. Nur ihr Mörder – der hat natürlich nicht den geringsten Zweifel an ihrer Wahrnehmung gehabt. Musste Lea Zeisberg also tatsächlich sterben, weil sie dem falschen Menschen von der Existenz dieses Bildes erzählt hat? Grausam. Larsens Blick kehrt zum Foto zurück. «Was, meinen Sie, ist das dort im Hintergrund?»

«Ein Gebäude. Beton, würde ich sagen. Ziemlich groß. Hier am anderen Rand schimmert es auch noch mal zwischen den Bäumen hindurch.» Er markiert mit dem Mauszeiger zwei Stellen auf dem Foto.

«Ja, könnte sein. Geben Sie es an die KT, vielleicht holen die noch etwas mehr aus dem Bild raus.»

«Klar.»

«Wenn ich schon mal hier bin: Sie haben sich doch den Kellerzugang im Haus der Grossmanns näher angeschaut?»

«Ja, man kann von der Remise über den Keller bis ins Vorderhaus gelangen. Der Gang ist recht schmal und wurde sicher bereits beim Bau des Hauses angelegt. Vermutlich für Bedienstete, die damals in der oberen Etage der Remise ihre Schlafkammern hatten.»

Larsen nickt. «Danke» sagt er erst, als er das Büro schon fast wieder verlassen hat. In seinem Rücken spürt er die Blicke der Kollegen, und in seinem Kopf summt es. Das Haus der Grossmanns. Ein Gang, mit dem man es jederzeit betreten oder verlassen kann, ohne von den Nachbarn gesehen zu werden.

Sie glauben, du bist drin, doch du bist schon wieder fort. Und jeden Abend leuchtet das Licht. Das ist deine Tarnung.

Tarnung, Alibi – oder was noch? Und vor allem: warum?

Larsens Schritte hallen durch den Flur des Präsidiums. Vor seinem Büro bleibt er verwundert stehen. Er ist sich ganz sicher, die Tür geschlossen zu haben, als er zu Wertke rübergegangen ist. Jetzt steht sie offen. Das muss nichts bedeuten. Kriminalrat

Salzmann hat schon öfter in dem leeren Dienstzimmer auf ihn gewartet.

Trotzdem – irgendein Sinn sagt ihm, dass etwas nicht stimmt. Er tastet nach dem Pistolenhalfter, greift aber ins Leere. Pistole samt Holster liegen noch im Waffenschrank. Er stellt sich an den Türspalt. Die Lampe auf seinem Schreibtisch blendet ihn, und er kann kaum mehr als einen Schatten erkennen, der sich am Arbeitsplatz seiner kranken Kollegin zu schaffen macht. Die Schreibtischschublade wird gerade geöffnet. Das knarzende Geräusch kennt er genau.

Zentimeter für Zentimeter drückt er die Tür weiter auf. Licht sickert nun in einem schmalen Streifen in das Büro, und er kann zumindest den Rücken der Person erkennen. Ein Mann, mittelgroß, dunkle Haare, Lederjacke, helles Kapuzenshirt. Niemand, den er hier schon mal gesehen hat.

Mit zwei schnellen Schritten ist er bei dem Mann, packt dessen Arm und dreht ihn mit einem gezielten Hebelgriff auf den Rücken, während er mit der anderen Hand den Kopf fixiert.

Der Unbekannte stößt einen überraschten Laut aus, versucht sich sofort aus dem Griff zu befreien, macht seine Lage damit aber nur noch schlimmer. Larsen vergrößert den Winkel des Hebels, bis der Mann einen kehligen Schmerzensschrei ausstößt. «Scheiße, Mann, hör auf. Du brichst mir den Arm. Ich will zu meiner Schwester. Das ist doch ihr Büro!?»

Der Bruder von Mayla? Larsen mustert das Profil des Mannes. Südländischer Typ, das würde schon passen. «Was wollten Sie an diesem Schreibtisch?»

«Mann, ich wollte nur auf sie warten. Eine rauchen so lange. Mayla hat Kippen dadrin. Fragen Sie doch Ihren Partner.» Er deutet mit dem Kinn auf Larsens Schreibtisch.

«Da sitze ich», kontert Larsen trocken. Er gibt den Kopf des Mannes frei, behält seinen Arm aber im Beugegriff und dirigiert ihn auf einen Stuhl. Endlich schafft er es, einen Blick in das Gesicht des Mannes zu werfen. Gepflegter Vollbart, gezupfte Augenbrauen. Irgendwie kommt ihm der Typ jetzt doch bekannt vor.

Auf die Frage nach seinem Ausweis kramt der Unbekannte mit der freien Hand die Mitgliedskarte eines Fitnessstudios aus seiner Hosentasche. Kein Foto, aber wenigstens ein Name: Mehmet Aslan.

Larsen lässt den Arm des Mannes los und tritt einen Schritt zurück. «Warum machen Sie so was, Herr Aslan? Sie sind hier in einem Büro des LKA und nicht in der Privatwohnung Ihrer Schwester.»

Mehmet Aslans Gesicht verfinstert sich. Er wirkt, als wolle er jeden Moment aufspringen, doch dann sagt er nur: «Ja, war blöd. Okay?»

Larsen nickt. «Und zu allem Überfluss hat sich Ihre Schwester heute krankgemeldet.»

Aslans Gesicht sieht schon wieder aus, als könne er seine Aggression kaum unter Kontrolle halten. «Quatsch, die ist nicht zu Hause. Deswegen bin ich ja hier. Die ...» Er zögert, mustert Larsen von oben bis unten. «Ja, klar. Ich kenn dich. Du bist doch der Typ von gestern. Aus der O-Straße. Mayla hat wohl geglaubt, ich seh euch nicht.»

Natürlich. In dieser Sekunde erinnert sich auch Larsen. Vor ihm hockt einer der beiden Männer, die an dem BMW lehnten, als sie auf dem Weg zu Jochum waren. Aber sagte Frau Aslan nicht, sie hätte ihren Verflossenen entdeckt? «Wir hatten dort einen Einsatz.»

«Einen Einsatz? Scheiß auf euren Einsatz. Da lief ein Fest. *Sünnet Düğün.* Beschneidungsfest, verstehst du? Die ganze Familie war da. Nur Mayla nicht – wie immer. Das macht unseren Vater krank. Sehr krank. Sag das meiner Schwester.» Mehmet Aslan erhebt sich, streicht sich eine Haarsträhne aus der Stirn.

Dann stellt er sich direkt vor Larsen und wiederholt den letzten Satz noch einmal, ehe er das Büro betont langsam verlässt.

Larsen lässt sich erst mal selbst auf den noch warmen Besucherstuhl fallen. Wie soll er denn jetzt damit umgehen? Da nimmt ihm so ein junger Schnösel in seinem eigenen Büro einfach das Heft aus der Hand. Bruder hin oder her. Dieses Verhalten ist durch nichts zu rechtfertigen.

Das macht unseren Vater krank. Sag das meiner Schwester.

Die Familiensituation seiner Kollegin scheint doch etwas komplizierter zu sein, als sie es darstellt. Wahrscheinlich ist auch das Ich-nehme-mir-das-beste-aus-beiden-Kulturen-Ding nur gespielt. Wie so viele aus der dritten Generation ehemaliger Gastarbeiter hat sie vermutlich an der Kluft zwischen traditionellen Wertvorstellungen in der Familie und eigener westeuropäischer Lebensweise schwer zu knabbern.

Er greift in das Regal hinter sich, zieht eine Flasche Mineralwasser hervor, trinkt in kleinen Schlucken. Vermutlich ist es das Beste, Frau Aslan nicht mit dem Auftritt ihres Bruders zu konfrontieren. Sie würde abwiegeln, verharmlosen oder sich in die Enge getrieben fühlen und zumachen. Nichts davon würde ihrer Zusammenarbeit dienlich sein. Nein, das muss die Familie Aslan schon ganz alleine mit sich ausmachen. Oder? Ist es nicht doch seine Pflicht, mit ihr darüber zu sprechen?

Er erhebt sich vom Stuhl und schlendert in Gedanken versunken zum Schreibtisch seiner Kollegin hinüber. Die Schublade steht noch immer weit offen. Als würde ihm der Schreibtisch die Zunge herausstrecken.

Natürlich will er sie nur schließen, nicht hineinschauen, dreht sogar den Kopf zur Seite, und dann macht er es doch. Mehrere Packungen Feinschnitttabak, französisches Zigarettenpapier, eine halbgeöffnete Blechschachtel, in der die Selbstgedrehten in Reih und Glied liegen. Locker hundert Stück. Der intensive Geruch nach Tabak kitzelt ihn unangenehm in der Nase, und er schließt den Deckel. Direkt neben der Schachtel liegt ein Foto. Großformatig. Mehrere Kollegen, zum Teil in Uniform, haben sich auf einer Grünfläche aufgestellt. In ihrer Mitte ein Rollstuhl, darin ein Mann, den Larsen nicht kennt. Doch die junge Frau, die hinter dem Rollstuhl steht und mit einem gequälten Lächeln in die Kamera schaut, identifiziert er ganz eindeutig als seine junge Kollegin.

Rums.

Ohne sich darüber bewusst zu sein, hat er die Schublade zugeknallt. Mit viel zu viel Schwung. Der Becher mit den Kugelschreibern auf der Schreibtischplatte wankt bedenklich, kippt aber nicht um.

Ja, er fühlt sich schlecht. Richtig schlecht. Als habe er gerade heimlich im Tagebuch seiner Schwester gelesen. Und doch ist seine Neugierde nun geweckt: Wer ist der Mann auf dem Foto? Mayla Aslans früherer Partner? Der Kollege, dessen Arbeitsplatz er jetzt eingenommen hat?

«Larsen?»

Er fährt herum. Die Bürotür steht immer noch offen. Direkt auf der Schwelle steht Kai Wertke und schwenkt ein Papier über seinem Kopf. «Hallo! Entschuldigen Sie, ich war gerade in Gedanken.» Larsen wirft einen prüfenden Blick auf den Schreibtisch der Kollegin. Alles in Ordnung. Nichts deutet auf seine Indiskretion hin.

«Ich habe das Foto zur KT geschickt und zusätzlich auch im Kollegenkreis rumgezeigt. Kann ja nicht schaden, dachte ich, schließlich kommen ein paar der Jungs aus den Randbezirken im Norden.» Wertke legt eine Pause ein und macht zwei Schritte in den Raum hinein. «Und tatsächlich: Sascha Rogalski ist sich relativ sicher, dass er weiß, wo die Aufnahme entstanden ist. Hier, ich hab's rausgesucht.»

Auf dem Ausdruck sieht Larsen das Handyfoto, das Lea Zeisberg aufgenommen hat, und darunter eine Satellitenaufnahme aus dem Internet. Viel Wald, ein paar Straßen, mittendrin mehrere Gebäudekomplexe. «Wie kann sich Rogalski so sicher sein? Das Foto gibt doch kaum was her.»

Wertke nickt. «Das habe ich ihn auch gefragt. Aber er hat als Kind in der Ecke gelebt, seine Eltern wohnen noch immer dort. Das hier sind ehemalige Krankenhäuser der DDR-Regierung.» Er tippt auf zwei helle Flecke. «Sascha meint, der Zaun auf der Aufnahme sei charakteristisch. Links könnte man ein wenig vom Pförtnerhaus sehen, daneben den Parkplatz und rechts im Anschnitt die Rampe, die zum Hauptgebäude führt.»

«Hm ...» Larsen starrt auf das Bild. Sicher, wenn man die Ausführungen des Kollegen hört, kann man das mit viel Phantasie in die Aufnahme hineininterpretieren.

«Sascha hat auch erst gezögert. Erst als er mitbekam, um welchen Fall es geht, hat er mich angesprochen.»

«So, warum denn?»

«Weil dieses Gebiet gerade mal drei Kilometer Luftlinie von dem Friedhof entfernt liegt, wo Frau Grossmann und ihre Tochter gefunden wurden.»

WALDSIEDLUNG 1979

Als sich die warme Hand auf meinen Mund legte, hätte ich beinahe losgeschrien. Es war dunkel im Zimmer, nur durch die angelehnte Tür sickerte ein wenig Licht. So dauerte es einen Moment, bis ich erkannte, dass der Schatten, der da auf meiner Bettkante hockte, meine Mutter war.

«Mama, was ist los?», fragte ich, als sie die Hand endlich von meinen Lippen nahm.

«Pssst», sagte sie. «Wir gehen Opa und Oma besuchen.»

«Aber ...», sagte ich, doch Mama schüttelte den Kopf. «Ich erkläre es dir später, jetzt müssen wir uns beeilen. Zieh das an!»

Sie deutete auf einen Stapel Kleidung auf meiner Bettdecke, der dort gestern Abend noch nicht gelegen hatte. Die lange Unterhose wollte ich nicht anziehen, aber Mama duldete keinen Widerspruch. Als ich fertig war, führte sie mich die Treppe runter in den Flur. Die Wohnzimmertür stand offen, und ich sah im flackernden Licht des Fernsehers, dass auf dem Wohnzimmertisch mehrere Flaschen standen. Adam entdeckte ich nirgends. Plötzlich hielt Mama eine kleine Reisetasche in der Hand, keine Ahnung, wo sie die herhatte.

Draußen schlug uns ein eiskalter Wind entgegen, und jetzt war ich doch froh, dass Mama mich auch gezwungen hatte, den kratzigen, aber sehr warmen Pullover mit den Hirschen drauf anzuziehen.

«Kommt Adam nicht mit?», fragte ich.

«Nein, natürlich nicht.» Sie sah mich entsetzt an, stülpte mir die Kapuze meines Anoraks über und ergriff meine Hand. «Komm jetzt, wir dürfen keine Zeit verlieren.»

Ich blickte über meine Schulter zum Haus zurück. Auf Zacharias' Seite war alles dunkel, aber bei uns brannte Licht in mehreren Zimmern. Plötzlich kam mir ein furchtbarer Gedanke. «Hast du Adam getötet?», fragte ich und machte mich an Mamas Hand ganz schwer.

«Was?», fragte sie und sah zu mir runter. Ein Windstoß fuhr ihr ins Gesicht und klatschte ihr eine Haarsträhne über Nase und Wange. Obwohl Mama für mich immer die schönste Frau der Welt gewesen war, sah sie mit ihren weit aufgerissenen Augen und dem verzerrten Gesicht jetzt ganz furchtbar hässlich aus. «Was?», fragte sie noch einmal, ging in die Hocke und rüttelte an meiner Schulter. «Wie kannst du nur ... Das Schwein hätte es verdient, aber ...» Sie schüttelte den Kopf und erhob sich wieder. «Er schläft, ich habe ein paar meiner Medikamente gesammelt. Bitte komm jetzt, wir müssen uns beeilen.»

Mama zerrte mich hinter sich her, und so näherten wir uns dem Dienstbotentor, das den Innen- mit dem Außenring verband. Die Schranke war geschlossen, und im Licht eines Scheinwerfers, der an einer Zinne der Mauer befestigt war, konnte ich erkennen, dass der Durchgang zusätzlich von einem Soldaten bewacht wurde.

Mama dirigierte mich hinter ein Gebüsch, von hier aus konnte man den Bereich vor dem Tor gut überblicken. Sie sah auf ihre Uhr. «Gleich haben sie Wachwechsel», flüsterte sie. «Für einen kurzen Moment sind dann beide in dem Wachhäuschen, und wir können durchschlüpfen.»

Erst in diesem Moment verstand ich. Mama wollte gar keinen Ausflug zu Oma und Opa machen, sie wollte weg aus der Waldsiedlung. Für immer.

«Ich will aber nicht, ich will hierbleiben.» Obwohl ich nur flüsterte, verstand mich Mama. Sie erstarrte mitten in der Bewegung.

«Das hast du gerade nicht ernst gemeint, oder?» Ihr Gesicht war wieder ganz dicht vor meinem. «Du willst hierbleiben? Martin, was redest du denn da?»

Wie sollte ich es ihr erklären? Es war mir doch selbst eben erst aufgegangen. Je länger ich aber darüber nachdachte, umso klarer wurde mir, dass das wirklich mein Wunsch war. Ich wollte nicht weg von Adam, dem Haus, der Siedlung. Ich wollte einfach, dass alles so blieb, wie es war.

Mama wartete immer noch auf meine Antwort. Ihre Augen starrten mich entsetzt an, und ihre Unterlippe zitterte. «Martin, was ...» Der Rest ihres Satzes ging in einem Schluchzen unter.

Ich sah sie an und nahm all meinen Mut zusammen. «Mama, du bist krank», sagte ich. «Sehr, sehr krank!»

23. November, morgens
Arne Larsen

«Das Krankenhaus der Stasi? Larsen, wollen Sie aus diesem Fall etwa noch ein Politikum machen?» Salzmann schüttelt den Kopf, rollt mit seinem Bürostuhl einen halben Meter vom Schreibtisch zurück und schlägt die Beine übereinander.

Arne Larsen setzt zu einer weiteren Erläuterung an. Gute fünf Minuten steht er nun schon im Zimmer des Vorgesetzten, hat erklärt, Fotos gezeigt und mögliche Zusammenhänge beleuchtet. Doch noch immer scheint Salzmann nicht überzeugt zu sein. Langsam wird er wirklich ungeduldig.

Plötzlich huscht so etwas wie ein Lächeln über das Gesicht des Kriminalrats. «Ein Spaß, Larsen. Das war nur ein Spaß. Nein, wirklich gut. Großartig. Endlich mal etwas Handfestes.» Er betrachtet noch einmal den Ausdruck mit dem Luftbild, sieht dann Larsen an. «Der Zusammenhang mit der Waldsiedlung erscheint mir zu weit hergeholt. Diese Krankenhausruine und der Friedhof dagegen, das passt zusammen. Drei Kilometer. Da hätte einer die Leiche von der Grossmann ja sogar zu Fuß hinschleppen können.» Er bleckt die Zähne. Die Metallklammer, die seine Teilprothese hält, blitzt auf.

Larsen nickt nur. Soll der Chef doch denken, was er will. Hauptsache, er genehmigt den Einsatz auf dem Gelände des ehemaligen Krankenhauses der Staatssicherheit in Berlin-Buch.

«Warum sind Sie alleine zu mir gekommen? Was ist denn mit Frau Aslan?»

«Krank.»

«Krank, aha.» Salzmann lächelt süffisant.

Larsen weiß nicht, wie er diese Reaktion einschätzen soll. Besser, er berichtet nicht, dass er vor dem Besuch bei Salzmann probiert hat, seine Kollegin ans Telefon zu bekommen, um sie über die aktuellen Fortschritte im Fall zu informieren. Nach mehreren vergeblichen Versuchen hat er ihr letztlich eine Nachricht auf der Mailbox hinterlassen.

Salzmann rollt mit seinem Stuhl zurück an den Schreibtisch, tippt mit zwei Fingern lässig auf der Tastatur herum. «Okay, dann nehmen Sie Rogalski mit und verschaffen sich einen ersten Eindruck. Es besteht ja wirklich nur die ganz vage Möglichkeit, dass sich dieser Mann noch dort aufhält. Auch den Staatsanwalt lasse ich erst mal außen vor, für den Fall, dass sich das Ganze als Flop herausstellt. Deswegen, Larsen, tun Sie bitte nichts, was ich nicht auch tun würde.»

23. November, morgens
Arne Larsen

Arne Larsen ist fast ein wenig enttäuscht, als Rogalski den Wagen auf einen kleinen Parkplatz lenkt und neben einem mit Unmengen von Graffiti besprühten Pförtnerhäuschen ausrollen lässt. Die Lage des Krankenhauses, das zu DDR-Zeiten hermetisch abgeschirmt war, wie der Kollege während der Fahrt erklärt hat, hat er sich doch anders vorgestellt, eher abseits der großen Verkehrsadern und nur über versteckte Pisten erreichbar. Tatsächlich aber verläuft direkt neben dem Gelände eine gut ausgebaute Straße, die Berlin-Buch mit der nahen Autobahn verbindet. Im Sekundentakt rauschen die Blechkarossen vorbei, und durch das Seitenfenster kann Larsen sogar die Lichtzeichen einer nahen Ampelkreuzung durch die Büsche schimmern sehen.

«Das hier ist das ehemalige Regierungskrankenhaus. Nach der Wende wurde es ein paar Jahre lang als Rettungsstelle weitergeführt», erklärt Rogalski, nachdem sie ausgestiegen sind, und führt Larsen zu einem mannshohen Gittertor. «Ich habe keine Ahnung, warum man die Klinik eigentlich dichtgemacht hat. Bis auf das viele Unkraut sieht die Anlage doch noch ganz passabel aus.»

Larsen nickt. Auch auf ihn macht keines der Gebäude einen besonders baufälligen Eindruck. Das Areal wirkt, als sei es einfach in einen Dornröschenschlaf gefallen.

«Zum Krankenhaus der Stasi haben wir allerdings noch

einen kleinen Fußmarsch vor uns», sagt Rogalski. «Ich habe bewusst nicht direkt davor geparkt.» Er deutet nach rechts und läuft los.

Für seine schwerfällige Statur legt der Kollege wirklich ein beachtliches Tempo vor, stellt Larsen fest. Er muss sich sputen, um nicht den Anschluss zu verlieren. Am Ende des Parkplatzes steuert Rogalski auf einen verwachsenen Pfad neben dem Grundstück zu, den man eigentlich erst als solchen erkennt, wenn man schon darauf steht. Ein paar Minuten laufen sie schweigend hintereinanderher. Der Weg entfernt sich immer weiter vom Regierungskrankenhaus, dafür wird der Wald um sie herum stetig dichter. Fast im Sekundentakt schlagen Larsen feuchte Zweige und Buschwerk ins Gesicht. Zwischen den Wurzelsträngen auf dem Weg hat getauter und wieder überfrorener Schnee rutschige Eisflächen gebildet, die sie zwingen, ihr Tempo immer wieder zu reduzieren.

Endlich schimmern rechter Hand die Umrisse weiterer Gebäude zwischen den kahlen Baumstämmen hindurch. Trostlos, das ist der Begriff, der Larsen in den Sinn kommt, als der Wald zurückweicht und den Blick auf die Bauten freigibt. Trostlos, aber ganz und gar nicht harmlos. Hat er bei dem ersten Klinikgebäude noch den Eindruck gehabt, es wäre sanft in einen Schlaf gefallen, so ruft das zweite Areal mit seinem langgestreckten Haupttrakt bei ihm eindeutig Unbehagen hervor. Unter der betongrauen Hülle scheint etwas Böses zu lauern und nur darauf zu warten, dass sie sein Territorium betreten. Ein Frösteln huscht über Larsens Rücken, die kleinen Härchen auf seinen Unterarmen richten sich auf. Instinktiv zieht er sich die Jacke fester um die Schultern.

Wenige Meter weiter endet der Weg schließlich an einem Zaun. Drei Meter hoch, aus massiven Stahlgittern geschweißt, die Zaunkrone eine Doppelreihe daumenlanger Metallspitzen.

Direkt dahinter liegt der ehemalige Parkplatz der Klinik, wie ein verrostetes blau-weißes Hinweisschild inmitten der grasüberwucherten Fläche anzeigt.

«Sie waren da doch schon mal drüben, oder?», fragt Larsen.

Rogalski dreht sich ruckartig um und mustert ihn einen Moment lang. Die zusammengekniffenen Augen lassen sein Vollmondgesicht noch runder erscheinen. Schließlich nickt er. «Sieht man mir das an, oder wie? Aber es stimmt tatsächlich. In der Siedlung hinter dem Wald dort bin ich aufgewachsen. Als Kind bin ich hier ständig rumgeschlichen, kam aber nie nah genug ran. Alles gut bewacht. Erst nach der Wende bin ich rüber, mit den Jungs aus der Nachbarschaft. So 'ne Art Mutprobe.» Er lacht leise. «Für mich ist es immer wieder komisch, die Relikte von damals wiederzusehen. Da hängen so viele Kindheitserinnerungen dran.»

Vor seinem geistigen Auge sieht Larsen eine ganze Horde Kinder in kurzen Hosen durch den Bucher Forst toben. Mittendrin Rogalski mit einem jugendlichen Mondgesicht und einem kräftigen Bauchansatz, der sein blaues FDJ-Hemd fast zum Platzen bringt. Ein merkwürdiges Bild voller Klischees. Larsen muss über seine eigenen Vorurteile lächeln und sich eingestehen, dass er nichts über das Lebensgefühl der Menschen in dieser Zeit weiß und es sich auch kaum vorstellen kann. Eine geteilte Stadt, Selbstschussanlagen an den Grenzen, hermetisch abgeriegelte Krankenhäuser, die Politikern oder Stasimitarbeitern vorbehalten sind. Ob die Kinder überhaupt etwas davon mitbekommen haben?

Rogalski räuspert sich. «Hat sich ja schon eine Menge verändert. Wir hatten damals Glück, weil ein Sturm einen Baum so günstig gefällt hat, dass seine Krone den Zaun niedergedrückt hat. Vielleicht ...» Er blickt sich suchend um. «Da vorne muss das gewesen sein. Kommen Sie!»

Sie folgen dem Verlauf des Zaunes. Das Hauptgebäude rückt immer näher. Trister Beton. Fünf Reihen mit kleinen Fenstern, die ihn wie die Facettenaugen eines Insekts anzustarren scheinen. Ein monströses Insekt auf dem Sprung. Larsen schüttelt den Kopf, um die Bilder zu vertreiben. Prägt vielleicht das Wissen, dass hier früher alles von der Stasi kontrolliert wurde, die seltsamen Vorstellungen in seinem Hirn?

«Hier, Larsen, hier.» Rogalski ist stehen geblieben. «Schauen Sie sich das mal an.»

Obwohl der Kollege direkt darauf deutet, entdeckt Larsen erst beim zweiten Blick das lose Gittersegment.

«Offenbar hat man es nicht für nötig befunden, den Schaden ordentlich zu reparieren. Na ja, war ja auch schon alles vorbei damals.» Rogalski schiebt das Zaunstück mit einem Ruck zur Seite, sodass sie beide durchschlüpfen können.

«Ich kann mir aber kaum vorstellen, dass diese Frau Zeisberg hier ebenfalls durch ist», sagt Rogalski und verschließt das Gitter hinter ihnen wieder provisorisch.

«Das glaube ich auch nicht, entweder hat sie durch das Gitter fotografiert, oder sie hat einen anderen Weg gefunden.» Larsen geht ein paar Schritte in Richtung Pförtnerhaus. «Frau Grossmann und der Mann müssen ja auch irgendwie hier rein ...» Er stockt. Das graue Insekt hat ihm zugezwinkert. Eine winzige Veränderung des Lichts, eine Bewegung hinter einem der Fenster – er kann nicht sagen, was es war.

Rogalski tritt neben ihn. «Alles in Ordnung?»

«Ja, ich dachte nur ...» Larsen schirmt die Augen instinktiv mit einer Hand ab und scannt noch einmal die Vorderfront des Gebäudes. Nichts. Keine Auffälligkeiten. Das Insekt lauert wieder.

Der Haupteingang ist natürlich verschlossen. Vor den Scheiben der Glasfront wurden von außen nachträglich Gitter angebracht und die Flügeltüren durch zwei quer laufende massive Riegel verbarrikadiert. Auch an den Seiteneingängen bietet sich ein ähnliches Bild. Mit Schneideisen und Brechstange würde man wahrscheinlich reinkommen. Aber selbst wenn sie schweres Werkzeug dabeihätten, wäre es Einbruch und ohne staatsanwaltschaftlichen Beschluss selbstverständlich strafbar. Larsen hat noch immer Salzmanns Mahnung im Ohr: *Tun Sie nichts, was ich nicht auch tun würde.*

«Vielleicht hier.» Rogalski deutet auf eine Rampe, die schräg in den Boden führt und an einem Tor mündet.

Larsen folgt dem Kollegen nach unten.

Während Rogalski die Verriegelung des Rolltores prüft und an den Stahllamellen rüttelt, öffnet Larsen eine kleine Klappe, die auf Brusthöhe in die Mauer eingelassen ist. Er erinnert sich an die Taschenlampe an seinem Schlüsselbund und zieht sie hervor. Der dünne Lichtstrahl trifft auf einen glänzenden Metallgegenstand. Ein Schlüssel, der in einem Schalter steckt und nach links und rechts gedreht werden kann. Er kann einfach nicht widerstehen.

WALDSIEDLUNG 1979

Mamas Schrei gellte durch das ganze Haus. So hatte ich sie noch nie schreien hören. Auch nicht in der Nacht, als uns die zwei Soldaten nach dem Fluchtversuch in unser Haus zurückgebracht hatten. Adam hatte mich damals in meinem Zimmer eingeschlossen und war dann zu Mama rübergegangen.

Ich hatte das Klatschen der Schläge durch die Wand gehört und auch Adams schweren Atem in den Pausen dazwischen. Nur von Mama war kein einziger Ton rübergedrungen.

Doch diesmal schrie sie vor Schmerz. Türen knallten. Schritte auf der Treppe. Da waren eindeutig mehrere Menschen in unserem Haus.

Eine Stunde später schwang die Tür zu meinem Zimmer auf, und Adam kam rein, in der Hand einen großen Schlüsselbund. «Dein Brüderchen kommt. Aber es gibt ein Problem, das wir hier nicht lösen können. Ich fahre deine Mutter in ein Krankenhaus.»

Ich nickte, erst dann verstand ich, was das bedeuten würde: Ich musste wieder in den Bunker.

*

Der Schutzraum befand sich am Ende unseres Kellers und war mit einer dicken Stahltür versperrt. Obwohl der Raum keine Fenster hatte, bekam man Luft. Hinter einem Gitter an der Decke surrte Tag und Nacht ein Propeller. Die Wände waren dick, und das Klo bestand aus Metall. An einer Wand stapelten sich Liegen, aber es gab auch drei richtige Betten. Eins für Mama, eins für mich. Das dritte war nicht bezogen.

Die Schüsse klangen total echt. Ich hockte auf meiner Matratze und lauschte der Hörspielkassette, die ich immer hörte, wenn ich hier unten war. Die Weißen waren in der Geschichte die Bösen. Gerade hatten sie wieder eine Siedlung der Indianer überfallen. Frauen und Kinder versuchten zu fliehen, während die Krieger verbissen gegen die Übermacht der Cowboys kämpften. Es war Winter, und der Schnee zwischen den Wigwams färbte sich rot vom Blut der Toten, wie es der Sprecher mit seiner tiefen Stimme beschrieb. Obwohl ich die Kassette schon fast auswendig kannte, bekam ich an dieser Stelle eine Gänsehaut.

Eigentlich haben wir es ja hier richtig gut, dachte ich. Wir müssen nicht frieren, haben genug zu essen und sind sicher vor allen Gefahren. Ja, Adam würde niemals zulassen, dass uns etwas passiert. Ein warmes Gefühl breitete sich in meinem Körper aus. Die Gänsehaut war verschwunden.

Am Ende der Geschichte schafften es die Indianer doch, mit einer List gegen die Siedler zu gewinnen. «Sie feierten die ganze Nacht am Lagerfeuer und zeigten Manitu so ihre Dankbarkeit», sagte der Sprecher, dann war nur noch Rauschen zu hören, und der Recorder schaltete sich ab.

Dankbarkeit.

Das Wort ging mir nicht mehr aus dem Kopf.

War Mama eigentlich dankbar?

Ich schüttelte den Kopf. Nein, aber Mama war ja auch krank.

Und ich selbst?

Ich überlegte eine Weile, doch dann musste ich noch mal den

Kopf schütteln. Nein, ich war auch nicht dankbar. Nicht genug jedenfalls.

Ich beschloss, das sofort zu ändern, sprang vom Bett und sprach genau wie die Indianer einen feierlichen Schwur.

*

Als ich am nächsten Tag wieder nach oben geholt wurde, war alles anders. Mama lag auf der Couch im Wohnzimmer. Der dicke Bauch war verschwunden, und sie sah unheimlich müde aus. Ihre Lippen waren aufgesprungen, die Augen rot und ganz klein. «Martin», flüsterte sie und hob ihre Hand ein Stück in die Höhe. Ich blickte mich zu Adam um. Er nickte, und so schob ich mich am Couchtisch vorbei und umschloss Mamas Finger mit meinen. Ihre Hand war eiskalt, und die Haut fühlte sich wie ein alter Lederlappen an. Ich erschrak und ließ sie schnell wieder los. Plötzlich hatte ich Angst, Mamas Krankheit könne auf mich überspringen.

Erst jetzt sah ich den Korb auf Rädern, der neben dem Sofa stand. Er war mit weißem Stoff ausgekleidet, und an einer Stange hing ein kleiner Vorhang.

«Willst du Dirk sehen?», fragte Adam. Er lächelte.

«Dirk?», fragte ich.

Adam sagte nichts, er beugte sich zum Korb hinab und holte ein schmales Bündel heraus.

Ich kam ein paar Schritte näher. Zuerst sah ich nur ganz viele Lagen Stoff. Doch dann entdeckte ich mittendrin ein winziges rosafarbenes Gesicht. Ziemlich faltig war es, die Augenlider fest geschlossen, und auf dem Kopf wuchs kein einziges Haar. Dirk, dachte ich, du siehst fast wie Opa Hans aus.

In diesem Moment schlug Dirk seine Augen auf und schaute mich direkt an. So ein schönes Blau hatte ich noch nie gesehen. Es sah fast aus wie das Meer auf der Postkarte aus Kuba, die

Mama mal bekommen hatte. Dirk schloss seine Augen wieder, aber dieser kurze Moment hatte gereicht, um ganz tief in mir etwas auszulösen. Ich bin jetzt auch ein Beschützer, dachte ich. Ein Beschützer, genau wie Adam.

23. November, morgens
Arne Larsen

Es tut einen gewaltigen Schlag. Rogalski, der sich mit einer Hand auf dem Rolltor abgestützt hat, springt erschrocken zur Seite. Zentimeter für Zentimeter gleiten die Stahllamellen nach oben.

Hektisch dreht Larsen den Schlüssel zurück in die Mittelstellung. «Scheiße, den Lärm hat vermutlich sogar noch Salzmann im Präsidium gehört», murmelt er und sieht Rogalski an.

Der atmet tief durch, schüttelt dann den Kopf. «So laut war das letztlich nicht. Hallt durch die Betonwände einfach mehr.» Wie zum Beweis klopft er mit dem Fingerknöchel gegen eine Metalllamelle.

Larsen nickt. Hoffentlich hat sein Kollege recht. «Dass hier ein Schlüssel steckt, ist wirklich seltsam», sagt er. «Und warum gibt's hier überhaupt Strom? Rogalski, es nützt nichts. Wir müssen da rein.» Er geht in die Hocke. Unter dem Tor ist ausreichend Platz, dass er sich flach auf dem Bauch liegend auf die andere Seite schieben kann. «Kommen Sie, hier geht's weiter», ruft er seinem Kollegen zu, nachdem er sich drüben wieder aufgerichtet und den Dreck von der Kleidung geklopft hat.

Rogalski probiert es ebenfalls. «Mann, Mann», keucht er plötzlich. «Komme mir vor wie ein Seehund. Aber jetzt stecke ich fest.»

See-Elefant würde es besser treffen, denkt Larsen, bückt sich und packt den Kollegen am Arm. Ein kräftiger Zug, dann hat es auch Rogalski geschafft.

Larsen lässt den Strahl der Taschenlampe über die Wände wandern. Das ist nicht nur keine Garage, das ist schon fast eine Halle. So weitläufig jedenfalls, dass der hintere Teil komplett im Dunkeln bleibt.

«Hier wurden wohl früher die Waren für das Krankenhaus angeliefert», sagt Rogalski, immer noch schwer atmend.

Ja, und vermutlich auch die Toten abgeholt, ergänzt Larsen in Gedanken.

Durch eine Stahltür gelangen sie in ein Treppenhaus und landen schließlich im Erdgeschoss. Ihre Schritte hallen durch einen langen Gang, von dem zahllose Türen abgehen. Die meisten stehen offen. Im Vorbeilaufen sehen sie Schreibtische mit herausgerissenen Schubladen, Aktenschränke, Bürostühle, die vor Staub und Mäusekot starren. Offenbar befinden sie sich gerade im Verwaltungstrakt der Klinik.

«Und jetzt?», fragt Rogalski leise.

«Wir verschaffen uns erst mal einen Überblick», antwortet Larsen. Instinktiv hat er ebenfalls die Stimme gesenkt.

«Überblick», murmelt Rogalski. «Okay.»

Larsen muss sich eingestehen, dass er tatsächlich keinen Plan hat. Nicht einmal ein Bauchgefühl.

Der Gang wird breiter. Auf der linken Seite sind jetzt vor allem Untersuchungsräume untergebracht, wie verstaubte Türschilder anzeigen. Überall bietet sich ihnen ein ähnliches Bild: Teile von medizinischen Apparaturen, Behandlungsliegen – einige sogar mit einem Plastiküberwurf geschützt, Infusionsständer. Auf einer Fensterbank entdeckt Larsen eine noch halbvolle Arzneiflasche. Nichts aber deutet darauf hin, dass sich hier Menschen aufhalten oder vor kurzem aufgehalten haben.

«Was mir gerade einfällt: Das Krankenhaus soll so gebaut sein, dass es auch während eines Krieges weiterbetrieben werden kann.» Rogalski ist stehengeblieben und kratzt sich am Kopf.

Larsen blickt sich um. «Dieser Trakt aber sicher nicht, hier gibt es Glas, dünne Wände, nichts, was einem Angriff standhalten würde. Es muss also eine Art unterirdischen Bunker geben.»

«Ja, Sie haben recht. Wahrscheinlich führte einer der Lifte da runter, damit man die Patienten im Ernstfall schnell in Sicherheit bringen konnte.»

«Und man brauchte dort natürlich eine Versorgungsmöglichkeit von außen. Eine Zufahrt.»

Larsen und Rogalski setzen sich fast gleichzeitig in Bewegung, eilen den Weg zurück, den sie gerade gekommen sind. Erst als sie die Treppe nach unten erreichen, drosseln sie ihr Tempo.

«Warum hab ich Idiot eigentlich die Handlampe aus dem Wagen nicht mitgenommen?», flüstert Rogalski, der hinter Larsen durch das Untergeschoss stolpert.

Larsen reißt eine Stahltür auf. Muffiger Geruch schlägt ihm entgegen. Der gelbe Lichtkegel trifft auf rohe Betonwände. Leere Metallregale an den Wänden. Offenbar nur eine Art kleiner Lagerraum. Am hinteren Ende der Halle finden sie schließlich eine weitere Tür, deutlich massiver als die erste und mit zwei kräftigen Riegeln versehen. Dahinter ein kleiner Gang, eine weitere Tür ähnlicher Bauart geht seitlich ab, und geradezu – bingo! – tatsächlich der Zugang zum Fahrstuhl.

Auf seiner Kopfhaut spürt er abermals ein deutliches Prickeln. Vielleicht liegt die Lösung dieses mysteriösen Falles jetzt direkt vor ihnen. Hinter dieser Tür. Er tastet nach der Waffe im Gürtelholster, löst die Sicherungslasche. Das leise Klicken in seinem Rücken signalisiert ihm, dass Rogalski seinem Vorbild gefolgt ist.

Langsam öffnet Larsen die schwere Metalltür, hält die Taschenlampe am ausgestreckten Arm und leuchtet in das Dunkel. Kühle Luft streicht über seine Finger. Es gibt also eine Lüftungsanlage, sehr gut. Der Lichtstrahl wandert über mehrere seltsame Gebilde: dreieckig im Querschnitt, einen Meter fünfzig hoch, zwei Meter lang. Der Anblick erinnert ihn ein wenig an Zelte, aber dann realisiert er, dass es einfach nur Krankenhausbetten mit einem Bettgalgen sind, über die man eine Schutzfolie geworfen hat. Vorsichtig gehen sie weiter in den Raum hinein.

Plötzlich spürt Larsen neben seinem linken Ohr eine Luftbewegung, hört ein feines Sirren. Bevor er reagieren kann, trifft etwas mit irrer Wucht sein Handgelenk. Er schreit auf, Schmerz schießt durch seinen Unterarm bis hinein in die Schulter. Krampfhaft versucht er die Lampe festzuhalten, doch die Muskulatur in seinem Arm verweigert den Dienst. Seine Hand öffnet sich wie von selbst, die Taschenlampe rutscht heraus und knallt, eine Lichtspur wie eine verendende Silvesterrakete hinter sich herziehend, hart auf den Boden.

Neben sich hört er Rogalski brüllen. Einen Satz, der mit «Polizei» beginnt, aber in einem entsetzlichen Schmerzenslaut endet. Dann ein sattes Aufprallgeräusch. Larsen weiß, sein Kollege ist ohne den Versuch, sich noch abzufangen, zu Boden gegangen. Bewusstlos, oder Schlimmeres ...

Mit der intakten rechten Hand reißt Larsen seine Waffe aus dem Holster, hält sie schussbereit vor sich, wirbelt herum. Ohne das Licht der Taschenlampe ist es in dem Raum beinahe stockfinster. Nur die Öffnung der Tür, durch die sie reingekommen sind, hebt sich noch ganz schwach gegen das Dunkel ab.

Einen Vorteil zumindest haben diese Lichtverhältnisse: Der Angreifer kann ihn jetzt ebenfalls nicht sehen. Dass es mehrere sein könnten, hat er intuitiv ausgeschlossen.

Du musst ruhig bleiben, sagt er sich. Irgendwann wird sich dein Gegner bewegen, dann kannst du einen Angriff wagen. So überraschend wie nur möglich – die einzige Chance, wenn man nur einen gesunden Arm einsetzen kann. Er hält seinen Atem an, lauscht in die Stille. Langsam wird auch sein Sehvermögen besser. Rechts neben der Tür, ist dort nicht eine dunkelgraue Nuance im Schwarz? Form, Größe – ja, das muss ein Mensch sein.

Er stürmt nach vorne, die Pistole hoch über seinem Kopf, bereit den massiven Griff auf den Gegner niedersausen zu lassen. Mit etwas Glück wird er den Kopf treffen, vielleicht nur den Schulterbereich, auf jeden Fall aber wird es schmerzlich für den anderen werden.

Sein Gegenüber scheint allerdings über nicht minder gute Instinkte zu verfügen. Noch bevor Larsen in Reichweite ist, hört er das Knirschen von Schuhsohlen auf dem Boden, sieht eine flinke Bewegung neben der Tür. Larsen versucht seine Laufrichtung zu korrigieren – doch es ist zu spät. Fast ungebremst prallt er gegen die nackte Betonwand. Und auch diesmal erwischt es vor allem seinen verletzten Arm. Der Schmerz brandet auf, schießt durch seinen Oberkörper und treibt ihm kurzfristig Tränen in die Augen.

Er reißt seinen Körper herum, stemmt sich mit dem Rücken gegen die kalte Wand. Einmal atmen, zweimal. Zumindest reagiert jetzt ein Teil seiner Muskeln wieder. «Ergeben Sie sich, oder ich mache von der Schusswaffe Gebrauch!» Er fühlt sich immer noch benommen, hört seine eigene Stimme wie aus weiter Ferne. Sein Daumen tastet nach dem Sicherungshebel der P10, gleitet zweimal ab.

Vor ihm durchpeitscht etwas die Dunkelheit. Wieder spürt er deutlich einen Luftzug, bevor nur wenige Zentimeter vor seiner Nase etwas mit brachialer Wucht auf die Wand knallt. Er hechtet zur Seite, trotzdem treffen ihn winzige Betonsplitter im Gesicht. Staub rieselt auf seine Haare. Wenn er nur eine Handbreit näher an der Tür gestanden hätte, wäre das sicher sein Ende gewesen.

Erneut bewegt sich etwas im Dunkeln vor ihm.

Fuck! Der Angreifer weiß jetzt genau, wo er steht.
Ein Schatten vor dem Rechteck der Türöffnung.
Ein Arm, in seiner Verlängerung der Totschläger.
Eine Ausholbewegung.
Larsen reißt seine Waffe hoch.

23. November, mittags
arne Larsen

Eine Sekunde lang steht er bewegungslos da, die Waffe vorgereckt, bereit, noch ein zweites Mal abzudrücken. Ob er getroffen hat? Unwahrscheinlich. Es war der erste Schuss, der Hahn nicht vorgespannt.

Noch immer hallt das Echo des Schusses in seinen Ohren, doch jetzt mischt sich noch ein weiteres Geräusch dazu. Ein Knarzen. Metallisch. Verdammt, die Tür!

Larsen wirft sich nach vorne, doch es ist zu spät. Unmittelbar vor ihm knallt die schwere Stahltür ins Schloss. Dunkelheit hüllt ihn ein. Einen Augenblick später kratzen draußen schon die schweren Riegel über das Metall.

Herrgott noch mal! Er brüllt auf, drischt mit der freien Hand gegen den Stahl. Der aufflammende Schmerz lässt ihn fast ohnmächtig werden. Verflucht, in seiner Wut hat er sogar die Verletzung an seinem Arm vergessen. Er lehnt sich an die Panzerung, drückt das Ohr gegen das kalte Metall und lauscht. Doch da ist nichts als das Keuchen seines Atems und das Pochen des Pulsschlags in seinem Kopf.

Ruhig, Arne. Reiß dich zusammen.

Er versenkt die Pistole im Holster und starrt für einige Sekunden in die unendlich wirkende Schwärze. Nichts, kein Restlicht mehr, auch seine Taschenlampe scheint den Sturz nicht überlebt zu haben. Und irgendwo hier in dieser verdammten Dunkelheit liegt sein verletzter Kollege.

«Rogalski?» Larsen wird schmerzlich bewusst, dass er sich nicht einmal an den Vornamen des Kollegen erinnern kann. «Hey, Rogalski, wo sind Sie?» Er geht in die Knie, tastet auf allen vieren kriechend den Boden ab. «Rogalski, sagen Sie doch was!»

Immer noch nichts. Die Stille legt sich wie eine Schlinge um seinen Hals und schnürt ihm mit jeder Sekunde, die sie andauert, die Luft mehr ab.

Mit der Schulter prallt er gegen eines der Metallbetten, und als ob dieser Schlag sein Denken mobilisieren würde, ist plötzlich eine neue Idee in seinem Kopf: Lampen. Auch dieser Raum muss doch eine Lichtquelle haben, und wenn der Strom vorne am Tor funktioniert hat, warum dann nicht auch hier? Vorsichtig bewegt er sich Schritt für Schritt zur Tür zurück und beginnt mit ausgestreckten Händen die Wände abzusuchen.

Klack. Ein altmodischer Lichtschalter zum Drehen, wie er ihn aus der Fabriketage kennt. Direkt neben der Tür. So einfach kann es manchmal sein. Das Licht aus den Deckenlampen ist gelblich und schwach, seine Pupillen sind jedoch maximal geweitet, und er braucht einen Moment, bis er sich orientieren kann.

«Rogalski!» Unter einem der Bettgestelle ragt ein Arm hervor. Offenbar konnte sich sein Kollege nach dem Schlag noch selbst in Sicherheit bringen, bevor er ohnmächtig wurde. Larsen geht in die Hocke, nimmt Rogalskis Handgelenk und tastet nach dem Puls. Schwach, aber gleichmäßig. Gut. Weniger gut sieht dagegen das Gesicht des Polizisten aus. Aus einer klaffenden Wunde an der Stirn sickert unablässig Blut, und auf dem Boden hat sich bereits eine beachtliche Lache gebildet. Auch die Nase des Kollegen scheint etwas abbekommen zu haben, der Schwellung nach ist sie wahrscheinlich sogar mehrfach gebrochen. An den Nasenlöchern ist das Blut bereits getrocknet und hat rotbraune Krusten gebildet. Larsen packt Rogalski unter den Achseln und dreht ihn vorsichtig in eine stabile Seitenlage. Mit zwei Fingern zwingt er die Kiefer des Polizisten auseinander und prüft die Atmung. Der Rachen scheint frei zu sein – nicht dass ihm der Mann jetzt noch erstickt.

Larsen fingert sein Smartphone aus der Hosentasche. Kein Empfang. Natürlich. Er hat mit nichts anderem gerechnet – schließlich befinden sie sich, abgeschirmt durch dicke Betonwände, einige Meter unter der Erde. Trotzdem steht er auf und läuft mit dem Telefon am ausgestreckten Arm eine Runde durch den Raum. Doch die Balken auf dem Display bleiben beharrlich dunkel. Er versenkt das Gerät wieder in der Hosentasche.

Sein Blick wandert zu der zweiten Stahltür im Raum. Vermutlich wird das der Zugang zum eigentlichen Bunker sein. Bereits vorhin sind ihm die massiven Riegel und schweren Vorhängeschlösser aufgefallen. Er geht rüber und rüttelt an der Konstruktion.

Keine Chance. Ohne schweres Gerät kommt man hier nicht weiter.

WALDSIEDLUNG 1980

In der Ferne waren erneut Schüsse zu hören. Schon den ganzen Tag ging das so.

«Das ist wie bei der Kirmes», sagte Adam. Eine weiße Wolke kam träge aus seinem Mund gekrochen. Ich schloss meine Augen zu schmalen Schlitzen, um gerade noch zu sehen, wie die Wolke in der klirrend kalten Luft sofort gefror und dann zu Millionen winziger Eiskristalle zerbarst. Adam sprach indes einfach weiter: «Die Wildhüter haben die Tiere schon lange vorher zusammengetrieben, und nun werden sie nacheinander vor den alten Männern vorbeigejagt. Danebenschießen unmöglich. Es fehlt nur noch, dass sie den Böcken eine Zielscheibe auf den Leib pinseln.»

Adams Stimme war schärfer geworden. Er mochte diese alten Männer nicht. Hasste, was sie taten. Und er zeigte mir immer wieder, wo diese Männer überall Fehler machten.

«An dem, was sie da tun, ist nichts Würdevolles. Wenn du auf die Jagd gehst, muss es ein fairer Kampf sein. Ein Reh hat feine Instinkte, kann dich auf Hunderte Meter riechen. Wenn es dich bemerkt, ist es schneller fort, als du reagieren kannst. Aber als Mann hast du einen Verstand, du kannst dich verstecken, die Windrichtung ausnutzen, und du kannst eine Waffe einsetzen. Das erst macht den Tod eines Lebewesens würdevoll.»

Adam hatte sich nach diesen Worten zu mir umgedreht. Er sah mich nicht an, sein Blick hing irgendwo in dem Waldstück hinter uns, und ich wusste, es war jetzt besser für mich, ebenfalls zu schweigen.

Wieder hallte ein Schuss durch die kalte Winterluft. Zwei Amseln, die unter einem Busch Futter suchten, flatterten erschreckt auf.

«Vielleicht ist es doch schon der richtige Zeitpunkt für dich.» Jetzt spürte ich Adams Blick auf mir. «Komm», sagte er, und ich nickte.

Der See war zugefroren und lag wie eine große, helle Lichtung vor uns. Am Ufer hoben sich ein großes Gebäude und ein vereister Holzsteg dunkel vom Weiß ab.

«Im Sommer wirst du hier baden», sagte er, dann bog er vom Uferweg ab, und wir marschierten tiefer in den Wald hinein. Nach ein paar hundert Metern blieb er vor einem umgestürzten Baumstamm stehen, der uns seine Zweige entgegenstreckte. «An diese Äste kommen wir leicht ran. Aber sie sind tot, haben ihre Elastizität verloren und nützen uns nichts. Das ist wie bei uns Menschen.» Er lachte, und wir gingen ein paar Schritte weiter. Plötzlich sprang er aus dem Stand in die Höhe, erwischte den untersten Ast einer prächtigen Buche. Einen Moment lang hing er so über mir in der Luft, dann begann er zu schaukeln. Das Holz ächzte unter seinem Gewicht, brach schließlich, und Adam landete aufrecht stehend neben mir. Den Ast hielt er in beiden Händen.

Er zog ein großes Klappmesser aus seiner Manteltasche und begann die kleinen Zweige und Seitentriebe zu entfernen. «Für die Spitze könnten wir einen Stein spalten, aber da wir ein Messer haben, nehmen wir das», sagte er und erklärte mir, was man machen müsse, um die Flugeigenschaften und damit die Treffsicherheit zu erhöhen.

Ich nickte nur und sah staunend zu, wie aus dem abgerissenen Ast unter seinen Händen eine Waffe wurde.

«Perfekt», sagte er schließlich.

Ich zog einen Fäustling aus, und er drückte mir den Speer in die Hand. Das Holz war feucht und rau. Ich musste den Schaft sehr weit vorne umfassen, weil das Messer, das mit einem Senkel aus Adams Schuhen am Holz befestigt war, doch einiges wog.

An einem umgestürzten Baum machten wir Wurfübungen. Adam hatte aus Zweigen und Laub eine Art Zielscheibe geformt, und je häufiger ich es probierte, umso besser traf ich.

«Gut», sagte Adam schließlich.

Wir gingen schweigend tiefer in den Wald, bis wir zu einer Lichtung kamen, auf der zwei Krähen den verschneiten Waldboden mit ihren Schnäbeln bearbeiteten. Offenbar hatten sie etwas Essbares entdeckt. Adam legte einen Zeigefinger auf seine Lippen und bedeutete mir, hinter einem Busch in die Hocke zu gehen.

Eine der Krähen hatte uns aber bereits entdeckt. Sie unterbrach ihr Treiben, legte den Kopf schräg und musterte uns misstrauisch, während die andere weiter im Schnee stocherte.

«Sie sind sehr schlau», flüsterte mir Adam ins Ohr. Der Kragen seines Wollmantels kitzelte an meiner Wange. «Warte, bis sie sich wieder beruhigt hat, dann ziele.»

«Welche?», fragte ich leise, doch Adam schwieg.

Die vorsichtige Krähe schien zu zögern. Als ich mich ein wenig aufrichtete, um den Speer über meinen Kopf heben zu können, flog sie mit einem Krächzen endgültig davon. Auch die andere flatterte kurz auf, landete jedoch gleich wieder an der alten Position und versenkte ihren Schnabel erneut im Schnee.

Ich zögerte nicht lange und warf.

Instinktiv hatte ich die Augen zugekniffen, nachdem der Speer meine Hand verlassen hatte, und erst als ich Adams Schritte über den Schnee knirschen hörte, wagte ich sie wieder zu öffnen.

«Ein ordentlicher Treffer», rief er mir von der Mitte der Lichtung her zu. «Sie war tot, bevor sie den Schmerz spüren konnte.»

Langsam ging ich zu der Stelle. Mein Speer hatte den Vogel tatsächlich genau in der Mitte des kleinen Körpers getroffen und war so weit eingedrungen, dass die Schneide bis zum Anschlag in dem schwarz glänzenden Gefieder steckte. Irgendwie hatte ich mir den Anblick viel schlimmer vorgestellt. Der Vogel lag ja einfach nur da. Ein Holzstecken ragte senkrecht aus seinem Körper, als müsse das so sein. Es war nicht einmal viel Blut zu sehen, nur direkt um den Vogel herum hatte sich ein roter Kranz im Schnee gebildet.

«Diese Krähe war eben zu gierig», sagte Adam. Er fixierte das tote Tier mit seinem Fuß und zog den Speer mit einem Ruck heraus. «Fressen oder gefressen werden, das liegt in der Natur verdammt dicht beieinander. Hier, Junge.» Er gab mir den Speer zurück. Die Klinge troff vor Blut und malte eine dünne rote Linie in den Schnee.

Eine Weile standen wir so und betrachteten schweigend den toten Körper. Als wir uns schließlich umdrehten und gehen wollten, ertönte über uns ein Krächzen. Es war die andere, die vorsichtige Krähe. Sie hockte auf einem Zweig und starrte uns aus ihren Kohleaugen an.

Ob sie jetzt traurig ist?, überlegte ich. Oder wütend?

Adam sah mich an, als ob er meine Gedanken gehört hätte. «Respekt», sagte er. «Sie hat jetzt Respekt vor dir.»

Ich nickte und nahm mir vor, beim nächsten Wurf nicht wieder die Augen zu schließen. Das war ich dem Tod einfach schuldig.

23. November, nachmittags
Arne Larsen

«Was? Was haben Sie gesagt, Rogalski?»

Larsen bringt sein Ohr dicht an den blutverkrusteten Mund seines Kollegen, kann aber bis auf ein gehauchtes *Larsen* kein Wort verstehen. Immerhin erkennt ihn der Mann jetzt, was ein gutes Zeichen ist. In den ersten Minuten nach seiner Bewusstlosigkeit hat Rogalski so lange starr an die Decke gesehen, dass Larsen sich schon ernsthaft Sorgen gemacht hat, ob der Schlag vielleicht eine Gehirnblutung ausgelöst habe.

Seit über einer Stunde sind sie jetzt hier unten eingesperrt. Es gibt keinen Wasseranschluss, keine Nahrung, außerdem ist es unglaublich kalt in dem Bunker. Und obwohl ein Dutzend Krankenhausbetten rumstehen, gibt es keine Matratze, auf die er Rogalski hätte legen können. Er hat sogar seinen Mantel ausgezogen und vorsichtig unter Rogalskis Körper platziert, damit der Mann nicht auf dem nackten Betonboden liegen muss.

Wie lange wird es dauern, bis man uns im Präsidium vermisst?, überlegt er. Mayla Aslan ist krank, Salzmann kümmert sich einen Scheiß um so was. Bleiben die Jungs aus Rogalskis Büro. Wenn die allerdings davon ausgehen, dass ihr Kollege nach dem Einsatz direkt nach Hause gefahren ist – dann prost Mahlzeit.

Plötzlich glaubt Larsen, ein Geräusch aus der Richtung des Eingangs gehört zu haben. Er springt auf, zieht die Pistole aus dem Holster und postiert sich neben der Tür. Metall kratzt über Metall. Dann öffnet sich die Tür zentimeterweise. Die Lichtkegel mehrerer Taschenlampen drängen durch den Spalt, huschen über den Boden und vereinigen sich schließlich an der Stelle zwischen den Betten, wo Rogalski auf dem Boden liegt.

«Larsen?»

Eine Stimme, die er kennt. Weiblich, stark verschnupft. Und er muss zugeben, dass er sich noch nie mehr gefreut hat, sie zu hören, als jetzt.

«Frau Aslan!»

Die Tür schwingt vollends auf. Zwei Männer in dunkler Uniform, die Handfeuerwaffen im Anschlag, stürmen in den Raum.

«Schon gut, das ist mein Kollege ... und der andere dort auch.» Mayla Aslans Stimme kommt näher.

Sehen kann er sie nicht, da seine Kollegin trotz der Deckenbeleuchtung den Strahl ihrer starken Taschenlampe auf ihn gerichtet hält. Er hebt die Hand schützend vor die Augen, zwei Sekunden später verlischt der gleißende Lichtpunkt endlich.

«Wir brauchen einen Arzt», weist Mayla Aslan ihre beiden Begleiter an. «Was ist mit Ihnen, Larsen? Sind Sie auch verletzt?»

Er schüttelt den Kopf. «Meine Hand, mein Arm – aber das ist halb so wild.»

Einer der Uniformierten zieht ein Funkgerät hervor und verlässt den Raum. Von draußen ist zu hören, wie er bei seiner Zentrale den Notarzt ordert. Erst jetzt kapiert Larsen, dass es sich bei den Männern um Mitarbeiter eines privaten Sicherheitsdienstes handelt.

«Wie ... woher wussten Sie?», fragt er und lehnt sich mit dem Rücken gegen die Wand.

«Ihr Anruf auf meiner Mailbox. Ich habe dann im Präsidium

nachgefragt, und als ich von Wertke hörte, wo Sie hin sind, war meine Neugierde natürlich geweckt.»

«Aber wie sind Sie hier reingekommen, und wo haben Sie die beiden … die beiden Jungs her?»

«Andersrum wird ein Schuh draus: Als ich auf den Parkplatz fuhr, kam im selben Moment auch der Wachschutz dort an. Sie, mein lieber Herr Larsen, haben nämlich einen stummen Alarm ausgelöst. Als Einbrecher sind Sie ein ziemlicher Versager, würde ich mal behaupten.»

Er lächelt schwach. Klar, ist ja eigentlich selbstverständlich, dass so ein Gebäude bewacht wird. Er sieht zu dem zweiten Wachschutzmann hinüber. *Fred Bronkov*, steht in gestickten Buchstaben auf der Brusttasche seiner Uniform. Daneben ein Adler, der eine Weltkugel in seinen Krallen hält.

Bronkov erwidert seinen Blick und nickt. «Wir sind hier zwar nicht stationär, aber wenn jemand eindringt, kriegen wir das mit. Immer!»

Offenbar nicht, denkt Larsen, sonst hätte sich hier wohl kaum jemand verstecken und uns angreifen können. Er gibt Mayla Aslan eine kurze Zusammenfassung der Ereignisse. «Draußen ist Ihnen vermutlich niemand begegnet, oder?»

Sie schüttelt den Kopf.

Larsen reibt sich nachdenklich die Nase. «Hätte mich auch überrascht, ist immerhin schon eine gute Stunde her. Wahrscheinlich macht es auch keinen Sinn, den Mann jetzt noch zur Fahndung auszuschreiben. Zumal ich nicht mal eine vernünftige Personenbeschreibung liefern kann.»

«Ich denke, dass eine Fahndung trotzdem sehr sinnvoll wäre. Eventuell wird der Täter nämlich gar nicht weit kommen», entgegnet seine Kollegin, geht zum Eingang und winkt ihn zu sich.

«Hier», sie zeigt auf eine dünne Blutspur, die von der Tür weg in den Gang führt. «Der Mann ist eindeutig verletzt. Und wenn ich mir das dort oben ansehe ...» Ihre Hand deutet Richtung Decke, wo nahe der Wand ein deutlicher Krater im Beton zu erkennen ist. «... würde ich sagen, dass ihn wohl jemand angeschossen hat. Scheiße, Larsen, was haben Sie da angestellt!»

23. November, nachmittags
Arne Larsen

Arne Larsen hockt auf einem der unbequemen Kunststoffstühle, die in Fünfergruppen entlang des Korridors montiert sind. Wieder ein Krankenhaus, wieder Berlin-Buch. Der ganze Stadtteil scheint tatsächlich nur aus Krankenhäusern und Kliniken zu bestehen. Und aus Friedhöfen natürlich.

Er hält den Kopf gesenkt, seine Hände ruhen auf den Oberschenkeln, die Beine hat er angezogen, nur die Spitzen seiner Turnschuhe berühren den Boden. Am liebsten würde er in sich selbst versinken. Oder weglaufen. Oder beides. Doch auf dem Stuhl neben ihm sitzt Kollegin Aslan. Sie hält einen Kaffeebecher in der Hand, dessen Inhalt längst ungenießbar sein dürfte, und löchert ihn mit Fragen.

«Warum haben Sie auf den Mann geschossen? Er war doch offensichtlich nicht bewaffnet?»

«Natürlich war er bewaffnet! Oder was, glauben Sie, hat Rogalskis Gesicht so zerstört und ...» Sein Blick gleitet zu seiner linken Hand, die bis über das Gelenk in einer Art Schutzmanschette steckt. Nur für alle Fälle, hat der Arzt gemeint, bis wir die Röntgenbilder haben und wissen, ob tatsächlich nichts gebrochen ist.

«Jetzt sparen Sie sich doch bitte die Wortklaubereien. Der Mann hatte keine Schusswaffe, zumindest hat er nicht auf Sie geschossen. Gewarnt haben Sie ihn aber mehrfach, oder?»

Larsen zögert. Er merkt, dass seine Erinnerung beginnt, ihm

Streiche zu spielen. Wie ist das vorhin wirklich abgelaufen? Er weiß nur noch, dass er vom Aufprall halb ohnmächtig an der Wand gelehnt hat, dass er kaum in der Lage war, seine Waffe zu entsichern. Dann kam schon der zweite Angriff mit dem Totschläger und schließlich sein Schuss, von dem er im ersten Augenblick nicht mal wusste, ob er ihn selbst abgegeben hat. Und vor alldem? Hat er tatsächlich etwas gerufen?

Jeder Anwärter bei der Kriminalpolizei lernt von seinem ersten Tag an, dass der Einsatz der Waffe nur das allerletzte Mittel sein darf. Es muss eine unmittelbare Gefahr für Leib und Leben des Beamten oder für die Öffentlichkeit bestehen. Und natürlich muss der Täter informiert werden, dass er es mit der Polizei zu tun hat und die Beamten ihre Schusswaffe einsetzen werden, wenn er sich den Anweisungen widersetzt. Genauso hat Larsen es in seiner beruflichen Vergangenheit auch grundsätzlich gehandhabt, obwohl die Kluft zwischen theoretischem Ansatz und praktischer Umsetzbarkeit manchmal sehr groß ist. Dieses Mal vielleicht zu groß.

Wenn er ganz ehrlich zu sich ist, hat er im Bunker auch eine Scheißangst bekommen, die Situation im Dunkeln könne vielleicht sein Trauma heraufbeschwören. Ihn in der Folge sogar handlungsunfähig machen.

Sie sind nur zu zweit da unten gewesen. Rogalski bewusstlos. Im Zweifel würde also Aussage gegen Aussage stehen. Larsen spürt, wie seine Handflächen feucht werden, er muss jetzt endlich auf die Frage seiner Kollegin antworten, atmet durch. «Ich weiß nicht genau, ob und wie oft ich den Mann vor dem Schuss gewarnt habe. Einmal sicher. Dann kam sein zweiter Angriff. Einen dritten hätte ich wohl nicht überlebt», sagt er und hebt seine verletzte Hand wie zum Beweis ein Stück.

Mayla Aslan wiegt in einer verzweifelten Geste den Kopf hin und her. «Vorschnell geschossen oder zu lange gezögert ...

Wann ist der richtige Zeitpunkt? In unseren Lehrbüchern stehen Regeln, aber keine Antworten. Puh, Larsen, ich versteh Sie, aber ob *die Interne* das genauso sehen wird? Und die Staatsanwaltschaft ...»

Er sieht auf, ihre Blicke treffen sich für einen Moment. «Es war eine der Situationen, wo du schon vorher weißt, egal was du jetzt tust – es wird falsch sein. Ich kann nur beten, dass der Mann überlebt.»

Mayla Aslan streckt sich. «Lassen Sie uns später darüber weiterreden», sagt sie dann und reibt sich mit den Fingerknöcheln über die Augenlider. «Noch mal zurück zu unserem Fall: Wieso sind Sie eigentlich davon ausgegangen, dass sich der Mann immer noch auf dem Krankenhausgelände aufhält? Nur wegen des unscharfen Handyfotos?»

«Warum sonst sollte sich Frau Grossmann mit dem Mann dort getroffen haben? Ich bin mir sicher gewesen, einer von beiden wohnt oder versteckt sich da. Dass es sogar beide sein könnten, ist mir erst vor Ort aufgegangen.»

«Beide?» Mayla Aslans Augenbraunen ziehen sich zusammen. Sie will ihre Frage fortsetzen, doch in diesem Moment öffnet sich die Tür gegenüber.

Eine rundliche Krankenschwester mit Kurzhaarfrisur kommt auf sie zu. «Er ist jetzt wach. Sie können kurz zu ihm.»

Das Dreibettzimmer ist in einem freundlichen Gelbton gehalten, der sich sogar in der Farbe der Jalousie fortsetzt. Obwohl der Himmel draußen immer noch bleigrau ist, hat man so den Eindruck, hinter den gekippten Lamellen herrsche strahlender Sonnenschein. Rogalski liegt im mittleren Bett, die anderen beiden scheinen nicht belegt zu sein. Eine Infusionsflasche hängt an einem Ständer neben seinem Arm, der Schlauch verschwindet unter dem karierten Stoff des Nachthemds.

«Mensch, Sascha», sagt Mayla.

«Rogalski», flüstert Larsen gleichzeitig.

Kopf und Stirn des Kollegen sind dick mit Mull umwickelt, darunter ein länglicher Verband, der wohl die frisch gerichtete Nase schützen soll.

Es dauert einige Sekunden, bevor Rogalski auf ihre Anwesenheit reagiert und seine Hand ein Stück anhebt. Die Narkose macht ihm anscheinend noch zu schaffen.

«Alles halb so schlimm, meint der Arzt», sagt Mayla Aslan. «In ein paar Wochen bist du wieder ganz der Alte.»

Rogalski fixiert sie mit seinem Blick, seine Lippen bewegen sich leicht. Mayla Aslan beugt sich zu ihrem Kollegen hinunter und lauscht. «Na klar bekommst du einen Fernseher. Ich kümmere mich drum», sagt sie schließlich.

Zwei Minuten später kommt die Krankenschwester zurück und fordert sie unmissverständlich zum Gehen auf. Nachdem sich die Tür hinter ihnen geschlossen hat, bleibt Mayla Aslan unschlüssig im Gang stehen.

«Jemand hat Sascha sein halbes Gesicht zerschlagen, und der Idiot macht sich einen Kopf, weil er heute irgend so ein Fußballspiel verpassen könnte. So was kapier ich echt nicht», sagt sie und schüttelt ihre braunen Locken.

Larsen hebt die Achseln. Irgendwie muss Rogalski ja schließlich die Zeit hier totschlagen. Bevor er seinen Gedanken aussprechen kann, deutet seine Kollegin nach draußen.

«Schauen Sie sich das mal an, Larsen.»

Er tritt neben sie. Durch das Fenster sieht man einen Teil des Parkplatzes und die Zufahrt der Notaufnahme. Dort auf der Rampe steht ein gelbroter Rettungswagen, direkt dahinter ein Streifenwagen, auf dessen Dach das Blaulicht rotiert. Vor den automatischen Glastüren hantieren zwei Sanitäter in orangefarbener Kluft und hieven in diesem Moment eine Trage von der Ladefläche.

«Unsere Kollegen sind offenbar im Einsatz hier. Seltsam.»

«Genau!» Mayla Aslan drückt ihren Zeigefinger gegen die Scheibe. «Ich wette, das ist kein Zufall, sondern Glück!»

«Glück?» Er hat keine Ahnung, worauf Frau Aslan hinauswill.

Draußen schieben die Rettungssanitäter derweil, flankiert von zwei Streifenpolizisten, eilig die Trage ins Gebäude.

«Ich muss wissen, was da los ist.» Mayla Aslan wirft ihm einen kurzen Seitenblick zu, dann läuft sie los. Ihre Schritte hallen wie Schüsse durch den Flur. Ein Patient im Morgenmantel, der gerade vor die Tür seines Zimmers tritt, weicht erschrocken zurück.

Larsen blickt ihr nach, dreht sich dann noch mal zum Fenster zurück. Blaue Lichtreflexe huschen über den feuchten Asphalt. Sonst ist es ruhig draußen. Er seufzt, murmelt: «Zurück in die Notaufnahme also», und setzt sich in Bewegung. Erst vor einer Stunde ist er selbst dort zusammen mit dem Kollegen Rogalski eingeliefert worden.

Waldsiedlung 1980

Im März begann für mich die Schule. Hinter dem Esszimmertisch hatte Adam eine Tafel aufgebaut und übte nun mit mir Lesen, Schreiben und Rechnen. Gleich in der ersten Stunde hatte er ein dickes Buch auf den Tisch gelegt und gesagt: «Das ist *Lederstrumpf*. In einem Jahr wirst du es lesen können.»

Die Zeichnung auf dem Einband hatte mich sofort in ihren Bann gezogen: ein Indianer mit wilder Bemalung im Gesicht, daneben ein Mann mit einer Büchse im Arm und einer Fellmütze auf dem Kopf. Ich hatte genickt und gesagt, dass ich probieren werde, es viel schneller zu schaffen.

Noch etwas hatte sich geändert: Seit dem Ende des Winters durfte ich nun ganz alleine auf dem Gelände herumlaufen. Adam vertraute mir, dazu kam aber auch, dass er nicht mitgehen konnte, denn Mama war so schwach, dass sie nur selten aufstand. Zweimal am Tag kam jetzt ein Kindermädchen, das uns auch meistens das Essen kochte.

Der letzte Schnee war schon lange geschmolzen, doch heute war es das erste Mal so richtig warm. Auch die Luft roch irgendwie anders, und beim Herumtollen wurde es mir in meinem dicken Mantel schnell warm. Wie so oft streifte ich zwischen den Häusern umher, um die Menschen in ihren Wohnungen zu beobachten. Ich wollte einfach wissen, ob alle so lebten wie wir. Im Schutz einer Hecke zog ich mir gerade den Mantel aus, als plötzlich hinter mir ein Zweig knackte.

Ich wirbelte herum. Vor mir stand ein Junge, der mich um mindestens einen Kopf überragte. Hinter seinem Rücken versteckte sich ein blondes Mädchen. Deutlich jünger. Bestimmt seine Schwester, dachte ich.

«Aha», sagte der Junge und kam einen Schritt näher. «So siehst du also aus.»

Ich wusste nicht, was er meinte, und zuckte mit den Schultern.

Der Junge drehte sich halb zu seiner Schwester um. «Schau ihn dir gut an, Lydia. So sehen Bekloppte aus.»

Es gab keinen Zweifel, der Junge meinte mich. «Spinnst du? Ich bin doch nicht bekloppt», stieß ich aus.

Der Junge taxierte mich wieder und grinste dann. «Na klar, du wohnst doch da hinten.» Sein Finger deutete ziemlich genau in die Richtung unseres Hauses.

«Wir dürfen deswegen auch nicht mit dir reden», meldete sich jetzt das Mädchen zu Wort. Sie trat einen Schritt hinter dem Rücken des Jungen hervor, ließ seine Hand aber nicht los. «Peter, lass uns gehen. Wenn Mama uns mit dem erwischt, bekommen wir Stubenarrest.»

«Vielleicht seid ihr ja bekloppt. Ich jedenfalls nicht», sagte ich und verschränkte die Arme vor der Brust.

«Haha!» Peter lachte glucksend, dann zog er seinen Mund mit Daumen und Zeigefinger in die Breite und lies seine Zunge dazwischen heraushängen. «Bekloppte, Bekloppte. In der 24 wohnen nur Bekloppte.» Es klang sehr merkwürdig, weil er mit den Fingern im Mund nicht richtig sprechen konnte, aber natürlich wusste ich genau, was er meinte.

«Bekloppte, Bekloppte ...», sang nun auch seine Schwester und streckte mir ebenfalls die Zunge raus.

«Hört auf!», sagte ich.

«Nö», rief der Junge, unterbrach aber trotzdem seinen Gesang und nahm die Finger aus dem Mund. «In die 24 müssen alle, die nicht draußen sein dürfen.» Jetzt deutete er mit seinem Finger in Richtung Haupttor.

«Mama und ich haben früher in Berlin gewohnt», sagte ich.

Der Junge zuckte mit den Schultern. «Na und? Jetzt aber nicht mehr.»

«Ihr wohnt doch auch hier!»

Peter stieß lautstark die Luft aus. «Wir wohnen aber nicht in der 24. Unser Papa arbeitet im Politbüro, und du hast nicht mal einen.»

«Doch», sagte ich. Einen alten und einen neuen. Aber das sagte ich nur in meinem Kopf, heraus bekam ich es nicht.

«Wir wollen jedenfalls keine Bekloppten hier. Wenn du noch mal in der Nähe auftauchst, gibt es Dresche! Verstanden?»

Ohne dass ich etwas dagegen tun konnte, schnellten meine Arme vor, und ich stieß den Jungen mit beiden Händen vor die Brust. Peter schwankte, und für einen Moment sah es aus, als würde er umkippen. Doch dann fing er sich wieder und knallte mir seine Faust auf die Nase. Ich hatte den Schlag nicht mal kommen sehen.

Der Schmerz nahm mir den Atem, und ich spürte, wie es warm und feucht aus meiner Nase schoss. Meine Augenlider begannen zu zucken, und als die ersten Tränen über meine Wange liefen, rannte ich los. Hinter mir hörte ich Gelächter. An meinen Mantel, den ich im ersten Schreck hatte fallen lassen, dachte ich überhaupt nicht mehr.

Erst vor unserem Haus blieb ich stehen und hockte mich auf die Eingangsstufe. Meine Hand war blutverschmiert, die Nase tat ziemlich weh, aber offenbar war es doch nicht so schlimm, denn es blutete kaum noch.

Kurz darauf kam Adam raus, setzte sich zu mir und gab mir sein Stofftaschentuch. Erst berichtete ich, was passiert war, und dann erklärte er mir wieder einiges über unser Land, über alte Männer und was im Leben wirklich wichtig ist. Doch davon begriff ich nur wenig.

Schließlich standen wir auf. Mein Hintern war vom Sitzen eiskalt geworden, und an meine Nase dachte ich gar nicht mehr.

«Du kannst dir das nicht gefallen lassen», sagte Adam und sah mich streng an. «Wir werden diese Kinder bestrafen. Sie müssen Respekt vor dir bekommen, also überlege, was zu tun ist.»

«Danke», sagte ich, und dann fügte ich das Wort hinzu, das ich schon lange nicht mehr benutzt hatte. «Danke, Vater!»

23. November, nachmittags
Arne Larsen

Der Zugang zur Station ist mit einer doppelflügeligen Tür aus Milchglas versperrt. Larsen klingelt und präsentiert dem Pfleger, der am Eingang erscheint, seinen Ausweis. Durch den Spalt zwischen den Flügeln entdeckt er Mayla Aslan, die am Ende des Gangs bereits mit den beiden Polizisten diskutiert.

«Was ist denn heute hier los? Das ist die Notaufnahme, kein Polizeirevier», empört sich der Pfleger, tritt aber einen Schritt zur Seite, um Larsen durchzulassen.

«Mein Kollege. HKK Arne Larsen», stellt Mayla Aslan ihn vor, als er die kleine Gruppe erreicht. Die Polizisten tauschen einen skeptischen Blick aus. Larsen ahnt, wie er auf die Kollegen in Uniform wirken muss. Rote, müde Augen. Verdreckte Kleidung, der Arm in einer Manschette mit Krankenhauslogo.

«Ich hatte tatsächlich recht. Diesmal haben wir einen Volltreffer gelandet», sagt Mayla Aslan, dann wendet sie sich an den älteren der beiden Polizisten. «Können Sie für meinen Kollegen bitte noch mal wiederholen, warum Sie hier sind?»

«Wir wurden zu einem Verkehrsunfall gerufen. Auf der Landstraße nach Schönerlinde war ein Pkw von der Straße abgekommen und hatte sich mehrfach überschlagen. Offenbar ohne Fremdverschulden», beginnt der angesprochene Polizist zögerlich.

Larsen nickt, obwohl er immer noch nicht begreift.

«Nachdem der Rettungswagen da war und den verletzten

Fahrer abgeholt hat, haben wir die Unfallstelle gesichert und wollten schon zur Wache zurück», setzt nun der andere Kollege die Ausführungen fort. «Doch dann hat uns die Zentrale wegen des Krankentransports angefunkt.»

«Ja?»

«Als sich der Notarzt während der Fahrt um die Verletzungen des Mannes gekümmert hat, ist ihm eine frische Schussverletzung aufgefallen. Wahrscheinlich war die auch dafür verantwortlich, dass der Mann die Kontrolle über sein Fahrzeug verloren hat.»

Arne Larsen spürt, wie er plötzlich am ganzen Körper zu schwitzen beginnt. Ich habe ihn also tatsächlich getroffen, denkt er. «Äh …», er will etwas fragen, das ihm bei der Schilderung gerade aufgefallen ist. Ein Detail, das so nicht passen kann. Doch seine Stimme versagt, plötzlich hat er Angst, keine Luft mehr zu bekommen. Holt ihn jetzt hier im hell erleuchteten Flur plötzlich die Paranoia ein, die er im dunklen Bunker noch erfolgreich verdrängen konnte? Mit einer Hand stützt er sich an der Wand ab, das Plexiglasschild mit der Beschriftung *Aufnahme C* verschwimmt vor seinen Augen.

Larsen? Die Stimme der Kollegin scheint aus weiter Ferne zu kommen.

Ein Stuhl. In seiner Hand ein Plastikbecher mit Wasser. Der Pfleger, der ihm vorhin die Tür geöffnet hat, dicht über ihn gebeugt. «Wann haben Sie das letzte Mal etwas gegessen?»

Er schüttelt den Kopf. Keine Ahnung. Was soll die Frage?

«Trinken Sie. Sicher haben Sie auch seit Stunden keine Flüssigkeit mehr zu sich genommen, oder?» Wieder spricht der junge Mann mit ihm.

Larsen nippt an dem Becher. Langsam stabilisiert sich seine Wahrnehmung. Ihm war schwindlig geworden und dann … ja, dann hat er bereits hier gesessen. Er versucht aufzustehen.

«So weit kommt es noch», sagt der Pfleger und zwingt ihn mit sanftem Druck in den Stuhl zurück. «Sie bleiben hier sitzen. In fünfzehn Minuten messe ich noch mal Ihren Blutdruck, und dann sehen wir weiter.»

«Okay», sagt Larsen. Ein Stück hinter dem Pfleger steht seine Kollegin, im Gespräch mit einem der Polizisten. Den anderen kann er nicht entdecken.

Mayla Aslan scheint seinen Blick zu spüren, sieht zu ihm rüber. Sie reckt den Daumen nach oben, zieht aber gleichzeitig fragend ihre Stirn kraus.

Ja, alles gut, will er rufen, aber dann hebt er doch nur die Hand und antwortet mit der gleichen Geste zurück.

Seiner Kollegin scheint das nicht zu reichen, sie kommt auf ihn zu. «War doch alles etwas viel, oder?»

Er schüttelt den Kopf. «Nein, nein. Ich muss einfach was essen.»

Mayla Aslan nickt, ruft dem Polizisten zu, dass sie auf einen Sprung in die Cafeteria gehen, dann greift sie seinen Arm.

«Ich soll hier warten ...», sagt er.

«Ich bin doch bei Ihnen, Larsen.» Sie grinst. Zumindest ihr scheint es wieder gutzugehen, offenbar hat die Aufregung ihre Erkältung vertrieben.

*

Zwei Männer in Bademänteln, neben ihnen jeweils ein Ständer mit Infusionslösung. Ein Arzt, der mit müdem Blick auf den Kaffeebecher vor sich starrt. Eine Frau mit Kinderwagen, die in einer Illustrierten blättert. Es ist nicht viel los in der Cafeteria, die Larsen von ihrem Ambiente her stark an eine Autobahnraststätte erinnert. Das Sandwich ist matschig, der Kaffee bitter. Trotzdem tut ihm beides verdammt gut. Allmählich kommen seine Lebensgeister wieder in Fahrt.

«An der Unfallstelle müssen Hunderte vorbeigefahren sein, ohne den Wagen zwischen den Büschen zu bemerken. Der Mann hat wirklich Glück gehabt, dass der Revierförster ihn entdeckt hat.»

Larsen nickt, während er den letzten Bissen des remouladegetränkten Toastbrots runterwürgt. Ja, genau das war der Aspekt, der ihm aufgefallen war. Zwischen der Flucht aus dem Keller und der Einlieferung in der Notaufnahme war viel zu viel Zeit vergangen.

«Wissen wir schon, wer er ist?», fragt er und wischt sich die Finger an einer Papierserviette ab.

«Noch nicht genau, der Wagen ist auf einen Christian Scherer zugelassen, ob der aber auch gefahren ist, steht noch nicht fest. Papiere hatte er jedenfalls keine dabei.»

«Wie schwer ist er ...» Larsen merkt, wie seine Stimme plötzlich wieder kippt.

«Verletzt?» Mayla Aslan zuckt mit den Achseln. «Der Arzt hat gesagt, er würde noch heute operiert. Mehr weiß ich nicht.»

«Und die Schusswunde?»

Mayla Aslan beugt sich vor, ihre Augenbrauen sind fast ein Strich. «Herr Larsen, ich sagte es doch gerade, ich weiß es nicht. Und bevor Sie fragen: Nein, ich weiß auch nicht, wann wir ihn vernehmen können.»

Er nickt. «Schon gut.» Aber eigentlich ist gar nichts gut. Er hat einen Menschen angeschossen, und das wird Konsequenzen haben.

23. November, abends
arne Larsen

Larsen steht auf der Zufahrt zu dem Fabrikgebäude, in dem seine Wohngemeinschaft liegt. Er schaut den Schlussleuchten von Mayla Aslans klapprigem Renault nach, die sich mit unzähligen anderen zu einem langen, rot glühenden Band Richtung Alexanderplatz vereinigen.

Im Moment hat er das Gefühl, dringend eine Zigarette rauchen zu müssen, obwohl er eigentlich nie Raucher war. Mal an einer gezogen, als Jugendlicher. Ab und zu ein Joint. Klar, so wie alle.

Er dreht sich um, schaut hoch zu der Fensterreihe in der dritten Etage. Überall Licht. Nur sein Zimmer ist dunkel. Die Vorstellung, dort hochzugehen, sich einfach ins Bett zu legen, gefällt ihm heute überhaupt nicht. Er muss etwas anderes machen, die Leere in seinem Kopf überwinden. Konzert, Theater, Lesung? Oder was noch? Ohne darüber nachzudenken, hat er das Smartphone aus seiner Tasche gezogen, die Kontaktliste aufgerufen. PAT.

Er zögert. Beim letzten Anruf hat ihm ein Mann mitgeteilt, er habe sich verwählt. Er schiebt seine Brille in die Stirn, hält das Display dicht vor die Augen. Achtundneunzig. Prädestiniert für einen Zahlendreher. Insbesondere wenn man die Nummer nach einer Nacht ohne Schlaf abgespeichert hat. Er probiert die Ziffern einfach in umgekehrter Reihenfolge.

«Ja, hier ist Pat.»

Er ist völlig überrascht, wie schnell sie rangegangen ist. Die Spucke in seinem Mund verwandelt sich mit einem Schlag in schnell härtenden Beton. «Hallo», sagt er nach einigen Sekunden der Stille. «Ich bin es. Arne. Aus der WG.»

Pat lacht am anderen Ende. «Schön, du nimmst meine Einladung also an?»

*

Die Wohnung von Pat ist winzig, das Wohnzimmer kaum mehr als eine Nische mit Fenster. Aber es ist gemütlich hier, die Wände sind in einem leuchtenden Orangeton gestrichen, ein Kachelofen verströmt angenehme Wärme, und auf dem Flickenteppich davor rekelt sich ein tiefschwarzer Kater. Sie sitzen am Küchentisch. Pat hat ein Chili gekocht. Vegetarisch und unglaublich scharf.

Er erzählt von dem Zahlendreher in ihrer Telefonnummer, seinem Anrufversuch. Pat lacht oft und laut, wirkt total entspannt. Larsen erfährt, dass sie Psychologie studiert, aber überlegt abzubrechen, weil sie nicht weiß, ob sie tatsächlich stark genug ist, um in diesem Beruf auch zu arbeiten. Ihr Geld verdient sie als Springerin in verschiedenen Callcentern.

«Du schreibst keine Artikel für Zeitungen?» Er muss das jetzt endlich fragen.

Sie legt den Kopf schief, grinst ihn an. Ihre grünen Augen blitzen. «Das ist jetzt aber eine komische Frage? Wirke ich so, oder wie kommst du darauf?»

Da ist nichts in ihrem Blick. Kein Argwohn, kein Verstellen. Sie ist einfach nur überrascht. «Irgendwer in der WG sagte so was. Da habe ich wohl was falsch mitbekommen.» Eine Notlüge. Manchmal geht es eben nicht anders.

Irgendwann holt Pat Rotwein und zwei Gläser, und sie ziehen

auf das Sofa im Wohnzimmer um. Er mag eigentlich nur Weißwein, aber in diesem Augenblick würde ihm vermutlich sogar Motorenöl schmecken.

Pat nippt an ihrem Glas. «Das ist griechischer Rotwein. Manchmal kaufe ich ausländische Produkte einfach nur, um mich an einen Urlaub zurückzuerinnern. Denn so richtig lecker finde ich den eigentlich gar nicht.» Sie lacht. «Lass uns trotzdem anstoßen.»

Larsen versucht ihren Blick einzufangen, als sich die schlichten, dickwandigen Gläser berühren, doch Pat ist bereits dabei, von ihrem letzten Urlaub auf Santorin zu schwärmen. «Tagsüber ist es natürlich die Hölle. Ständig kommen riesige Kreuzfahrtschiffe und kippen Hunderte von Touristen aus. Aber wenn die am späten Nachmittag zurück auf ihre Boote zu Fünfgangmenü und Kapitänsdinner müssen, dann blüht die Insel noch einmal auf. Im nächsten Jahr möchte ich übrigens unbedingt mit einer kleinen Yacht zwischen den anderen Kykladeninseln rumschippern.»

«So eine Art geführtes Inselhüpfen?»

«Inselhüpfen ja, geführt nein. Ich möchte selbst ein Boot chartern – und natürlich auch führen.»

«Du hast einen Bootsführerschein?»

«Noch nicht, aber das lässt sich ja ändern. Im Sommer bin ich immerhin schon unfallfrei mit einem Tretboot um die *Insel der Jugend* gekommen.» Jetzt grinst sie so breit, dass sich auf ihrer Wange wieder das Grübchen abzeichnet. «Gegebenenfalls nehme ich dich sogar mit», sagt sie und hält ihm ihr Glas zum erneuten Anstoßen hin. Diesmal ist sie es, die seinen Blick sucht und festhält.

«Aufs Tretboot?»

«Vielleicht auch nach Griechenland ...»

Er taucht in das Grün ihrer Augen ein. Verliert sich darin. Der

Kuss ergibt sich wie von selbst. Seine Hand unter ihrem Pullover auch.

*

Mitten in der Nacht schreckt er hoch. Schwere Regentropfen schlagen einen harten Beat auf das Blech der Fensterbänke. Das Regenrohr muss direkt neben dem Schlafzimmer verlaufen, das Gurgeln des abfließenden Wassers klingt wie das Wehklagen Dutzender Stimmen.

Kalter Schweiß steht ihm auf der Stirn. Obwohl der Film in seinem Kopf noch gar nicht richtig begonnen hat. Die Zutaten stimmen, doch diesmal hat ihn sein Unterbewusstsein rechtzeitig geweckt.

Rechts neben sich hört er Pats ruhige Atemzüge. Es ist lange her, dass er die Nacht im Bett einer Frau verbracht hat.

Links neben dem Bett steht eine kleine Nachttischlampe. Vielleicht reichen ja schon ein paar Sekunden Helligkeit, um die bösen Bilder gar nicht erst auftauchen zu lassen. Seine Hand streicht über etwas Warmes, Weiches, das sofort zu schnurren beginnt. Max muss in der Nacht in das Bett gekrochen sein. Larsen zieht seine Hand nicht wieder zurück. Er merkt, wie sich das Tier noch enger an ihn schmiegt, etwas Feuchtes streift über seine Wange. Warmes Fell an seiner Schläfe und ein Schnurren, das den Regen übertönt.

WALDSIEDLUNG 1980

«Hier drin ist sie?», fragte das Mädchen. Ich verstand sie kaum. Die Maschine hinter der offenen Klappe dröhnte ohrenbetäubend, daher nickte ich einfach nur und deutete auf einen Hohlraum unterhalb der Pumpe, den man trotz der Leuchtstoffröhre an der Decke gerade so erkennen konnte. Das Mädchen zögerte, doch schließlich kniete es sich hin und spähte in das Loch.

Darauf hatte ich gewartet. Ich machte einen Schritt rückwärts aus der Kammer und kickte gleichzeitig den Holzbalken weg, der die Klappe am Zufallen gehindert hatte.

Metall knallte auf Metall. Es schepperte gewaltig, aber ich wusste, dass ich mir keine Sorgen zu machen brauchte. Um diese Zeit war nie jemand im Schwimmbad.

Es dauerte nur ein paar Sekunden, dann begann das Mädchen, von innen gegen den dicken Stahl zu trommeln. Ich hörte auch ihr Schreien, aber so leise, dass es fast vollständig vom Lärm der Pumpe übertönt wurde.

Wahnsinn, wie leicht das gewesen war. Peters kleine Schwester hatte ich auf dem Sportplatz entdeckt, wo sie einen mit Stofftieren vollgestopften Puppenwagen über die Aschebahn geschoben hatte. Ich war auf sie zugelaufen und hatte gerufen: «Keine Angst, ich will dir nichts tun. Aber ich brauche deine Hilfe. In einem Schacht am Schwimmbad hat sich ein kleines Kätzchen verfangen, und ich bin zu groß, um es da rauszuholen.»

Zuerst hatte sie gezögert, doch dann hatte ich hinzugefügt,

das Kätzchen sei bestimmt verletzt, denn es würde schrecklich wimmern. Da hatte Peters Schwester genickt, den Puppenwagen stehenlassen und war mir zur Schwimmhalle gefolgt.

*

Eine Stunde sollte als Strafe fürs Erste reichen, hatte ich beschlossen. Also wartete ich bis nach dem Mittagessen und lief dann zum Schwimmbad zurück. Ich legte mein Ohr auf die Stahlklappe, hörte jedoch weder Klopfen noch Schreien. Nur das Wummern der Pumpe. Sonst nichts.

Ich öffnete den Riegel und stemmte die schwere Klappe auf. Erst dachte ich, das Mädchen wäre vielleicht vom Schreien müde geworden und hätte sich zum Schlafen hingelegt, dann aber sah ich ihr Gesicht.

*

Am frühen Nachmittag schallten die ersten Rufe durch die Siedlung. *Lydia! Lydia, wo bist du? LYDIA!*

Bis in die Nacht hinein blieb die Siedlung hell erleuchtet. Von meinem Fenster aus konnte ich sehen, wie Soldaten mit starken Handlampen das gesamte Gebiet absuchten.

Trotzdem fanden sie das Mädchen erst am nächsten Morgen. Ein Unfall sei es gewesen, hieß es später. Eine Vergiftung durch Chlorgas. Ein ganz besonders grausamer Tod.

Zwei Tage später führten sie dann den Hausmeister ab. Er habe die Klappe zur Pumpenkammer offen stehen lassen, hieß es.

24. November, morgens
Arne Larsen

Irgendwann in der Nacht muss der Regen in Schnee übergegangen sein. Auch jetzt noch fallen schwere Flocken aus dunkelgrauen Wolken, taumeln trunken vor Feuchtigkeit über den Berliner Morgenhimmel und vergehen zwei Etagen unter ihm im Landwehrkanal.

«Schön hast du es hier. Im Sommer muss das ein Traum sein», sagt er.

«Ja», antwortet sie, und er spürt, wie sie mit dem Kopf nickt, den sie fest an seine Brust gedrückt hält. Sie stehen dichtumschlungen am Fenster, trinken abwechselnd aus einer riesigen Kaffeetasse und schauen dem Tag beim Werden zu.

Arne Larsen kann sich gar nicht erinnern, wann er sich das letzte Mal so zufrieden gefühlt hat. Er hat gut geschlafen, es blieb tatsächlich bei der einen kurzen Panikattacke. Ein paarmal ist er noch wach geworden, aber nur weil er auf seinem verletzten Arm gelegen hat.

«Ist das deins?», fragt Pat.

«Was meinst du?»

«Das Telefon. Meins ist es jedenfalls nicht.»

Tatsächlich. Erst jetzt nimmt er das Klingeln wahr. Er findet seine Hose zwischen den Polstern der zerwühlten Couch.

Mayla Aslan ist dran. «Ich fahre gar nicht erst ins Präsidium, Larsen. Wir haben bereits einen Durchsuchungsbeschluss für die Stasiklinik. Soll ich Sie mitnehmen?»

«Gerne. Ich bin aber in Kreuzberg. Heckmannufer, Ecke Schlesische.»

Auf der Gegenseite wird es für einen Moment still.

«Okay, dann in zehn Minuten», sagt sie und legt auf.

*

Der Dienstwagen steht immer noch an derselben Stelle, an der Rogalski ihn gestern geparkt hat. Das Dach ist mit einer dünnen Schneehaut überzogen. Offenbar ist es in der Nacht hier draußen deutlich kälter gewesen als in den Berliner Straßenschluchten. Mayla Aslan steuert das Gelände des Stasi-Krankenhauses an. Das Tor ist bereits offen, und direkt vor dem Hauptgebäude parkt ein Wagen des privaten Wachschutzes.

Während der Fahrt hat Larsen kaum gesprochen. Seine Gedanken waren bei Pat, der wunderbaren Nacht und der unausweichlichen Frage, wie es zwischen ihnen nun weitergehen würde. Der Abschiedskuss hat Minuten gedauert, aber sie haben nichts vereinbart. Keine feste Verabredung, nicht mal die Frage *Wann sehen wir uns wieder?* – vielleicht weil es einfach nicht nötig war, vielleicht aber auch, weil sie beide vorsichtig sind und etwas Zeit für sich brauchen.

Auf dem Weg ins Gebäude kommt ihnen Fred Bronkov entgegen. «Alles wieder frisch?» Er deutet auf Larsens Arm. «Und Ihr Kollege – wie geht es ihm?»

Larsen nickt. «Der kommt auch wieder auf den Damm.»

«Meinetwegen können wir gleich loslegen. Allerdings habe ich nicht für alle Räume Schlüssel. Unsere Aufgabe ist ja nur die Außensicherung und die Überprüfung der Zugänge zum Objekt. Was es da sonst noch gibt – keine Ahnung.» Er hebt hilflos die Schultern.

Als sie den Raum im Keller erreichen, brechen die Erinnerungen an den gestrigen Tag über Larsen herein. Ein ungutes Gefühl macht sich in seinem Magen breit. Mit einer Hand streicht er über den Außenriegel der Stahltür. «Warum sind die Riegel eigentlich außen? Das ist unlogisch, oder? Im Angriffsfall wollte man doch drinnen geschützt sein.»

Bronkov runzelt die Stirn. «Hier ist so einiges nicht mehr original. Was glauben Sie, was nach der Wende los war! Es gab einen richtigen Bunkertourismus. Mehr als einmal mussten Leichtsinnige aus Schächten und Gängen befreit werden, in die sie sich selbst aus Versehen eingesperrt hatten.» Er kratzt sich am Kinn. «Warum dieser Riegel allerdings gestern nicht verschlossen war, verstehe ich auch nicht.»

Mit dem mitgebrachten Bolzenschneider knacken sie die Vorhängeschlösser der zweiten Tür. Bronkov betätigt einen Lichtschalter. Doch statt verdreckter Deckenlampen wie im ersten Raum erwachen hier ein halbes Dutzend Leuchtstoffröhren zum Leben und tauchen den vor ihnen liegenden Gang in helles, kaltes Licht. Der Boden ist mit demselben grünen Linoleum ausgelegt, das auch im Erdgeschoss der Klinik verwendet wurde. Die Wände sind verputzt und weiß gestrichen. Alles wirkt ungewöhnlich sauber, wenn man bedenkt, wie lange der Betrieb hier schon eingestellt ist.

Larsen registriert, dass Mayla Aslans Hand zu ihrem Gürtelholster fährt, die Sicherungsschnalle öffnet. Ihre Finger schließen sich um den Pistolengriff.

«Hier ist doch niemand, Frau Aslan», sagt er.

«Warum flüstern Sie dann, Larsen?»

Er muss lächeln.

Von dem Gang zweigen mehrere Türen ab, allesamt offen. Der erste Raum rechts ist bis unter die Decke gekachelt, in der Mitte thront unter einem schwenkbaren Scheinwerfer ein massiver Operationstisch. Die anderen Zimmer auf dieser Flurseite sind für die Unterbringung von Patienten mit jeweils sechs Betten ausgestattet. Gegenüber führt eine Schiebetür in den Sanitärbereich. Larsen weht ein Geruch nach Feuchtigkeit, Ammoniak und Seife entgegen. Auf einer der Ablagen im Waschraum entdeckt er einen Gegenstand, der seine Aufmerksamkeit erregt. «Haarshampoo – für fettiges Haar» liest er auf dem Etikett, darunter Name und Logo eines bekannten Discountmarktes.

An einem der Waschbecken dreht er probehalber den Hahn auf. Das Wasser ist leicht bräunlich, riecht aber nicht unangenehm. Sein Blick folgt dem Rohr, das direkt auf der gekachelten Wand verlegt ist, bis zur Decke. Neben der Dusche entdeckt er einen dreibeinigen Schemel, zieht ihn sich in die Mitte des Raums und steigt darauf. Ohne den Arm übermäßig strecken zu müssen, kann er mit beiden Händen das Rohr umfassen.

«Larsen!?» Mayla Aslans Kopf taucht in der Tür des Waschraums auf. Ihr Grinsen ist nur kurz, dann versteht sie, was er dort oben überprüft. «Es wird leider nicht besser. Kommen Sie mit, das müssen Sie sehen.»

Bronkov steht am Ende des Gangs neben einer geöffneten Metalltür, die sich schon durch ihre Form von den anderen unterscheidet. Abgerundete Ecken, der Falz ringsum mit einer Gummilippe versehen. Larsen verharrt an der Türöffnung. Der Raum vor ihm ist vollständig mit Edelstahl ausgekleidet.

«Eine Kühlkammer?», fragt er.

«Auch im Kriegsfall musste man ja irgendwo mit den Toten hin. Übergangsweise zumindest», sagt Mayla Aslan.

Als ob das Aggregat des Kühlraums gerade angesprungen sei, fröstelt ihn plötzlich. Auch Kollegin Aslan zieht sich ihre Jacke fester um die Schultern. Ihnen beiden ist gleichzeitig klargeworden, dass das die Kammer sein muss, in der die kleine Merle nach ihrem Tod gelegen hat.

*

«Langkornreis. Haltbar bis März nächsten Jahres. Und hier Ravioli. Acht Dosen.» Larsen hält sich eine der gelben Konservendosen dicht vor die Augen. «Ja, auch noch essbar.»

Mayla Aslan murmelt etwas vor sich hin, während sie ebenfalls einen der Metallschränke in der Bunkerküche öffnet. Sie wühlt darin herum, hält einen Augenblick später eine grüne Schachtel in die Höhe. «Wir haben es offenbar mit einem Hundefreund zu tun.» Sie schüttelt die Packung. Das Geräusch der Trockenfutterstücke wirkt zwischen den gekachelten Wänden unnatürlich laut.

«Soweit ich allerdings weiß, besaßen Grossmanns keinen Hund.» Larsen ist neben seine Kollegin getreten.

«Dann gehörte der eben dem Täter. Die KT wird sicher entsprechende Spuren finden.» Mayla Aslan drückt ihm die angebrochene Packung in die Hand.

Larsen betrachtet sie gedankenverloren, stellt sie dann auf der Arbeitsplatte ab. «Was für ein merkwürdiges Bild: Ein Mann versorgt hier seinen Hund, während fünf Meter weiter ein totes Kind in der Kühlung liegt.»

«Und?» Mayla Aslan schließt die Tür des Schrankes wieder. «Viele Tierfreunde sind keine Menschenfreunde. Man denke nur an Hitler.»

«Das ist vielleicht etwas weit hergeholt.» Er wartet einen Moment, doch seine Kollegin scheint bereits einem anderen Gedanken zu folgen.

«Er hat sie nie alle gleichzeitig hiergehabt», sagt sie und sieht ihn mit großen Augen an.

Genau das ist auch seine Schlussfolgerung. «Mal eines der Kinder, mal die Mutter – pro Tag musste ein Familienmitglied den Bunker verlassen, um in der Schule, dem Wohnhaus oder am Arbeitsplatz den Schein zu wahren. Aber kann das wirklich funktionieren?»

«Eventuell eine Zeitlang. Irgendwann muss es jedenfalls hier unten zur Eskalation gekommen sein», sagt Mayla Aslan.

«Vielleicht hat Merle das sogar selbst ausgelöst. Immerhin hat sie sich an ihre Lehrerin gewandt, wollte das Spiel nicht mehr mitmachen.»

Mayla Aslans Blick wandert zur Tür, hinter der man ein Stück des Gangs sehen kann, an dessen Ende sich der edelstahlausgekleidete Raum befindet. «Aber was wollte der Täter damit erreichen, dass er sie gekühlt hat?»

«Nichts. Vielleicht hat er zu diesem Zeitpunkt einfach nicht gewusst, wie er mit der entgleisten Situation umgehen soll?» Er folgt dem Blick seiner Kollegin. «Es gibt noch eine Möglichkeit.»

«Ja?»

«Er verbirgt das tote Kind vor der Mutter, weil er weiß, er würde sie sonst ebenfalls verlieren .»

Mayla Aslan setzt zu einer Erwiderung an, aber Bronkov kommt in diesem Moment in den Raum. «Ich habe gerade mit der Zentrale gesprochen. Ich soll vor Ort bleiben, bis das Team der Spurensicherung eintrifft.»

Larsen fixiert den Wachmann. «Ich frage mich schon die ganze Zeit, wie hier unten eigentlich Personen ein und aus gehen konnten, wo doch das Gebäude von Ihrer Firma bewacht wird?»

Der Wachmann fährt sich mit zwei Fingern am Hemdkragen entlang, fühlt sich sichtlich unwohl. «Ich habe doch schon gesagt, wir kontrollieren nur die Zugänge. Für den Rest sind die Bewegungsmelder da. Aber die gibt es leider nur oben.» Er deutet mit dem Daumen in Richtung Bunkerdecke.

«Im gesamten Keller nichts?»

Bronkov schüttelt den Kopf. «Nein, soweit ich weiß, nicht.»

Larsen streicht sich mit der Handfläche über die Stirn. «Gehen wir also mal davon aus, dass man sich hier unten unbemerkt verstecken kann. Die Frage ist nur, warum? Vermutlich wird sich das aber erst klären lassen, wenn uns der Arzt mit diesem Typen sprechen lässt. Wie heißt er noch gleich?»

«Christian Scherer», hilft Mayla aus.

«Genau, dieser Mann wird uns eine Menge Fragen beantworten müssen.»

«Christian Scherer?», fragt Bronkov.

Larsen wendet den Kopf. «Ja, wieso?»

Bronkov wird aschfahl im Gesicht.

24. November, mittags
arne Larsen

Seit sie auf der A 11 Richtung Norden unterwegs sind, schneit es ununterbrochen. Die Wischergummis rubbeln über die Autoscheibe und brechen fächerförmige Gucklöcher in die Wand aus Weiß.

Larsen fährt extrem langsam. Ein paar hundert Meter vor ihnen tauchen die orangen Lichtblitze eines Räumfahrzeugs auf. Obwohl die Heizung auf vollen Touren arbeitet, hat sich Mayla Aslan tief in ihre Jacke vergraben. Vor den Fenstern herrscht fast völlige Dunkelheit, doch die digitale Anzeige auf dem Armaturenbrett besteht darauf, dass es gerade erst fünfzehn Uhr durch ist.

«Wachdienste sind schon seltsam», kommt die Stimme seiner Kollegin unvermittelt vom Beifahrersitz.

«Warum?»

«Verlassen sich auf den stummen Alarm, fahren das Gelände nur an, um ihre Chipkarte an die Kontrollpunkte zu halten, und kontrollieren ihre Mitarbeiter nicht richtig.»

Larsen nickt ins Halbdunkel des Wagens. Das entspricht auch seinem Eindruck. Nachdem Fred Bronkov vorhin zugeben musste, dass Christian Scherer bis vor wenigen Wochen bei seiner Firma gearbeitet hat und unter anderem genau für diese stillgelegten Kliniken zuständig gewesen ist, brach bei dem Wachmann irgendwie ein Damm. Vielleicht wollte er sich rechtfertigen, vielleicht durch seine Auskunftsfreudigkeit auch nur beweisen, dass er selbst ein anständiger Objektschützer ist. Jedenfalls hat er sie letztendlich mit einer Menge Informationen versorgt, von denen vermutlich jede einzelne für eine sofortige Kündigung reichen würde.

«Dass es so leicht sein soll, auch komplizierteste Spezialschlüssel nachmachen zu lassen, hat mich dann doch überrascht», sagt Larsen. «Aber in dem Job sitzt man natürlich an der Quelle.»

«Scherer konnte den Bunker für seine Zwecke nutzen, ohne Gefahr zu laufen, entdeckt zu werden. Er kannte die Kontrollzeiten, die Position der Bewegungsmelder – perfekt!» Mayla Aslan schiebt sich die Kapuze ihrer Jacke aus der Stirn. «Eberswalde. Hier müssen wir runter.»

Das kleine Gehöft von Scherers Eltern liegt etwas abseits der Bundesstraße. Larsen fährt im Zeitlupentempo, stoppt aber endgültig, als die Fahrspur plötzlich unter einer unberührten Schneedecke verschwindet. «Ab hier werden wir wohl laufen müssen», sagt er und schnallt sich ab.

Vom Beifahrersitz vernimmt er wenig begeistertes Schnaufen, doch schließlich folgt ihm Mayla Aslan in die eisige Kälte.

Ein böiger Wind treibt die Schneeflocken über das freie Feld vor ihnen. An Bäumen, Zaunpfählen und Laternenmasten haben sich bereits kleine Schneeverwehungen gebildet.

«Bis zum Haus ist es höchstens ein halber Kilometer», sagt Larsen und deutet in Richtung Norden, wo man durch den weißen Vorhang ein paar Lichter erahnen kann.

Die Kälte beißt in seine Gesichtshaut. Schnee sammelt sich in jeder Stofffalte, kriecht in seinen Mantelkragen und läuft ihm eiskalt den Nacken hinunter. Während sie durch den lockeren Schnee stapfen, bedenkt er seine Kollegin immer wieder mit einem neidischen Blick und fragt sich, warum sein eigener Mantel zwar fünf Innentaschen, aber keine vernünftige Kapuze besitzt.

Nach einer halben Stunde stehen sie endlich vor dem niedrigen Gebäude. Aus Butzenfenstern fällt gelbliches Licht auf den Vorplatz. Über der Haustür schaukelt das elektrische Imitat einer Sturmlaterne im Wind. Larsen haucht Atem in seine klammen Hände und klopft gegen das Türglas.

Es dauert gut eine Minute, bis sich langsame Schritte nähern und die Tür ein paar Zentimeter weit geöffnet wird.

«Ja?» Das Gesicht zu der Stimme liegt noch im Dunkeln, gehört der Tonlage nach zu einem älteren Mann.

«Hauptkommissar Larsen und Oberkommissarin Aslan. Wir sind von der Polizei. Guten Abend!» Dass sie vom Berliner Landeskriminalamt sind, lässt Larsen bewusst unerwähnt. Ihr Einsatz in Brandenburg ist heute von oberster Stelle legitimiert, aber sie haben vereinbart, Familie Scherer nicht unnötig zu beunruhigen.

Ohne ein Wort zu sagen, öffnet der Mann die Tür ganz und schlurft durch die spärlich beleuchtete Diele davon. Larsen und Aslan tauschen einen Blick, klopfen sich den Schnee von der Kleidung und folgen dem Mann.

«Es ist wegen Christian», erklärt der alte Mann gerade, als sie nach ihm das Wohnzimmer betreten. Auf einem Sofa an der Wand gegenüber der Tür sitzt eine Frau in geblümter Kittelschürze, vor ihr auf dem Tisch eine ausgebreitete Zeitung mit Kartoffelschalen. Sie sieht kurz zu ihnen hinüber, dann wandert ihr Blick zurück zu dem Fernseher in der Schrankwand, wo eine Quizshow läuft.

«Woher wissen Sie das?», eröffnet Mayla Aslan das Gespräch.

«Ach ja», sagt der Mann und stellt den Ton des Fernsehers etwas leiser. «Es ist doch immer wegen Christian. Nicht wahr, Elke?»

Elke Scherer unterbricht das Kartoffelschälen für einen Moment. Lächelt, setzt das Messer wieder an und zerteilt die blassgelbe Knolle in ihrer Hand in zwei Teile.

«Ja, es ist immer wegen Christian», wiederholt Herr Scherer.

Sie stehen mitten im Wohnzimmer. Um Larsens Schuhe herum hat sich eine Pfütze aus Tauwasser gebildet.

«Wann haben Sie Ihren Sohn denn zum letzten Mal gesehen?», fragt Mayla Aslan. Auf der Hinfahrt haben sie vereinbart, dass sie die Information über Scherers Unfall zurückhalten wollen, bis sie sich ein Bild von der familiären Situation gemacht haben.

«Ha, gesehen!» Der alte Scherer lacht kurz auf. «Hast du gehört, Elke – wann wir ihn gesehen haben, wollen sie wissen.»

Wieder schenkt Elke Scherer ihnen für eine Sekunde ein Lächeln.

«Frau Kommissarin.» Der alte Mann macht einen Schritt auf Mayla Aslan zu. «Christian war schon sehr lange nicht mehr hier. Wir wollen auch gar nichts mit ihm zu tun haben.»

Larsen sieht, wie Mayla Aslan eine Augenbraue hochzieht.

«Was ist denn passiert?», fragt sie.

«Passiert? Elke, hörst du, passiert sagt die Polizistin zu dieser ... zu dieser Katastrophe.»

Larsen blickt automatisch zu Elke Scherer hinüber, und tatsächlich unterbricht die Frau ihre Arbeit erneut für ein kurzes, stummes Lächeln.

«Er ist nicht mehr unser Sohn», sagt Scherer. «Ist er ja nie wirklich gewesen.»

Larsen und Mayla Aslan sehen sich kurz an. «Was meinen Sie mit *wirklich*?», setzt die Kommissarin die Befragung fort.

«Wir haben ihn nicht geboren. Er kam erst als Jugendlicher zu uns.»

«Aber laut Melderegister sind Sie seine leiblichen Eltern.»

«89 kam er zu uns. Wissen Sie, was da los war? Da konnte man alles manipulieren, wenn man die richtigen Kontakte hatte.»

«Sie haben also die Geburtsurkunde von Christian gefälscht?», bringt sich Larsen in das Gespräch ein.

«Wir? Hörst du, Elke, wir!»

Larsen erspart sich diesmal den Seitenblick.

«Das Ministerium für Staatssicherheit hat uns zu Eltern gemacht. Ich habe dort gearbeitet, war aber nur ein ganz kleines Tier», sagt Scherer. «Dass wir Christian zu uns nehmen, war sozusagen ein dienstlicher Befehl.»

«Wollen wir uns nicht hinsetzen, dann redet es sich doch leichter?», schlägt Mayla Aslan vor.

«Nein, das wollen wir nicht! Ich habe Sie nicht eingeladen», sagt Scherer in ungewohnter Schärfe. Larsen bemerkt aus den Augenwinkeln, wie seine Kollegin regelrecht zusammenzuckt.

«Sie haben dieses Kind also als Ihres ausgegeben, weil es ein Auftrag der Stasi war?», hakt er nach.

«Staatssicherheit. Ministerium für Staatssicherheit. So heißt das!» Scherers Augen funkeln. Ein Thema, bei dem er offenbar keinen Spaß versteht. Nach ein paar Sekunden entspannt sich der Mann wieder und fährt fort: «Wir wussten doch damals schon, dass die DDR keine Chance mehr hat. Alles zerfiel. Auch wenn wir bis zur letzten Sekunde gekämpft haben – ab dem Spätsommer 89 hat jeder nur noch versucht, seine Schäfchen ins Trockene zu bringen. Und als wir dieses Angebot bekamen, sind wir hierhergezogen. Ein paar Tiere, ein bisschen Land. Niemand kannte uns, niemand wusste von meiner beruflichen Vergangenheit und wunderte sich, wo dieser Junge herkam.»

«Sie haben also Geld dafür bekommen?»

Scherer kneift die Lippen zusammen. «Das Land und etwas Geld, aber das ist doch alles schon längst verjährt.»

Larsen weiß nicht recht, was er denken soll. Die Scherers haben ihr Leben auf einer Lüge aufgebaut und sind vermutlich nicht die Einzigen, die den Zusammenbruch der DDR in solch einer Weise genutzt haben.

«Und wessen Kind ist Christian dann wirklich?» Mayla Aslan hat die oberen Knöpfe ihres Mantels geöffnet, ihre Wangen glühen.

«Elke, wessen Kind war dieser Satansbraten gleich noch mal?»

Larsen spürt, dass ihn dieses Kasperletheater allmählich wütend macht. «Da es verjährt ist, können Sie es uns doch sagen, oder?»

«Es ist alles von oben – von ganz oben – organisiert worden. Uns hat man nur gesagt, dass Christians Vater und sein Bruder bei einem Autounfall ums Leben gekommen sind. Wir sollten das Kind Christian nennen und mit ihm nicht über die Vergangenheit sprechen. Das war alles.»

Larsen nickt. An dieser Baustelle kommen sie offenbar nicht weiter. «Und was hat dazu geführt, dass Sie Ihrem ... hm ... Pflegesohn jetzt so ablehnend gegenüberstehen.»

«Elke ...», setzt der Alte wieder an.

«Hören Sie bitte auf damit», entfährt es Larsen. «Ihre Frau bekommt doch auch so mit, was hier gesprochen wird.»

Scherer schürzt die Lippen, wirkt für einen Moment beleidigt. Doch dann lächelt er. «Sie haben keine Ahnung», sagt er. «Keine Ahnung. Nicht von ihr, nicht von mir und von Christian schon gar nicht.» Er sieht Larsen direkt an. «Christian ist wahrscheinlich der Sohn des Teufels», sagt er, geht zur Schrankwand. Aus dem Barfach fischt er eine Flasche, gießt ein Schnapsglas voll und trinkt den klaren Inhalt in einem Zug. Dann beginnt er zu erzählen, wie Christian, nachdem er anfangs der freundlichste Junge der Welt war, plötzlich mit Aktionen begonnen hat, die man kaum noch als dumme Streiche eines Heranwachsenden bezeichnen konnte. Eher als eine Obsession für Gewalt. Physisch, aber vor allem auch psychisch.

«Als wir dann schließlich dieses Mädchen in der Milchkammer eingesperrt fanden, war für uns endgültig Feierabend.» Scherer hat ein paar Minuten fast ohne Pause gesprochen. Jetzt wirkt er erschöpft. Sein Blick wechselt zwischen Larsen und Mayla Aslan hin und her.

«Und was hat er mit dem Mädchen gemacht?», fragt Larsen nach einem Moment Stille, die nur vom aufbrandenden Applaus aus dem Fernseher unterbrochen wird.

«Wir wissen es nicht genau. Sie war so verstört, dass sie nicht darüber sprechen konnte. Wir haben den Eltern Geld gegeben – damit war die Sache aus der Welt.»

«Christian ist aber nach wie vor hier gemeldet», wirft Mayla Aslan ein.

Scherer nickt. «Bis er einundzwanzig war, mussten wir ihn hier wohnen lassen. Das war Teil der Vereinbarung.»

«Aber wer sollte denn auf die Einhaltung pochen? Schon 1990 wurde doch alles aufgelöst.»

Scherer grinst. «Ich sage ja, Sie haben keine Ahnung. Wir haben ihm noch eine Wohnung in Eberswalde vermittelt, und dann ist er ausgezogen. Das war's. Und für den Fall, dass er hier noch mal auftaucht …» Er deutet in eine Zimmerecke, wo durch das Glas einer Vitrine der dunkle Stahl zweier doppelläufiger Schrotflinten zu sehen ist. «Christian weiß, dass ich ein guter Schütze bin.»

Scherer notiert die Anschrift auf einem alten Stück Zeitung, und weil Mayla Aslan ihn freundlich bittet, sucht er noch ein Foto von Christian raus. «Das ist das einzige, das ich noch habe. Der Rest ist im Feuer gelandet», sagt er.

Larsen und seine Kollegin verabschieden sich. Draußen hat

der Wind ein wenig nachgelassen, dafür ist der Schneefall stärker geworden.

«Was für eine Sippe», murmelt Larsen, während sie den Zufahrtsweg zurückgehen. Von den Fußstapfen, die sie vor rund zwanzig Minuten hinterlassen haben, ist nicht mehr viel zu sehen.

«Man weiß wirklich nicht, wen man schlimmer finden soll», ergänzt Mayla Aslan.

«Und die Frau hat in der Zeit, in der wir da waren, wahrscheinlich ein Kilo Kartoffeln geschält, aber sonst nur wie ein dressierter Pudel auf die Zurufe ihres Mannes reagiert.»

«Ja, sie hat auf mich einen regelrecht debilen Eindruck gemacht», sagt Mayla Aslan. Nachdem sie sich weitere zehn Meter durch den Schnee gekämpft haben, fügt sie hinzu: «Keiner von beiden hat uns gefragt, warum wir überhaupt da waren.»

«Ist das nicht furchtbar? Der alte Scherer spricht über ... über dieses Kuckuckskind, ohne sich auch nur einmal zu erkundigen, wie es ihm geht. Stattdessen zeigt er uns seine Waffen.»

«Ich hatte fast den Eindruck, der Alte hat nur darauf gewartet, bis mal einer kommt und nachfragt. Damit er sich seinen ganzen Hass endlich von der Seele reden kann.»

«Christian scheint tatsächlich bereits als junger Mann geübt zu haben, wie man sich Menschen gefügig macht.»

«In der Milchkammer eingesperrt ... übel.»

«Ja, und da es ohne Konsequenzen für ihn blieb, hat er es sicher als Erfolg abgespeichert.» Larsen bleibt stehen und dreht sich noch einmal zum Gehöft um. «Auf dem Hinweg hatte ich die vage Hoffnung, Christian hätte Kolja vielleicht hier versteckt, aber das können wir wohl komplett vergessen.»

24. November, abends
Arne Larsen

Die Fahrt zu der Adresse, die ihnen der alte Mann gegeben hat, stellt sich als Flop heraus. Die Wohnung in dem frisch sanierten Plattenbau wird jetzt von einem jungen Paar bewohnt, das glaubhaft versichert, Christian Scherer nie begegnet zu sein. Nur eine Nachbarin kann sich noch an ihn erinnern und beschreibt Scherer als einen hilfsbereiten und sehr höflichen Menschen. Wo er aber hingezogen ist, wisse sie leider auch nicht.

Zurück im Wagen ruft Mayla Aslan im Bucher Krankenhaus an. «Tatsächlich? Morgen schon? – Aber nur eine Stunde? Ja gut, wenn es nicht anders geht. – Danke, wir sind dann da.» Sie steckt ihr Smartphone wieder ein. «Gute Nachrichten: Scherer ist weniger schwer verletzt als angenommen. Die Kugel hat ihn nur gestreift, und auch die Unfallfolgen sind wohl vergleichsweise harmlos, ein paar geprellte Rippen und eine leichte Gehirnerschütterung.»

Larsen stößt die Luft aus, während des Telefonats hat er kaum zu atmen gewagt. Jetzt spürt er deutlich, wie ihm ein Stein vom Herzen fällt. Auch wenn es ihn nicht vor der internen Ermittlung bewahren wird, ist es ungemein beruhigend, dass seine Kugel Scherer keine schweren Verletzungen zugefügt hat.

«Ich bin morgen allerdings nicht da», sagt Mayla Aslan.

Larsen wirft ihr einen Seitenblick zu. Sie starrt auf das Schneetreiben vor der Windschutzscheibe, knetet mit den Schneidezähnen ihre Unterlippe.

«Sie haben frei? Wollen Sie nicht dabei sein, wenn ich das erste Mal mit Scherer spreche?»

«Doch, eigentlich schon. Aber es geht nicht. Nicht morgen.»

«Wir können das nicht verschieben.»

«Nein, natürlich nicht. Sie ... Sie machen das schon, Larsen.»

Er schaut erneut zu ihr rüber. Sie starrt immer noch geradeaus. Das muss wirklich ein wichtiger Termin sein, denkt er. Ihrem Gesichtsausdruck nach aber auch einer, zu dem sie nicht freiwillig geht.

Sie nähern sich Berlin im Schneckentempo. Ab der Stadtgrenze sind die Straßen ordentlich geräumt, trotzdem fahren viele Verkehrsteilnehmer, als wäre das der erste Winter ihres Lebens. Während sie an einer Ampel warten müssen, holt Mayla das Foto hervor, das ihnen der alte Scherer gegeben hat.

«Eigentlich ein hübscher junger Mann», sagt sie und betrachtet den großformatigen Abzug im rötlichen Schein. «Vor allem sein Lächeln wirkt außerordentlich sympathisch und einnehmend.»

Larsen nimmt eine Hand vom Steuer und dirigiert das Foto ein wenig mehr in seine Richtung. «Hm, ja ...»

«Doch, doch – glauben Sie mir, wer so schauen kann, lässt Frauen unvernünftige Dinge tun.»

Larsen lacht. «Wenn ich das jetzt gesagt hätte, würden Sie mir sicher raten, mein Frauenbild zu überdenken.»

Mayla Aslan sagt nichts, sie steckt das Foto in ihre Jackentasche zurück.

«Wie geht es Ihnen eigentlich?», fragt er, nachdem sie minutenlang schweigend durch die Stadt gefahren sind.

«Was?»

«Ihre Erkältung. Geht es besser?»

«Ach so. Ja, ich bin ziemlich gedopt.»

«Gedopt?»

«Na ja, mit diesen Universalpräparaten. Sie wissen schon. Die, die nur helfen, wenn man fest daran glaubt.»

WALDSIEDLUNG 1983

Der Sommer verbrannte das Land seit Wochen. Die Siedlung war komplett von Wald umgeben, und wenn die Hitze mittags ihren Höhepunkt erreichte, schien das Harz in den Stämmen der Kiefern zu kochen, und die Luft war von dem Duft schwer und kaum zu atmen. An diesem Mittwoch war es besonders schlimm. Ich schwitzte im Haus, ich schwitzte draußen, sogar im Keller war es mir zu heiß.

«Wir gehen an den See», verfügte Adam schließlich am Nachmittag. Der Zugang zum Liepnitzsee war wegen der akuten Waldbrandgefahr schon seit Tagen gesperrt, aber natürlich konnte sich Adam einfach darüber hinwegsetzen. «Ja, wir alle», ergänzte er, als er Mamas fragenden Blick sah.

Ich war in diesem Jahr schon ein paarmal an der Badestelle gewesen – aber immer nur zusammen mit Adam. Dass Mama und Dirk mitdurften, war eine Premiere. Das Gelände dort war umzäunt und streng bewacht. Durch einen schmalen Schlitz im Eingangstor beobachteten die Posten den vorbeiführenden Waldweg. Wer nicht zur Siedlung gehörte, wurde sofort verscheucht.

Dirk hockte in einem dunkelblauen Kinderwagen und gab keinen Muckser von sich, obwohl er auf dem buckeligen Pfad runter zum See total durchgerüttelt wurde. Das war das Seltsame an meinem Bruder: So viel er in seinem ersten Lebensjahr geschrien hatte, so still war er danach geworden. Nahezu teilnahmslos ließ er alles mit sich geschehen. Fast wie Mama, dachte ich, obwohl sie sich heute tatsächlich von einer anderen Seite zeigte.

Wir breiteten eine Decke auf der Wiese aus, und als wir uns setzten, wirkte sie richtig zufrieden. Sie reckte den Kopf hoch in die Luft und spürte jedem Sonnenstrahl nach, der es durch das Blätterdach auf ihr Gesicht schaffte.

Mir war durch den Fußmarsch noch wärmer geworden, also zog ich mir gleich die Badehose an, lief auf den Steg und stürzte mich mit einer gewaltigen Arschbombe ins Wasser. Dann übte ich im flachen Bereich des Sees, wie lange ich beim Tauchen die Luft anhalten konnte, und erst als meine Finger schon ganz schrumpelig waren, kehrte ich zu den anderen zurück.

Inzwischen hatte sich neben uns auf der Wiese eine andere Familie niedergelassen, und Adam wechselte mit dem Mann ein paar Worte. Mama reichte mir ein Handtuch, reagierte aber überhaupt nicht auf meinen aufgeregten Bericht von einem riesigen Hecht, den ich nahe dem Ufer gesehen hatte.

Als Adam zurück an unseren Platz kam, erhob sie sich sofort und streifte ihr geblümtes Sommerkleid ab. Darunter trug sie bereits ihren Badeanzug. «Jetzt gehe ich», sagte sie und marschierte los, ohne auf seine Antwort zu warten.

Ich sah, wie ein Ruck durch Adam ging, doch er sagte nichts, setzte sich einfach hin und sah Mama hinterher. Sie schwamm weit hinaus. Bald war ihr Kopf nur noch ein kleiner heller Punkt auf der Wasseroberfläche.

Nebenan bei der anderen Familie brach in diesem Moment ein ziemliches Durcheinander aus. Eines der Kinder war von einer Wespe gestochen worden und lief nun schreiend auf der Wiese herum.

Als ich wieder zum See sah, war der kleine helle Punkt verschwunden. Adam bemerkte das im selben Augenblick. Er stand auf, schirmte mit der Hand die Sonne ab und starrte auf den See.

«Pass auf Dirk auf», rief er mir zu. Dann rannte er los und stürzte sich ins Wasser.

Plötzlich war die Zeit wie eingefroren: Ich sah Adam mit schnellen Bewegungen auf die Seemitte rauskraulen, sah, wie der Mann der anderen Familie ebenfalls aufsprang und sich mit einem Kopfsprung in den See warf. Mit einem Mal war die ganze Wiese voller Menschen, und auf dem Wasser kreuzten mehrere Boote. Sogar eine Gruppe Taucher stiefelte in voller Montur an mir vorbei.

Ich wusste nicht, wie lange ich so gesessen und die Abläufe wie in einen Film beobachtet hatte. Dann spürte ich eine Hand, die mir über den Kopf strich. Ich sah hoch und blickte in das Gesicht unseres Kindermädchens.

Erst in diesem Moment verstand ich.

25. November, morgens
arne Larsen

Auch im Schneekleid bleibst du eine Metropole, kommt ihm in den Sinn, als er sich mit einem Becher Kaffee in der Hand an das Fenster seines Zimmers stellt und auf die morgendliche Stadt blickt. Es muss die ganze Nacht hindurch geschneit haben, auch wenn jetzt nur noch ein paar einsame Flocken durch die Luft segeln.

Die Rippen der Heizung unter dem Fenster drücken sich angenehm warm gegen seine Oberschenkel, und in seinem Nacken spürt er eine Gänsehaut, als seine Gedanken zu Pat wandern.

Gestern Abend haben sie sich nicht mehr gesehen, dafür aber lange telefoniert. Ihre Stimme hat in seinem Ohr gekitzelt, und irgendwann hat er sogar das Gefühl gehabt, ihren Körper an seinen geschmiegt zu spüren. Als er sich schließlich dabei erwischte, wie er den Kunststoff der Sprechmuschel küsste, mussten beide so heftig lachen, dass ihnen schon nach kurzer Zeit das Zwerchfell weh tat.

Er stellt den Kaffeebecher ab und streckt sich. Heute steht die Vernehmung von Christian Scherer an. Es könnte also ein aufregender Tag werden, der sie eventuell sogar dicht an die Lösung des Falls bringen wird. Ein Ermittlungserfolg wäre allmählich auch bitter nötig, denn trotz Ausweitung der Fahndung gibt es immer noch keine konkrete Spur von Kolja Grossmann. Nachdem im Abendprogramm des RBB ein Foto von ihm gezeigt wurde, gingen zwar ein paar Anrufe ein, doch leider verliefen alle Hinweise letztlich im Sand.

In den Zeitungen wird Polizei und Staatsanwaltschaft bereits ganz offen Versagen unterstellt. *Berliner Familien starr vor Angst*, so haben seine speziellen Freunde vom *Berliner Echo* gestern provokant getitelt.

Larsen sieht auf die Uhr. Bei den aktuellen Witterungsverhältnissen macht es Sinn, wenn er gar nicht erst ins Präsidium, sondern direkt in die Klinik fährt. Er kontaktiert die Kollegen und bittet sie, den Bericht der kriminaltechnischen Untersuchung des Bunkers auf sein Smartphone zu senden, sobald er eintrifft.

*

Ohne darüber nachzudenken, ist Larsen automatisch zur Notaufnahme marschiert, aber natürlich hat man Scherer inzwischen auf eine normale Station verlegt. Vor dem Patientenzimmer sitzt ein uniformierter Kollege, die Schirmmütze auf den Hinterkopf geschoben, das Smartphone dicht vor den Augen. Beide Daumen flitzen, begleitet von leisen Pieptönen, über das Display.

«Guten Morgen», ruft Larsen und hält dem Polizisten seinen Dienstausweis hin.

Der Mann ist sichtlich erschrocken und springt auf. Die Mütze rutscht von seinem Kopf, kullert ein paar Meter über den Flur.

«Waren Sie die ganze Nacht hier?», fragt Larsen.

«Nein, mein Kollege. Ich bin erst seit einer Stunde im Einsatz.»

«Alles ruhig dadrinnen?» Larsen deutet auf die Zimmertür.

Der Polizist nickt. Die Röte in seinem Gesicht hat sich bis zu den Ohrmuscheln ausgeweitet.

Larsen geht zunächst zum Stationszimmer hinüber und meldet, dass er nun mit der Vernehmung von Christian Scherer beginnen möchte.

Eine Krankenschwester – Schwester Helene, wie er ihrem Namensschild entnehmen kann – begleitet ihn zurück zum Patientenzimmer. «Ein netter Mann», sagt sie, während sie den Flur entlanggehen. «Hat er wirklich etwas Schlimmes getan? Kann ich mir gar nicht vorstellen.»

Larsen erinnert sich an die Äußerung von Frau Aslan, nachdem sie Christian Scherer auf dem Foto begutachtet hatte: ein Blick, der Frauen unvernünftige Dinge tun lässt. Bei Schwester Helene scheint das tatsächlich zu funktionieren.

Im Patientenzimmer herrscht gedämpftes Licht. Schwester Helene eilt zur Fensterfront und stellt die Jalousien auf Durchlass. Dann wendet sie sich der Person zu, die in dem wuchtigen Krankenhausbett liegt. «Herr Scherer, die Polizei möchte Ihnen jetzt ein paar Fragen stellen», sagt sie, greift unter das Gestell und stellt das Kopfteil mit einer geübten Bewegung hoch.

Larsen tritt einen Schritt näher. Es ist seltsam, den Mann, den sie dringend verdächtigen, für den Tod mehrerer Menschen verantwortlich zu sein, so vor sich liegen zu sehen. Scherers Kopf scheint bei dem Unfall wenig abbekommen zu haben. Lediglich eine Wunde über seiner linken Augenbraue musste getackert werden. Das Gesicht wirkt dadurch leicht unsymmetrisch, was ihn aber vermutlich in den Augen vieler Frauen noch attraktiver macht. Schwester Helene jedenfalls steht völlig selbstvergessen neben dem Bett und strahlt ihren Patienten an, als ob es dafür einen Extrabonus geben würde. Von Scherers Schussverletzung ist wenig zu sehen. Die rechte Schulter und sein Oberarm sind unter dicken Lagen Verbandsmaterial verborgen.

Nachdem Schwester Helene das Zimmer verlassen hat, bezieht der uniformierte Polizist mit seinem Stuhl Position zwischen Badezimmer und Tür zum Gang. Wer immer hier rauswill, muss erst an seinem massigen Körper vorbei.

Larsen zieht sich ebenfalls einen Stuhl heran. Zwei Meter Sicherheitsabstand müssen reichen, beschließt er.

Scherer scheint erst jetzt richtig wach zu werden. Er stützt sich auf seinen unverletzten Arm und drückt sich von der Matratze hoch. Larsen registriert, wie der Polizist in seinem Rücken, sofort die Sicherungslasche seines Waffenholsters löst.

«Was soll der Blödsinn eigentlich – was wollen Sie von mir?» Scherers Stimme klingt ungewöhnlich sanft, will so gar nicht zu seiner Wortwahl passen.

Bevor Larsen antworten kann, vibriert sein Handy. Eine neue Mail. Er überfliegt die Zeilen, liest nur die Zusammenfassung, die die Kollegen von der KT ans Ende gesetzt haben. «Herr Scherer, bis eben standen Sie unter dem dringenden Verdacht, mich und einen weiteren Polizisten angegriffen und verletzt zu haben. Das Ganze in Tateinheit mit Freiheitsberaubung. Doch das sind jetzt vergleichsweise kleine Fische.» Er hebt sein Smartphone in die Höhe. «Wie ich gerade erfahre, hat die Auswertung der Fingerabdrücke zweifelsfrei ergeben, dass Sie sich im Bunkertrakt des Krankenhauses aufgehalten haben.»

«Ich habe für den Wachschutzdienst gearbeitet.»

«Der Sie aber bereits vor einigen Monaten freigestellt hat», setzt Larsen den Satz seines Gegenübers fort.

«Ja gut, ich hätte da nicht sein dürfen. Aber Sie doch auch nicht. Ich habe Sie für Einbrecher gehalten und in Notwehr gehandelt. Woher haben Sie eigentlich …» Er starrt auf seine Finger.

«Natürlich wurden Sie erkennungsdienstlich behandelt.»

«Obwohl ich ohne Bewusstsein war?»

«Wir brauchen in so einem Fall keine Zustimmung von Ihnen.» Larsen dreht sein Smartphone instinktiv noch einmal in Scherers Richtung. «In dem Bunker wurden auch die Fingerabdrücke von Annabel Grossmann und ihren beiden Kindern Merle und Kolja gefunden.»

«Kenne ich nicht.» Scherers Gesicht ist ausdruckslos, wenn man von dem winzigen Lächeln im Mundwinkel absieht, das offenbar fester Bestandteil seiner Physiognomie ist.

«Außerdem haben wir zahlreiche Gegenstände aus dem Wrack Ihres Wagens sichergestellt. Unter anderem Kleidung und Hygieneartikel. Es sieht ganz danach aus, als hätten Sie gerade versucht, letzte Spuren im Bunker zu beseitigen, als wir dazwischenkamen.»

Scherer schließt die Augen. Larsen sieht, wie es hinter seinen Lidern zuckt.

«Herr Scherer, wo befindet sich der Junge? Was haben Sie mit Kolja gemacht?»

Scherer öffnet seine Augen sehr langsam. Für einen Moment ist nur das Weiße zu sehen. Dann taxiert er Larsen lange, ohne ein Wort zu sagen. Ein eindringlicher und durch das eingebaute Lächeln auch irritierender Blick.

«Die Beweise gegen Sie sind erdrückend, Herr Scherer. Aber Sie können Ihre Situation verbessern, wenn Sie jetzt kooperieren.»

Scherers Gesicht verzieht sich zu einer hässlichen Grimasse. Doch er schweigt weiterhin.

In Larsens Hand vibriert das Telefon zum zweiten Mal. Diesmal eine SMS aus dem Präsidium. «Der Staatsanwalt hat Haftbefehl gegen Sie erlassen», sagt er in Richtung des Patienten, blickt sich dann zu seinem uniformierten Kollegen um. «Im Verlaufe des Tages wird er abgeholt und in das Justizvollzugskrankenhaus nach Plötzensee gebracht. Dann hat das langweilige Rumsitzen für Sie ein Ende.»

Der Polizist nickt. Larsen erhebt sich und macht einen Schritt auf die Tür zu.

«Warten Sie», hört er plötzlich Christian Scherers Stimme in seinem Rücken. «Ich heiße eigentlich Martin Langfeld und wurde am 23. Dezember 1973 in Berlin-Lichtenberg geboren.»

26. November, morgens
Arne Larsen

«Jetzt mal langsam, Larsen. Ich komm da nicht mehr hinterher, wie heißt der Mann denn nun wirklich: Scherer, Langfeld oder Zapotka?»

Mayla Aslan hockt, noch in ihre Winterjacke gehüllt, auf der Kante von Larsens Schreibtisch. Vor zwei Minuten ist sie ohne Gruß in das Büro gestürmt, hat sich vor ihm aufgebaut und direkt nach den Ergebnissen des gestrigen Tages erkundigt.

«Langfeld. Martin Langfeld. Als ihn die Scherers aufgenommen haben, hat man ihm offenbar nicht nur einen neuen Familiennamen verpasst. Da wollte jemand ganz auf Nummer sicher gehen. Katerina Langfeld, geborene Zapotka, war seine leibliche Mutter.»

«Und er hat nichts über Kolja gesagt? Nichts über seine anderen Taten? Nur von seiner Kindheit erzählt?» Mayla Aslan schüttelt den Kopf. Tautropfen lösen sich aus ihren Locken, fliegen durch den Raum.

«Ja. Es ging damit los, dass er mir erklärte, wie er wirklich heißt und wo er geboren wurde. Dann brach es förmlich aus ihm heraus. Ich habe ihn einfach reden lassen, in der Hoffnung, er würde von ganz alleine auf die aktuellen Ereignisse kommen. Leider Fehlanzeige. Irgendwann habe ich ihn dann doch unterbrochen. Mit dem Ergebnis, dass er einfach geschwiegen hat. Er hockte in seinem Bett, starrte die Wand an und tat so, als würde er meine Fragen gar nicht hören. Erst nach ein paar Minuten hat er dann weitererzählt.»

«Ab da, wo Sie ihn unterbrochen hatten?»

«Ja, genau. Das Spielchen wiederholte sich ein paarmal, bis ich endlich verstand, was er damit bezweckt.»

«Ablenken?»

Larsen schüttelt den Kopf. «Wie soll ich es ausdrücken? Es ist quasi seine Biographie. Hört sich komisch an, ich weiß. Es kommt ja häufiger vor, dass Menschen das Bedürfnis verspüren, ihr Leben aufzuschreiben, wenn sie in eine schwierige, vielleicht sogar ausweglose Situation kommen. Schwere Krankheit, Verlust eines nahestehenden Menschen, selbst im Strafvollzug entstehen unzählige Biographien, von denen es aber selten eine an die Öffentlichkeit schafft. Bei Scherer ist der Antrieb vermutlich ein ähnlicher: Er will nicht nur in seinem Handeln, sondern in seinem ganzen kranken Weltbild verstanden werden.»

«Klingt ziemlich absurd, wenn ich ehrlich bin.» Mayla Aslans Stirn legt sich in Falten.

«Sie waren auch nicht dabei. Alles begann in der Waldsiedlung an einem Tag, an dem er selbst zum Opfer wurde, obwohl er das wohl nie so gesehen hat.» Larsen lehnt sich in seinem Stuhl zurück und fasst zusammen, was er in dem fast zweistündigen Gespräch außerdem über Scherers Leben erfahren hat.

Waldsiedlung 1985

Ich sah Dirk an und wusste für einen Moment wirklich nicht, wie ich auf sein Verhalten reagieren sollte. Dabei hatte ich alles genau geplant. In den Wald außerhalb der Siedlung durfte ich ohne Adams Begleitung ja nicht, aber direkt hinter dem Sportplatz hatte ich ebenfalls ein gut geeignetes Gelände entdeckt. Eine kleine Wiese umschlossen von dichtem Buschwerk, auch ein paar größere Bäume gab es hier. Von außerhalb war der Platz nicht einsehbar. Perfekt!

Aus unserer Küche hatte ich etwas Schabefleisch mitgehen lassen. Das war nicht so einfach, denn das Kindermädchen lebte jetzt dauerhaft bei uns im Haus und kontrollierte sämtliche Vorräte. Sie führte ein «strenges Regiment» – wie Adam es immer nannte.

Dirk war dieses Jahr fünf geworden, und ich fand, es war an der Zeit, ihm all die Dinge beizubringen, die ich in den letzten Jahren selbst gelernt hatte. Ich wollte, dass Adam mal wieder richtig stolz auf mich sein konnte. Denn seit Mama tot war, hatte sich alles geändert. Obwohl Dirk viel weinte, ständig krank war und nicht gerne rausging, hatte ich oft das Gefühl, Adam würde ihn lieber mögen.

«Ich war das nicht», kreischte Dirk nun zum zweiten Mal, und wieder füllten sich seine Augen mit Tränen.

«Doch», sagte ich und zog ihn noch einen Meter näher an die Stelle ran. «Sieh es dir genau an.»

«Lass mich los», schrie er. Dicke Tropfen liefen jetzt über seine Wangen, klatschen auf den Boden und, als ich seinen Kopf mit einer Hand nach unten drückte, auch auf den leblosen Körper zu seinen Füßen.

Mein Bruder musste doch verstehen, was passiert war. Die Macht spüren. Eben noch war dieses Tier voller Leben gewesen, war durch das Laub gekrochen und hatte im Boden nach Futter gewühlt. Jetzt lag der Igel vom Pfeil durchbohrt mitten in dem Schabefleisch, das ich als Köder ausgelegt hatte. Der Boden unter dem Tier war torfig und dunkel, man sah fast kein Blut. Insgesamt kein allzu schrecklicher Anblick, wie ich fand. Aber Dirk heulte trotzdem.

«Ich war das nicht!»

Ich deutete auf den kleinen Bogen, den er noch immer in seiner Faust hielt, dann auf seine andere Hand. «Du hast den Pfeil losgelassen», sagte ich.

«Aber du hast gezielt.» Dirks Stimme bebte und überschlug sich, und ich verstand ihn kaum, obwohl er direkt vor mir stand.

«Das ist egal», sagte ich. «Wenn du nicht losgelassen hättest, würde der Igel hier weiter rumkriechen und das leckere Fleisch fressen. Du allein hast also die Entscheidung getroffen, sein Leben zu beenden.» Meine anschauliche Erklärung erfüllte mich mit Stolz. Endlich war ich so weit, dass ich selbst etwas Gehaltvolles weitergeben konnte.

Dirk unterbrach sein Jaulen, sah mit großen, verheulten Augen erst mich und dann seine linke Hand an. Als ich gerade dachte, er habe nun endlich verstanden, werde mich gleich anstrahlen und fragen, was er als Nächstes lernen dürfe, warf er plötzlich den Bogen weg, schüttelte meine Hand von seiner Schulter und lief davon.

Und während er lief, stieß er einen Schrei aus, wie ich ihn noch nie gehört hatte. Grell und laut, voller Furcht und Hysterie. In diesem Moment verstand ich, dass dieser Schrei alles verkörperte, was Dirk jemals sein würde. Sein ganzes Leben in einem Atemstoß. Mein Bruder würde nie mit Adam und mir auf einer Stufe stehen, aber ich wusste auch, dass ich ihn lieben und beschützen würde. Für immer.

Erst jetzt, so viele Jahre danach, habe ich verstanden, wie sehr Dirk es sich sein Leben lang gewünscht haben muss, auch einmal mein Beschützer zu sein. Und als sich dann endlich die Chance ergab, hat er sie ohne jedes Zögern genutzt.

27. November, morgens
Arne Larsen

«Und darauf hat sich Salzmann tatsächlich eingelassen und dann sogar noch den Staatsanwalt überzeugt?» Arne Larsen schüttelt erstaunt den Kopf. «Wie haben Sie das gemacht? Einen türkischen Zauber gesprochen?»

Mayla Aslan schaut ihn ernst an. «Genau», sagt sie. «Aber das klappt leider nur einmal im Jahr.»

Sie sind auf der Fahrt ins Bucher Krankenhaus. Die ursprünglich bereits für gestern angesetzte Verlegung Scherers ins Justizvollzugskrankenhaus ist auf unbestimmte Zeit ausgesetzt worden. Dafür sichern jetzt zwei Beamte sein Krankenzimmer.

«Ich musste gar nicht viel erklären. Dass wir von Scherer wohl nur eine Aussage bekommen, solange er in diesem Krankenhaus bleibt, hat ihm schon gereicht.» Sie verzieht das Gesicht und ahmt mit tiefer Stimme Salzmanns Tonlage nach: «Aber sorgen Sie um Gottes willen dafür, dass wir schnell Informationen über dieses Kind bekommen. Ich stehe schon mit dem Rücken zur Wand. Und Sie wissen ja, da stehe ich nicht gerne.»

Larsen muss lachen. «Dummerweise hat er nicht mal unrecht.»

Als sie auf dem Parkplatz des Krankenhauses aus dem Wagen steigen, hat Larsen für einen winzigen Moment die Vision, Scherer könne die zur Bewachung abgestellten Kollegen überwältigt haben und nun bereits mit Schwester Helene als Geisel auf der Flucht sein. Glücklicherweise ist seine Befürchtung unbegründet. Die beiden Beamten haben sich rechts und links der Zimmertür positioniert, und Christian Scherer sitzt bereits aufrecht in seinem Bett, als sie den Raum betreten.

Larsen stellt seine Kollegin vor, das scheint Scherer jedoch ebenso wenig zu interessieren wie das Aufnahmegerät, das sie diesmal zur Protokollierung mitgebracht haben.

Die Belehrungen, dass er einen Anwalt hinzuziehen und die Aussage verweigern kann, lässt Scherer stumm über sich ergehen. Als endlich auch das Mikrophon ausgerichtet ist und die Befragung losgehen kann, knüpft er sofort an der Stelle an, an der sie beim letzten Mal unterbrechen mussten.

28. November, abends
arne Larsen

«Wunderschön», sagt Arne Larsen.

«Wirklich?» Pat lächelt, aber ihre Augen sind zu kleinen Schlitzen verengt – noch ist sie nicht überzeugt.

«Ja, wirklich. Du kannst das fabelhaft tragen. Und dieser Rotton steht dir großartig.»

Jetzt hat das Lächeln auch Pats Augen erreicht. Obwohl sie sich in einem gut gefüllten Restaurant befinden, dreht sie sich noch zweimal um die eigene Achse. «Ein tolles Gefühl, wenn der Rocksaum zu fliegen anfängt. Ich frage mich ernsthaft, warum ich so lange ausschließlich Hosen getragen habe.»

«Wenn du mich früher dazu befragt hättest …»

«Vielleicht habe ich es gerade deshalb gekauft.»

«Damit du mich fragen kannst?»

«Idiot», sagt sie, deutet aber einen Kuss in seine Richtung an. «Irgendwie mag ich es gerade, meine weibliche Seite ein wenig mehr zu zeigen.»

Jetzt lächelt er auch. Sie stehen immer noch mitten im Gang. Keine Zeit für eine Bestellung, nicht mal Zeit, sich zu setzen. Ein Kellner steuert auf sie zu, merkt, dass er einen ungünstigen Zeitpunkt erwischt hat, und wendet sich einem anderen Tisch zu.

«Wir können das aber noch ein wenig optimieren.» Larsens Hand streicht über ihren Hals, findet das Sammelsurium von Preisschild, Waschanleitung und Produktinformationen, das immer noch am Rückenteil des Kleides baumelt. Der Kunststofffaden, der alles zusammenhält, ist kräftig. Er muss die andere Hand zu Hilfe nehmen. Jetzt ist er ihr ganz nahe, atmet ihren Duft und spürt die Rundung ihres Pos an seiner Hüfte. Am liebsten würde er seine Hände einfach weiterwandern lassen. Restaurant hin oder her.

«Darf ich helfen?» Der Ober ist zurück, in der Hand ein kleines Messer. Mit einem Schnitt zerteilt er die Plastikschnur.

Spielverderber, denkt Larsen, bedankt sich aber artig. Sie setzen sich, und Pat wählt ein vegetarisches Pastagericht. Er selbst entscheidet sich für Risotto mit Meeresfrüchten.

Sie haben am frühen Abend miteinander telefoniert und sich dann direkt in dem winzigen Italiener in der Wiener Straße getroffen. Pat war den Nachmittag über shoppen. Er selbst hat den dritten Tag in Folge im Bucher Krankenhaus zugebracht, fühlt sich leer und ausgelaugt. Wieder hat Scherer nur über seine Kindheit in der Waldsiedlung gesprochen, und wieder sind sie Koljas Schicksal keinen Millimeter nähergekommen. Gegen Mittag ist Larsen endgültig der Geduldsfaden gerissen, und er hat Scherer ins Gesicht gebrüllt, er solle ihnen wenigstens sagen, ob der Junge noch lebt. Aber Scherer hat einfach nur gelächelt und wieder für einige Minuten seine Lippen versiegelt. Ein Moment, in dem Larsen sich ernsthaft gefragt hat, ob man das Foltern von Tatverdächtigen nicht wieder erlauben sollte.

«Arne, wo bist du mit deinen Gedanken?»

Pats Hand auf seiner. Er hat es gar nicht gemerkt. «Entschuldige», sagt er. «Dieser Fall verfolgt mich mehr, als mir lieb ist.»

Sie nickt, aber er sieht die Veränderung in ihrem Blick. Sie stellt sich gerade die Frage, ob man mit einem Polizisten, der so in seinem Job aufgeht, eigentlich eine Beziehung führen kann.

Als fühle sie sich ertappt, wechselt sie das Thema: «Schau, ich habe für Gesas Geburtstag diesen Roman ausgesucht.» Sie wuchtet einen armdicken Hardcover-Band auf den Tisch.

Er nickt, während er noch verzweifelt überlegt, ob Pat diesen Namen schon einmal erwähnt hat. Die Schwester, eine Freundin?

Der Ober bringt als Amuse-Gueule eine Bruschetta mit Tomaten und Oliven. Pat sagt etwas, lacht, schaut ihn erwartungsvoll an.

Verdammt, er kann sich überhaupt nicht konzentrieren. Wieder haben sich seine Gedanken nur um Scherer gedreht. Dieser Fall nimmt eindeutig zu viel Raum ein. «Tut mir leid», sagt er. «Kann ich dich etwas ... etwas als angehende Psychologin fragen?»

«Ich bin noch mitten im Studium», sagt sie.

«Ja, ich weiß. Trotzdem –», sagt er und beginnt von einer Frau zu erzählen, die gerade erst ihren Mann verloren hat und sich trotz ihrer Kinder einem Psychopathen an den Hals wirft. Auch dass dieser Mann sie einsperrt und sie sich infolgedessen das Leben nimmt, erwähnt er kurz.

«Hm», sagt Pat, nachdem er geendet hat, und trinkt noch einen Schluck Weißwein. «Du hast die Verbindung zwischen dem, was der Mann in seiner Kindheit erlebt hat, und dem, wie er sich als Erwachsener verhält, ja schon selbst gezogen.»

«Ja, aber ich verstehe einfach nicht, wie sich eine intelligente Frau und Mutter überhaupt auf so einen Mann einlassen kann. Denn so hat es ja wohl begonnen.»

«Du sagst, ihr Mann ist an einer schweren Krankheit gestorben. Vielleicht hat sie sich ja nach Rückhalt in ihrem Leben gesehnt. Nach einem Fels in der Brandung. Nach jemandem, der ihr sagt, wo es langgeht, und der stark genug ist, sie und die Kinder zu beschützen.»

«Meinst du das ernst? Hört sich aber verdammt ...» Er sucht nach dem richtigen Wort.

«Archaisch an, meinst du?», ergänzt sie.

Er nickt.

«Ja, aber das sind nun mal die Grundpfeiler unser Existenz», sagt sie und nippt erneut an ihrem Weinglas. «Vielleicht hätte die Frau sich selbst so ein Verhalten auch nie zugetraut, und es ist tatsächlich nur durch den tragischen Tod ihres Gatten ausgelöst worden.» Sie pflückt sich eine Olive von Larsens unangetasteter Bruschetta.

«Hey, Finger weg», sagt er und grinst.

In diesem Moment kommt der Hauptgang und nimmt ihre ganze Aufmerksamkeit in Anspruch. Während des Essens sprechen sie über ihre Lieblingsspeisen, über scharfe Currys, zypriotisches Tzatziki mit Minze, spanische Omeletts und deutsche Kohlrouladen. Irgendwann zwischendurch, nachdem sie die zweite Flasche Wein bestellt haben und noch einmal anstoßen, sagt er: «Danke, manchmal muss das einfach raus!»

WALDSIEDLUNG 1989

Adam weckte uns mitten in der Nacht. «Schnell, Jungs. Wir müssen aufbrechen. Jetzt gleich!»

Seine Stimme klang anders als sonst. Ich hörte das sofort, obwohl ich noch nicht richtig wach war. Es musste um etwas wirklich Wichtiges gehen. Ich sprang aus dem Bett und rüttelte meinen Bruder, dessen Bett an der Wand gegenüber stand, an der Schulter, bis auch er endlich die Augen aufschlug.

Vor dem Haus wartete ein Wartburg mit laufendem Motor. Adam sprach mit dem Fahrer und wirkte sehr aufgeregt. Als wir näher kamen, unterbrach er das Gespräch und sah uns ernst an.

«Martin und Dirk, meine Söhne. Die Zeit der Waldsiedlung ist für uns vorbei. Das ganze Land zerbricht, aber leider anders, als ich es mir vorgestellt habe. Mein Vater hat heute alle seine Ämter niedergelegt, und wir haben hier keinen Schutz mehr.»

Ich nickte. Dass sich Unheil näherte, hatte ich schon seit einiger Zeit gespürt. Aber ich war fest davon überzeugt gewesen, dass Adam auch dafür eine Regelung haben würde, einen genialen Plan. So wie immer. Wir stiegen ein, und der Wagen fuhr sofort los. Vorne am großen Tor war der Schlagbaum hochgeklappt und kein einziger Wachsoldat zu sehen.

«Wir werden eine Weile getrennt sein», erklärte Adam. «Das ist sicherer. Ihr beide werdet deswegen auch in verschiedenen Familien untergebracht.»

«Und wo gehst du hin, Vater?», fragte ich und schob meinen Kopf zwischen den Vordersitzen hindurch.

«Ich habe auch ein Versteck. Aber es ist besser, wenn ihr nicht wisst, wo.»

Ich hörte seiner Stimme an, dass jedes weitere Nachfragen von mir zwecklos wäre, also schwieg ich. Vater hatte diesen Plan ausgearbeitet, und ich würde ihm folgen.

Die Straße war von Wald gesäumt und schnurgerade. Kein einziges Fahrzeug kam uns entgegen. Doch plötzlich sah ich ein Stück vor uns etwas Dunkles aus dem Unterholz brechen. Bevor ich schreien konnte, riss der Fahrer schon das Lenkrad herum. Die Lichtkegel der Scheinwerfer schossen über ein Spalier von Kiefernstämmen, es gab einen gewaltigen Knall, und mit einem Mal drehte sich die Perspektive einfach. Straßenkarten und Zigarettenschachteln wurden durch das Wageninnere katapultiert. Dann wurde es dunkel.

Erst im Krankenhaus wurde ich wieder wach. Ein gebrochener Arm, Schnittwunden und unzählige Prellungen. Offenbar war ich durch das Fenster aus dem Wagen geschleudert worden.

Erst eine Woche später sagten sie mir, dass der Wagen in Flammen aufgegangen war und ich als Einziger überlebt hatte.

29. November, morgens

Arne Larsen

Der gelbe Gang, das Quietschen seiner Sohlen auf dem Linoleum, die merkwürdige Geruchsmelange aus Desinfektionsmitteln und Krankheit. Larsens Migräne hat sich auch heute wieder verlässlich gemeldet, kurz nachdem er das Krankenhaus betreten hat. Mit jedem Schritt, den er sich nun Scherers Zimmer nähert, schwillt der Schmerz hinter seiner Stirn weiter an, breitet sich schließlich bis in den Nacken aus. Anfangs hat er befürchtet, er hätte sich mit etwas Verzögerung nun doch noch an dem Virus infiziert, mit dem seine Kollegin zu kämpfen hatte. Aber es sind keine weiteren typischen Symptome hinzugekommen. Nur dieser Schmerz, der den Tag über bleibt und erst verschwindet, wenn er das Krankenhaus und den ganzen verdammten Berliner Außenbezirk, mit seinen Kliniken und Friedhöfen, wieder hinter sich gelassen hat.

Scherer und die ganze Sinnlosigkeit dieses Verhörs. Wahrscheinlich ist das der wahre Grund für seine Beschwerden. Eigentlich müsste ja mittlerweile ein Psychologe übernehmen oder zumindest bei der Befragung dabei sein. Aber Larsen hat Mayla Aslan überzeugt, dass es besser ist, keinen Beistand anzufordern. Scherer könnte sonst ratzfatz als nicht voll zurechnungsfähig eingestuft und in eine geschlossene Anstalt verlegt werden.

Das ist alles ein verdammter Wahnsinn, denkt Larsen und massiert sich den Nacken, während er sich der Station mit großen Schritten nähert. Am Ende des Gangs sitzen die beiden uniformierten Polizisten. Wie jeden Morgen. Heute heißen sie Müller und Wagenknecht. An die Namen der beiden von gestern kann er sich schon nicht mehr erinnern.

«Endlich passiert mal was», sagt Müller und schüttelt Larsen die Hand.

Larsen sieht den Mann ein wenig irritiert an. Er ist es doch, der sich heute ziemlich verspätet hat, Kollegin Aslan müsste schon seit einer Stunde da sein. Er wirft einen Blick auf sein Smartphone. Nein, keine Nachricht von ihr. Seltsam.

Im Krankenzimmer wirft er Jacke und Schal über die Lehne eines Stuhls. «Herr Scherer», sagt er. «Ich hoffe, Sie hatten eine gute Nacht und sind bereit für unser Gespräch?» Eine blöde Begrüßung, aber was soll er sonst sagen? Wollen Sie uns heute endlich erklären, wie Sie Merle umgebracht, Frau Grossmann in den Freitod getrieben und anschließend mit Lea Zeisberg eine unliebsame Zeugin zum Schweigen gebracht haben?

Scherer nickt. Auf seinem Nachttisch liegt eine zusammengefaltete Tageszeitung.

Die kann er eigentlich nur von einer der Schwestern bekommen haben. Ein klarer Verstoß gegen die Absprache mit der Krankenhausleitung, schließlich ist der Mann quasi in Untersuchungshaft. Larsen tritt an die Fensterfront. Leider kann man keines der Fenster öffnen, trotzdem hat er das Gefühl, die Luft sei hier ein wenig besser. Wenn nur die Kopfschmerztablette endlich wirken würde.

Er hat sich gerade den Stuhl ans Bett geschoben, da hört er klappernde Absätze auf dem Flur und Mayla Aslans Stimme, die die beiden Kollegen begrüßt.

«Hier», sagt sie, noch bevor sie ganz im Zimmer ist. «Hier, Larsen, das müssen Sie sich ansehen.» Sie schwenkt etwas über ihrem Kopf, das wie ein Schnellhefter aussieht.

«Und was ist das?», fragt er, als sie ihm den Hefter in die Hand drückt. Er schlägt die erste Seite auf, blättert weiter. Fotokopien eines handschriftlichen Textes. Jedes Blatt beginnt mit einem Datum. «Ein Tagebuch?»

Mayla Aslan nickt. «Lassen Sie uns besser vor die Tür gehen», sagt sie mit einem Seitenblick auf Christian Scherer.

Larsen nickt und folgt ihr auf den Gang.

«Wertke hat mit der Hausverwaltung gesprochen und rausgefunden, dass die Grossmanns im Keller einen Verschlag gemietet hatten.» Mayla Aslan füllt sich aus einem Spender an der Wand einen Pappbecher mit Wasser ab und trinkt einen Schluck.

«Hätte man ja auch gleich drauf kommen können», sagt Larsen.

Mayla Aslan nickt. «Tja, wahrscheinlich schon. Neben Fahrrädern und einem Schlitten standen da auch ein paar ausrangierte Möbel. In einer Kommode fand Wertke dann einen ganzen Stapel dieser Tagebücher. Offenbar hat Frau Grossmann mit dem Schreiben begonnen, nachdem ihr Mann krank geworden war, und es über seinen Tod hinweg weiter geführt. Die Aufzeichnungen reißen Anfang November ab, das muss der Zeitpunkt gewesen sein, als Scherer die Familie in das Stasi-Krankenhaus gebracht hat. Ich hab zunächst nur den letzten Band kopieren lassen.» Sie strahlt ihn an. «Auch wenn ich noch nicht alles lesen konnte, glaube ich, dass uns das ein gutes Stück weiterbringt. Leider ist die Schrift teilweise fast unleserlich, und zum Schluss hin werden die Sätze auch immer konfuser. Frau Grossmann war schon eine Weile in Behandlung, hatte seit dem Tod ihres Mannes schwere Depressionen, trotzdem hat sie irgendwann aufgehört, ihre Medikamente zu nehmen.»

Larsen zieht eine Braue hoch. «Warum das?»

Sie zuckt mit den Achseln, deutet auf die geschlossene Tür

des Patientenzimmers. «Vielleicht wegen des Arschlochs da drin?»

Müller und Wagenknecht haben den letzten Satz auch mitbekommen und sehen zu ihnen rüber. Wagenknecht hat ein breites Grinsen im Gesicht.

Larsen betrachtet den Hefter in seiner Hand. «Ich möchte das gerne lesen.»

«Klar, ist ja Ihre Kopie.»

Er nickt. Bei Handschriftlichem legt er normalerweise Wert darauf, die Originaldokumente in den Händen zu halten. So fühlt er sich der Person, die die Zeilen verfasst hat, besonders nahe und kann ein Gespür für Stimmung und Situation entwickeln. In diesem Fall geht das natürlich nicht. Die Originale sind im Labor und werden nach allen Regeln der Kriminaltechnik untersucht. «Ich meinte, ich würde es gerne jetzt lesen.»

Mayla Aslan starrt ihn an, als habe er ihr erklärt, die Erde sei nach neusten Erkenntnissen doch eine Scheibe. «Sie wollen damit sagen, ich soll mit diesem Psychopathen da drin alleine weitermachen?»

«Ja – und vielleicht ist die Veränderung sogar hilfreich. Eine Frau, ein anderer Tonfall, eine veränderte Gesprächsstimmung. Vielleicht versucht er Sie zu beeindrucken, plaudert im Eifer des Gefechts sogar unabsichtlich etwas aus.» Larsen nickt vage mit dem Kopf. «Sie können ja einen der beiden Kollegen mit reinnehmen, falls Sie sich alleine unwohl fühlen.»

Frau Aslan hält ihren Blick noch einige Sekunden fest auf ihn gerichtet, dann wirft sie den Kopf in den Nacken und dreht sich um. Sie marschiert an Müller und Wagenknecht vorbei und verschwindet im Patientenzimmer.

Larsen geht ein Stück in Richtung Ausgang und lässt sich auf einem der orangefarbenen Schalensitze nieder, die einem großen Fenster gegenüber aufgestellt sind. Von hier kann er den

Flur ebenfalls im Blick behalten, aber das Licht ist einfach besser.

Er schlägt die erste Seite auf. Die Buchstaben sind schnörkellos, ducken sich dicht an die Grundlinie, nur wenige Wörter, vor allem aber Namen, fallen aus dem Schriftbild heraus.

Gestern haben wir Patrick beerdigt. Ich konnte keine Zeile schreiben. Ständige Weinkrämpfe. Heute habe ich das neue Heft begonnen. Irgendwie muss es weitergehen. Ein neuer Anfang. Ich muss das schaffen. Für Merle und für Kolja. Ich habe es Patrick in die Hand versprochen.

Larsen lässt die aufgestaute Luft aus seiner Lunge entweichen. Lauter als beabsichtigt. Ein Pfleger, der gerade einen leeren Rollstuhl vorbeischiebt, dreht sich nach ihm um. Keine Gefahr, signalisiert Larsen. Keine Gefahr, nein, aber er spürt bereits jetzt, dass ihn das Studium des Tagebuchs mehr bewegen wird, als ihm in dieser Situation lieb ist. Er blättert um. Zahlreiche Textstellen sind am Rand markiert. Mayla Aslan hat es sicher gut gemeint, aber ihn irritiert das sehr. Unwillkürlich suchen seine Augen diese Abschnitte. Eine Selektion, gegen die er machtlos ist.

Merle ist auch heute zu Hause geblieben. Bei Kolja ist es der dritte Tag. «Können wir nicht alle da hingehen, wo Papa ist?», hat er gefragt, als ich ihn heute Morgen geweckt habe. Ich habe es mit dem verfluchten Weinkrampf nicht mehr auf die Toilette geschafft, stand lange heulend im Flur. Meine Güte, was soll ich denn auf solche Fragen antworten? Ich werde wohl einen Termin für ihn bei Dr. Tegeloff machen müssen. Alleine schaffe ich das nicht.

Ein Ärzteteam hastet durch den Flur. Klappernde Clogs, wehende Kittel, Stethoskope in den Brusttaschen. Larsen wartet, bis es wieder ruhig ist, dann liest er weiter.

Heute habe ich der Schulsekretärin gesagt, die Kinder seien erkältet, und mich dafür gehasst. Warum schäme ich mich, dass unsere Trauer nicht aufhört?

Larsen seufzt, zwingt sich, seinen Blick für einen Moment von den Zeilen zu lösen. Gegenüber auf der anderen Seite des Flurs hat ein junges Paar Platz genommen. Sie trägt ein Tuch fest um ihren Kopf geschlungen. Er hat den Arm um ihre Schultern gelegt.

Die ersten warmen Tage in diesem April. Heute war ich im Park, habe auf einer Bank gesessen und mich über die Sonne auf meinem Gesicht gefreut. Aber sofort war da das Gefühl, dass ich das nicht darf. Erst müssen Merle und Kolja wieder lachen.

Larsens Blick und der des Mannes gegenüber treffen sich. Ein unmerkliches Nicken. Teilnahme für den Bruchteil einer Sekunde.

Heute Nachmittag ist das Schulfest. Ich habe Angst. Angst vor den Fragen der anderen Eltern, aber ich konnte es den Kindern doch nicht abschlagen. Merle macht so große Fortschritte, seit sie mit ihrer Klasse auf dem Pferdehof war. «Ich will auch ein Pferd, Mama. Wir wohnen doch in einer Remise, da waren früher die Pferde drin.» Ich musste tatsächlich ein wenig lachen. Kolja macht mir mehr Sorgen. Der dritte Termin bei Dr. Tegeloff, und es hat sich nichts geändert. Ich muss wohl Geduld haben. Auch mit mir.

Dieser Tag muss etwas Besonderes gewesen sein, denn ausnahmsweise hat Annegret Grossmann noch einen zweiten Eintrag gemacht:

Ein komisches Gefühl. Ich habe heute so viel gelacht und nur ein wenig geweint. Im Schulgebäude hatten die Kinder einen Klassenraum zu einem Café umfunktioniert, wo sie selbstgebackenen Kuchen und ganz schrecklichen Getreidekaffee aus biologischem Anbau verkauften. Dann kam dieser Mann an meinen Tisch, weil es sonst nirgendwo mehr Platz gab. Ich habe einfach nur genickt, und dann haben wir uns plötzlich unterhalten, als würden wir uns schon ewig lange kennen. Das hat mir gutgetan. Richtig gutgetan!!!

Drei Ausrufezeichen, aber nur wenig über das, was ihr so gutgetan hat. Verheimlicht sie sich gerade selbst etwas?

Heute war ich beim Friseur, nicht wieder bei der blöden Schulz aus dem Vorderhaus, die nur den einen Schnitt drauf hat. Danach bin ich los und habe mir tatsächlich ein Sommerkleid gekauft. Christian hat in mir etwas losgekitzelt, von dem ich dachte, es würde nie mehr kommen, schon gar nicht nach so kurzer Zeit. Ich schäme mich und ziehe das Kleid trotzdem gleich noch einmal an.

Wagenknecht kommt vorbei, fragt Larsen, ob er ihm etwas aus der Cafeteria mitbringen soll. Larsen schüttelt den Kopf. Als ihm klar wird, dass ein Kaffee doch nicht schlecht wäre, ist der Kollege schon hinter der Stationstür verschwunden.

Kolja war heute den ganzen Tag mit Christian unterwegs. Ein Männerding machen! Ich bin unendlich glücklich zu sehen, wie Kolja mit jedem Tag in seiner Gegenwart mehr aufblüht.

Larsen blättert vor, wieder ein Stück zurück. Frau Grossmann hat tatsächlich einen halben Monat lang keinen einzigen Eintrag gemacht. Wahrscheinlich ging es ihr einfach gut.

Heute gab es ein Riesengeschrei in Merles Zimmer. Als ich reinkam, stand Merle auf ihrem Bett und brüllte, während sich Kolja mit ausgebreiteten Armen direkt vor der Tür postiert hatte. Es sah wirklich so aus, als wollte er Merle am Rauslaufen hindern. Was da abgegangen ist, weiß ich immer noch nicht genau, aber es muss wohl um die fette Spinne gegangen sein, die immer noch auf dem Boden rumkroch. Kolja hatte verlangt, dass Merle das Tier mit bloßen Händen zerquetscht. Sie muss sich ihrer Angst vor Spinnen stellen, hat er mir später erklärt. So was sagt mein Kind? Ich werde ihn bei Dr. Tegeloff abmelden. Christian meint auch, dass ihm die Therapie dort nicht guttut.

Larsen schluckt. Das erinnert ihn doch verdammt an Szenen aus Scherers Kindheit. Auch Mayla Aslan hat den Abschnitt mit einem dicken Bleistiftstrich am Rand gekennzeichnet. Etwas verändert sich im Leben von Kolja. Es sind nicht mehr viele Blätter in dem Schnellhefter.

Ich bin völlig am Ende. Christian hat mich im Badezimmer eingeschlossen. Den ganzen Vormittag über. Ich konnte den Kindern nicht mal ein Mittagessen kochen. Ich habe überlegt, ob ich das Fenster aufreißen und brüllen soll, bis einer der Nachbarn reagiert. Aber was hätte ich dann sagen sollen?

«Larsen?» Vom Ende des Ganges dringt Mayla Aslans Stimme zu ihm. Schrill. Sie steht dort vor dem Fenster, ein Scherenschnitt im Gegenlicht, und winkt mit den Armen. «Kommen Sie – schnell!»

Er klemmt sich die Kopien unter den Arm, läuft los. «Was ist?», ruft er ihr entgegen.

Mayla Aslan wartet, bis er unmittelbar vor ihr steht. Auf ihren Wangen glühen rote Flecke.

«Er hat … er hat den Mord gestanden», sagt sie, und ihr Atem geht so schnell, als sei sie gerade gerannt und nicht er.

«An Merle?»

Sie schüttelt den Kopf.

29. November, morgens
arne Larsen

«Warum Lea Zeisberg?»

«Ist das eine Frage?»

«Ja.»

«Weil sie am nächsten Tag eine Aussage machen wollte. Wir hätten dann unter anderem erfahren, dass sich Frau Grossmann vor der Stasiklinik mit einem Unbekannten getroffen hat.» Mayla Aslan verschränkt die Arme vor der Brust.

«Und wie soll Christian Scherer von Lea Zeisbergs Entschluss erfahren haben?»

«Weil er ...» Mayla Aslan macht ein paar Schritte auf dem Gang, dreht Larsen den Rücken zu, blickt einen Moment in das Schneegestöber vor dem Fenster.

«Ja?», hakt er nach.

«Herrgott, Larsen.» Sie fährt herum, eine steile Falte hat sich zwischen ihren Augenbrauen gebildet. «Vielleicht hat er sie an diesem Abend doch bemerkt und ist ihr gefolgt. Vielleicht hat er auch die Schule observiert, und als wir dort aufgetaucht sind ...» Sie lässt die Arme sinken, streicht sich eine Locke aus der Stirn.

«Er hat also nicht über den Tathergang und sein Motiv gesprochen?»

Kopfschütteln.

«Wie haben Sie ihn zu dem Geständnis gebracht?»

«Ich habe ihm erzählt, dass wir nach Auswertung der

DNA seine Anwesenheit am Tatort auf jeden Fall nachweisen können.»

Larsen murmelt ein «Okay», aber irgendetwas stimmt nicht, passt nicht in das bisherige Bild. Warum gibt Scherer gerade diese Tat als Erstes zu?

Larsens Smartphone vibriert. Die Nummer auf dem Display sagt ihm nichts. Die brüchige Stimme am anderen Ende auch nicht. «Was, mit wem spreche ich?» Für eine Sekunde glaubt er sich verhört zu haben.

Doch die Frau wiederholt noch einmal dieselben Worte: «Ich bin Elke Scherer. Sie waren vor ein paar Tagen bei uns draußen in Eberswalde.»

«Frau Scherer», sagt er lauter als nötig und sieht, wie Mayla Aslans Augenbrauen nach oben schnellen. «Natürlich erinnere ich mich. Ich dachte nur ...» Er unterbricht sich und schimpft sich in Gedanken einen Idioten. Was soll er der Frau denn jetzt sagen – dass sie beide sie für dement gehalten haben?

Frau Scherer lässt ihm jedoch keine Zeit für eine Antwort. «Ich würde gerne noch mal mit Ihnen sprechen», sagt sie. «Aber nicht am ... Moment ...»

Larsen hört wie das Telefon abgelegt wird, die Umgebungsgeräusche werden lauter. Schritte. Aus der Ferne ist das Krähen eines Hahns zu hören.

Dann ist Frau Scherer wieder dran. «Ich musste schauen, wo er ist. Er darf ja nicht wissen, dass ich Sie anrufe. Können Sie um 15 Uhr hier sein?»

«Um 15 Uhr?», wiederholt er, sieht Mayla Aslan an. Sie zuckt mit den Schultern. «Ja, das müsste ich schaffen», sagt er.

Elke Scherer nennt ihm einen Waldparkplatz in der Nähe des Gehöfts, dann unterbricht sie die Verbindung.

Er starrt das dunkle Display an, als würde es seine Fragen

automatisch beantworten, wenn er es nur intensiv genug betrachtet

«Larsen, jetzt erzählen Sie schon. Was wollte sie?» Mayla Aslan steht so dicht neben ihm, dass er ihren Atem an seinem Hals spürt.

Er fasst das Gespräch kurz zusammen.

Mayla Aslan zeigt sich wenig beeindruckt. «Ich halte es für wichtiger, mich weiter um Christian Scherer zu kümmern. Ich glaube, ich habe da bei ihm ein Stück weit eine Tür geöffnet, die ich jetzt ganz aufstoßen will.»

Larsen nickt, und sie verständigen sich darauf, dass er alleine nach Eberswalde fährt.

*

Als er auf den verschneiten Parkplatz einbiegt, steht sie bereits dort. Direkt neben der Fahrspur, zwischen Dixi-Klo und Müllcontainer, als hätte man sie nach einer Rast einfach vergessen.

«Lassen Sie uns lieber ein Stück gehen», sagt sie, nachdem er eingeparkt und ihr den Beifahrersitz angeboten hat.

Die Luft ist klar und kalt, außer ihnen scheint niemand den Tag für einen Waldspaziergang zu nutzen.

«Ich gehe jeden Tag eine Runde. Egal, ob es hagelt oder stürmt», beginnt sie das Gespräch. «Walter kommt nie mit.»

Larsen mustert Elke Scherer von der Seite. Während sie voranschreitet, starrt sie auf die Spur im Schnee, die sie vermutlich gestern selbst hier hinterlassen hat. Um ihre Mundwinkel liegt ein entschlossener Zug.

Mit einem Mal bleibt sie stehen und sieht Larsen an. «Was ist mit Christian? Was hat er diesmal angestellt?»

Larsen runzelt die Stirn. Wenn das der Grund für ihr Treffen ist, hätte er die Information auch zusammengefasst am Telefon weitergeben können. Laut sagt er: «Er ist in Untersuchungshaft.

Es werden ihm Freiheitsberaubung und Totschlag vorgeworfen.» Er überlegt, ob er Scherers gesundheitlichen Zustand erwähnen soll, entscheidet sich aber dagegen. Auch dass der Vorwurf Mord natürlich noch im Raum steht, verschweigt er.

«Totschlag», murmelt Frau Scherer vor sich hin. «Das kann ich mir gar nicht vorstellen. Er hat zwar schon immer versucht, Menschen seinen Willen aufzuzwingen, auch mit Gewalt. Aber Totschlag?»

Larsen nickt lediglich. Er kann und will der Frau jetzt keine Details über den Fall liefern.

«Er wird also ins Gefängnis müssen?»

Larsen nickt erneut.

Frau Scherer folgt ihren eigenen Fußstapfen für ein paar Meter, bleibt dann wieder stehen. «Für Walter ist das Thema Christian erledigt, wie Sie ja gemerkt haben. Deswegen habe ich angerufen, vielleicht kann ich Ihre Fragen beantworten? Wissen Sie, irgendwie habe ich nie die Hoffnung aufgegeben, dass aus Christian doch noch was wird. Ein ordentlicher Junge, ein anständiger Mann. Er hat nämlich eigentlich einen guten Kern.» Dann beginnt sie zu erzählen, wie es war, als Christian zu ihnen kam. Wie er anfangs nicht auf seinen neuen Namen reagieren wollte. Wie er sich wie ein Kätzchen verhalten hat, das man in eine fremde Umgebung gebracht hat. «An den unmöglichsten Orten hat er sich versteckt. Manchmal haben wir ihn stundenlang nicht gefunden», sagt sie und lächelt ein wenig.

Larsen blickt in die wässrigen Augen der alten Frau und hat in diesem Moment tatsächlich das Gefühl, bis in ihr Herz schauen zu können, in dem sich über die Jahre und alle Probleme hinweg offenbar ein Rest Liebe für ihren Ziehsohn gehalten hat.

«Aber schon nach ein paar Wochen wurde er zunächst immer selbstbewusster und dann förmlich aufsässig. Gerade Walter gegenüber. Es war ein andauernder Kampf zwischen den beiden. Ich musste achtgeben, um nicht zwischen die Fronten zu geraten. Meistens habe ich einfach nichts gesagt.»

Er nickt. Diese Frau hat sich immer mehr in sich selbst zurückgezogen. Und bei dieser Rolle ist sie geblieben, auch als Christian nicht mehr mit auf dem Hof gelebt hat. Während Frau Scherer erzählt, sind sie weiterspaziert. Jetzt eröffnet sich links von ihnen ein verschneites, sanft abfallendes Feld, an dessen Ende sich dunkel das Gehöft der Scherers abzeichnet.

«Und wie hat sich Christian dann weiterentwickelt?», fragt er und beeilt sich, mit Frau Scherer Schritt zu halten. Anscheinend möchte sie diesen gut einsehbaren Teil des Weges so schnell wie möglich hinter sich bringen.

«Er hat all das gemacht, was auch andere Jugendliche so anstellen. Nur eben viel extremer. Und er hat nie etwas nur zum Spaß gemacht. Den Sohn der Böhmers – die haben den Hof neben uns – hat er in eine Jauchegrube gesteckt. Als derber Scherz kommt so was auf dem Land schon mal vor. Christian hat zwar einen Holzbalken über die Öffnung gelegt, an dem sich der Junge festhalten konnte, um nicht zu ertrinken. Gleichzeitig hat er ihm aber Ziegelsteine an beide Füße gebunden. Glücklicherweise wurde der Junge rechtzeitig gefunden. Christian muss ihm noch mehr angedroht haben, denn der Junge hat sogar behauptet, er hätte sich selbst in diese Lage gebracht.»

«Und woher wissen Sie, dass Christian dafür verantwortlich war?»

Elke Scherer bleibt stehen und sieht ihn an. Sie wirkt jetzt ein wenig erschöpft. Ob vom Laufen durch den Schnee oder dem Erinnern an die Vergangenheit, vermag er nicht zu sagen. «Er hat es uns gezählt», sagt sie und schiebt eine Haarsträhne zurück unter das Kopftuch. «Zu dem Zeitpunkt hat er noch versucht, uns von seinen wirren Ideen zu überzeugen. Warum und auf welche Weise wer bestraft werden muss. Was in seinen Augen Gerechtigkeit ist. Und wie wir uns als Menschen zu verhalten hätten. Seit dem Tag hat Walter seinen Waffenschrank immer gut verschlossen gehalten.»

Sie gehen inzwischen rund eine halbe Stunde, und die Dämmerung senkt sich allmählich über den Wald. Larsen tastet nach seinem Smartphone, muss aber feststellen, dass er es im Wagen liegengelassen hat. «Und wie hat sich dann die Sache mit dem Mädchen ereignet?», fragt er.

«Das war viel später. Ich hatte ja immer gehofft, dass er sich vielleicht ändert, wenn er erst eine Freundin hat. Aber obwohl er wirklich gut aussah und richtig charmant sein konnte, hat sich auch das schwierig gestaltet.» Sie zuckt hilflos mit den Schultern. «Bis dann diese Birgit kam. Der Junge war richtig verliebt, mit allem drum und dran. Die beiden haben sich immer im alten Kuhstall getroffen – wir hatten zu der Zeit ja schon kein Milchvieh mehr.»

«Und warum hat er sie eingesperrt?»

«Er wollte ein Kind mit ihr, aber das Mädchen war gerade mal sechzehn und ging noch zur Schule. Natürlich wollte sie noch nicht Mutter werden. Aber Christian hat sich da völlig reingesteigert. Er wollte sie tatsächlich zwingen.»

«Woher wissen Sie das so genau?», fragt er und sucht den Blick der alten Frau.

Ein flüchtiges Lächeln huscht über ihr Gesicht. «Ich habe die beiden belauscht.»

«Und nichts unternommen?»

«Dass er sie dann tatsächlich längere Zeit einsperrt, habe ich nicht geahnt. Und am nächsten Tag kam ja glücklicherweise sein Bruder Dirk wieder mal zu Besuch auf den Hof.»

«Sein Bruder? Aber ich dachte, der ist ...» Er stockt. Erst vorgestern hat ihnen Scherer doch erzählt, dass es bei der Flucht aus der Waldsiedlung zu einem Unfall gekommen war, den niemand außer ihm überlebt hatte.

«Tot? Nein, Herr Kommissar. Diese Geschichte haben wir nie geglaubt. Und eines Tages stand der junge Mann dann tatsächlich bei uns auf dem Hof. Christian hat ihn einen *Freund* genannt, aber ich habe gleich gemerkt, dass sie eine engere Bindung haben.»

Kein Unfall also. Das kann doch nur bedeuten, dass auch Adam noch lebt und Christian Scherer den Unfall lediglich erfunden hat, um vom Rest seiner Familie abzulenken. Larsen erkundigt sich bei Frau Scherer, ob sie auch etwas vom Verbleib des Vaters der beiden Brüder weiß. Doch sie schüttelt stumm den Kopf.

«Und damals hat Dirk den Christian dann zur Vernunft gebracht?», fragt Larsen nach einem Moment der Stille.

«Dirk ist ja ein ganz anderer Typ als Christian gewesen. So ruhig und besonnen. Die beiden passten eigentlich gar nicht zusammen, trotzdem haben Dirks Besuche Christian immer gutgetan. Er hat ihn wohl überzeugt, das Mädchen gehen zu lassen. Und sogar Walter hat er davon abhalten können, Christian eine Ladung Schrot auf den Pelz zu brennen.»

*

Als Larsen zu seinem Wagen zurückkehrt und auf das Display des Smartphones schaut, versteht er, warum er während des gesamten Spaziergangs diese unerklärliche Unruhe verspürt hat. Ein halbes Dutzend Anrufe sind auf seiner Mailbox eingegangen. Alle von derselben Nummer.

Er hat kaum die Rückruftaste betätigt, da geht sie bereits ran: «Herr Larsen, endlich! Ich sah Sie schon in der Gewalt der Scherers, eingesperrt in die Milchkammer.»

«Ich hatte das Handy im Wagen vergessen. Was gibt es denn,

Frau Aslan?» Er verspürt wenig Lust, auf ihren faden Scherz einzugehen.

«Die abschließenden Untersuchungsberichte der KT zum Fall Zeisberg sind eingetroffen. Nur die DNA-Analyse steht noch aus, ist aber spätestens für morgen früh versprochen. Beim Durchsehen sind mir gleich ein paar Dinge aufgestoßen: Warum hat die Zeisberg Scherer eigentlich einfach in ihre Wohnung gelassen? Es gibt nämlich keinerlei Hinweise auf gewaltsames Eindringen oder gar einen Kampf. Auch der Angriff in der Küche scheint für sie völlig überraschend gekommen zu sein. Das kann doch nur bedeuten, dass Frau Zeisberg Scherer kannte. Und genau danach habe ich ihn dann gefragt. Natürlich hat er wie immer geschwiegen, aber er wirkte zumindest ein wenig … hm, ja, verunsichert würde ich das nennen.»

«Und was schließen Sie daraus?»

«Das war noch nicht alles, Larsen. Er hat mich mit seinem Schweigen irgendwann so genervt, dass ich ihn aus der Reserve locken wollte. Ich habe einfach behauptet, ein Zeuge aus dem Haus gegenüber hätte die Tat im Wohnzimmer durch die offen stehenden Fenster beobachtet.»

«Wieso Wohnzimmer, das …», setzt er an, dann fällt der Groschen. «Und, wie hat er reagiert?»

«Er hat nicht widersprochen. Er hat auch nicht wissend gelächelt, weil er den Bluff durchschaut hat. Er wirkte schlicht und einfach überfordert.»

«Sie meinen also, Sie haben inzwischen Zweifel an seiner Täterschaft?»

«Ja, darauf läuft es wohl hinaus.»

30. November, morgens
Arne Larsen

Arne Larsen spürt, wie sich sein Magen schon beim ersten Schluck zusammenzieht. Er hat heute noch nichts gegessen, aber schon einige Becher Kaffee getrunken. Glücklicherweise waren die alle erheblich besser als der, den er sich gerade in der *Abteilung für forensische DNA-Analytik* aus dem Automaten gezogen hat. Zumindest ist er heiß. Er pustet auf die dampfende Oberfläche, nimmt einen weiteren kleinen Schluck und starrt durch das Fenster auf die nicht enden wollende Blechlawine unten auf dem Tempelhofer Damm.

Endlich öffnet sich die Schwingtür am Ende des Gangs. Eine junge Frau im weißen Kittel kommt auf ihn zu. Die Haare zu einem kurzen straffen Pferdeschwanz gebunden. Eine Lesebrille baumelt an einem Lederband über ihrem Busen. Sie lächelt ihn unsicher an. So hat er sich eine Labortechnikerin vorgestellt. Genau so.

«Hauptkommissar Larsen? Das ist ja nett, dass Sie bei uns vorbeischauen.» Ihre Stimme klingt, als hätte sie sich gerade einen Atemzug Helium gegönnt.

«Es geht um das hier.» Er drückt ihr einen Aktendeckel in die Hand.

Sie schlägt ihn auf, wirft einen kurzen Blick hinein. «Ja, was ist damit?», piepst sie.

«Ich kapiere es nicht. Können Sie es mir erklären?»

«Sicher.» Sie setzt die Lesebrille auf, überfliegt das oberste

Blatt. «Wir haben wie üblich die repetitive DNA untersucht. 15 Abschnitte. Die Basenpaare ...»

«Nein, nicht so. Das kann ich ja selbst lesen. Was bedeutet dieser Abschnitt hier? Keine Übereinstimmung ... auffallende Ähnlichkeit ...»

Sie rückt ihre Brille auf die Nasenspitze. «Keine der isolierten DNA-Spuren stimmte mit der Vergleichsprobe überein. Aber es gab eine auffallende Ähnlichkeit, deswegen haben wir noch etwas aufwendigere Tests gemacht. Es ist wahrscheinlich, dass die Vergleichsprobe von einem Verwandten stammt.»

«Von einem Bruder?»

«Ja, möglich. Die Erbmerkmale der Eltern finden sich ja bei den Kindern wieder. Im konkreten Fall kann allerdings nur ein Elternteil übereinstimmen.»

«Ein Halbbruder also?»

Sie nickt.

Larsen drückt ihr seinen noch fast vollen Kaffeebecher in die Hand und stürmt Richtung Ausgang. «Vielen Dank. Sie haben mir sehr geholfen», ruft er, ohne sich noch einmal umzudrehen, und fingert gleichzeitig sein Smartphone aus der Hosentasche. «Frau Aslan, gut, dass Sie schon im Büro sind», sagt er, als am anderen Ende abgehoben wird. Dann erklärt er, dass er gestern am späten Abend noch im Präsidium gewesen ist, um seinen Bericht zu schreiben, als die Ergebnisse der DNA-Analyse eintrafen. «Ich habe die halbe Nacht wach gelegen und über die möglichen Konsequenzen nachgedacht. Also bin ich heute Morgen direkt zur KT4 raus, um das abzusichern. Können Sie mich hier abholen? Und dann müssen wir sofort in den Friedrichshain.»

*

«Es war dann wirklich keine große Kunst mehr. Eher wie eins und eins zusammenzählen», sagt er und beißt in das Croissant, das er sich, um die Wartezeit zu überbrücken, in einer Tankstelle gekauft hat. Labberig und fettig. Man sollte den Pächter standrechtlich erschießen. Er packt den Rest in die Tüte zurück und knüllt sie zusammen. «Von den fünf Menschen, die Lea Zeisberg besucht und ihre DNA auf den Kaffeetassen zurückgelassen haben, passen eben nur bei einem Alter und Geschlecht.»

«Wenn man jetzt alle Erkenntnisse vor sich hat, fragt man sich schon, warum wir nicht schon früher eine Verbindung gesehen haben», sagt Mayla Aslan und fährt den Dienstwagen einen halben Meter vor. Wie üblich staut es sich kräftig vor dem Alexanderplatz. «Immerhin erklärt das, wie Scherer überhaupt auf dieses Schulfest gekommen ist, wo er die Grossmann kennengelernt hat. Und auch die Frage, wo Scherer den Baumwollstoff herhatte, den ich für einen Kefen gehalten habe, ist damit beantwortet.»

«Tatsächlich? Da müssen Sie mir aber auf die Sprünge helfen.» Larsen starrt auf das Papierknäuel in seiner Hand, verstaut es dann kurz entschlossen im Handschuhfach.

«Paul Richter ist ja nicht nur Kunstlehrer, er malt auch selbst. Und Baumwolle wird bei Kunstmalern gerne als preisgünstige Alternative zu Leinen verwendet. Eigentlich wusste ich das sogar, aber ...»

«Machen Sie sich jetzt bloß keine Vorwürfe.»

Sie schüttelt ihre dunklen Locken und biegt in die Karl-Marx-Allee ab. «Meine Güte, ich habe noch im Ohr, wie er bei unserer Befragung angegeben hat, er mache sich schon länger große Sorgen um Lea. So was sagt ausgerechnet der Mensch, der sie ein paar Stunden vorher umgebracht hat?»

«Das eine schließt das andere ja nicht zwangsläufig aus», sagt Larsen flapsig.

«Idiot», sagt Mayla Aslan. Ihr Blick hängt auf der Straße, aber Larsen weiß natürlich, dass er gemeint ist. «Ich zerbreche mir vielmehr den Kopf, warum Scherer für seinen Bruder ins Gefängnis gehen wollte», nimmt sie nach einem Moment das Gespräch wieder auf.

«Er wollte ihn schützen, deswegen hat er uns auch diese Geschichte mit dem angeblichen Autounfall aufgetischt. Warum sollte jemand sein Geständnis auch in Zweifel ziehen? Er hatte schließlich das beste Motiv, das man sich nur vorstellen kann», antwortet Larsen und lässt die Scheibe der Beifahrerseite ein Stück runter. Es ist kälter geworden, zwischen die weichen Schneeflocken haben sich harte Eiskristalle gemischt, die wie Nadeln auf seine Gesichtshaut treffen.

«Und Paul? Welchen Grund hatte er, Lea Zeisberg zu töten?»

«Denselben vielleicht?»

Mayla Aslan wirft ihm einen Seitenblick zu. Sie setzt zu einer Erwiderung an, sagt dann aber doch nichts.

Larsen schließt das Fenster wieder. «Brüder, die sich gegenseitig schützen. Familie. Das Einzige, was im Leben wirklich wichtig ist. Eine Art Schwur. Auch wenn Paul alias Dirk wohl in vielen Punkten nicht dem Weltbild von Christian alias Martin und seinem Vater nachgeeifert hat – diesem Pakt könnte er sich durchaus verpflichtet fühlen.»

Mayla Aslan nickt. «Klingt fast, als würde es um türkische Familienclans gehen. Ich ...» Sie unterbricht sich, um den Wagen in eine Parklücke vor dem Haus in der Schreinerstraße zu rangieren. «Ich dachte nicht, dass es das in einem sozialistischen Land auch geben könnte.»

«Letztlich, Frau Aslan, sind es ja Urinstinkte, ohne die die menschliche Spezies vielleicht gar nicht überlebt hätte. Aber natürlich passen sie nicht mehr in diese Zeit.» Larsen merkt, dass er gerade Pats Anmerkungen zu dem Thema wiederholt hat, und muss über sich selbst lächeln. Als er nach dem Türöffner greift, streift sein Blick den Seitenspiegel. «Ist er das nicht? Drehen Sie sich bitte nicht um, er schaut direkt in unsere Richtung.»

Mayla Aslan beugt sich vor, als würde sie etwas am Radio einstellen. Larsen sieht ihre Kohleaugen kurz im Rückspiegel auftauchen. «Ja», sagt sie mit gesenkter Stimme. «Das ist tatsächlich Paul Richter. Was machen wir jetzt?»

Larsen antwortet nicht.

Der Lehrer kommt in dieser Sekunde direkt auf ihren Wagen zu, über seiner Schulter hängt eine wuchtige Reisetasche, unter dem Arm trägt er mehrere in schwarze Plastikfolie gewickelte längliche Gegenstände. Richters Schritt wird langsamer, mit einer Hand fischt er den Autoschlüssel aus der Hosentasche. Der Golf neben ihnen reagiert mit Blinken. Er verstaut sein Gepäck, öffnet die Fahrertür und steigt ein.

Larsen hat sich ebenfalls zum Armaturenbrett vorgebeugt, um nicht gleich erkannt zu werden. Erst als der Motor neben ihnen anspringt, richtet er sich wieder auf. «Wir fahren ihm hinterher», verfügt er. «So ausgestattet will der ganz sicher nicht in die Schule.»

Die Fahrt geht durch den Stadtteil Weißensee, am gleichnamigen Gewässer vorbei, Richtung nördlicher Stadtrand. Als Richter der B 2 folgt und dann auf die Autobahn abbiegt, überkommt Larsen eine Ahnung. Gut zwanzig Kilometer später beim Verlassen der A 11 wird daraus ein konkreter Verdacht, der sich weiter erhärtet, als auf der gut ausgebauten Straße Hinweisschilder auf den Liepnitzsee auftauchen.

«Hier war ich schon mal zum Baden», sagt Mayla Aslan. «Aber wenn auf dieser Seite der See liegt, dann ist gegenüber doch die Waldsiedlung. Meinen Sie, er fährt dorthin?»

«Kaum», sagt Larsen. «Da gibt es nur Rehakliniken, Arztpraxen, eine Schule – mit der Waldsiedlung aus Scherers Berichten hat das nichts mehr zu tun.»

Tatsächlich bleibt Paul Richter unbeirrt auf der Geradeausspur, bis er zwei Minuten später in einem Kreisverkehr in Richtung Wandlitz abbiegt.

«Seien Sie vorsichtig, da sind Unmengen von Schlaglöchern», sagt Larsen, nachdem sie dem Golf mit deutlichem Abstand in eine unbefestigte Seitenstraße gefolgt sind.

«Woher wissen Sie das denn?»

«Ich bin hier erst vor kurzem gewesen.» Er berichtet Mayla Aslan von dem Gespräch mit der alten Frau Saalbach. «Allerdings habe ich nichts Neues erfahren und mich schon gefragt, warum Eckmaier mir die Adresse überhaupt gegeben hat.» Während er seinen letzten Satz noch nicht ganz ausgesprochen hat, kommt ihm ein verwegener Gedanke: Was, wenn es Eckmaier gar nicht darum gegangen ist, ihm jemanden zu nennen, vom dem er weitere Infos bekommen kann? Vielleicht wollte er ihn einfach mit der Nase auf diese Frau Saalbach stoßen?

Vor ihnen leuchten die Bremslichter des Golf auf. Auch Mayla Aslan verlangsamt die Fahrt, bleibt schließlich stehen.

Richter steigt aus, öffnet ein doppelflügeliges Tor und steuert den Wagen auf das dahinterliegende Grundstück.

«Ich fahre an dem Haus vorbei und parke ein Stück weiter», sagt Mayla Aslan.

Larsen nickt. Seine Gedanken überschlagen sich. Wer ist diese alte Frau wirklich? Paul Richter ist auf jeden Fall nicht zum ersten Mal hier.

Plötzlich läuft direkt vor ihnen ein Hund auf die Straße. Mayla Aslan tritt auf die Bremse, sie sind langsam gefahren und kommen eine Wagenlänge vor dem Tier zum Stehen.

«Schnell, setzen Sie zurück», ruft Larsen, doch es ist zu spät.

In der Einfahrt taucht eine gebückte Gestalt in einem dunklen Wollmantel auf. Frau Saalbach – eindeutig.

«Wotan! Wotan, bei Fuß», hört Larsen die kratzige Stimme keifen. Die Alte ist mitten auf der Fahrbahn stehengeblieben, hat die Hände in die Hüften gestemmt. Sie starrt den Wagen an, als stelle er allein durch seine Anwesenheit eine Bedrohung für sie dar.

Larsen macht sich unwillkürlich im Sitz ganz klein, greift mit einer Hand nach der Straßenkarte im Handschuhfach und klappt sie großflächig vor der Windschutzscheibe auf. Es ist das Berliner Straßennetz, doch das ist unwichtig. Hauptsache, die Saalbach erkennt ihn jetzt nicht.

Die alte Frau taxiert den Wagen noch ein paar Sekunden, dann wendet sie sich ab. «Scheißköter, komm sofort hierher», ruft sie dem Hund hinterher, der inzwischen zum Nachbargrundstück weitergelaufen ist. Von dort blickt er seinem Frauchen mit treuen Hundeaugen entgegen und wartet seelenruhig, bis sie ihn an die Leine genommen hat.

«Wenn das ein Zufall ist, dass Richter und Saalbach sich kennen, dann verspeise ich diese Karte und einen ganzen Weltatlas noch obendrauf», sagt Larsen, nachdem Frau samt Hund wieder in der Grundstückseinfahrt verschwunden sind.

«Das würde ich zwar gerne sehen, aber ich fürchte, Sie haben recht.» Mayla Aslan streckt sich auf dem Fahrersitz. «Vielleicht hat sich sogar Scherer hier aufgehalten, als ihm klarwurde, dass die Stasi-Klinik kein sicherer Ort mehr ist.»

«Der Bunker war für ihn zu diesem Zeitpunkt wahrscheinlich auch nicht mehr wichtig. Von seiner kleinen *Familie* lebte nur noch Kolja. Da konnte er sein *Spiel*, immer eine Person als Pfand zu behalten, natürlich nicht mehr fortsetzen.»

«Musste er auch nicht», sagt Mayla Aslan, während sie den Wagen in eine Seitenstraße lenkt und den Motor abstellt.

«Wie meinen Sie das?»

«Dem Tagebuch der Mutter nach war Kolja doch so ...» Sie ringt nach Worten. «... so fasziniert von Scherer, dass er ihm bedingungslos gefolgt ist. Er hat ihn sogar als *seinen neuen Vater* bezeichnet.»

Larsen nickt erst, dann schüttelt er den Kopf. «Ich kann mir aber nicht vorstellen, dass diese Faszination den gewaltsamen Tod der Schwester überdauert hat. Und als sich seine Mutter erhängt hat, muss dieser Bann doch endgültig gebrochen sein.»

«Sollte man meinen», sagt Mayla Aslan. «Letztlich aber alles eine Frage der Indoktrination. Die Mutter war schwach, so wie es auch Scherers leibliche Mutter war. Und was mit Merle wirklich passiert ist, wissen wir noch nicht.»

In Larsens Kopf ist plötzlich Platz für einen ganz bösen Verdacht. Nein, sie wissen tatsächlich nicht, warum Koljas Schwester sterben musste. Scherers Haut war unter ihren Fingernägeln. Aber das allein ist kein Beweis, höchstens ein Indiz.

«Wir müssen da rein», sagt er, nimmt sich das Telefon und ruft im Präsidium an. Salzmann sieht wenig Chancen für einen Durchsuchungsbeschluss, verspricht aber, Unterstützung zu schicken.

30. November, mittags
Arne Larsen

Der Wind hat zugenommen, treibt die Flocken in wütenden Böen vor sich her. Bereits nach zwei Minuten Fußmarsch muss Larsen seine Brillengläser mit dem Schal abwischen, weil er einfach nichts mehr sieht. Glücklicherweise sind sie selbst in dieser Welt aus Schnee auch kaum mehr als unbedeutende Schatten.

Mayla Aslan stapft auf Armlänge vor ihm. Sie haben an verschiedenen Stellen probiert, näher an das Haus heranzukommen, aber es scheint tatsächlich nur den Zugang von der Straßenseite zu geben. Das Tor der Einfahrt ist inzwischen wieder geschlossen. Larsen greift durch die Holzlatten, findet einen Riegel und drückt einen Flügel so weit auf, dass sie hindurchschlüpfen können.

«Was haben Sie vor?» Mayla Aslan muss brüllen. Der Sturm reißt ihr die Worte von den Lippen.

«Wonach sieht es denn aus?», schreit er zurück.

Sie schüttelt den Kopf.

«Frau Aslan, ich bin mir sicher, die alte Saalbach hat mich vorhin wiedererkannt. Wir haben uns da ziemlich dumm verhalten. Ich hätte die Frau einfach ansprechen sollen, an meinen Besuch vor ein paar Tagen erinnern, sagen, dass ich noch ein paar Fragen habe. Jetzt hat sie Lunte gerochen, also kommen Sie.» Er deutet mit dem Kopf Richtung Haus und verschwindet in der Einfahrt.

An den Obstbäumen im Garten hängen Eiszapfen wie kunstvoller Weihnachtsschmuck. Obwohl er inzwischen das halbe Grundstück überquert haben muss, ist von dem Haus durch den dichten Schneevorhang nichts zu sehen. Hinter sich hört er die Atemgeräusche seiner Kollegin. In gebückter Haltung durch den tiefen Schnee zu stapfen, ist wirklich kein Zuckerschlecken.

Plötzlich schlägt der Hund an und will sich gar nicht wieder beruhigen. Doch sein Gebell klingt gedämpft, noch scheint er sich im Haus zu befinden. Was aber, wenn das gewaltige Tier in den Garten stürmt und ihre Witterung aufnimmt? Instinktiv stoppt Larsen an einem kleinen Schuppen. Er rüttelt an der Tür. Verschlossen. Mayla Aslan ist inzwischen zu ihm aufgeschlossen. In ihren Augen liest er, dass sie der Hund ebenfalls beunruhigt.

Hier im Windschatten des Schuppens sind die peitschenden Schneesalven etwas schwächer. Larsen nutzt die Pause, um seine Brillengläser vom Schnee zu befreien und nachzudenken. Wie realistisch ist es, dass sie der Hund bei diesem Sturm gehört hat? Und aus dem geschlossenen Gebäude heraus kann er auch kaum ihre Witterung aufgenommen haben. Es muss also einen anderen Grund für sein Gebell geben. «Da drinnen geht etwas vor, vielleicht packen sie ihre Sachen, vielleicht vernichten sie Spuren. Der Hund spürt die Unruhe und reagiert nervös.»

Die Kapuze seiner Kollegin ruckt vor und zurück, dann hält sich Mayla Aslan ihre Uhr vor die Augen. «Das ist schlecht, die Kollegen werden noch mindestens zwanzig Minuten brauchen», sagt sie.

Wieder schwillt das Hundegebell an, scheint diesmal aber aus größerer Entfernung zu kommen.

Plötzlich ein Knall. So laut, dass er jedes andere Geräusch für einen Augenblick verdrängt. Larsen und Aslan sehen sich an. Ein Schuss. Kein Zweifel. Beide greifen zeitgleich nach ihren Waffen und laufen los.

Als sie das Haus erreichen, späht Larsen durch die erleuchteten Fenster im Erdgeschoss, während Mayla Aslan ihn mit der Waffe sichert. Der Tisch in der Küche ist für vier Personen gedeckt. Brot, Wurst, zwei Bierkrüge, halb ausgetrunken, etwas Schaum am Rand, ein Teebecher mit einem bunten Motiv, ein Wasserglas. Ebenso wie im Wohnzimmer nebenan ist aber auch hier keine Menschenseele zu entdecken. Larsen deutet mit dem Kinn Richtung Hausrückseite.

Mayla Aslan schmiegt sich dicht an die Ziegelwand und arbeitet sich Zentimeter für Zentimeter zur Hausecke vor. Larsen hat währenddessen einen Bogen geschlagen und läuft im Schutz einiger Bäume parallel zum Gebäude. Hinter einer mächtigen Kiefer, deren schneebeladene Zweige bis zum Boden reichen, geht er in Deckung. Von hier aus kann er den ganzen rückwärtigen Bereich des Hauses überblicken. Niemand zu sehen. Er gibt seiner Kollegin ein Zeichen. Gemeinsam laufen sie los.

Das Rot springt sie an. Eine Farbe, die einfach falsch ist. Eine obszöne Grausamkeit auf dem weißen Laken des Winters.

Mayla Aslan ist stehen geblieben, der Arm mit der Waffe hängt herab. Obwohl sie sich die freie Hand vor den Mund geschlagen hat, ist ihr Schrei deutlich zu hören.

Der Hund liegt auf der Seite, sein haarloser Bauch ist ihnen zugewandt. Es sieht fast so aus, als hätte man ihn auf einem Teppich drapiert. Einem roten Teppich, dessen Farbton dort, wo das Blut bereits im Schnee versickert ist, in zartes Rosa übergeht.

Larsen schüttelt fassungslos den Kopf, sieht zu seiner Kollegin rüber. Mayla Aslan scheint sich ein wenig von dem Schock erholt zu haben. Das Entsetzen in ihrem Gesicht ist Wut gewichen.

«Verdammt, Larsen, warum erschießen die ihren Hund?»

Er zuckt mit den Schultern. «Der Hund hat ununterbrochen gebellt, so wären sie nicht weit gekommen. Vielleicht wollten sie ihn auch im Haus zurücklassen, und er ist ihnen nachgelaufen.»

Mayla Aslan nickt, aber ihre Aufmerksamkeit gilt bereits etwas anderem. Sie hat die Hand an die Stirn gelegt, als müsse sie Sonnenstrahlen abschirmen, und späht über den rückwärtigen Teil des Grundstücks in Richtung Wald. «Ich glaube, dahinten bewegt sich was. Larsen, hören Sie ... Was ist?»

Er hat sich neben das Tier in den Schnee gekniet. Nein, er irrt sich nicht, der Brustkorb des Hundes hebt und senkt sich kaum sichtbar. «Er lebt noch!»

Mayla Aslan dreht sich abrupt um. Sie sieht den Hund an, dann ihn. «Sie entkommen uns, Larsen!»

Er sagt nichts.

Ein Zittern läuft durch den Körper des Tieres, ein schwaches Fiepen ist zu hören, es klingt, als würde ein Welpe seine ersten Töne von sich geben.

«Er hat unerträgliche Schmerzen. Ich kann ihn hier nicht so zurücklassen.»

«Das ist schlimm. Aber da vorne flieht unserer Täter, und er hat wahrscheinlich ein Kind in seiner Gewalt. Das hat Vorrang, Larsen. Noch habe ich hier das Sagen!» Als er nicht reagiert, setzt sie sich mit großen Schritten in Bewegung. Schnee knirscht. Sie folgt der aufgewühlten Spur, die nach Osten zeigt, in Richtung Liepnitzsee.

Es sieht den Hund an, schaut seiner Kollegin hinterher, dann trifft er eine Entscheidung.

Der Schuss zerreißt die Stille. Vor sich sieht er schwarze Vögel aufsteigen. Krähen, die angelockt vom süßen Duft des Blutes auf die Chance gewartet haben, sich an der frisch gedeckten Tafel bedienen zu können. Doch als er in den Himmel blickt, aus dem der Schnee unbeirrt weiterrieselt, ist da nichts. Er sichert die Waffe, behält sie aber in der Hand, während er den frischen Fußstapfen von Mayla Aslan folgt.

«Vollidiot», sagt sie nur, als er sie wenig später eingeholt hat.

Sein Atem geht stoßweise, Stiche in Höhe der Nieren. Es dauert einen Moment, bis er etwas erwidern kann. «Die wissen genau, dass wir vorhin den Schuss gehört haben und ihnen auf den Fersen sind. Dass ich den Hund von seinem Leid erlöst habe, signalisiert ihnen nur, dass wir ebenfalls bewaffnet sind.»

Schweigend laufen sie weiter, bis sich die ersten dunklen Stämme des Waldes vor ihnen aus dem Dunst schälen. «Das sind alles perfekte Verstecke», keucht Mayla Aslan.

Larsen schüttelt den Kopf, deutet auf die Spur, die noch tiefer in den Forst hineinführt. «Die flüchten nicht kopflos, sondern haben ein konkretes Ziel. Und deswegen wollen sie möglichst viel Abstand zwischen sich und uns bringen. Solange die noch laufen können, werden sie uns nicht auflauern.»

«Von wem reden wir eigentlich? Von Paul Richter, dem Künstler, den seine Kollegen als zartfühlend und schwul beschreiben, von einem zwölfjährigen Jungen und von einer alten Frau. Das sollen unsere Gegner sein?»

«Sie vergessen Adam. Da er bei dem Unfall damals nicht umgekommen ist, wird er die ganze Zeit Kontakt zu seinen Söhnen gehalten haben. Von ihm geht die wahre Gefahr aus – das spüre ich. Und ich wette, er war es auch, der den Hund getötet hat.»

Mayla Aslan nickt vage. «Wenn das alles so stimmt, wer ist dann eigentlich diese Inga Saalbach? Das Kindermädchen?»

Larsen ist so perplex, dass er fast das Atmen vergisst. «Das Kindermädchen? Wie kommen Sie ...» Er stutzt, plötzlich passt tatsächlich alles zusammen. Scherer hat von einer Frau gesprochen, die zunächst nur stundenweise zur Unterstützung seiner Mutter im Haus war, später aber ganz bei ihnen gewohnt hat. Er sieht Mayla Aslan an. «Da bin ich tatsächlich nicht drauf gekommen. Wahnsinn, dann hat Adam seit der Wende bei der ehemaligen Kinderfrau gelebt. Nur ein paar Kilometer von seinem ehemaligen Wirkungskreis entfernt.»

«Und wo will diese seltsame *Familie* jetzt hin?»

«Sie bewegen sich direkt auf den Liepnitzsee zu. Adam kennt sich dort ja bestens aus. Wer weiß, was es in den Wäldern noch für vergessene Verstecke gibt.»

Mayla Aslan hebt den Blick in Richtung der Baumkronen. «Es beginnt schon zu dämmern. In einer Stunde sehen wir nichts mehr, und morgen früh sind die Spuren im Schnee weg. Wir müssen uns beeilen.»

Larsen stimmt ihr zu. Sie laufen rechts und links der Fährten im Schnee, nutzen jeden Stamm, jeden Busch als Deckung.

Plötzlich glaubt Larsen, eine Stimme zu hören. Er stoppt und signalisiert Frau Aslan, es ihm gleichzutun. Die Stimme wird lauter, eine zweite gesellt sich dazu. Dann ertönt Gelächter. Kindliches Gelächter aus mehreren Kehlen.

Kinder, die im Wald spielen! Das hat ihnen gerade noch gefehlt.

Mayla Aslan deutet nach links in den Wald, legt einen Finger auf die Lippen. Er hat verstanden.

Eine Minute später sieht er bunte Farbkleckse zwischen den Bäumen auftauchen. Rosa, grün und orange leuchten ihnen die Jacken der drei Mädchen entgegen. Zwei der Kinder ziehen einen Schlitten hinter sich her.

Mayla Aslan versenkt ihre Pistole in der Jackentasche, dann löst sie sich aus ihrem Versteck. «Hallo, Kinder», ruft sie mit ungewohnt hoher Stimme, bewegt sich ganz langsam auf das Trio zu. Die Mädchen bleiben stehen, unterbrechen ihr Gejohle, scheinen aber keine Angst zu haben.

Was sind das eigentlich für Eltern, die Kinder, die gerade mal eingeschult sein dürften, alleine im Wald spielen lassen?, überlegt Larsen.

Mayla Aslan spricht einen Augenblick mit den Mädchen, dann machen die drei tatsächlich eine Kehrtwende und treten den Rückweg an. Was immer sie ihnen erzählt haben mag, es muss sehr überzeugend gewesen sein. Larsens Kollegin winkt den Kindern noch einmal hinterher, dann kommt sie zu ihm zurück.

Erst als der Wald die bunten Winterjacken komplett geschluckt hat, nehmen sie die Verfolgung wieder auf.

30. November, nachmittags
arne Larsen

Larsen merkt, wie seine Konzentration langsam schwindet und stattdessen bleierne Müdigkeit seinen Körper erobert. Ein Blick zu Frau Aslan zeigt ihm, dass sie ebenso erschöpft aussieht, aber sie hat die Zähne in ihre Unterlippe geschlagen und stapft mit gesenktem Kopf voran.

Sie erreichen eine offene Fläche im Wald. Eine Kreuzung. Ein Holzpfahl mit Hinweisschildern. Zwei Kilometer bis zum Liepnitzsee. Zahlreiche Fußspuren treffen hier aufeinander. Larsen entdeckt sogar die parallelen Linien, die ein Langläufer in den Schnee geschnitten hat.

«Fuck!» Mayla Aslan spricht aus, was er denkt.

«Wir müssen versuchen, die Profile zu identifizieren. Links scheidet aus, die Abdrücke kommen alle auf uns zu», sagt er und geht in die Hocke.

Mayla Aslan überquert, den Blick auf den Boden gerichtet, den kreuzenden Weg. Nach ein paar Metern bleibt sie stehen und schüttelt den Kopf.

Ein Knacken, irgendwo hinter ihm. Er richtet sich halb auf, dreht den Kopf in Richtung des Geräuschs. Nichts. Nur ein Tier, sagt er sich, doch die Härchen auf seinen Unterarmen bleiben aufgerichtet. Irgendetwas in ihm weiß offenbar mehr, als seine Augen wahrnehmen können.

Er spürt den Luftzug der Kugel, bevor der Knall sein Ohr erreicht. Instinktiv hechtet er zur Seite.

Woher kam das?

Bin ich getroffen?

Lebe ich überhaupt noch?

Die Gedanken rasen wie auf Speed durch seinen Kopf. Enden abrupt, als er mit dem Rücken auf dem Boden aufschlägt. Der Schnee dämpft den Aufprall ein wenig, aber der Schmerz in seinem lädierten Arm flammt wieder auf. Er spürt, wie seine Hand schwer und kraftlos wird und die Waffe aus seinen Fingern gleitet.

Gleich darauf ist ein Schatten über ihm. Mayla, denkt er, blinzelt den Schnee von seinen Wimpern, doch es ist das Gesicht eines Mannes, in das er blickt. Eines Mannes, der eine halbautomatische Pistole auf ihn gerichtet hält.

«Adam», sagt Larsen. «Tun Sie das nicht. Der Wald ist mittlerweile von einem Sonderkommando abgeriegelt. Sie kommen hier nicht ...»

«Waffe fallen lassen und dann die Hände über den Kopf.»

Die Stimme seiner Kollegin. Doch aus einer ganz anderen Richtung als erwartet. Sie muss, nachdem sie den Schuss gehört hat, einen Bogen geschlagen haben und steht nun irgendwo hinter dem Angreifer.

Adam dreht seinen Kopf ein Stück, doch der Lauf seiner Waffe bleibt weiterhin auf Larsens Gesicht gerichtet.

«Eine Polizistin, wie schön», sagt er mit sanfter Stimme. «Ich habe es doch gleich gesagt, nicht wahr, Inga: Einer unserer Verfolger ist ganz sicher eine Frau. Die Bewegung verrät alles.» Adam lacht jetzt sogar, dreht sich noch ein wenig weiter in Mayla Aslans Richtung.

Das ist nur ein Ablenkungsmanöver, will Larsen schreien, doch im gleichen Moment entdeckt er Inga Saalbach tatsächlich. Sie steht seitlich von Adam, halb hinter einem Baum verborgen. Mit ihrem langen, dunklen Mantel und der Pudelmütze, die ihren Kopf fast vollständig bedeckt, ist sie kaum mehr als ein Schatten vor der Schwärze des Waldes. Nur das doppelläufige Gewehr, das sie im Anschlag hält, ragt wie ein Fremdkörper aus dem Unterholz hervor.

«Übrigens ...» Adams Blick ist wieder auf Larsen gerichtet. «Mit so einem Quatsch beleidigen Sie nur meine Intelligenz. Sie beide sind hier alleine. Ganz alleine.»

«Waffe fallen lassen!» Wieder Mayla Aslans Stimme, doch diesmal schwingt Unsicherheit darin mit. Adam reagiert nicht, wie sie es sich erhofft hat. Und auch Larsen muss sich leider eingestehen, dass er diesen Mann unterschätzt hat.

Die Pistole in Adams Hand ruckt ein Stück nach oben. Ein Indiz dafür, dass der Mann seinen Finger nun fester auf den Abzug presst.

«STOPP!» Wieder brüllt Mayla Aslan. «STOPP!»

Ein Klicken.

Ein Schuss.

Larsen zuckt zusammen, schließt instinktiv die Augen. Etwas trifft ihn mit großer Wucht. Mit einem Mal ist alles um ihn herum schwarz. Schmerz an so vielen Stellen seines Körpers gleichzeitig, dass sein Gehirn daraus kein Bild erzeugen kann.

Dann hört er einen zweiten Schuss, und plötzlich weiß er, dass er sich geirrt hat. Nicht Adam hat geschossen, sondern Mayla.

Und direkt danach ... Inga.

Er versucht sich aufzurichten, doch Adams massiger Körper liegt über ihm. Sein Wollmantel ist aufgeschlagen, verdeckt Larsens Gesicht. Der Geruch nach Mottenkugeln und Staub raubt Larsen die Luft. Tauwasser tropft von den Stofffasern auf seine Stirn. Plötzlich ist da die Angst, ersticken zu müssen. Er dreht sich, versucht verzweifelt seinen Arm unter dem Gewicht des Mannes freizubekommen. Der Schmerz raubt ihm fast den

Verstand, dann endlich gelingt es. Mit der nahezu gefühllosen Hand reißt er den Stoff von seinem Gesicht. Atmet tief ein.

Er ist darauf gefasst, jeden Moment in die Augen von Inga Saalbach blicken zu müssen, in die Mündung ihrer Waffe. Doch nichts davon passiert.

Mit aller Kraft stemmt er sich gegen den Boden, schafft es schließlich, Adams leblosen Körper zur Seite zu rollen, und kommt taumelnd auf die Beine. Sein Blick wandert über die weiße Fläche. Und dann sieht er sie. Sie ist rückwärts gefallen, liegt an den Stamm eines Baumes gelehnt, so als wollte sie sich nur ganz kurz ausruhen. Ihre Hände ruhen auf ihrer Körpermitte. Es ist kein Blut zu sehen, aber Larsen weiß, wo bei einem Bauchschuss das Blut zuerst hinläuft.

«Mayla. O Gott!» Halb stehend, halb kriechend bewegt er sich auf seine Kollegin zu. Ihre Augen sind geschlossen. Er legt einen Finger auf ihren Hals, tastet nach dem Pulsschlag. Nichts. Er spürt nichts, nicht einmal den Hautkontakt.

Kalt, denkt er. Viel zu kalt.

Er pustet warme Atemluft auf seine verfrorene Hand. Fühlt erneut den Puls. Schüttelt verzweifelt den Kopf. Dann steckt er den Finger in seinen Mund, lutscht, sucht wieder ihre Halsschlagader.

Ja! Da ist etwas. Ganz schwach, nur ganz schwach.

30. November, abends
Arne Larsen

«Bitte gehen Sie zur Seite.» Die Stimme eines Mannes. Larsen sieht kurz hoch, registriert den roten Adler, das Wappen von Brandenburg, auf der wattierten Uniformjacke.

Dann kehrt sein Blick zurück zu der leblosen Gestalt im Schnee. Seine Hände fixieren immer noch mehrere Lagen Taschentücher auf ihrem Bauch, das Einzige, was er dabeihatte. Alle Farbe ist aus ihrem Gesicht mit dem sonst so dunklen Teint gewichen. Sie muss elendig frieren, denkt er. Seit Ewigkeiten liegt sie auf dem gefrorenen Waldboden. Denn natürlich hat er nicht gewagt, sie zu bewegen.

«Hören Sie, ich bin der Arzt. Bitte machen Sie Platz.» Ein orangefarbener Trenchcoat neben ihm. Ein Koffer, eine Tasche in derselben Farbe. Eine Hand auf seiner Schulter.

«Kollege, bitte. Sie können jetzt nicht helfen.» Wieder die Stimme des Polizisten.

Larsen spürt, wie jemand seine Hände nimmt. Aber er muss doch die Blutung stillen. Das ist das Wichtigste.

Jemand zieht ihn hoch, führt ihn von der Stelle weg. «Alles okay? Können Sie alleine stehen?»

Vor ihm ein Gesicht, ein Schnauzbart, die Nase von roten Äderchen durchzogen. Die Uniformmütze weit aus der Stirn geschoben. Larsen nickt, doch als ihn die Hände des Kollegen nicht mehr stützen, wäre er fast gefallen. Er sieht sich um. Neben Mayla hantieren zwei Männer in orangefarbener Kluft, eine

Trage steht im Schnee. Einer der Männer hält einen Beutel mit einer klaren Flüssigkeit am ausgestreckten Arm. Larsen macht einen vorsichtigen Schritt. Leichter Schwindel, aber es geht. Der Hubschrauber, die Polizisten aus Brandenburg – er hat das alles nur wie durch einen Nebel wahrgenommen.

«Wie schlimm ist es?», fragt er den Kollegen in Uniform. Schulterzucken. Er weiß nicht mehr als ich. Natürlich nicht, auch der Notarzt wird jetzt noch keine Antwort haben.

Irgendjemand drückt ihm einen Becher mit Tee in die Hand. Seine Hände sind immer noch so kalt, dass er ihn kaum halten kann. Er trinkt in winzigen Schlucken.

«Wir sind auf drei Mädchen am Waldrand getroffen», sagt der Polizist mit dem Walrossbart. «Im Wald soll es böse Räuber geben, hat ihnen eine Frau gesagt.» Er probiert ein kleines Lächeln. Dann wird er wieder ernst. «Und dann haben wir die Schüsse gehört.»

Larsen nickt. «Haben Sie einen Jungen gesehen?»

Kopfschütteln.

«Was ist mit der Frau und dem anderen Mann? Mit Paul Richter?»

«Wir sind nur zu zweit. Aber natürlich haben wir das Umfeld gesichert. Nichts.»

Larsen glaubt, sich verhört zu haben. «Zu zweit? Wann kommen die anderen?»

Der Kollege schüttelt den Kopf. «Die Queen ist heute in Potsdam», sagt er. «Wer nicht krankgemeldet ist, wurde dorthin abgezogen.»

«Scheiße.»

«Ja, anders kann man es kaum nennen.»

Larsen starrt auf die dampfende Oberfläche seines Teebechers. Inga hat auf Mayla geschossen, nachdem deren Kugel Adam getroffen hat. Warum überhaupt? Warum haben sie ihre

Taktik plötzlich geändert? Wollten sie Paul mit dem Jungen einen Vorsprung verschaffen?

«Wir müssen trotzdem weitersuchen», sagt er.

«Es ist zu dunkel», entgegnet der Walrossbart.

«Wenn wir jetzt nicht weitermachen, war alles ...» Larsen sieht zu dem Notarzt und seinem Helfer hinüber. Mayla wird in diesem Moment auf die Trage gehoben, ihr Körper ist unter metallisch glänzender Rettungsfolie verborgen. «... alles umsonst. Die Flüchtigen haben wahrscheinlich ein Kind dabei. Einen zwölfjährigen Jungen.»

Der Polizist nickt. «Ich verstehe», sagt er leise. Seine Augen mustern Larsen. «Mein Junge ist nur ein Jahr jünger. Ich ... Warten Sie.» Er dreht sich um, eilt im Laufschritt zu seinem Kollegen, wechselt ein paar Worte mit ihm, deutet auf Larsen. Der andere Polizist blickt hinüber, benutzt dann sein Handfunkgerät. Schließlich nickt er. «Wir können eine kleine Hundestaffel vom Zoll bekommen», sagt der Polizist mit dem Walrossbart, nachdem er sichtlich außer Atem wieder neben Larsen steht.

«Wann werden die hier sein?»

«Zwei Stunden, denke ich. Sie kommen aus Frankfurt und ...»

Larsen unterbricht den Kollegen mit einer Handbewegung. «Haben Sie eine Lampe?»

«Eine kleine Mag-Lite, warum?»

Larsen greift in seine Hosentasche, holt den Schlüsselring hervor, schaltet die winzige Taschenlampe an. Der Lichtkegel reicht kaum bis zu seiner Schuhspitze, aber zumindest funktioniert das Werbegeschenk wieder, seit er den Schaden, der durch den Angriff im Krankenhausbunker entstanden war, notdürftig geflickt hat. «Kommen Sie mit?»

Der Polizist schaut ihm direkt in die Augen.

Wahrscheinlich überlegt er jetzt, ob ich bei dem Kampf nicht doch einen zu heftigen Schlag auf den Kopf abbekommen habe, denkt Larsen.

Der Walrossbart atmet tief ein, dann nickt er und reicht Larsen die Hand. «Ich heiße Thorsten. Thorsten Mangold. Moment, ich sage dem Kollegen Bescheid.»

Unmittelbar nachdem sie die Lichtung verlassen haben, fällt die Dunkelheit auf sie herab. Sie laufen dicht nebeneinander, die beiden Lichtspots knapp vor ihre Fußspitzen gerichtet. Keiner von ihnen wagt zu sprechen. Inga Saalbach hat mindestens noch einen Schuss in ihrem Gewehr und sicher Reservemunition dabei; dass sie treffen kann, hat sie bereits bewiesen.

Mangold bleibt plötzlich stehen und schirmt seine Mag-Lite mit einer Hand ab. Auch Larsen verbirgt seine Lampe in der hohlen Hand, obwohl er keine Ahnung hat, was die Aufmerksamkeit des Brandenburger Kollegen erregt hat. Unter den schneebedeckten Ästen der Kiefern ist es jetzt so finster, dass er nur mit Mühe Mangolds Silhouette ausmachen kann.

Ganz in der Ferne das leise Knattern des Hubschraubers, der vor ein paar Minuten über ihre Köpfe hinweg Richtung Westen geflogen ist, ansonsten ist es still. Doch plötzlich hört auch Larsen etwas. Einen Klang, den er nicht beschreiben kann. Keine Stimme. Und doch klingt es menschlich, nicht nach einem Tier.

«Das ist doch ein Kind, oder? Von wo kommt das?», flüstert Mangold.

Larsen lässt seine Taschenlampe kurz in das Unterholz hineinleuchten.

«Ich sehe keinen Weg.»

«Nein.»

«Du willst da wirklich durch?»

Larsen nickt, dann wird ihm klar, dass Mangold seine Kopfbewegung nicht sehen kann. «Ja», sagt er leise. «Auch auf die Gefahr hin, dass wir in eine Falle laufen.»

Mangold antwortet nicht. Er hat die Hand wieder von der Lampe genommen, der Lichtstrahl tanzt über das dichte Buschwerk vor ihnen.

Dann setzen sie sich wie auf ein Kommando gleichzeitig in Bewegung. Bei jedem Schritt schlingen sich Bodenranken und Gräser, die unter der Schneedecke verborgen sind, um ihre Knöchel. Mangold stürzt zweimal kurz nacheinander. Larsen reißt sich beim Abstützen an einem Baum die Handfläche auf. Ihr Fortkommen ist von schwerem Atmen und unterdrückten Flüchen begleitet.

Plötzlich bleibt Larsen stehen. Er reckt den Kopf in die Höhe. «Ich höre nichts mehr, Thorsten.»

Mangold lauscht. «Ja, du hast recht, es ist weg. Dabei ist es doch bis eben mit jedem Meter lauter geworden. Ich war mir eigentlich sicher, dass wir die Quelle des Geräuschs gleich entdecken würden.»

«Dann lass uns weitergehen», flüstert Larsen.

Ohne sich darüber verständigen zu müssen, ziehen sie gleichzeitig ihre Waffen. Larsens Pistole fühlt sich immer noch kalt und ein wenig feucht an. Plötzlich zerreißt die Dunkelheit. Larsen blickt nach oben. Ein käsiger Mond hat sich ein Stück Himmel erobert und taucht nun die weite, verschneite Fläche vor ihnen in silbriges Licht.

Mangold beschleunigt seine Schritte. «Da», flüstert er und deutet auf einen dunklen Punkt in einiger Entfernung.

Larsen eilt ihm nach. Er spürt, wie sich der Boden unter seinen Füßen verändert, deutlich fester wird und auch nicht mehr nachfedert. «Stopp! Bleib stehen, Thorsten. Das ist Eis unter uns. Wir sind auf dem verdammten Liepnitzsee gelandet», ruft er.

Mangold, ein paar Mannlängen vor ihm, stoppt abrupt, starrt auf die verschneite Fläche zu seinen Füßen. «Wird es halten?»

Larsen schüttelt den Kopf. «Es hat viel geschneit, das ist wie eine warme Bettdecke auf der Eisschicht. Komm besser zurück.»

«Aber ...» Mangold deutet wieder hinaus, wo sich immer noch ein dunkles Etwas gegen den Schnee abzeichnet.

«Ich weiß», sagt Larsen. «Aber da draußen wären wir bei dem jetzigen Licht auch das perfekte Ziel.»

Der Polizist aus Brandenburg stakst mit vorsichtigen Schritten zum Ufer zurück. «Was nun?»

«Das da draußen könnte auch ein Busch sein, ein großer Ast – irgendwas, das auf dem See festgefroren ist.»

«Dann würde es sich aber kaum bewegen.» Mangold starrt weiterhin angestrengt auf den See hinaus.

Larsen folgt seinem Blick. Tatsächlich, der Schatten bewegt sich in diesem Moment nach rechts, immer weiter auf die offene Fläche hinaus. Plötzlich bleibt er stehen, scheint für einen Moment größer zu werden, ehe er seine Wanderung fortsetzt. Aber er hat etwas auf dem Eis zurückgelassen, das kann man trotz der Entfernung deutlich erkennen.

«Verflucht, Arne, was macht der da?»

«Er hat seinen Mantel ausgezogen.»

«Was? Ist der verrückt ge...» Mangold unterbricht sich mitten im Satz. «Du meinst, das ist dieses komische Phänomen, bei dem einem Erfrierenden plötzlich unerträglich warm wird?»

«Was wiegst du, Thorsten?» Die Frage ist eigentlich überflüssig. Es ist beiden völlig klar, dass Larsen zu einer deutlich niedrigeren Gewichtsklasse gehört.

Mangold antwortet, dann sieht er Larsen direkt ins Gesicht. «Bist du dir sicher? Ich kann von hier aus nichts für dich tun, wenn ... wenn etwas passiert.»

Larsen nickt. «Das ist der Junge, ich bin mir sicher. Er ist nicht mehr in der Lage, sein Verhalten vernünftig zu steuern, und läuft immer weiter raus. Wenn wir noch länger warten, ist er tot.»

Mangold nickt. «Ich werde etwas Holz sammeln, ein Feuer machen. Soll ich seinen Namen rufen? Vielleicht dreht er doch noch um?»

«Es könnte auch das Gegenteil bewirken. Lass es lieber.» Larsen macht ein paar vorsichtige Schritte. Wenn doch nur nicht so viel Schnee auf dem Eis läge, könnte er die Dicke der Eisschicht einschätzen, Sprüngen und Rissen ausweichen.

Es hat sich gerade einmal zwanzig Meter vom Ufer entfernt, als er das erste leise Knirschen hört. Nur ein Stück weiter wird daraus bereits ein deutliches Krachen. Larsen geht vorsichtig in die Hocke, kriecht auf allen vieren weiter. Noch gut fünfzehn Meter bis zu der schwarzen Silhouette, die sich im Moment glücklicherweise dafür entschieden hat, nicht mehr weiterzulaufen. Die Kälte kriecht durch die aufgeweichten Hosenbeine in seine Knie, die Blase zieht sich schmerzhaft tiefer in seinen Körper zurück, und in den Händen hat er kaum noch Gefühl. Aber wenigstens hat das elende Knirschen und Knacken aufgehört.

Wieder hat er sich der Gestalt ein paar Meter genähert, ist jetzt so dicht dran, dass es für ihn keinen Zweifel mehr gibt: Vor ihm auf dem Eis, das ist Kolja. In diesem Moment kommt erneut Bewegung in den Jungen. Er reißt die Arme hoch, zerrt sich weitere Kleidungsstücke vom Leib.

Larsen kriecht schneller.

Plötzlich ein schreckliches Krachen direkt unter ihm. Eiskaltes Wasser wird hochgedrückt, schwappt über seine Hände. Für einen Augenblick sieht er sich in den Fluten versinken, hinab auf den Seegrund. Über ihm schließen sich die aufgebrochenen Eisschollen sofort, vereinigen sich zu einer durchgehenden Decke aus ... aus roten Ziegelsteinen. Die Kanalisation ...

Nein! Du darfst diese Bilder nicht zulassen, schreit eine Stimme in ihm. Denk an Pat, an Mayla, an Mangold, der am Ufer auf dich wartet, an den verdammten Jungen vor dir!

Er reißt die Augen auf. Die Bilder sind verschwunden. Er befindet sich wieder auf dem Eis.

Es fühlt sich an, als würde sein Herz aussetzen, aber es nützt nichts, er muss sein Gewicht noch besser verteilen und legt sich flach auf den Bauch. Nur noch fünf Meter. Vorsichtig robbt er weiter.

Der Junge trägt jetzt nur noch eine Hose und ein helles T-Shirt. Larsen liegt direkt vor ihm auf dem Eis, doch er scheint ihn nicht zu bemerken, starrt bewegungslos in den Nachthimmel.

«Kolja», sagt Larsen. «Keine Angst, ich bin von der Polizei!»

Der Junge zeigt keine Reaktion.

Larsen probiert es wieder und wieder, zu dem Jungen durchzudringen, doch ohne Erfolg. Wenn der Kleine nicht mitspielt, habe ich keine Chance, überlegt er. Ich kann ihn nicht tragen, sonst brechen wir beide ein.

«Dein Vater ist zurück, Junge», sagt er einer Eingebung folgend.

Kolja rührt sich immer noch nicht, aber plötzlich hört Larsen die Stimme des Jungen flüstern: «Wotan. Wir müssen ihn zu Björn zurückbringen.»

«Ja, das machen wir, Junge. Wir bringen ihn zurück. Jetzt gleich.»

Kolja senkt den Kopf, diesmal scheint er Larsens Stimme wahrgenommen zu haben.

Larsen sucht Koljas Blick, fängt ihn und lässt ihn nicht wieder los. «Wir müssen robben, Junge. Hörst du, auf den Bauch legen und robben.»

*

Mangold steht am Ufer. Er schwenkt einen Arm über dem Kopf. In der anderen Hand hält er seine wattierte Uniformjacke bereit. Hinter seinem breiten Rücken ist der Lichtschein von lodernden Flammen zu sehen.

Larsen trägt den Jungen vor seiner Brust, den durchweichten Mantel um sie beide geschlungen. Es grenzt an ein Wunder, dass sie es zurück geschafft haben. Die ersten Meter flach auf dem Bauch. Unwillkürlich hat Koljas Körper in dieser Position sofort begonnen, Schwimmbewegungen zu machen. Larsen weiß, dass man Menschen mit Erfrierungen nicht bewegen darf, dass die plötzliche Zunahme der Blutzirkulation in den Extremitäten den Organen das Blut entreißt und den sogenannten Bergungstod zur Folge haben kann. Daher hat er dem Jungen sofort einen Arm um die Schulter gelegt, ihn an sich gepresst und Zentimeter für Zentimeter mit sich über das Eis geschoben. Erst als sich das Ufer unmittelbar vor ihm auftat, hat er gewagt, sich aufzurichten, und den Jungen die letzten Meter getragen.

Mangold kommt ihnen entgegen, wickelt die Daunenjacke um den Oberkörper des Jungen, setzt ihm seine Mütze auf. Sie bringen Kolja ans Ufer, betten ihn vorsichtig auf die Fichtenzweige, die Mangold gesammelt hat.

«Björn», stammelt der Junge und schlägt für einen Moment die Augen auf.

Mangold sieht Larsen fragend an. «Er phantasiert?»

«Glaube ich nicht. Björn und der Hund – er hat die ganze Zeit so was gebrabbelt. Und von dem Loch im Eis, das alle verschluckt hat.»

«Loch? Da draußen?»

«Vielleicht. Ich kann mir nicht vorstellen, dass die Saalbach und Richter den Kleinen einfach zurückgelassen haben, nachdem sie ihn so lange mitgeschleppt haben. Da muss was passiert sein.» Larsen drängt sich dichter an die wärmenden Flammen.

«Ich verstehe ehrlich gesagt kein Wort», sagt Mangold und schüttelt den Kopf.

«Kein Wunder, ich verstehe es ja selbst nicht wirklich», antwortet Larsen.

Mangold wirft einen Blick auf die Uhr. «Die Kollegen vom Zoll müssten inzwischen eingetroffen sein.» Er geht zum Seeufer und feuert einen Schuss in den Nachthimmel ab, wartet kurz und schießt dann noch einmal, bevor er zum Feuer zurückkommt. Ein paar Minuten später wiederholt er die Prozedur noch einmal.

Es dauert nicht lange, dann hören sie tatsächlich Hundegebell und die Rufe mehrerer Menschen, die sich durch den Wald nähern.

30. November, nachts
Arne Larsen

Wieder dieses Krankenhaus. Wieder sitzen und warten auf unbequemen Schalensitzen. Und doch ist dieses Mal alles anders.

Arne Larsen hält den Hinterkopf gegen die Wand in seinem Rücken gepresst. Irgendwo hinter dieser Mauer ringt ein Team von Chirurgen um das Leben von Mayla Aslan. Und nur ein paar Flure weiter, auf der Kinderstation, liegt Kolja Grossmann. Seine Unterkühlung – eine mittelgradige Hypothermie, wie es der Arzt genannt hat – wird vermutlich keine schweren körperlichen Schäden hinterlassen. Vielleicht muss ihm ein erfrorener Zeh amputiert werden, aber diese Wunde wird heilen. Ganz anders steht es um sein Seelenheil. Noch ist völlig unklar, ob der Junge eigentlich begriffen hat, dass seine Mutter und seine Schwester tot sind. Auf der Station hat man ihn ruhigstellen müssen, weil er sich mehrfach die Elektroden zur Überwachung der Vitalfunktionen vom Körper gerissen hat und augenscheinlich das Zimmer verlassen wollte. Sobald es sein körperlicher Zustand erlaubt, werden sich die Psychologen der Kinderstation seiner annehmen.

Auf der Fensterseite des Flurs, Larsen direkt gegenüber, hockt Thorsten Mangold und dreht seine Uniformmütze zwischen den Fingern.

Mit einem sanften Zischen öffnet sich die automatische Tür, hinter der der Operationstrakt liegt. Larsen und Mangold springen fast synchron auf.

Ein Krankenpfleger kommt heraus, als er ihre Blicke sieht, schüttelt er den Kopf. «Nein, die Operation ist noch im Gange. Am besten, Sie fahren nach Hause. Sie können hier nichts tun.»

Larsen und Mangold müssen sich nicht ansehen. Sie wissen auch so, dass sie beide hierbleiben werden.

Thorsten Mangold zieht sein Smartphone hervor, spricht lange mit seiner Frau. Offenbar bringt sie seiner Situation wenig Verständnis entgegen, mehrfach wiederholt er, dass er nicht weiß, wann er nach Hause kommen wird. *Ja, vielleicht auch erst am Morgen.* Als er das Gespräch schließlich beendet, ist sein Gesicht gerötet, und die Enden seines Walrossbartes zittern vor Erregung. «Sie kann aus ihrer Haut halt nicht raus.»

Larsen nickt, will Verständnis signalisieren, obwohl er sich Mangolds Situation eigentlich nicht recht vorstellen kann. Aber ihm wird mit einem Schlag klar, dass er dringend Pat anrufen muss. Es ist fast zwei Tage her, dass sie miteinander gesprochen haben. Wahrscheinlich hat Pat bereits versucht, ihn zu erreichen, aber sein Handy hat den Einsatz auf dem Eis natürlich nicht überlebt.

«Thorsten, darf ich vielleicht dein Telefon benutzen. Ich würde gerne meine ...» Er zögert. Er hat das Wort schon lange nicht mehr benutzt. Es ist ein wenig, als ob er damit eine Entscheidung treffen würde. «... meine Freundin anrufen.»

«Klar», sagt Mangold und reicht ihm sein Smartphone.

Pats Nummer hat sich dank der Geschichte mit dem Zahlendreher fest in Larsens Gedächtnis eingebrannt, doch nachdem er die Ziffern eingetippt hat, geht am anderen Ende nur die Mailbox ran. Er ist zunächst enttäuscht, aber dann fällt ihm ein, dass Pat ja heute eine Nachtschicht im Callcenter hat. Er hinterlässt die kurze Nachricht, dass es ihm gutgehe, er schlecht erreichbar wäre, sich aber morgen bei ihr melden würde. Er will schon auf das rote Auflegesymbol drücken, da besinnt er sich und schickt noch ein «Tausend Küsse» hinterher.

Thorsten Mangold nimmt das Telefon mit einem leichten Schmunzeln zurück. «Ihr beide kennt euch noch nicht so lange, oder?»

Larsen nickt. Mangold scheint das als Antwort zu reichen. Er starrt schon wieder auf die Uniformmütze, die er zwischen seinen Fingern dreht.

Die Scheinwerfer eines vorbeifahrenden Rettungswagens tauchen die Fensterfront für einen kurzen Moment in gelbes Licht. Draußen schneit es bereits wieder.

In den nächsten Tagen sollen sich die Schneefälle in Berlin und Brandenburg sogar noch verstärken. Irgendwann heute hat er das im Radio gehört. Wahrscheinlich um die Mittagszeit, als sie Paul Richter nach Wandlitz gefolgt sind. Das ist kaum acht Stunden her und scheint doch in unendlicher Ferne zu liegen.

Ob Paul Richter und Inga Saalbach tatsächlich im Eis eingebrochen sind? Morgen bei Tageslicht wird man den See absuchen und im Zweifel auch Taucher einsetzen. Larsen schließt für einen Moment die Augen. Obwohl noch unendlich viele Fragen offen sind, ist der Fall für ihn jetzt beendet. Christian Scherer ist gefasst. Auch wenn er bisher weder die Entführung noch den Totschlag an der kleinen Merle gestanden hat, sind die Beweise gegen ihn erdrückend. Vermutlich wird es aber zunächst ein psychologisches Gutachten zeigen, inwiefern Scherer für seine Taten überhaupt zur Verantwortung gezogen werden kann. Auch dem Rätsel, warum er Frau Grossmann nur ein paar Meter neben dem Grab seiner Mutter verscharrt hat, wird man sich in diesem Zusammenhang noch intensiv widmen.

Larsen hat sich schon sein eigenes Bild gemacht. «Eine besondere Art der Familienzusammenführung.» Wer hat das im Spaß so dahingesagt? Er selbst, oder ist es Mayla gewesen?

Einerlei. Nach allem, was sie inzwischen über Scherers Weltbild wissen, passt diese These einfach perfekt. Und sie erklärt auch, warum er später die kleine Merle unweit ihrer Mutter vergraben hat. Die Familie ist alles – sie gehört auch im Tod zusammen.

Schnelle Schritte auf dem Gang. Drei Männer. Ganz vorne Salzmann. Als er Larsen sieht, breitet er die Arme aus, als wolle er ihn wie einen lang vermissten Sohn an seine Brust drücken. Kurz bevor er ihn erreicht, überlegt er es sich anders.

«Mein lieber Larsen», sagt er und legt eine Hand auf Larsens Arm. «Was für eine furchtbare Tragödie.»

Larsen blickt über die Schulter seines Chefs. Wertke und Kriminaltechniker Fricke stehen ein wenig verloren im Flur rum. Als Salzmann endlich von ihm ablässt, kommt Fricke auf ihn zu. Wieder werden Hände geschüttelt. Frickes Gesicht ist ernst, geradezu versteinert. Es dauert ein paar Sekunden, bevor er etwas sagt: «Wenn ich ihr jetzt nur etwas von der Kraft zurückgeben könnte, die sie uns gegeben hat. Erst vor zwei Tagen ...» Er bricht ab, schüttelt den Kopf.

Larsen ist verwirrt. Er blickt in das Gesicht des Technikers – echte Verzweiflung, da ist nichts gespielt. Vor zwei Tagen hatte Mayla ihren freien Tag – worauf will der Kollege hinaus? Doch das hier ist weder der richtige Ort noch die richtige Zeit, um solche Fragen zu stellen.

Fricke wendet sich ab, hängt seinen Mantel über einen der Stühle. Dann dreht er sich noch einmal zu Larsen um. «Hat Mayla ihre Waffe auch benutzt?»

Larsen nickt, obwohl sich ihm der Sinn der Frage nicht erschließt. «Ja, natürlich. Ohne sie würde ich jetzt hier nicht stehen.»

Frickes Züge glätten sich. «Das ist gut, Larsen. Sehr gut.»

*

Mangold hängt schräg auf seinem Kunststoffsessel und schnarcht. Salzmann und Fricke lehnen Schulter an Schulter wie ein altes Ehepaar.

Die gesamte Klinik hat für die Nacht einen Gang runtergeschaltet, aber sie schläft nicht.

Auf dem Boden vor Larsens Stuhl stehen fünf leere Kaffeebecher, eine Pappschale mit einem angebissenen Sandwich, die Hälfte eines Schokoriegels.

Plötzlich Stimmen hinter der Tür zum Operationstrakt. Zwei Schwestern kommen heraus, eifrig ins Gespräch vertieft. Larsen springt auf, ein Pappbecher kullert über den Boden, zieht eine braune Tropfenspur hinter sich her.

Die beiden jungen Frauen drehen sich zu ihm um. Larsen muss nichts sagen. Sie lesen ihm die Frage von den Lippen ab.

«Wir dürfen keine Auskunft geben. Sie müssen auf den Arzt warten», sagt die mit den rötlichen Haaren. Die andere nickt. Dann setzen sie ihren Weg fort. Bevor sie seitlich in einen Flur abbiegen, blickt die jüngere der beiden Frauen noch einmal zu ihm zurück, lächelt und reckt den Daumen nach oben.

3. Dezember, morgens
Arne Larsen

Die kondensierte Atemluft hängt wie ein Schleier über den Köpfen der Trauergäste – eine kleine Gruppe, überschaubar. Schwarze Mäntel und Jacken, die Kragen hochgeschlagen. Larsen hat seine Handschuhe ausgezogen, um die Hände falten zu können. Am blassblauen Himmel hängt eine fahle Wintersonne und bemüht sich, ein paar Strahlen über die kleine Fichtenschonung zu schicken, die den Friedhof nach Osten hin begrenzt.

Niemand spricht. Die Blicke sind gesenkt. Nur Nicole Vossner starrt angestrengt über die Weite des Begräbnisfeldes, als würde sie noch auf jemanden warten.

Ob einer der trauernden Lehrer auch in zwei Tagen dabei sein wird? Wenn Paul Richter beerdigt wird? Der Mann, der noch vor kurzem als geschätzter Kollege galt. Der Mann, der bei den Schülern so beliebt war, dass er seit Jahren fast ohne Gegenstimmen zum Vertrauenslehrer gewählt wurde. Der Paul Richter, an den sich alle wohl nur noch als den Mörder von Lea Zeisberg erinnern werden.

Die Taucher haben ihn nach längerer Suche tatsächlich unter dem Eis gefunden, nur fünfzehn Meter vom Strandbad entfernt und damit tragischerweise genau dort, wo seine Mutter vor gut dreißig Jahren auf mysteriöse Weise ums Leben gekommen ist. Inga Saalbach wurde bisher nicht entdeckt, was aber nichts bedeuten müsse, wie der Leiter der Tauchereinheit erklärt hat.

Der See sei einfach zu groß, man werde nun auf milderes Wetter warten.

Larsen schaut nach oben. Der silbrig glänzende Rumpf eines Langstreckenjets hängt am Himmel. Seltsam klar und scharf gegen das Blau gezeichnet. Er hat das Gefühl, er bräuchte nur die Hand auszustrecken, um den Flieger zu greifen und einfach in seiner Manteltasche verschwinden zu lassen.

Immer noch herrscht Schweigen. Keine Grabrede. Lea hätte es so gewollt, hat ihr Exmann verfügt.

Bernd Jochum – was für ein merkwürdiger Mensch, sinniert Larsen. Erst gestern hat ihn der Mann aus Kreuzberg auf dem Präsidium angerufen und gestanden, dass er ihn und seine Kollegin bei ihrem Besuch angelogen habe. Nach der Trennung von Lea sei er in ein tiefes Loch gefallen. Einsamkeit, Minderwertigkeitskomplexe – da habe er Lea gegenüber begonnen, von einer neuen Frau in seinem Leben zu erzählen.

Am Ende des Telefonats hat Larsen fast so etwas wie Mitleid für den Mann empfunden. Jochums Lügengeschichte hat sich im Laufe der Zeit wohl dermaßen verselbständigt, dass er aus der Nummer einfach nicht mehr herausgekommen ist.

Die Pastorin in ihrem schwarzen Talar steht an der Stirnseite des Grabes und tritt von einem Fuß auf den anderen. Larsen sieht ihr an, dass sie sich in der ungewohnt passiven Rolle nicht wohl fühlt.

Er selbst fühlt sich ebenfalls unbehaglich, wenn auch aus einem ganz anderem Grund. Normalerweise geht er nicht auf die Begräbnisse der Opfer – und wenn doch, dann hält er sich im Hintergrund. Bei Lea Zeisberg ist es anders. Mit ihr ist eine Frau gestorben, die eigentlich nicht in den Fall gehörte. Eine Frau, die aufmerksam war, die ihren Schülern viel Empathie entgegenbrachte und die, ganz lapidar ausgedrückt, zur falschen Zeit am falschen Ort war. Vielleicht trifft diese Formulierung sogar auf ihn selbst zu, denn wie hätte sich der Lauf der Geschehnisse wohl verändert, wenn er die Lehrerin nicht in der Schule, sondern zur Hause aufgesucht hätte? Würde sie dann noch leben?

Er seufzt in sich hinein. Jeder Fall hinterlässt Wunden, aber diesmal sind sie besonders tief. Es gibt keine abschließenden, endgültigen Antworten auf diese Art von Fragen, auch kein Vergessen. Nur ein Bewältigen – das aber Jahre dauern kann.

Pat hatte angeboten, ihn zu der Beerdigung zu begleiten, wenn es dadurch für ihn leichter würde. Er hat sich bedankt, aber abgelehnt und erklärt, dass das Begräbnis immer noch Teil eines Falles sei und er beschlossen habe, zukünftig eine deutlichere Grenze zwischen Beruf und Privatleben zu ziehen.

Annabel Großmann und ihre kleine Tochter Merle hat man bereits gestern beerdigt. Ein Friedhof ganz am anderen Ende der Stadt, dort wo auch der Vater der Familie seine Grabstätte hat.

Christian Scherer gibt weiterhin keine relevanten Informationen preis, aber auch ohne sein Zutun schieben sich die verbleibenden Puzzleteilchen unweigerlich ineinander. Morgen Nachmittag wird Larsen ein weiteres Verhör mit ihm führen, diesmal im Justizvollzugskrankenhaus Plötzensee, in das Scherer inzwischen verlegt wurde. Ihm kommt auch die Aufgabe zu, Scherer über den Tod seines Ziehvaters und des Bruders zu unterrichten. Vielleicht wird ja das sein Schweigen brechen.

Unter den Trauergästen macht sich Unruhe breit. Offenbar ist das stille Gebet nun beendet. Larsen ist froh, endlich wieder die Handschuhe über seine kalten Hände streifen zu können. Unmittelbar nach der Beerdigung wird er ins Klinikum nach Berlin-Buch fahren. Mayla Aslan ist endlich aus der Intensivstation auf ein normales Zimmer verlegt worden. Sie hat ein Riesenglück gehabt, haben die Ärzte gesagt, der Gefäßchirurg hat gar von einem Wunder gesprochen. Große Worte, die in der

Realität vor allem bedeuten, dass es neben mehreren kleineren Operationen eine verdammt lange Rehaphase geben wird, bis sie wieder auf dem Damm ist.

Blumen wird er ihr keine mitbringen, aber bereits auf der Fahrt hierher hat er einen frischen Beutel Feinschnitttabak und eine Packung Zigarettenpapier besorgt. *Damit zumindest deine Finger ein bisschen Bewegung bekommen,* wird er sagen, und er wird seine Kollegin einfach duzen – ganz egal, wie sie darauf reagiert.

Krankenhaus des Ministeriums für Staatssicherheit der DDR, Schutzbunker

Es geht immer um die Menschen, um deine Familie. Nicht um den Ort, an dem sie leben. Liebe kann es überall geben. Diese Worte hat Adam zu mir gesagt, als wir damals die Waldsiedlung Hals über Kopf verlassen mussten. An jenem Abend hockte ich wie gelähmt auf der Sitzbank des fahrenden Wagens und starrte noch aus dem Rückfenster, als die Lichter der Häuser längst von der Dunkelheit verschluckt worden waren. Adam hat dann seinen Arm um mich gelegt – was er sehr selten tat – und nach vorne gedeutet, wo die Scheinwerfer helle Kegel in die Nacht schnitten: «Dort ist die Zukunft, mein Sohn. Was wir zurücklassen, ist ersetzbar, denn die Erinnerung haben wir in unserem Gepäck.»

Als ich jetzt in dem Vorraum des Bunkers stehe, das letzte Schloss öffne und die schwere Stahltür aufziehe, muss ich seltsamerweise wieder an seine Worte denken.

Liebe kann es überall geben.

Der Gang vor mir ist wie immer in kaltes blaues Licht getaucht. Die Luft, die mir entgegenschlägt, ist trocken wie Staub, und meine Lunge scheint sich beim ersten Atemzug krampfartig zusammenzuziehen. Ich warte ein paar Sekunden, dann wird es besser. Auch das bin ich inzwischen gewöhnt, genau wie das unangenehm schmatzende Geräusch, das meine Schuhsohlen auf dem alten Linoleum erzeugen. Und doch ist heute etwas anders – sämtliche Nerven in meinem Körper kribbeln, als ob ein ganzes Ameisenvolk darauf herumwandern würde.

Auf Höhe der Sanitärräume bleibe ich irritiert stehen. Es ist viel zu still. Annabel wird zwar erst in einer Stunde von der Arbeit heimkommen, aber die Kinder sind heute beide da. Sie müssen mich doch gehört haben. Aber niemand kommt, um mich zu begrüßen. Nicht einmal Wotan bellt, und der schlägt normalerweise bei der leisesten Bewegung auf dem Flur an. Eigentlich wollte ich ihn schon längst zurückbringen, schließlich hat Koljas Mitschüler unsere Bedingung erfüllt, aber die Kinder haben sich so an das Tier gewöhnt, dass ich diesen Zeitpunkt immer weiter hinauszögere. Gerade für Merle ist der Hund sehr wichtig. Sie hat sich in den letzten Tagen stark verändert, ist zunehmend aufsässiger geworden. Erst heute Morgen hat sie mich angeschrien, ich sei nicht ihr Vater, würde das auch nie sein, und mich anschließend sogar gekratzt. Nicht auszudenken, was passiert, wenn ich ihr jetzt das Tier wegnehme.

«Kolja? Merle?» Mein Rufen hallt durch den langen Flur. Aber es bleibt weiterhin still, niemand antwortet mir.

Die Tür zum Zimmer der Kinder ist nur angelehnt. Drinnen ist es nahezu dunkel, nur an einem der vier Metallbetten brennt die Nachttischlampe. Dort auf dem Boden, eingezwängt zwischen Bettgestell und Wand, entdecke ich Kolja. Sein Blick ist auf einen unbestimmten Punkt im Raum gerichtet. Starr auch sein Gesicht. Keine Regung, kein Zeichen des Wiedererkennens, nichts.

Ich spreche ihn an, gehe vor ihm in die Hocke, suche Blickkontakt. Vergeblich.

Dann höre ich den Hund. Doch er bellt nicht, winselt nicht einmal richtig. Er klingt, als würde er weinen, ein dünnes, vibrierendes Fiepen, wie ich es noch nie bei einem Tier vernommen habe. Mein erster Gedanke ist, dass es Wotan womöglich schlechtgeht. Seit Tagen bekommt er nur Trockenfutter, vielleicht ist es das. Ich richte mich auf, gehe zur Tür, taste nach dem Lichtschalter.

Schon beim ersten Aufflackern der Neonröhren sehe ich sie. «Merle», rufe ich, bin mit zwei Schritten bei ihr.

Direkt vor dem Mädchen liegt der Hund flach auf dem Boden, seine Schnauze nur eine Handbreit von Merles Gesicht entfernt. Ich rufe ein zweites Mal den Namen des Kindes. Der Hund hebt den Kopf und sieht mich an. Das Fiepen wird zu einem Knurren, das tief aus seiner Kehle kommt, Aber er lässt mich gewähren, als ich in die Knie gehe und anfange, Merle zu untersuchen.

Ihr Körper ist noch warm. Äußerlich kann ich keine Verletzung erkennen, doch ihr gebrochener Blick signalisiert mir, dass hier jeder Wiederbelebungsversuch zu spät kommt. Ich ziehe das Kissen heran, das direkt neben Merle auf dem Boden liegt, und bette ihren Kopf vorsichtig darauf.

Ich weiß nicht, wie lange ich schon auf dem kalten Boden hocke und das tote Mädchen anstarre, als ich hinter mir plötzlich etwas höre. Kolja. Ihn habe ich völlig vergessen.

«Sie hat es gesagt. Immer wieder gesagt. Ich wollte doch nur, dass sie aufhört.» Die Stimme des Jungen klingt dünn und so piepsig, als sei er mit einem Mal wieder im Vorschulalter.

Ich rapple mich hoch. Kolja hat seinen Platz zwischen Bett und Wand nicht verlassen, aber sein Blick ist jetzt auf mich gerichtet.

«Sie hat gesagt, dass ich böse bin. Böse. Genauso böse wie du. Dass ich nicht mehr ihr Bruder bin und dass sie der Lehrerin alles erzählen wird.»

Ich brauche nicht zu fragen, was dann passiert ist, ich kann das ganze Drama in seinen Augen lesen. Wir werden darüber sprechen. Aber nicht jetzt. Kolja wird es verarbeiten, verkraften – irgendwann. Er ist so stark geworden in der letzten Zeit. Ganz anders als seine Mutter.

Ich gehe zurück zu Merle, bücke mich und hebe ihren leblosen Körper auf meine Arme.

Sie ist leicht wie eine Feder.

SCHLUSSBEMERKUNG

Dieser Roman ist Fiktion, auch wenn er zum Teil an realen Orten spielt. Die Waldsiedlung, die beiden ehemaligen Krankenhäuser der DDR und auch der stillgelegte Friedhof in Berlin-Buch existieren tatsächlich. Ich habe mir jedoch die schriftstellerische Freiheit genommen, die jeweiligen Gegebenheiten für meinen Roman etwas anzupassen. So hat es in der Waldsiedlung natürlich nie ein Haus 24 gegeben, und auch der Bunker unter dem Stasi-Krankenhaus ist meiner Phantasie entsprungen. Wobei – wer weiß schon genau um die Geheimnisse dieser Ruine …

Thomas Nommensen bei rororo

Ein dunkler Sommer

Wintertod

MIX
Papier aus verantwortungsvollen Quellen
FSC® C083411

Das für dieses Buch verwendete FSC®-zertifizierte Papier *Lux Cream* liefert Stora Enso, Finnland.